|개정판|

선생님과 함께 읽는 우리
소설 ②

이 도서의 국립중앙도서관 출판시도서목록(CIP)은 e-CIP 홈페이지
(http://www.nl.go.kr/ecip)에서 이용하실 수 있습니다.
(CIP제어번호: CIP2011002395)

선생님과 함께 읽는

담쟁이 교실 04

 리

 소  설

|개정판|

권순긍
김진호
문재용
엮음

2

실천문학사

차 례

책을 펴내며_6

책을 펴내며

　이 소설집은 우리의 근현대소설들 중에서 청소년 여러분이 읽기 적당한 작품들을 골라 모은 것입니다. 우리 엮은이들은 이 책을 구상하면서 어떻게 하면 청소년들이 잘못된 글읽기에 빠져 그저 달착지근하고 감각적인 작품읽기에서 벗어나 본격적이고 의미 있는 문학작품을 읽게 할 수 있을까 고민했습니다. 그러는 과정에서 자연스럽게 청소년들이 읽을 만한 소설들을 모아 보자는 얘기가 나오게 된 것이 이 책을 펴내게 된 동기입니다.

　요즘 우리 청소년들은 순간적이고 감각적인 책들에 빠져 있는 경향이 있습니다. 이 책에 실린 소설들을 통해 우리의 청소년들이 우리 문학을 바로 보고, 재미도 있으면서 또한 의미 있는 작품을 골라 읽는 소설읽기의 첫걸음을 내디딜 수 있게 되기를 바랍니다. 작품은 주로 7, 80년대와 90년대를 중심으로 하여 뽑았습니다. 요즘 흔히 쓰는 문장이나 말과는 많이 다르지만 꼼꼼히 읽어 보면 나름대로 새로운 재미를 느낄 수 있을 것입니다.

아무쪼록 우리 청소년들의 건강한 독서풍토를 만드는 데 조금의 밑거름이라도 되기를 이 책을 엮은 우리들은 바라고 있습니다.

아울러 우리가 이 책을 펴내기까지 도움을 주신 여러 선생님들과 실천문학사 여러분께도 감사드립니다.

엮은이들

월행(月行)

송기원

(1947~)

송기원(1947~)은 1967년 고등학생 신분으로 『전남일보』 신춘문예에 시 「불면의 밤에」가 당선되었고, 본격적으로 등단한 것은 1974년 『동아일보』 신춘문예에 시 「회복기의 노래」가 당선되고, 같은 해 『중앙일보』 신춘문예에 소설 「경외성서」가 당선되면서부터였다. 그는 이후 시와 소설 모두에 걸쳐 다양한 작품들을 발표하였다. 그의 소설은 특히 월남전의 고통 어린 체험이나 6·25의 상흔이 우리 현재의 삶에 어떻게 남아 있는가 하는 문제, 혹은 획일화되고 억압적인 사회 구조가 얼마나 우리의 일상을 구속하고 있는가 하는 문제들을 형상화하고 있다. 이러한 그의 작품들은 압축적인 구조와 시적인 문장에 의해 더욱 정서적이고 긴장감 있는 소설의 세계를 구축해내고 있다. 그가 낸 창작집으로는 소설집 『월행』, 『다시 월문리에서』가 있고 시집으로는 『그대 언살이 터져 시가 빛날 때』, 『마음속 붉은 꽃잎』, 『저녁』이 있다.

여기 수록한 「월행」은 한 사내의 귀향을 그리고 있는 작품이다. 작품 안에 자세하게 드러나 있지는 않지만, 사내는 6·25전쟁 당시 그의 집안과 동네 사람들을 모두 죽게 만든 장본인이다. 그는 20여 년을 떠돌다 늦게 본 아들 하나를 데리고 고향으로 돌아오지만, 사내의 아버지는 손자만을 거두고 폐병에 걸린 아들을 내친다는 이야기다. 우리는 이 소설을 통해 민족의 비극이었던 6·25전쟁이 현재의 우리 민족 개개의 삶 속에 어떤 상처로 남아 있는지 생각해볼 수 있다. 이 소설은 섬세하고 정확한 언어 구사와 함께 단편으로선 드물게 잘 짜여진 구성으로 널리 평가받고 있다. 특히 소설 첫머리의 배경 묘사와 결말 처리를 주의 깊게 살피면서 이 소설을 읽어보자.

구름 사이로 달이 빠져나오자 반짝, 개천이 드러났다. 살얼음이
낀 개천은 달빛을 받아 무슨 시체처럼 차갑게 반짝거리며 아래쪽 미루
나무 숲으로 사행(蛇行)의 긴 꼬리를 감추고 있었다. 바로 그 미루나무
숲 언저리로부터 한 사내가 개천 둑에 모습을 나타내었다. 사내는 등에
누군가를 업고 있었는데, 외투로 보자기를 씌워서 멀리서 보면 흡사 곱
사등 같은 모습이었다. 사내는 그런 모습으로 깊게 눌러쓴 벙거지 속의
눈빛을 세워 사방을 휘둘러보며 천천히 개천을 따라 거슬러 올라왔다.
개천의 양쪽으로는 추수가 끝난 논밭들이 을씨년스럽게 버려져 있었는
데, 개천의 위쪽에서 북풍이 몰릴 때마다 어디선가 마른 수수깡 흔들리
는 소리가 우수수, 우수수, 빈 벌판을 울리곤 했다. 수수깡 소리가 들릴
때마다 사내는 흠칫 놀라서 걸음을 멈추곤 했다. 개천을 가로지른 신작
로의 다리를 넘어서자 사내는 벙거지를 벗고 이마의 땀을 훔쳤다. 사내
는 무심결에 달을 쳐다보았다. 부족하지도 넘치지도 않는 만월이 구름
사이를 빠르게 움직이고 있었다. 반백(半白)의 구레나룻으로 뒤덮인 사
내의 얼굴에 어떤 음영이 서리는가 싶더니 이내 사라져버렸다. 깊은 주

름살이 파이고 군데군데 칼자국이 있어서 꿈틀대는 짙은 눈썹과 함께 사내의 얼굴은, 그가 막일로 평생을 살아온 사람이라는 것을 쉽게 알려 주고 있었다.

문득 사내의 곱사등이 꿈틀대더니 뜻밖에 어린아이의 맑은 목소리가 흘러나왔다.

"아부지, 아직도 멀었어?"

아이의 목소리가 흘러나오자 사내의 표정이 대뜸 밝아졌다.

"아녀, 아녀. 저어기 불빛이 뵈쟈? 거겨."

사내가 손을 들어 개천의 위쪽 병풍처럼 잇따른 연봉(連峯)들의 산자락 한쪽, 몇 낱 불빛들을 가리키자,

"어디? 어디?"

조막손이 사내의 낡은 외투를 헤집고, 거기에서 예닐곱 살쯤 되어 보이는 아이의 얼굴이 빠끔히 비어져 나왔다.

"저기가 아부지 고향이지?"

사내는 아이의 별스럽지 않은 질문이 그러나 몹시 대견한 모양이었다. 사내는, 허허, 녀석 신통두 허지, 숫제 얼굴 가득 찬 주름살로 웃었다.

"하문, 그렇구말구. 저기가 바로 아부지 고향이여."

사내는 따뜻한 시선으로 아이와 함께 오랫동안 마을의 불빛을 바라보았다.

개천은 마을 뒤 골짜기에서부터 시작하여 마을을 감싸고 흘러내리고 있었다. 사람들은 이 골짜기를 한실골짜기라고 불렀고, 거기에서 시작된 개천을 한실꼬랑이라고 불렀고, 그 마을을 한실마을이라고 불렀다. 바로 그 한실마을이 사내의 고향이었다. 사내의 조부의 조부 때부터 자작일촌을 이루어 내려온 마을. 큰제사 때면 너나 할 것 없이 저

마다 흰 두루마기를 내어 입고 종가댁 등불 아래 모여 신명(神明)께 축문을 드려온 마을. 제사가 끝나면 어른들은 아이들에게 자신들이 들었던 훌륭한 선친들의 이야기를 또다시 들려준 마을. 해마다 정초엔 가가호호를 돌며 한 해 액풀이를 하는 꽹과리패들로 극성스러운 마을. 사내가 한실마을로부터 도망친 것도 훌쩍 이십 몇 년이 넘어버린 것이었다.

개천을 벗어나 마을 입구의 정자나무 아래 다다랐을 때, 사내는 문득 심한 기침 끝에 피를 토해냈다. 죄업이다,라고 사내는 자조했다. 이 마을이 폐촌이 되어버린 것처럼 자신의 병 또한 죄업이다,라고 사내는 두 손 가득히 피를 받으며 자조했다. 허허, 사내는 벌겋게 웃으며, 우는 아이를 달래어놓고 개천으로 내려갔다.

살얼음을 깼을 때, 사내는 수면에서 피 묻은 얼굴과 함께 달을 보았다. 달과 사내의 피 묻은 얼굴이 한데 어울려 흔들리고 있었다. 그렇게 흔들리는 자신의 얼굴을 들여다보며 사내는 어쩌면 자신의 삶도 그렇게 조악(粗惡)한 것만은 아니었을 거라는 생각을 했다. 물을 집어 올리려는 사내의 두 손이 떨려왔다. 달과 어울린 피 묻은 얼굴이 수면에서 울고 있었다.

마을로 들어서자 개들이 맨 처음 사내를 발견했다. 처음에 어쩌다 사내를 발견한 한 마리의 개가 으르렁거리더니 곧이어 개들의 울부짖음은 마을 전체에 퍼져서, 고즈넉하던 작은 마을은 온통 개들의 울음소리로 가득 차버렸다.

"원, 개새끼들이라니."

사내는 가볍게 투정을 하며, 그러나 어쩐지 개들의 컹컹대는 소리도 정답게 여겨져서 혼자 미소를 띠었다. 퇴락한 초가와 낮은 토담을 지나치며 사내는 선잠이 깬 마을 사람들의 밭은기침 소리를 마치 개들의 그것처럼 여길 수 있었다. 이윽고 낯익은 집 앞에 섰을 때, 사내는 문득 자랑스러운 마음이 되어 등에 있는 아이를 토닥거렸다.

"자, 이게 아부지 집이다."

"이렇게 큰 집이 다 아부지 집이란 말이야?"

"하문, 이게 다 아부지 집이지."

"이제 우리는 여기서 살 거야?"

"하문, 여기서 살지."

"학교에도 다니고?"

"하문, 낼부텀 당장에 핵교에 댕겨야제."

사내는 아이와 수작을 하며 대문을 두드렸다. 대문을 두드리며 사내는 기둥에 붙어 있는 입춘대길(立春大吉)을 보았다. 그을음이 끼고 색이 바래어 있었지만 사내는 그것이 누구의 글씨체인 줄 알 수가 있었다. 대문간의 어둠 속에서 사내의 얼굴이 환해져왔다.

"살아계셨구먼. 용케도 아직꺼정 살아계셨구먼……."

사내가 소리 내어 중얼거렸다.

대문을 두드린 지 한참 만에 낯선 청년이 사내를 맞이했다. 청년은 눈을 비비며 문간을 막아서서,

"뉘슈?"

사내에게 퉁명스럽게 말을 건네왔다.

"여기에 이용만이란 분이 안 계시는지……."

청년은 이제 확연히 잠이 깬 눈빛으로 사내의 행색을 위아래로 살펴보며 대답을 머뭇거렸다.

사내가 다급하게 다시 물었다.

"안 계신가?"

"제 할아버진데, 어떻게 오셨수?"

"……."

여전히 대문을 막아서서 잔뜩 의심스러운 시선으로 훑어보고 있는 청년에게 무어라고 대꾸를 해야 할지 몰라 사내가 우물쭈물 말을 고르고 있을 때,

"태식아, 밖에 뉘라도 왔냐?"

안에서 천식기 섞인 목소리가 들려왔다.

"낯선 분이 할아버님을 찾는데요?"

"어허, 밤늦게 어느 분이 날 찾는단 말여."

사내는 청년을 제치고 안으로 들어섰다. 사랑채의 캄캄한 방문 앞에서 사내가 머리를 조아렸다.

"아부님 저, 저, 갑득이올습니다."

"뭬, 뭬라구?"

방문이 화들짝 열렸다.

"가, 갑득이올습니다."

"갑득이라구?"

방 안의 캄캄한 어둠으로부터 노인이 문줄을 잡고 끄응 상반신을 밖으로 내밀었다. 허연 상투머리와 수염이 사뭇 떨리고 있었다. 그렇게 몸을 떨며 노인이 침침한 눈을 들어 달빛을 받고 서 있는 사내를 한참 동안 올려다보았다. 노인이 그르륵그르륵 가래가 끓는 목소리로 다시 물었다.

"니가 갑득이라고?"

"예, 가, 갑득이올습니다."

사내가 다시 한 번 머리를 조아리자 노인이 사내로부터 고개를 돌려 버렸다.

"우리 집안엔 그런 사람 읎다."

사내가 당황하여 한 발짝 더 노인에게 가까이 다가섰다.

"아, 아부님."

"아, 가, 갑득이는 동란 때 발, 발써 죽은 사람여."

노인은 다시 방 안의 캄캄한 어둠 속으로 몸을 숨겨버렸다. 방 안에서 심한 기침이 쏟아져 나왔다. 금방이라도 숨이 끊길 듯이 쿨룩거리는 노인의 기침은 마치 캄캄한 방 자체가 기침이라도 하듯이 선뜻하고 요란스러웠다.

사내가 얼굴이 납빛이 되어 정신을 잃고 서 있는데, 청년이 말을 건넸다.

"저, 큰아버님, 좀 전엔 죄송했습니다. 잠결이라 미처 알아뵙지 못하고…… 우선 제 방으로라도 드시지요."

사내가 빛을 잃은 시선으로 청년을 물끄러미 바라보다가 중얼거리듯 입술을 달싹였다.

"니가 을득이 아들이냐?"

청년이 고개를 떨구었다.

"예."

사내는 청년으로부터 고개를 돌려 중천에 휘영청 밝은 달을 향하며 지나는 말처럼 넌지시,

"니도 날 원망하겠구먼."

얼결에 말을 받은 청년의 얼굴에 당황한 빛이 스쳤다.

"뭘요. 다 지나간 일인데요."

사내는 여전히 달에서 눈을 떼지 않은 채, 청년의 말에 고개를 좌우로 흔들었다.

"구천엘 가서도 니 애비 만날 면목은 없을 겨."

청년이 힐끗 사내의 얼굴을 훔쳐보았을 때, 청년은 달빛에 음각처럼 드러난 깊은 주름살과 몇 개의 흉한 칼자국을 보았다. 그것이 이상하게도 청년의 눈에 아프게 와 박히는 것이었다. 청년은 자꾸 쏨벅거리는 눈을 어쩔 수가 없었다.

"어디 그것이 큰아버님 탓이겠습니까? 다 시절이 흉했기 때문이지요."

청년이 마치 그 시절을 살아본 사람처럼 말했고, 사내는 그런 청년의 말을 못 들은 체했다.

"니 애비가 총살당하던 날 밤에 난 저쪽 골에 숨어 있었제. 물론 확성기로 떠드는 소리도 듣고 있었제. 자술 허면 니 애빌 살려준다고 말여. 그래도 난 못 나갔던 겨. 결코 목숨이 아까운 것은 아녔어. 그 당시 나는 눈깔이 뒤집혀 있었응께. 복수를 하겠다고 말여. 허허."

사내가 몸을 흔들며 침통하게 웃었다. 그러자 여태껏 잠자코 있던 아이가 사내의 등에서 칭얼대기 시작했다.

"아부지 추워. 추워 죽겠어. 빨리 방에 들어가."

그러자 사내보다도 먼저 청년이 아이의 말을 받았다.

"아이구, 이 정신 좀 봐. 큰아버님, 어서 방으로 들어갑시다. 자, 우선 아이를 제게 주시고요."

"아녀, 괜찮어."

사내는 그러면서도 등에서 아이를 내렸다. 아이는 잔뜩 웅숭그린 채 낯선 동네의 낯선 청년을 흘끔거리더니 사내에게 바짝 붙어 서서 옷자락을 잡고 놓지 않았다.

아이가 조그맣게 말했다.

"아부지, 오줌 눌래, 오줌."

사내가 아이를 뒤쪽으로 데려갔다.

"자, 아무 데나 누부러."

아이가 바지를 내리고 고추를 내밀자 곧이어 작은 포물선을 그리며 오줌 줄기가 나와 울타리의 마른 나뭇가지들을 바스락거렸다. 아이가 사내를 돌아보았다.

"아부지, 나 오줌 세지?"

"넥키놈, 그런 소리 하는 거 아녀."

사내가 아이의 머리에 알밤을 먹였다. 그렇게 알밤을 먹이는 사내의 표정에서 이미 조금 전의 침통한 빛은 찾아볼 수가 없었다.

"씨이, 아부지가 맨날 그래놓고 뭐."

아이가 투덜거렸다. 아이의 바지를 추스르면서 사내의 입에서 한숨처럼 중얼거림이 새어 나왔다.

"허어, 어쩌다가 늘그막에 요런 것이 생겨가지고…… 허어, 내 이놈을 두고 곱게 눈이 감겨질지 몰라."

뒤쪽에서 나온 사내가 청년의 권유대로 토방에 신발을 벗고 있을 때, 사랑채에서 노인이 다시 방 밖으로 상반신을 내밀었다.

"태식이 게 있느냐."

"예."

"건너오라구 해라. 이 방에 불도 좀 밝히구……."

청년이 성냥을 켜 석유 램프에 불을 댕기자 노인의 모습이 드러났다. 주름투성이의 눈 언저리에 흥건히 젖어 있는 물기를 노인은 감추지 않고 있었다. 사내가 방으로 들어서자 노인이 쯧쯧 혀를 차며 혼잣말을 했다.

"내 요즘 그렇지 않아도 죽은 메늘아이가 자꾸 꿈자리에 뵈 심사가 어지럽더니만⋯⋯."

사내는 노인의 중얼거림을 귓전으로 흘려버리고, 문득 생각이 났다는 듯이 아이에게 말했다.

"민수야, 할아부지께 인살 드려야제."

아이가 방바닥에 엎드려 넙죽 절을 하자 노인이 턱으로 아이를 가리켰다.

"갠 뉘냐?"

사내가 겸연쩍다는 듯이 반백의 상고머리를 갈퀴손으로 긁적거렸다.

"자식놈입니다. 늦처를 봤더니만 글쎄⋯⋯."

노인은 알 만하다는 듯이 고개를 몇 번 주억거리더니,

"걔 에민?"

여전히 머리를 긁적거리는 사내에게 다시 물었다.

"너무 나이 차이가 컸지요. 술집에서 알게 됐는디, 작부치곤 생긴 것도 참허구, 존 일 궂은 일 다 겪은 년이어서 소갈머리도 꽤 있어 뵈, 몇 년 전부팀 살림이란 걸 시작했지요. 이 녀석을 난 뒤로는 그년이 꽤 살림맛을 안 듯 싶더니만 얼마 전에 어떤 젊은 놈과 정분이 났던 모양이라우. 소문을 듣고두 모른 체 덮어뒀는디 끝내 도망치구 말았수. 그래서⋯⋯."

사내가 내친김에 무언가 더 할 말이 있는 듯 보였으나 노인이 팔을 휘둘러 사내를 제지했다. 노인이 청년에게 말했다.

"태식아, 손불 깨위가지고 밤참 좀 짓도록 해라. 먼 길 오느라고 허기

졌을 텐디."

"밥 생각 없어라우. 그만두도록 허슈."

"아니다, 짓도록 해라. 그리고 태식이 넌 내 부를 때까지 니 방에 가 있거라."

청년이 나가자 노인이 정면으로 사내를 바라보았다. 짓물린 눈꺼풀 속에서 뜻밖에 형형한 눈빛이 나타났다.

"니놈만 아니었어도 우리 집안은 이토록 망하지는 안 했을 것이여. 니놈이 도망간 후로도 니놈 대신에 집안 장정들이 몇이나 죽어 나간 줄 아냐?"

램프의 그을음이 되어 그림자가 노인의 얼굴 위에서 어른거리고 있었다. 그림자 속에서 주름살들이 실룩거렸다.

"뻔뻔도 하제. 무슨 염치로 다시 이 땅을 밟을 생각이 났단 말이냐?"

방 안은 잠시 침묵이 감돌았다. 그들이 무거운 침묵에 가슴을 짓눌리고 있을 때, 아이가 가볍게 코를 골기 시작했다. 추위에 떨다가 몸이 녹자 졸음에 겨웠던 모양으로, 아이는 어느새 사내 곁에서 새우잠을 자고 있었다. 노인의 시선이 아이의 얼굴에 가닿고, 그렇게 한동안 아이의 자는 양을 보고 있더니,

"애빌 빼닮았구먼. 일루 펜하게 눕혀라."

자신이 깔고 있던 요의 한 귀를 비켜주었다. 사내가 아이를 안아 눕히고 이불을 덮어주었다. 사내가 아이에게서 손을 떼지 않은 채 말했다.

"못 올 텐지 알지만 어린것이 너무 불쌍해서…… 아부님, 전 아무래도 오래 못 갈 것 같습니다."

사내의 말에 노인이 벌컥 역정을 냈다.

"그렇게 많은 목숨을 잡아묵고도 오래 못 살아?"

그러자 사내가 처음으로 자신의 일을 변명했다.

"미쳤지요. 지가 미쳤지요. 세상에 지 여편네가 그런 꼴을 당하고도 안 미칠 놈 있답디여."

사내의 눈에 핏발이 서는 듯했다. 노인도 지지 않았다.

"그런 꼴을 당한 놈이 어디 니놈 혼자뿐이었다냐. 피했으면 되는 거여. 눈 꾹 감고 피해 살았으면 되는 거여. 우리 조상님들은 다 그렇게 이 마을을 지켜온 거여."

노인과 사내가 격앙해서 다투고 있을 때 방문 밖에서 젊은 아낙네의 목소리가 들려왔다.

"할아버님, 진지상 차렸는디요."

"들여보내라."

젊은 아낙네가 밥상을 들여왔다. 노인이 말했다.

"묵어라. 묵구 나서 나허구 갈 데가 있다."

사내가 노인을 건너다보자 노인은 아랑곳없이 의관을 챙겼다. 흐트러진 머리칼을 모아 다시 상투를 쫓고, 갓을 쓰고, 흰 두루마기를 입었다. 사내가 시늉만으로 상을 물렸다. 노인이 먼저 일어섰다.

"자, 가 보자."

노인과 사내가 방문을 나서자 청년이 놀란 눈으로 그들을 지켜보고 있었다.

"아니 이 밤중에 어디를 가시려고 이러십니까?"

"이 밤 안으로 꼭 해야 할 일이 있어."

"그렇다면 저도 따라가겠습니다."

노인이 손을 저어 청년을 물리쳤다.

"일없다. 넌 따라올 곳이 못 돼."

그들은 한실골짜기로 접어들었다. 인기척에 놀란 밤새들이 푸드득, 숲 사이를 날아다녔다. 골짜기가 깊어짐에 따라 달빛도 스며들지 않았다. 둘은 길을 더듬으며 자칫 넘어지곤 했다. 사내가 말했다.

"지가 앞장서지라우."

사내는 노인이 한실골짜기로 접어들 때부터 어렴풋이 그 행선지를 짐작하고 있었다. 노인이 선선히 사내에게 자리를 비켜주었다. 골짜기를 타고 올라 산등성이에 이르렀을 때에는 둘 다 그르륵, 그르륵, 가래를 끓이고 있었다.

노인이 사내를 불렀다.

"쉬었다 가자."

노인이 먼저 자리를 잡고 앉아 끓는 가래를 뱉어내었다. 사내 역시 노인에게서 떨어져 앉아 피 섞인 가래를 뱉어내었다. 노인이 사내를 힐끗거렸다.

"무신 병이냐?"

사내는 구태여 숨기지 않았다.

"폐병인 모양이우."

노인이 물끄러미 사내를 건너다보며 가래 섞인 목소리로 말했다.

"내 눈에 흙이 들어가기 전에 니놈을 이곳으로 끌고 오다니, 신명께서 도우셨다. 이젠 죽어도 여한이 읎다."

사내가 일어서서 골짜기 아래를 눈으로 더듬었다. 골짜기에서부터 부챗살처럼 펼쳐 나간 벌판에는 가득히 달빛이 내려앉고 있었다. 달빛, 달빛뿐이었다. 그 달빛에 사내는 어쩐지 눈이 시렸다. 사내는 마른 눈을 비비고 또 비비며 달빛을 내려다보았다. 그러자 달빛 속에서 흰 두루마기를 입은 사람들이 어디론가 몰려가고 있었다. 사내의 귀에 가득히 꽹과리 소리가 밀물져 들어왔다. 사내는 바로 사내가 선 자리에 뼈를 묻히고 싶다고 생각했다.

"자, 그만 가보자."

노인이 이번엔 앞장을 섰다. 등성이의 가르마길을 타고 오르자 산중 턱쯤에서부터 숲이 끊기고 벌거벗은 민둥산이 나타났다. 갑자기 산바람이 세차게 몰아쳐서 그들을 허위적거리게 했다. 노인이 두루마기 자락을 움켜잡고 민둥산을 훑어보았다.

"버렸어. 산두 그때 다 버렸어. 포탄으루 맥이란 맥은 다 끊어버리구…… 다아 니놈들 때문이여."

사내도 노인의 시선을 따라 민둥산의 곳곳에 움푹움푹 패어 있는 포탄 자국들을 보았다. 새삼스럽게 사내의 귀에는 꽝꽝 터져 나던 포탄 소리가 들리는 듯했다. 사내가 마치 그것들을 털어버리려는 듯 머리를 흔들며 빨리 말했다.

"가지라우."

민둥산을 가로질러 다음 골짜기에 이르자 기울기가 비교적 완만한 평지가 나왔다. 노인이 멈추어 섰다.

"여기여."

노인이 사내를 돌아보았다.

"그래도 맥이 다치지 않은 데라군 이 산에서 여기뿐여."

사내는 평지의 잔솔 사이 여기저기 흩어져 있는 봉분들을 보았다. 사내가 얼굴에 두려운 기색을 떠올리며 봉분들에서 눈을 돌렸다.

"사죄해라. 이게 다 니놈 때문에 생기신 원혼들이여."

"……."

사내가 머뭇거리자 노인이 날카로운 음성으로 재촉했다.

"아, 뭘 해? 빨리 엎드려 잘못을 빌지 않구."

사내가 가까운 봉분 앞에서 이 배를 올리고 무릎을 꿇자, 노인이 뒤에서 떨리는 음성으로 말했다.

"그게 을득이여."

사내는 노인의 떨리는 음성을 듣는 순간, 가슴속 저 밑바닥에서부터 무언가 뜨거운 것들이 차오르는 것을 느꼈다. 회오도 분노도 슬픔도 아닌 어떤 형언키 어려운 것들이 저 골짜기 아래 가득한 만공(滿空)의 달빛처럼 사내를 부풀리는 것이었다. 사내의 얼굴에서 굵은 눈물이 떨어져 내려 마른 풀잎을 적셨다. 사내가 하나하나 봉분을 옮겨가며 무릎을 꿇을 때마다 노인은 뒤에서, 그게 당숙 둘째 자제여, 그게 사촌 형님 손자여, 그게 뉘여, 사내에게 일일이 소개를 했고, 그럴 때마다 사내는 잠깐씩 얼굴들을 떠올리곤 했다.

맨 끝에 있는 봉분에 이르러 사내가 이 배를 하고 무릎을 꿇었을 때, 노인이 사내에게서 고개를 돌렸다.

"그건…… 니놈의 처여."

사내가 눈을 들어 봉분을 바라보았다. 문득 사내의 시선에 아내의 시체가 비쳐 왔다. 발가벗긴 채, 사타구니 사이에 단도를 꽂고 나자빠진 모습이었다. 만혼의 아내가 처음 가졌던 아랫배 부분이 유난히 불러보였었다. 사내의 입술을 뚫고 기어코 흐느낌이 새어 나왔다. 봉분을 옮길 때마다 가슴 저 밑바닥에서부터 비롯하여 차츰 차오르던 어떤 것들이 급기야 거센 분류가 되어 밖으로 터져 나오는 것이었다. 사내는 두 손으로 아내의 시체를 파며 울었다. 노인이 길게 탄식을 했다.

"허어, 아무리 인종이 막돼먹은 세상이라지만……."

낫으로 뒤통수를 찍으면서도 사내는 아내의 시체를 떠올렸었고, 공사판에서 함마를 휘두르면서도, 도살을 하면서도, 도망친 계집년을 찾으면서도, 막소주를 들이켜면서도 아내의 시체를 떠올렸었다. 사내가 일어설 기미를 보이지 않자 노인이 재촉을 했다.

"뭘 꾸물거리는 겨. 빨리 일어서지 못 허구."

사내가 울음이 멎지 않은 음성으로 노인에게 말을 건넸다.

"또, 또…… 있단 말이우?"

"있다."

노인은 다른 봉분들과는 달리 외따로 떨어져 있는, 그래서 사내가 미처 알아보지 못했던 한 봉분으로 사내를 데려갔다. 사내가 봉분 앞에서 엎드리려 하자, 노인이 만류했다.

"그건 사죄헐 필요읎다."

"? ……."

"그건 니놈이여."

"……예?"

노인이 차가운 시선으로 힐끗 사내를 쳐다보았다.

"아, 우린 죄다 니놈을 죽은 사람으로 치부했으닝께. 설사 니놈이 살아 있는 걸 알았다손 치더라두 어떻게 니놈두 읎이 다른 원혼들을 묻는단 말이여?"

노인을 바라보는 사내의 표정에 일순 애매한 표정이 스치자 노인이 사내의 표정을 피했다.

"니놈은 호적에도 읎다. 사망신고를 혔어. 살아남은 사람은 살아야 허닝께……."

사내가 갑자기 기침을 하기 시작했다. 쿨룩, 쿨룩, 쿠루욱 온몸의 가래를 훑어 올리는 듯한 기침 끝에 사내는 한움큼의 피를 토해냈다. 노인이 부욱, 두루마기 자락을 찢어 사내에게 내밀었다.

"닦어라."

사내가 잠자코 두루마기 자락을 받아 얼굴과 손의 피를 씻었다. 흰 두루마기 자락에 핏빛이 선명하게 묻어났다. 문득 사내의 눈에 달과 함께 수면에서 흔들리던 피 묻은 얼굴이 어른거렸다. 사내가 말했다.

"아부님, 전 인제 아무 데도 못 가겠수."

노인이 강하게 고개를 저었다.

"안 된다. 니놈은 이 마을에서 살지 못할 놈여."

"아무래도 죽을 목숨이우."

"죽드라두 타처에 가서 죽어라."

"아부님."

사내가 노인 앞에 엎드렸다. 노인이 백납 같은 표정으로 사내를 떼치고 일어섰다.

"이 길루 곧장 떠나거라. 자식놈은 내가 맡으마."

노인과 사내가 마을 입구 정자나무 아래 다다랐을 때에는 달이 톱날 같은 연봉에 걸려 있었다. 사내가 노인을 향해 허리를 굽혔다.

"아부지 그럼……."

사내가 말끝을 맺지 못하고 머뭇거렸다.

노인이 손을 저었다.

"어서 가."

사내가 몸을 돌려 비칠비칠 걷기 시작했다. 저만큼 떨어질 즈음에 노인이 사내의 등을 향해 외쳤다.

"죽게 되든 연락해라. 내 니놈 뒷수습은 해줄 테닝께."

이윽고 노인은 앞이 침침해지면서 사내의 모습이 보이지 않았다. 노인이 선 자리에서 나무토막처럼 푹 쓰러졌다.

달이 졌다.

밤길

윤정모
(1946~)

윤정모(1946~)는 방종한 여성의 이야기를 주로 쓰던 '대중' 작가로 출발했으나 역사의 한복판에서 정직한 사회의식을 바탕으로 반미문학의 선봉이라 불리기까지 끊임없이 변화 발전해온 작가이다. 그의 소설은 역사 속에서 소외되고 억울하게 고통받는 사람들의 이야기가 주조를 이루는데 이는 작가의 다양한 삶의 체험에서 비롯되는 경우가 많으며, 소설이 지향하는 세계는 인간다운 삶에 대한 치열한 모색이라고 특징지을 수 있다. 「에미 이름은 조센삐였다」, 「그리고 함성이 들렸다」와 같이 일제시대의 고통받는 민중의 항쟁과 수난을 다룬 작품이 있으며, 분단으로 인해 고통받는 재일교포의 이야기인 「님」과 같은 작품도 읽어둘 만하다. 팀스피리트 훈련 때문에 고난을 겪는 이 땅 민중들의 삶을 그린 「빛」과 반외세의 문제를 가족사와 결합시킨 「고삐」라는 작품 또한 그의 대표적인 반미소설로 꼽을 수 있다.

「밤길」은 광주민중항쟁을 올바른 역사적 관점에서 다룬 최초의 소설로 평가받는 작품이다. 계엄군이 도청 진입을 앞둔 긴박한 때에 광주의 참된 실상을 알리기 위해 서울로 향해 가는 한 신부와 대학생의 행로를 그린 이 작품은 동료들이 장엄한 최후의 결사항전을 목전에 두고 있을 때에 싸움의 자리에서 빠져나와 서울로 향한다는 것이 비겁한 짓이 아닌가 하고 고민하는 대학생과 신부의 대화 속에서 무자비한 폭력 앞에 맞서 싸우는 용기 있는 시민들의 결연한 자세가 잘 그려지고 있다. 하지만 이 소설은 광주의 피를 딛고 집권한 악명 높은 5공화국의 반민주적이고 어두운 굴속 같던 시절에 발표되었기에 광주항쟁의 본질적 의의나 항쟁 속에서 빛나던 아름다운 인간의 모습이 정면에서 그려지지는 못하고 있다. 아마 작가가 5월항쟁에 대한 부채감으로 일정한 거리감을 두고 살아남은 자의 자세에 대해 고민한 흔적이 아닌가 생각된다.

김 신부는 천천히 수저질을 했다. 하루 꼬박 아무것도 먹지 못했음에도 식욕이 동하지 않았다. 신부가 설렁탕을 저어 기름기 빠진 고깃점을 떠 넣고 우물우물 씹고 있을 때 식당문이 열리면서 한 떼거리의 손님이 들어왔다. 손님들은 신부의 맞은편, 그러니까 요섭의 등 뒷자리에 몰려 앉았다. 전투복을 입은 경관들이었다. 신부는 요섭을 쳐다보았다. 그는 숟갈질을 멈추고 자신의 음식물로 시선을 빠뜨렸다. 이마와 귀밑으로 흘러내린 더부룩한 머리와 멋대로 자란 수염, 창백한 안색이 유리판에 던져진 동전 소리로 신부의 가슴에 울려왔다.

"요섭아, 얼른 먹고 가야지."

요섭이 숟갈로 국밥을 떴다. 비로소 신부는 입속에 머물러 있던 고깃점을 꿀꺽 삼켰다.

"특히 총기를 가진 놈들이 들이닥칠 때 조심해야 돼."

경관들이 음식을 주문한 후 그렇게 두런거렸다.

"그럼, 남쪽으로 간 놈들이 북쪽으로 진로를 바꾸었단 말입니까?"

누군가가 물었다.

"주모자 놈들이 쥐새끼처럼 빠져나갈지도 모르니까."

요섭이 다시 수저질을 멈추었다. 그의 눈길이 국물에 뜬 당면 사이로 빠른 빛살처럼 헤집고 다녔다.

"요섭아, 미사 시간 늦겠다."

요섭의 눈이 가만가만 다가왔다. 신부는 그의 시선을 외면하고 가방을 들었다.

"그만 가자꾸나."

신부는 요섭을 앞세워 식당을 나왔다. 무언가가 뒷덜미를 잡는 것 같았다. 그것은 그 어떤 시선이 아니라 식탁에 남겨놓고 나온 자신의 거짓말이었다. 신부는 지금 미사를 집전하기 위해 성당으로 가는 길이 아니었다. 더욱이 오늘은 일요일도 아닌 월요일이었다. 요섭이 담뱃가게로 가는 사이 신부는 잠깐 멈춰 서서 로만칼라와 십자가를 만졌다.

요섭이 담배 두 갑을 사더니 길 건너 버스터미널을 바라보았다. 신부도 그의 곁으로 다가가 터미널 쪽으로 몸을 돌렸다. 지는 햇살이 그 건물 유리창에 황사 모양 누렇게 번지고 있었다. 요섭이 담배 한 갑을 내밀었다. 신부는 그것을 받아 넣으며 이태 전 그가 하던 말을 떠올렸다.

"신부님, 정말입니까? 목사는 장가를 드는 대신 담배는 안 되고 신부는 독신으로 봉사해야 하니까 담배를 허용한다는 것 말예요."

그런 걸 물어올 땐 싱얼싱얼 웃는 애송이 대학생이었다. 무슨 멋인지 신사복도 아닌 검은 작업복을 빳빳하게 다려 입고 성당엘 왔었는데…….

요섭의 눈이 한 지점에서 떠날 줄 몰랐다. 터미널 안에 뭔가 있는 모양이었다. 신부도 좀 자세히 보려고 눈길을 모았다. 그러나 눈이 나쁜 탓인지 잘 보이지 않았다.

"걷는 게 좋을 것 같습니다."

요섭이 말했다. 신부는 고개를 끄덕이며 상점 골목 쪽으로 걷기 시작했다. 담양으로 갈 걸 잘못했나? 신부는 가방을 왼쪽 어깨로 옮기며 생각했다. 자가용을 내주던 변호사는 말했다. 아무래도 장성 쪽이 교통편이 나을 거예요. 동운동까지 가서 얻어 탄 승용차는 험한 길을 한 시간쯤 달려 장성 터미널 부근에 세워졌고, 거기서 내렸을 땐 신명을 내는지 들까부는지 알 수 없는 여가수의 노래가 전파상의 확성기를 깍깍 울려댔다. 신부는 지나는 행인을 살펴보았다. 모두가 너무나 태평한 모습이었다. 요섭도 그것이 이상한지 멍한 얼굴로 이 사람 저 사람을 쳐다보았다. 우선 저녁이나 먹자. 신부가 요섭을 일깨워 식당으로 향해 갈 땐 서녘의 해가 구름 속에 있었다.

상점 골목에서 다시 오른쪽으로 꺾어 돌았다. 요섭은 한 번 시계를 보았을 뿐 부지런히 걸었다. 어두워지기 전에 국도변으로 나가야 한다. 신부는 그 생각이 지워지기도 전에 어느 집 대문 앞에서 걸음을 멈추었다. 신부는 등나무를 보고 있었다. 그의 시선이 찬찬히 등나무 줄기를 따라가다가 바닥에 떨어진 하얀 등꽃에 머물렀다.

신부님, 신부님, 난리가 났대요. 빨갱이들이 쳐들어왔대요.

성당지기 박 씨 아들이 달려오며 소리쳤었다. 마침 지난밤의 비로 인해 무참히 떨어진 자색 등꽃을 바라보고 있을 때였다.

애야, 우리나라엔 빨갱이가 못 들어온다. 지금 그런 장난을 할 때가 아니란 걸 너도 알잖니.

방금 전에 예수 승천 대축제의 최초 미사를 끝낸 지금, 아이가 그런 말을 한다는 게 신부는 언짢았지만 꼬마에게 무안을 준 것 같아 농담의 갈피를 바로잡아주었다.

　알겠니? 오늘 같은 날은 빨갱이가 아니라 로마군이 몰려온다고 말해야 어울리는 거란다.

　"신부님."

　요섭이 불렀다. 그래, 어서 가자꾸나. 신부는 다시 걷기 시작했다. 그입에서 주여! 하는 소리가 나직이 새어 나왔다. 그날 아침 최초 미사를 끝내고 나왔을 때 맨 먼저 눈에 띈 것이 바닥에 널려 있는 등꽃이었다. 신부는 까닭 없이 애가 탔고 꼬마가 달려왔을 땐 공연히 심장이 툭 떨어지는 것 같았다. 그러나 그것이 어떤 불길한 예감이었다는 것은 몇 시간 뒤에야 깨달았다. 오전 1시경, 환갑을 맞은 신도의 어머니를 축복하기위해 곡성으로 향했을 때 신부는 보았다. 차단된 도로에 곤봉을 든 그들, 로마군이다. 신부의 눈에는 분명 그렇게 보였다.

　긴 보리밭을 가로질러 국도로 올라왔다. 열사흘 달걀달이 성큼 떠올라 요섭과 함께 걷고 있었다. 이틀 전만 해도 시름시름 앓느라 잘 나오지 않던 달이었다. 신부는 묵묵히 앞만 보고 걸었다. 서로 몸 부딪던 가로수 잎이 일시에 숨을 죽였다. 등 뒤에서 커다란 불빛이 슬금슬금 다가왔다. 트럭이었다. 신부는 개울둑으로 방향을 틀었다. 요섭도 말없이 뒤를 따랐다. 트럭이 지나가자 신부는 개울둑에 웅크리고 앉았다.

　"좀 쉬었다 가자."

　요섭이 조금 간격을 두고 털썩 주저앉았다. 신부는 담배 두 개비에 불을 붙여 하나를 요섭에게 건넸다.

　"오늘 밤만 걸으면 차편을 이용해도 될 게다."

　요섭은 대답 없이 담배만 빨아들였다. 담배연기는 달빛을 향해 최루가스 모양 퍼렇게 피어 올랐다. 그 속으로 한 어린 소년이 뛰어들었지. 주먹만 한 돌을 쥐고서…… 우리 형아 살려내라! 우리 형아……. 그러자 웬 노파가 달려나가 그 꼬마를 등 뒤로 감싸며 소리쳤었다. 병정들아, 여긴 전쟁터가 아니다! 너희들이 잘못 안 거야. 돌아가라. 어서! 사람들은 울고 있었다. 가스 때문이었다. 그러면서 노래를 불렀다. 동해물과 백두산이……

"참 이상하지요?"

요섭이 흘낏 달을 쳐다보며 말했다.

"그래도 달은 떠오르니 말예요."

해는 안 떠올랐느냐. 서럽게 비가 내린 것 외엔 태풍도 불지 않았어. 요섭이 담배를 개울에 던지고 엉덩이를 일으켰다. 신부도 끙, 몸을 일으켰다. 요섭은 국도 쪽으로 허적허적 걸어 나갔다. 그의 그림자가 개울물에 푹 빠져 있었다.

"요섭아!"

왈칵 어깨라도 잡아챌 듯이 그를 불렀다. 요섭이 뒤돌아서서 무슨 일이냐는 듯 신부를 쳐다보았다

"아니다."

신부는 고개를 저었다. 잠깐 시체 안치소를 떠올렸구나. 엎어진 채 실려 온 그 시신 말이다. 신원 파악을 할 수 없어 애를 태우던 젊은 몸뚱이……

"그 가방 제가 메고 가지요."

요섭이 손을 내밀었다. 가방 속엔 일기장과 홍보반 청년이 넘겨준 필름 두 통이 들어 있을 뿐이었다. 신부는 무겁지 않다고 사양하려다 그의 손에 건네주었다. 요섭은 가방을 걸머메고 빠르게 국도로 나갔다. 젊은이라 아직도 그 걸음엔 힘이 있었다. 신부는 자칫 허물어질 것 같은 무릎 관절에 힘을 주려고 또박또박 자신의 그림자를 밟으며 걸었다.

등 뒤에서 경운기 소리가 들려왔다. 딸딸 지축을 울리고 오는 그 소리는 마치 총소리같이 달빛에 취해 있는 국도 주변을 소스라쳐 깨어나게 했다. 요섭이 길가로 비켜났다.

"신부님이시군요. 어디까지 가시지요?"

경운기가 그들 옆에 세워졌다. 농민 세 사람이 타고 있었다. 아마도 늦게까지 모심기를 하다가 돌아가는 농부들인가 보았다.

"우린 저 산 너머 마을까지……."

신부가 대답했다.

"우린 새텃말까지 갑니다. 거기까지라도 타고 가시렵니까?"

뒤에 탄 농부들이 서로 좁혀 앉으며 자리를 만들어주었다. 신부는 요섭을 건너다보았다. 요섭은 그러지요라고 대답했고, 그들은 나란히 경운기에 올랐다. 경운기를 몰던 사람이 발동 피대를 돌렸다. 경운기는 몇 번 풍풍거리더니 움직이기 시작했다. 걸을 땐 몰랐던 바람이 세차게 뺨을 할퀴었다.

"신부님, 빛고을에 난리가 났다면서요?"

한 농부가 경운기 소음 때문인지 큰 소리로 물었다.

"글쎄요, 그렇다곤 합디다만……."

"사람들이 많이 상했대요."

"뉴스에 나왔습니까?"

불쑥 요섭이 물었다.

"웬걸요. 소문만 돌고 있지요."

살생을 단죄한 석가탄신일이었다. 십자로에서 금남로에서 충장로에서 도청 앞에서 남동 상공에서 사격이 가해졌다. 그것은 죽음의 면허탄이었다. 누구든지 죽을 수가 있었다. 은행 앞에서 호텔 앞에서 차 속에서 거리에서 아직 하나님이 부르지 않은 생명임에도 병원에서 주검은 단죄를 비웃었다. 그날 김 신부는 일기장에 "그렇다. 그렇다. 아니다, 아니다"라고 기록했다. 그것은 마태오 5장 37절이었다.

"주여……."

신부는 길게 한숨을 쉬었다. 그래도 목숨 보존에 대한 특허를 따낸 사람들은 있었다. 이국인들……. 그들은 그 면사부(免死符)를 휘두르며 셔터를 누르고 무비카메라를 돌리며 이쪽과 저쪽을 누비고 다녔다. 어제 상황실에 와서는 진압군들을 맘껏 비웃어댔지. 마치 자기들에겐 당연히 그럴 자격이 있다는 듯이. 그러자 홍보반의 한 젊은이가 점잖은 영어로 충고를 했었다.

욕설을 삼가시오.

무슨 뜻?

카메라를 만지던 푸른 눈의 사나이가 되물었다.

어쨌든 그들도 내 종족이란 말이오.

정말 이해할 수 없다는 듯 푸른 눈의 사나이는 한참이나 젊은이를 쳐다보았다. 젊은이가 다시금 대답했다.

하긴 이해하기 힘들겠지. 당신처럼 여러 인종이 모여 사는 나라 사람들로선…….

"우리는 이쪽으로 갑니다."

경운기가 세워졌다. 요섭은 일어날 생각도 않고 무슨 말인가 하려고 머뭇거렸다. 신부가 재빨리 고맙다는 인사말을 남기고 요섭의 등을 밀었다.

그들은 다시 걷기 시작했다. 경운기는 미루나무 개울 저쪽으로 달빛 바다를 헤어가는 통통배처럼 멀어져 갔다.

"알려주고 싶었어요, 그분들에게……."

요섭이 말했다. 그는 자신의 그림자를 내려다보며 걷고 있었다.

"그래……. 그러나 다 부질없는 짓이다."

요섭이 우뚝 걸음을 멈추었다.

"농부들에겐 알려줄 필요가 없다는 뜻입니까?"

넌 그저 알려주고 싶기만 했던 게 아니었잖니? 동원대가 되어 화순, 함평으로 돌 때완 다른데도 넌……. 그러나 신부는 말머리를 돌렸다.

"언젠가는 다 알게 된다."

요섭이 다시 걸음을 옮겼다. 구름이 밀려와 서서히 달을 먹어갔다. 하얗게 도드라지던 국도에 어둠이 내렸다. 요섭이 어둠 저쪽을 응시하며 말했다.

"신부님, 추기경을 만나고 수도 사람께 알리고 정부 요인에게 면담을 요청한다고 해서 어떤 해결점이 얻어질까요."

그래, 요섭아, 그건 나도 알 수가 없단다. 그래도 우린 가야 해. 가기 위해 출발했으니까.

달이 다시 얼굴을 내밀었다. 이제 달은 그들의 뒤를 밟고 있었다. 국도의 비포장도로가 삽시간에 숨을 죽였다. 주변이 망을 보는 자의 은밀한 눈빛 같았다. 신부는 얼핏 요섭의 어깨에 걸린 가방을 살폈다. 그때 맞은편에서 차가 오고 있었다. 요섭이 뒤돌아섰다.

"산길로 가지요."

"그게 좋겠구나."

두 사람은 논두렁으로 내려갔다. 차가 지나갔다. 택시였다. 빗발같이 날아오는 총탄을 향해, 도청을 향해 헤드라이트를 켜고 클랙슨을 울리면서 돌진해가던 기사들이, 뇌엽(腦葉) 갈피갈피에 숨어 있던 그 비장한 얼굴들이 불시에 툭툭 튀어나왔다. 신부의 몸이 휘청 기울어졌다. 자칫 못 자리판으로 발이 빠질 뻔한 것이었다.

"조심하세요."

요섭이 돌아서서 신부를 부축했다.

"괜찮다."

그들은 다랑논의 봇도랑을 건너 산 자드락길로 접어들었다. 막 자라 기 시작한 상수리나무 잎들이 겁 없는 아이처럼 저마다 달을 향해 꼿꼿 이 고개를 쳐들었고 어디선가 산개구리 울음소리가 구울구울 들려왔다.

초이레 밤이던가, 그날 도시인들은 아무도 잠들지 못했다. 잠을 잃은 시민들은 자꾸만 도청으로 모여들었고 건물을 점거한 진압군들은 신호 탄과 최루탄을 번갈아 쏘아댔다.

최루탄을 쏘지 마세요. 우린 맨주먹입니다.

한 여성이 손확성기로 말했다. 저지선에 막혀 주위를 빙빙 돌던 사람 들은 마치 후렴을 달듯 쿠울쿠울 기침을 했다. 다시금 예광탄이 밤하늘 로 치솟았다. 별안간 시민들은 저지선을 넘어 도청 건물 쪽으로 나아갔 다. 흡사 바람에 밀리는 물결 같았다. 우박 소리가 허공을 때렸다. 총소 리였다. 많은 사람들이 쓰러졌다. 바닥에 몸을 뉘지도 못하고 바리케이 드에 걸려 있던 그 주검……. 진압군들이 달려나와 시신들을 끌어갔다. 사람들은 갑자기 잠든 듯 망연하게 서 있었고 조각달은 자정을 향해 먹 구름 속으로 곤두박질쳤다.

좋은 세상 온다더니/잡은 손을 뿌리치고
비겁자가 아니라면/좋은 세상 온다더니
어미보다 먼저 먼저/저세상을 가는구나

그 거리에 새벽이 기웃거렸다. 어미들은, 아낙들은 시름시름 노래를 부르고 남정들은 매운 눈물을 흘리며 화염병을 만들었다. 또 한 차례의 신호탄이 올랐다. 총탄이 새벽을 죽였다. 아니, 거리를 죽였다. 자색 등 꽃으로 떨어진 주검들이 여기저기 검은 피가 되어 둥둥 떠올랐다. 신부는 눈을 부릅뜨고 성경 구절을 읊조렸다. 마태오 10장이었다. 26, 27, 28절…… 그때 누군가가 소리쳤다.

세무서를 불태웠소! 무기고에 총이 있소. 카빈이 있소!

남자들이 그쪽으로 달려갔다. 신부는 문득 자신을 보았다. 성경 구절이나 뇌고 있는 자신의 모습은 바리새인 그것이었다.

해가 떠올랐다. 잠깐 동안 초파일의 햇덩이는 해맑아 보였다.

신부님, 시민들이 차를 몰고 와요. 저것 좀 보세요.

함께 밤을 새운 한 소녀가 말했다. 어디서 어떻게 획득했는가, 장갑차와 군용트럭, 고속버스가 시민들을 태우고 천천히 굴러왔고 도청에서는 군헬기 몇 대가 이착륙하고 있었다. 해산하라! 요구 조건을 들어주겠다. 어서 돌아가라! 저공을 날던 경찰 헬기에서는 다급한 목소리로 방송을 했고 그즈음 이미 시민의 차는 저지선을 돌입하고 있었다. 아아, 햇덩이를 조각 내던 엘엠지(LMG) 소리…… 그 소리에 떨어진 수많은 이삭들…….

요섭이 길섶에 힘없이 주저앉았다. 신부는 얼른 그를 잡으려다가 손을 멈추었다. 피곤한 모양이구나. 하긴 그럴 만도 하지. 근 열흘간 잠인들 제대로 잤을까. 신부도 말없이 요섭 곁에 앉았다.

"신부님, 이 산을 돌아가면 장성호가 나올 거예요. 거기만 지나면 국도로 빠져도 검문은 없겠지요?"

요섭이 물었다. 꿈속인 듯 푹 젖은 목소리였다.

"그래도 차를 얻어 타려면 노령까지 가야 할 게다."

신부는 하늘을 올려다보았다. 달이 머리꼭대기에서 음험한 눈으로 내려다보고 있었다. 개구리 소리도 들려 오지 않았다. 바람도 없었다. 그런데도 산은 소리 없이 이슬을 뿜어내고 있었다. 지금쯤 어떻게 되었을까. 수습위들은. 무기는. 티엔티(TNT)는. 시민들은……

"신부님, 조금 전에 제가 비틀거리면서 걸었지요?"

요섭이 담배를 꺼내 물었다.

"글쎄……."

요섭이 담배를 붙여 신부에게 내밀었다. 신부는 고개를 저었다.

"깜박 졸았던 모양이에요. 아버지를 봤거든요."

요섭은 담배를 빽빽 빨아들인 후 길게 토해냈다.

"돌아가시기 전까지 술만 취하시면 곧잘 족보 자랑을 하셨어요."

"족보……."

"우리 집안엔 대대로 비겁자가 없었다……. 그게 아버지의 자랑이었지만 저에겐 그렇지가 못했어요. 강진서 도예공이셨다는 몇 대조 선조가 임진란 때 자문(自刎)한 것을 비롯해서 동학군에 가담해서 현감을 징치했다는 죄목으로 옥사를 했다는 증조할아버지, 왜놈 집만 골라 도둑질을 하거나 그 집 안방에 몰래 독사를 잡아넣었다는 당대할아버지……. 어릴 때 그 이야기만 나오면 부끄럽고 창피해서 정말이지, 죽고 싶었어요. 어째서 우리 선조는 다른 애들이 내세우듯 영의정이나 판서나 양반이 없는가……. 대학에 와서야 아버지를 이해했어요. 그것은 소외당한 땅에서 스스로 멍울진 자존심 같은 것……. 견훤 이후 신라나 고려로부터 버림받기 시작한 땅…… 객땅…… 개땅쇠…… 아니지요. 그 이전부터 정벌만 당해온 땅이었어요."

초아흐레였다. 신부는 수습대책위원의 한 사람으로서 도청 서무과로 향했다. 막 지방에서 돌아온 트럭이 광장에 세워졌고 거기서 태극기와 카빈을 둘러멘 요섭이 내렸다. 땀과 먼지로 코 언저리가 새까매진 요섭이 싱얼싱얼 웃으며 뛰어왔다.

신부님, 정말이군요. 화순에서 도청을 탈환했다는 소식을 들었지만 믿지 않았거든요.

그래, 그들은 어제 저녁에 철수했단다.

우린 티엔티를 가져왔어요. 실탄도 무기도 아주 많아요.

그때 신부는 일러주고 싶었다. 요섭아, 니가 총을 메고 있다는 것이 도무지 어울리지 않는구나. 그러나 며칠 사이에 십 년은 자라버린 요섭은 무기 반납을 강요받을 때, 다시금 진압군이 좁혀올 때 늙은 추장처럼 말했었다. 피가 모자란다면, 지금까지 흘린 피로도 충분치 않다면, 그렇다면 이젠 우리 모두가 죽어야 합니다.

"그래서 오늘까지 이렇도록 슬픈 땅……."

요섭이 자신의 담뱃불을 지그시 바라보며 중얼거렸다.

"젖과 꿀을 약속받은 가나안 땅에서도……."

신부가 주머니를 뒤져 담배를 찾으며 말했다. 요섭은 담뱃불을 좀더 눈 가까이로 가져갔다.

"신부님…… 제가 정말 신부님을 따라 이렇게 와야 했을까요?"

그 목소리는 하도 깊어서 땅속에서 들려 오는 것 같았다.

"그건 너의 뜻이 아니었잖니."

"그래요, 동지들이 날 보냈어요. 신부님과 가깝다는 이유로……. 다른 사람을 보낼 수도 있었어요. 그런데, 그런데 내가……."

요섭은 담배를 던지고 무릎에 얼굴을 묻었다. 신부가 그의 어깨를 잡왔다.

"요섭아."

"남아 있어야 했어요. 제가 떠나 온 까닭이 뭐죠? 신부님 호위? 아니에요. 신부님이 걸을 수 없거나 길을 모르시는 것도 아닌데. 신부님 혼자 가시면 오히려 안전한데, 그런데 왜 제가 따라왔죠?"

요섭의 어깨팍이 푸르르 떨리고 있었다. 그는 울고 있는가. 요섭아, 그렇다면 요섭아, 남아 있어야 할 사람은 네가 아니라 나였단다. 그것으로 끝이기만 하다면, 우리가 남아 있어서 끝나기만 한다면 우리의 탈출은 부끄러움이어야 할 것이다. 신부는 담배를 도로 집어 넣고 달을 쳐다보았다. 엷은 구름에 싸인 달은 화농한 환부 모양 문드러져 보였다. 오늘 새벽, 상황실 창에 걸린 달도 꼭 저런 모습이었다. 철야한 수습대책위원들은 그 달을 보지 않으려고, 어디엔가 숨겨져 있을 실마리를 훔쳐라도 보려고 한사코 책상만 노려보았다. 누구의 시계에선가 다섯시를 알리는 발신음이 삐삐 울렸다. 그러자 무기를 지키던 요섭이 달려왔다. 순찰대, 홍보반, 치안대, 환자수송반 청년들도 차례로 달려왔다. 장갑차가 오고 있습니다! 최후의 순간이 오면 차라리 티엔티를 폭발시켜 전원 자폭합시다! 주여, 힘을 주소서. 지혜를 주소서……

전차가 오고 있다면 우리가 먼저 나가서 그 탄알을 맞이합시다.

한 수습위가 벌떡 일어나며 말했다. 그 역시 신부였다

젊은이들은 여기 남아 있어야 합니다.

목사가 말했다.

우리도 여기서 그저 죽음을 맞고 싶진 않습니다. 앞장서겠습니다.

청년들은 항의했다.

젊은이들은 남아서 여기를 지켜야 합니다.

결국 무장한 청년들은 남고 17명의 수습위원들은 전원 입구로 나갔다. 모두들 말이 없었다. 그들은 그저 앞으로 앞으로 걷기만 했다. 해가 떠올랐다. 시민들이 뒤를 따랐다. 처음에는 한둘에서 수십, 수백 명······. 마치 자석에 끌린 쇳조각 모양 그들은 겹겹이 꼬리를 물었다. 거대한 침묵이 더운 숨결로 고리를 이으면서 십 리 길이나 꿈틀꿈틀 움직여 갔다. 저만치 진흥원이 보였다. 별안간 해가 난폭한 변태자가 되어 거리를 낱낱이 벗겼다. 2층 창가에서, 옥상에서, 인도에서 기관총은 숨을 죽이고 그들을 기다리고 있었다. 신부는 묵묵히 나아갔다. 포문을 뻗치고 있는 장갑차를 향해, 바리케이드를 향해······.

"신부님, 지금쯤······ 지금쯤······."

요섭이 더듬거렸다. 신부는 그의 어깨를 가만히 안았다. 요섭아, 아직은 아닐 게다. 적어도 12시까지는······. 신부는 시간을 확인하고 싶었지만 그럴 수가 없었다. 차라리 세계의 시간을 모두 죽여버릴 수만 있다면, 신부는 그렇게 해달라고 야훼께 간원하고 싶었다. 12시······ 12시······.

신부는 바리케이드로 다가갔다. 한 사람의 소령이 군은 표정으로 그들을 맞았다.

곧 부사령관님이 오실 겁니다. 여기서 기다려주십시오.

9시가 지나자 검은 세단차가 왔다. 장군이 내렸다. 장군은 고개를 떨구고 걸어왔다. 고개를 숙이고 온다. 장군이! 부끄럽다는 것인가, 아니면 회복의 가능성을 머리에 담고 오는가. 장군이 멈춰 섰다.

계엄사령부에 가서 이야기합시다.

장군이 뒷짐을 지고 군화를 내려다보며 말했다. 수습위원들은 잠깐 의견을 나누었다. 학생대표를 포함 11명이 선발되었고 그들은 곧 상무대로 갔다.

우리는 더 이상 피를 흘려선 안 됩니다. 나라를 위해서도 생명을 아껴야 합니다.

타협 회의장에 앉으마자 신부가 입을 열었다.

동감이오. 그러자면 어서 무기를 회수, 군에 반납하시오. 그렇게 하면 경찰로 하여금 치안을 회복게 하겠소.

장군이 대답했다.

먼저 진압군을 철수해야 합니다.

그건 안 돼요. 며칠씩이나 참으면서 후퇴까지 했소. 이건 사기문제란 말이오. 아시겠지만 군인은 이겨야 한단 말이오. 언제나 이겨야 한단 말이오.

당연한 말이오. 하지만 여긴 이겨야 할 장소도, 장갑차가 와야 할 곳도 아니란 걸 장군께서 더 잘 아시잖소.

군인도 여럿 죽었소. 전우를 잃은 젊은 군인들…… 평소의 교육으로 그 분노를 잠재우고 있소.

부탁이오. 경찰에 치안을 맡기고 철수해주시오. 그래야만 수습이 됩니다. 무기를 반납하고 해산하시오. 그러면 철수하겠소.

네 시간 반 동안 협상은 절대로 만날 수 없는 기차 선로였다. 신부는 마지막 카드를 내놓았다.

그럼 시간을 주시오. 시간이 필요하오.

오늘 밤 열두시까지 수습하시오. 이게 최후통첩이오.

장군은 자리를 박차고 일어났다. 무위였다. 긴 시간이 허탈 하나로 뭉청 잘려 나갔다. 신부도 수습위원들도 몸을 일으켰다. 장갑차는 올 것이다. 밤 12시까지는 오고야 말 것이다. 우리가 무슨 힘으로 시민을 설득할 것인가. 설득이 아니라 호소를 해보자. 죽음을 각오하고 애원해보자. 장

군이 지프를 내주었다. 지프차가 공단 입구 쪽으로 달려갔다. 파헤쳐졌
던 길이 말끔히 정리되어 있었고 시외도로도 개통되어 있었다.

시민들이 야채를 구입할 수 있게 하기 위해서 도로를 보수했습니다.

묻지도 않았는데 운전병이 말했다. 신부는 공단 입구에서 내렸다. 시
민들은 주의 깊게 왕래했고 가끔씩 택시도 지나다녔다. 군의 작전을 위
해 도로를 복구했구나. 그렇다면 최후통첩은 미리 예정된 시간? 신부는
급히 가톨릭센터로 갔다. 오후 4시였다. 많은 시민들이 센터 앞에 모여
있었다. 또 모이고 있었다. 신부는 다시 방향을 바꾸어 도청으로 갔다.
부지사실에는 외신기자들과 많은 인사들이 신부를 기다리고 있었다. 눈
길이 동시에 몰려왔다. 신부는 쓰러지듯 의자에 앉았다.

난 장군을 설득시키지 못했어요.

그리고 신부는 눈을 감았다. 몸과 마음이 심연으로 떨어져 갔다. 심연
에는 예정된 진혼제가 있었다. 아직 죽지 않은 사람들이, 한참이나 더
살아야 할 생명들이 명부 위에 어른거렸다. 신부는 번쩍 눈을 떴다. 안
돼. 그런 진혼제는 안 돼……. 신부는 떨리는 손으로 호소문을 쓰기 시
작했다.

신부님, 김 신부님!

YMCA에서 청년이 달려왔다.

지금 곧 수도로 가시라는 전언입니다. 시간이 없습니다.

그래도 12시까지는 시간이 있다.

아닙니다. 방금 입수된 정보에 의하면 그들은 출동을 위해 돼지고기
파티를…….

그렇다면 내가 왜 여길 떠나야 하지?

가서 누명을 벗겨주십시오. 우리는 불순분자도 폭도도 아니라는 사실

을 세상에 알려주십시오.

신부는 고개를 저었다.

지금은 누명을 두려워할 때가 아니다.

조 신부가 김 신부의 손을 잡았다.

그렇게 하셔야 합니다. 지금은 그것이 필요한 때입니다.

뒤이어 요섭이 들어왔다. 그 애는 이미 떠날 채비를 하고 왔다. 주님이여, 성모님이여, 부디 이곳을, 이 생명들을 지켜주십시오. 신부는 그곳을 떠나오면서 출애굽인가, 정녕 그러한가, 자신에게 반문했다.

"신부님, 사실은 아까 깜박 졸았을 때 아버지를 본 게 아니었어요."

요섭이 천천히 고개를 들면서 말했다.

"동지들의 얼굴이었어요. 신부님, 동지들의 얼굴이요!"

그래, 요섭아. 나도 그 얼굴들을 보고 있단다.

"그들은 죽었어요. 모두가……. 그런데 난 비겁자가 되었잖아요. 족보에도 없는 비겁자……."

"우리에겐 아무도 비겁자가 없다. 요섭아, 그만 일어나자."

"아무 의미가 없어요. 나의 탈출은……."

"어서 일어나거라. 너의 임무는 아직도 끝나지 않았어."

신부는 요섭을 안아 일으켰다. 요섭은 한참 만에 무겁게 일어났다. 신부는 그의 어깨에 팔을 두르고 걷기 시작했다.

요섭아, 우리도 지금 안전한 곳으로 대피하고 있는 게 아니란다. 거기에도 장벽은 있다. 그 장벽을 깨뜨려달라는 임무가 우리에게 주어진 거야. 우린 그걸 해내야 돼. 비록 이 밤길이 영원히 끝나지 않는다 해도 이젠 서둘러야 한다.

지 알고 내 알고 하늘이 알건만

박완서

(1931~2011)

박완서(1931~2011)는 1970년 『여성동아』 장편소설 공모에 『나목』이 당선되어 작품 활동을 시작했다. 비교적 늦은 나이에 작품 발표를 시작한 그는 그 후 장편과 단편을 비롯하여 여러 권의 창작집과 산문집을 냈다. 그의 소설은 주로 중산층이나 도시 소시민의 허위의식에 가득한 삶들을 그리는 특징을 보이고 있다. 때문에 어떤 경우 그의 작품은 세태적이기도 하고, 또 주인공들이 지나치게 왜소해 보이기도 한다. 그러나 근본적으로 그의 작품의 주인공들은 우리가 살아가는 일상적 삶을 따스하게 보려는 자세를 지니고 있다. 그 따스함은 곧 소설을 읽는 독자인 우리들을 되돌아보게 하는 힘을 지니고 있는 것이다. 그는 1981년 『그 가을의 사흘 동안』으로 한국문학작가상을, 『엄마의 말뚝』으로 1982년에는 이상문학상을 받기도 했다. 작품집으로는 『부끄러움을 가르칩니다』, 『배반의 여름』, 『엄마의 말뚝』, 『그 해 겨울은 따뜻했네』, 『도시의 흉년』, 『미망』, 『저문날의 삽화』 등이 있다.

여기 수록한 『지 알고 내 알고 하늘이 알건만』은 1984년 창작과비평사의 신작소설집에 발표된 것이다. 이 소설 역시 중산층의 허구적 모습을 여실하게 보여주고 있는 작품이다. 병든 시아버지의 시중꾼 역할로(계모라고는 하지만) 진태 어머니에게 떠밀리다시피 합쳐 살게 된 성남댁은 광우리 장수를 하던 사람이었다. 시아버지가 돌아가시면 13평 아파트를 주기로 했던 약속은 그러나 막상 상을 당하고 나자 모두 허사가 되어버린다. 오히려 진태 어머니는 위선적인 행동으로 성남댁을 기만한다. 그러나 성남댁은 타고난 건강한 생명력으로 다시 활기 있게 아들과 손주를 찾아간다는 이 소설은 수난당하는 여성의 삶을 그리고 있다. 그 수난은 물론 사회의 구조와 연결되어 있을 테지만 이 소설은 구조적인 문제에 대한 접근보다는 중산층의 허위의식에 긴밀하게 연결되어 있다. 진태 어머니와 그의 친구들로 대표되는 기만적 중산층과 성남댁으로 대표되는 민중의 건강한 삶을 대비적으로 보여주는 것이 이 작품의 생명력이다. 물신화되고 이기적인 오늘의 세태 속에서 성남댁이 가지는 이 건강함이야말로 작가가 우리에게 던져주는 희망의 노래라고 할 수 있다.

"참 혼자된 마나님이 안 보이네. 슬픔에 겨워서 기함이라도 했남?"

"기함은, 그 마나님이 그래 봬도 보통내기가 아니라던데 제 살 궁리하기에 바쁘겠지 뭐."

"쯧쯧 삼우제나 치르고 제 살 꿍꿍이속 차려도 늦지는 않으련만 누가 당장 내칠 것도 아니고……."

"뉘 아니래, 삼우까지도 안 바래고 내일 장례 때까지만이라도 의젓하게 마나님 노릇 해주면 이 집 체면이 서련만……."

"아 보통사람 수준은 돼야 그런 사람 노릇을 바라지. 내 보기엔 처음부터 그럴 위인이 못 되더구먼. 진태 엄마가 암만 약은 척해도 헛 약았다니까. 잠깐 눈에 뭐가 씌었던지. 그 거렁뱅이 할멈을 어쩌자고 집에다 끌어들여 가지고……."

"거렁뱅이는 아니었대요. 성남 모란시장 근방에서 광우리 장사를 했다던데……."

"성남이 아니라 잠실 굴다리 밑에서 채소 장사를 했다니까……."

"아냐 잠실은 맞는데 굴다리 밑이 아니라, 새마을시장에서 고무줄이
랑 덧버선이랑 그런 걸 조금씩 보자기에 싸 갖고 다니면서 팔다가 진태
엄마 눈에 띄었나 보던데……."

"암튼 그 마나님 이 집에 들어올 땐 내가 제일 잘 아는데 거렁뱅이나
다름없었다구. 봉두난발에 땟국에 전 등거리에선 쉰 내 썩은 내가 코를
찌르구, 손톱, 발톱, 갈라진 발뒤꿈치에 낀 새까만 때만 긁어 모아도 아
마 연탄 한뎅이는 실컷 만들고도 남을 만했으니까."

"설마?"

여자들이 깔깔댔다. 영감님이 숨을 거두자 일 거든답시고 겪음내기로
드나드는 이 집 맏며느리인 진태 엄마의 동창, 계 친구, 꽃꽂이 친구, 동
네 친구들은 말이 많고 웃기들을 잘했다. 어젠 그래도 말소리들이 나직
나직하고 웃음소리도 조심스럽더니 오늘은 벌써 상가라는 걸 깜박깜박
잊는 모양이었다.

"이렇게 큰 소리로 웃어도 되는 거니?"

"어떠니? 호상인데."

"진태 엄마도 그새를 못 참고."

"뭘 말야?"

"마나님 끌어들인 지 삼 년도 채 안 됐잖아. 그동안만 어떡하든지 혼
자서 시아버지 시중을 들었더라면 지금 얼마나 개운할 거냐 말야. 그야
말로 호상이구."

"남의 일이니까 삼 년이 잠깐이지 중풍 들린 홀시아버지 시중 삼 년이
수월해? 그리고 제아무리 효자 효부도 악처만 못하단 소리도 못 들었어.
마나님 얻어드린 게 진태 엄마로선 큰 효도한 거지."

"하긴 진태 엄마만 한 효부도 드물 거야. 어젠 어쩌나 서럽게 우는지,

그러고 여지껏 곡기를 끊고 저렇게 누워 있으니. 딸들이 셋이나 있으면
뭘 해. 모다 입 꼭 다물고 울음을 삼키고 있는 시늉들을 하더구만. 그 말
똥말똥한 눈 보면 몰라? 딸도 소용없고 아들도 소용없고, 돌아가시는 날
까지 모신 며느리가 제일이라니까."

"참 진태 엄마 우유라도 좀 뎁혀다 먹여야지. 효부도 좋지만 여지껏
곡기를 끊고 저렇게 기진해 있으니."

"그래 말야. 국하고 우유하고 가지고 들여다보자. 동서고금을 털어도
시아버지 따라 죽는 효부는 없다던데, 맹추 같으니라구."

여자들이 우르르 진태 엄마가 몸져누워 있는 안방으로 몰려가자 부엌
이 비었다. 부엌에 딸린 작은 골방에서 꼼짝도 못 하고 웅숭그리고 있던
성남댁 할머니가 문을 빠끔히 열고 부엌 눈치를 살폈다.

"저 여편네들은 다녀도 꼭 작당을 해서 다닌다니까."

성남댁은 이렇게 중얼거리며 혀를 찼다. 뭔 일을 나누어 할 줄도 찾아
서 할 줄도 모르고 그저 한데 어울려서 손보다 입으로 더 많이 법석들을
떨던 여자들이 일제히 사라진 부엌은 난장판이었다. 가스렌지는 넷이나
되는 구멍마다 푸른 불을 넘실대며 뭔가를 맹렬히 끓이고 있었고, 부엌
바닥엔 다듬다 만 파단과 긁다 만 무 토막이 슬리퍼짝과 함께 나동그라
져 있었고, 부엌문을 가로막은 큰 교자상은 보다 만 상인지 물려 온 상인
지 분간을 못 하게 어수선했다.

성남댁은 어제 받은 수모를 생각하면 못 본 척해야 된다고 생각하면
서도 살금살금 나와서 국이 끓어 넘치는 쪽 가스불은 알맞게 줄이고, 물
이 다 졸은 제육은 젓갈로 찔러 보니 다 익은 것 같아 불을 껐다. 동태찌
개는 잘 끓고 있었다. 간을 보니 슴슴했지만 시원했다. 간을 보느라 입맛
을 다시기가 잘못이었다. 느닷없이 아귀같이 맹렬한 식욕이 치밀었다.

뱃속에서 창자가 용트림을 하면서 단말마의 비명을 지르려는 것 같았다. 어제 새벽 영감님 임종 후 성남댁은 아직까지 한 번도 요기가 될 만한 걸 먹어보질 못했다. 며느리가 곡기를 끊고 애통해하는데 명색이 마누라가 무얼 꾸역꾸역 먹을 수가 없었다. 그러나 진태 엄마가 애통 끝에 몸져누운 방엔 우유네, 잣죽이네, 요구르트네, 박카스네, 인삼차네 안 들어가는 게 없었지만 성남댁의 허기에 대해선 아무도 헤아려주는 사람이 없었다. 부엌에 나오지도 못하게 했지만, 끼니 때 부르지도 않았고 누구 하나 밥상을 차려 들여보내주지도 않았다.

부엌엔 맨 먹을 것 천지였다. 설거지를 기다리는 교자상 위의 음식찌끼만 해도 제육, 전유어, 나물, 찌개 국물, 국에 말아 남긴 밥 등 주린 배엔 다 진수성찬이었다. 깨끗한 척하기 좋아하는 여편네들이 그런 것들을 휘뚜루 쓰레기통에 처넣을 생각을 하면 성남댁은 가슴이 아렸다. 후딱 제육을 김치에 싸서 꿀떡 삼키려다가 체면이란 말이 생각나면서 반사적으로 손이 오므라들었다. 성남댁이 영감님 시중을 들고 나서 삼 년 동안 진태 엄마한테 가장 자주 들은 잔소리가 바로 "저희 집 체면을 생각해주셔야죠"였던 것이다.

성남댁은 허리띠를 질끈 동여맨 몽당치마를 입어야만 몸이 편했고, 엄동설한 아니면 버선이고 양말이고 갑갑해서 못 신었고, 우거지찌개하고 신김치만 있으면 밥이 마냥 꿀맛 같은 대식가였고, 목에 왕방울을 단 것처럼 목소리가 컸고, 머리에 무거운 임을 이고 다니던 버릇으로 걸을 땐 엉덩이를 몹시 흔들었고, 골목을 드나드는 리어카나 광주리 장수가 외치는 소리만 나면 경정경정 뛰어나가 사지도 않을 물건을 살 듯이 만수받이하고 싶어했고, 말끝마다 걸쩍한 욕지거리를 덧붙이지 않으면 맨밥 먹은 것처럼 속이 메슥메슥해하는 고약한 버릇들을 가지고 있었다. 그런 성남댁이 지금처럼 안존한 보통 마나님으로 닦달질이 된 것은 진태 엄마의 자기네 체면에 대한 줄기차고 차디찬 경고 때문이기도 했지만 성남댁자신이 주리 참듯 참은 결과이기도 했다. 성남댁은 자신의 참을성이 흔들리려 할 적마다 13평짜리 아파트를 생각하고 이를 악물었었다. 가르친 게 없어서 막벌이밖에 할 게 없는 아들이 일생을 벌어도 살까 말까 한아파트를 단 몇 년 동안의 참을성만 가지고 얻어 가질 수 있다는 생각을하면 자다가도 신바람이 나서 절로 엉덩이가 휘둘러졌다. 그러나 아들며느리에 손자까지 있다는 건 어디까지나 성남댁 혼자만의 비밀이었다. 팔자가 이렇게 바뀔 줄 처음부터 알았던 건 아니건만, 아들 가진 늙은이가 너무 고생하는 건 아들 욕 먹이는 일밖에 더 되나 싶어 혼자 사는 박복한 늙은이로 행세해왔었다. 진태 엄마 역시 체면에 관계되는 상스러운 거동에 대해선 매우 까다롭게 굴었지만 과거는 묻지 않았다. 그녀는성남댁같이 막돼먹은 여자의 과거에 대해선 본능적인 혐오감마저 품고있는 것 같았다. 자기네 체면을 생각해달라고 애걸할 때마다 매번 덧붙이는 말을 들어도 알 만했다.

"성남댁 할머니, 제발 그 광우리 이고 이리 쫓기고 저리 쫓길 때 티 좀작작 낼 수 없어요. 창피하지도 않아요. 난 아무한테도 할머니가 그런 출신이란 걸 얘기 안 했단 말예요. 아이들한테도 우리 애아빠한테까지도숨긴 할머니 본색을 그렇게 아무 때나 드러낼 때마다 난 아찔아찔하다니까요. 할머니만 그 티를 안 내면 감쪽같이 점잖은 집 안방마님 노릇 할수 있다는 걸 왜 몰라요."

그런 소리를 귀에 못이 박히게 들었건만 진태 엄마 친구들은 벌써 어제부터 수군수군 속닥속닥 좀을 집듯이 성남댁 과거를 들추어내더니 오늘은 숫제 성남댁도 들으라는 듯이 서로 목청을 돋우어 그 소문을 풍기고 있었다. 그 얌전하고 새침한 진태 엄마가 시아버지 숨 끊어지기가 무섭게 그 소문부터 냈단 말인가? 진작부터 다 풍겨놓고 성남댁한테만 간특을 떨었단 말인가? 성남댁의 아둔한 소견으론 도무지 종잡을 재간이 없었다. 실상 성남댁은 자신의 본색이 드러난 게 그닥 무안하거나 억울한 건 아니었다. 비록 광주리를 이고 온종일 쫓겨다닌 적이 편히 퍼더버리고 앉아 장사를 한 적보다 더 많은 고달픈 신세였지만 뭘 잘못해서 쫓겨다닌 건 아니란 생각 하나는 제법 확고했다. 그래서 이 다음에 저승에 가서 벌을 받아도 행상들을 못 살게 구는 데 이골이 난 시장 경비들이 받을 것이지 쫓겨다닌 행상이 받지는 않을 거라고 믿고 있었기 때문에 진태 엄마가 쉬쉬 숨기려 드는 것만큼 성남댁은 부끄러움을 못 느끼고 있었다.

"저희들끼리 실컷 찧고 까불라구. 털어서 먼지 안 나는 사람 없다 카지만 난 잘못한 거 하나 없으니까."

이런 배짱이기 때문에 진태 엄마 친구들이 그녀의 근본을 드러내서 웃음거리로 삼는 걸 탓할 마음은 없었다. 모란시장이나 굴다리 밑, 새마을시장에서 장사한 게 그렇게 신기한 거라면 내 모가지가 마늘 열 접을 이고도 끄떡없었다는 걸 알면 저 여편네들이 아마 다 진태 엄마 곁에 나란히 기함을 해 자빠질걸. 이런 익살스러운 마음까지 동했다.

성남댁이 이렇게 진태 엄마 친구들한테 너그러울 수 있는 건 진태 엄마에 대해 새롭게 품게 된 석연치 않은 마음 때문인지도 몰랐다. 성남댁이 부탁한 것도 아닌데 말끝마다 본색을 숨겨주는 걸 그렇게 생색을 내고 나서 제가 먼저 풍긴 것도 성남댁으로선 도무지 이해할 수 없는 요망한 짓거리였지만 그녀의 표변한 태도는 더욱 괘씸했다.

어제 새벽 영감님이 운명하시자 며느리의 애통은 거의 난동에 가까웠다. 상주는 물론 진태, 진숙이까지 그녀의 애통을 달래고 돌보느라 정작 시체는 본 체 만 체였다. 정말 숨이 끊어졌나를 확인하고 팔다리를 곧게 뻗게 해서 손은 배 위에 모아 놓고, 발도 모아 놓고, 목을 바르게 하고 홑이불을 덮어주는 일을 성남댁 혼자서 정성스럽게 했다. 그리고 장 속에서 망인이 평소에 입던 저고리를 꺼내 놓으면서 초혼(招魂)을 부를 때 쓰라고 일렀다. 그건 성남댁이 알고 있는 장례 절차였고 그 이상은 잘 알지도 못 했지만 진태 엄마가 애곡을 그치고 차차 알아서 할 일이지 자기가 간섭할 일이 아니라는 분수쯤은 알고 있었다. 그런 영감님 시중에 전적으로 매달려 있다가 갑자기 놓여나니까 허전하기도 심심하기도 해서 뒤늦게 눈물이 나오려고 했다. 성남댁은 소리 죽여 흐느끼면서 할 일을 찾는다는 게 사잣밥을 짓는 일이었다. 성남댁이 막 쌀을 씻어 안치고 가스불을 당기는데 애곡을 그친 진태 엄마가 뿌르르 부엌으로 나왔다. 진태 엄마는 애통한 사람답지 않게 살기 등등해서 묻는 것이었다.

"아니 거기서 뭘 하는 거예요?"

"사잣밥을 지으려고…… 참 기별할 데는 빨리빨리 기별을 해요. 부엌 걱정은 말고. 초혼은 시신을 안 본 사람이 부른다지 아마. 요샌 장의사 사람이 그것도 불러주겠지 뭐."

"성남댁, 빨리 들어가 있지 못해요. 여기가 어디라고 성남댁이 감히 감 놔라 배 놔라 하는 거예요?"

진태 엄마가 표독하게 말하면서 성남댁을 노려보았다. 성남댁은 한대 얻어맞은 것처럼 어안이 벙벙해서 아무 말도 못 했다. 영감님이 살아계실 때는 그래도 꼬박꼬박 "성남댁 할머니"라고 불렀었다. '성남댁 할머니'는 진태 엄마뿐 아니라 진태 아빠, 진태, 진숙이 등 이 집 식구는 물론 고모들, 파출부나 드나드는 손님에게까지 휘뚜루 통용되는 성남댁의 호칭이었다. 실은 그 호칭도 성남댁에게 그렇게 흡족한 건 아니었다. 우선 약속이 틀렸다.

진태 엄마가 성남댁을 맞아들일 때는 단순한 시아버지의 시중꾼으로서가 아니라 계모(繼母)로서였다. 깍듯이 시어머니로 모시고, 시아버지가 돌아가시면 아직도 시아버지 명의로 돼 있는 13평짜리 아파트를 주겠다는 조건을 무수히 되풀이했었다. 그 13평짜리 아파트에서 영감님하고 단둘이 살 때는 그래도 행복했었다. 영감님은 중풍으로 한쪽이 불편했지만 부축만 해 주면 곧잘 걸었고, 식성도 좋았고 마음씨도 너그러웠다. 돈 아껴 쓰라는 잔소리가 처음엔 좀 듣기 싫었지만 다달이 며느리가 갖다주는 빠듯한 생활비에서 얼마간이라도 남겨서 성남댁한테 주고 싶어서 그런다는 걸 곧 알게 됐다. 이 년 남짓 그렇게 살다가 다시 한 번 중풍이 도진 영감님은 몸져누워서 의식이 오락가락했고 대소변을 받아내야 했다. 그렇게 되자 진태 엄마는 자식 된 도리를 내세워 합치자고 했고 성남댁은 알뜰히 정들인 13평짜리 아파트를 내놓고 영감님을 따라 진태네로 들어갈 수밖에 없었다. 따로 살 때도 어머님 소리를 들어본 것 같진 않았지만, 합치고 나서 휘뚜루 부르는 '성남댁 할머니'도 처음에만 좀 섭섭하다가 곧 예사로워졌다. 가끔 '댁'은 빼고 성남할머니라고만 해도 듣기에 한결 붙임성 있으련만 하는 정도의 욕심이 날 적도 있었지만 그걸 입 밖에 낸 적은 없었다. 그 정도가 성남댁의 욕심의 한계였다. 그녀 역시 진태 엄마처럼 귀부인 티가 철철 흐르는 여자를 감히 며느리뻘이 된다고 생각해본 적이 없었다. 그래 그런지 할머니를 뺀 성남댁이란 하대를 당하고도 분하고 괘씸한 생각이 오래가지 않았다. 다만 영감님 장사나 지내고, 셈이나 끝내고 나서 남 돼도 늦지는 않으련만, 하고 진태 엄마의 조급한 성미를 딱하게 여기는 게 고작이었다. 셈이란 물론 13평짜리 아파트의 인수인계를 의미했다.

진태 엄마 친구들이 우르르 부엌 쪽으로 몰려나올 기미에 성남댁은 얼른 방으로 숨었다. 먹을 거라도 가지고 들어온 게 겨우 무 꽁지 토막이었다. 성남댁은 손톱으로 대강 껍질을 까고 아귀아귀 무를 먹기 시작했다. 꽁지 토막이라 지린 맛밖에 안 났지만 뱃속으로 들어가선 제법 독하고 쓰리게 창자를 무두질했다.

　　뭐니 뭐니 해도 배고픈 설움이 제일인데, 성남댁은 영감님 생각이 나서 꽁지 토막이나마 무를 끝까지 다 먹지 못했다.

　　"정작 살 대고 자식 낳고 산 서방이 죽었을 때는 젊으나 젊은 나인데도 그저 자식새끼들하고 앞으로 먹고살 걱정만 태산 같아 눈물이고 콧물이고 한 방울 안 흘려서 독종 소리도 들었건만 이게 무슨 꼴이람. 아무리 배지가 부른 탓이라지만 죽은 서방이 알면 섭하겠다."

　　속으로 이러면서 성남댁은 치맛자락으로 눈시울을 눌렀다.

　　아파트에서 영감님하고 둘이서만 살 때는 끼니때마다 요것조것 챙겨서 영감님 공경을 극진히 했었다. 영감님은 워낙 식성이 좋은데다가 하릴없는 늙은이의 식탐까지 겹쳐 잘 잡수면서도 가끔 식비가 너무 많이 든다고 잔소리를 했었다. 영감님은 자기가 죽은 후에 그 아파트를 주기로 며느리가 성남댁에게 약조한 걸 모르는 것 같았다. 그래서 다달이 며느리로부터 받은 생활비에서 한 푼이라도 더 여퉈서 성남댁에게 주고 싶어서 하는 잔소리이기 때문에 듣기 싫지가 않았었다. 이차 중풍이 들어 아들네로 들어오고 나서도 영감님의 식욕은 줄지 않았다. 그러나 진태 엄마는 밥은 반 공기, 라면이면 반 개 이상은 주지 않았다. 점심때면 부엌에 나와 칼로 라면을 탁 반으로 내리쳐서 반은 봉지에 도로 넣어 서랍 속에 챙겨 넣고, 반만 남겨 놓으면서 "아버님 점심 준비하세요" 할 때의 진태 엄마의 목소리는 어찌 그리 정 없이 야멸차던지. 영감님은 말도 못

하고 늘 눈으로 걸근걸근했다. 누운 채 꼬불꼬불한 라면 줄기를 쪽쪽 빨아들이다가 그릇이 비어갈 무렵엔 빈 그릇과 성남댁 얼굴을 번갈아 바라보면서 슬픈 빛이 가득하던 영감님 눈을 생각하면 성남댁은 지금도 하늘이 무섭다. 앞으로는 벼락 치는 밤에 제대로 잠을 잘 것 같지 않다. 낸들 무슨 수가 있었어야 말이지. 성남댁은 하늘에겐지 자신에겐지 어설프게 변명을 한다. 정말 어쩔 수가 없었다. 진태 엄마는 라면 반 개 끓일 때 외엔 성남댁에게 부엌 출입을 안 시켰고 냉장고까지 꼭꼭 잠가놓고 살았다. 성남댁이야 실컷 먹을 수 있었지만 파출부하고 따로 식당 바닥에 앉아서 하는 식사니 무얼 남겨 빼돌릴 엄두를 못 냈다.

"다 성남댁 할머닐 위해서 그러는 거예요. 자시고 싸시는 게 일인 양반 양껏 드려보세요. 그 똥을 이루 다 어떻게 치우고 그 빨래는 이루 다 어떻게 빨려고 그러세요?"

영감님 진지를 조금씩만 더 드리자고 성남댁이 애걸할 때마다 진태 엄마는 이렇게 성남댁을 생각해주는 척했다. 그러나 영감님은 아무리 진지를 조금밖에 안 드려도 똥을 많이도 쌌다. 그동안 성남댁은 밤낮 없이 똥오줌에 파묻혀 살았다고 해도 과언이 아니었다. 기저귀고 바지고 호청이고 이루 빨아댈 수가 없이 금방금방 싸놓고는 낑낑댔다. 탈수기란 게 있었기에 망정이지 어쩔 뻔했을까. 성남댁은 하루에도 몇 번씩 탈수기란 신기한 기계를 고마워했었다. 조금 먹고 많이 싸는 것만큼 영감님은 하루하루 여위어 갔다. 그 신수 좋던 영감님이 갈비뼈가 앙상하게 드러나고 무릎뼈는 고목의 옹이처럼 불그러지고 장딴지는 말라붙었다. 성남댁은 지금 영감님이 죽은 게 아니라 사그라진 것처럼 여기고 있었다.

영감님이 살아 있을 땐 진태 엄마가 성남댁에게 부엌 출입을 잘 안 시키더니, 돌아가시고 나니 진태 아빠가 또 성남댁을 빈소에서 내몰았다.

빈소는 영감님이 운명하신 방에 차렸기 때문에 성남댁은 으레 거기 있어야 될 줄 알았다. 그러나 진태 아빠는 몹시 데면데면한 말투로 조객들 보기에 뭣하니 남의 눈에 안 띄는 데 가 있으라고 말했다. 뭣하다는 게 무슨 뜻일까? 진태 엄마만 같아도 따지고 넘어갔으련만 진태 아빠는 어려워서 하라는 대로 빈소가 있는 방을 쫓겨났다. 허구한 날 똥 치우고 씻기느라 공깃돌 다루듯 하던 영감님이건만 염습하는 것도 입관하는 것도 못 보게 했다. 입관 후 남들의 어깨너머로 얼핏 본 관은 칠이 얼굴이 비치게 번들대고 자개로 된 무늬까지 박혀 있었고 엄청나게 컸다. 관의 호사스러움과 크기는 더더욱 영감님은 죽은 게 아니라 사그라졌다는 느낌을 더했다. 영감님은 점점 부피와 무게가 줄다가 어느 날 마침내 사그라졌기 때문에 저 관은 비어 있으리라고 성남댁은 생각했다.

부엌으로 돌아온 여자들이 시아버지의 죽음을 애통하다 지친 진태 엄마의 효성을 한바탕 칭송도 하고 못마땅해 하기도 하다가 어쩌 화제가 이상한 방향으로 흐르기 시작했다.

"얘, 너 이런 거 생각해본 적 없니?"

여자는 낄낄대기부터 했다.

"뭘?"

"난 그 생각만 하면 자다가도 웃음이 난다니까."

"뭔데 무엇 본 벙어리처럼 웃기부터 하고 지랄이야."

"있잖아? 이 집 후취마나님인지 성남댁인지 그 여자하고 돌아가신 영감님하고 자봤을까?"

"자보다니? 으응 잡것, 생각하는 것 하고……."

"나도 그건 궁금하더라 뭐. 아파트에 사실 때야 영감님 신수가 좀 훤했어. 살집 좋고 정정하기가 매일 밤이라도 자겠더라."

"정정한 거 좋아하네. 그때 벌써 중풍 들어서 한쪽 팔다리는 건덩건덩 맥을 못 추었잖아?"

"그렇다고 가운뎃다리까지 맥을 못 추는 걸 네가 봤냐, 봤어?"

"아유 잡것, 쟤만 끼면 나까지 입이 걸어진다니까. 상종을 말아야지."

"말렴, 네가 아무리 얌전한 척해도 네 남편은 지금 이층 와이당 판에서 가오 잡고 있더라."

"건 또 어떻게 알았어?"

"음식 나르면서 귓결에 그것도 못 들을까?"

"상가집에서 와이당 한판 못 벌여도 바보다. 네 남편은 정견 발표라도 하고 있다던?"

"우리 남편은 노름 쪽이야. 입 꾹 다물고 눈에 불을 켜고."

"잘해보시라지. 선거 자금 톡톡히 보탤 수 있을걸."

"쟤네들은 어디서고 만났다 하면 싸움이라니까. 그만해두고 본론으로 들어가지 않을래?"

"본론이 뭐였지?"

"마나님하고 영감님이 잤을까 안 잤을까 말야."

"잤을까 못 잤을까지."

"못 잤으면 마나님이 여지껏 붙어 있었을라구."

"마나님이 나이 몇인데 설마 그런 거 바라고 재가를 해왔을까?"

"확실한 나이는 모르지만 워낙 건강하고 상스럽잖아?"

"건강은 몰라도 상스러운 게 그런 욕망하고 무슨 상관이니?"

"상관이잖구. 상스럽다는 건 고상하다는 것보다는 단순하단 뜻이고 단순한 사람일수록 그런 재미밖에 바칠 게 뭐가 있겠어."

"네 말도 일리는 있다. 우리 남편 말야. 회사 그만두고 뒤늦게 석사 박사해서 겨우 지방대학 교수 자리 하나 얻고부턴 머리만 센 게 아니라 그것도 못 하는 거 있지, 나 역시 자원봉사니 뭐니 이것저것 신경 쓰는 데가 많다 보니 통 그 방면에 뜻이 없어지더라."

"얘 좀 봐. 느이나 우리나 나이 생각을 해라. 그럴 때가 돼서 그런 거지 느이가 특별히 고상해서 그런 줄 아니?"

"그러니까 우리 나이가 다 이미 그 방면의 사양길이다 이거지?"

"그렇다. 왜 아쉽냐? 이 시대가 워낙 조숙하고 조로하는 시대 아니냐?"

"거창하게 나오네. 시대까지 들먹이고. 저희들은 그 따위로 조로하는 주제에 사실만큼 사시고 돌아간 영감님하고 마나님을 가지곤 그 무슨 불결한 상상들이니?"

"다 그럴 만해서 하는 소리야. 너 아직 그 망측한 얘기 못 들었구나. 진태 엄마한테."

"무슨 얘긴데?"

"글쎄 말야……."

여자가 말끝을 흐리며 웃기부터 했다. 음란한 상상력을 유발하기에 알맞은 육감적인 웃음이었다.

"쟤는, 누굴 약올리고 있어, 빨리 말해봐."

"진태 엄마한테 들은 얘긴데, 마나님이 보통내기가 아니었다더라. 대소변을 받아내게 되고부터 저 아니면 누가 그 노릇 하랴 싶었던지 제법 세도가 당당했대. 또, 한 번 싸고 나면 방으로 물을 몇 대야씩 가져오게 했는데, 아무리 깨끗하게 거두는 것도 좋지만 어떤 때는 너무 오래 걸리는 것 같아 살그머니 들여다보면, 글쎄 영감님 아랫도리를 마냥 주무르고 있더라지 뭐니?"

"어머머 망측해라."

"아이 징그러워."

여자들이 계집애처럼 생경한 교성을 지르면서 자지러지게 웃기 시작했다.

저, 저런 해괴망측한 것들이 있나. 저희들도 자식 길러 보았으면 똥 싼 머슴애 아랫도리 씻기기가 얼마큼 더 손이 간다는 것쯤은 모르지 않으련만 늙은이들을 가지고 어떻게 그런 흉측한 생각들을 할 수가 있을까? 성남댁은 분해서 부들부들 치가 떨렸다. 영감님이 똥 싸 뭉갠 걸 치우고 씻기는 일은 정말 못할 노릇이었지만, 특히 늙어서 겹겹의 주름만 남은 아랫도리에 늘어붙은 걸 말끔히 씻겨주는 일은 여간만 비위와 참을성 가지곤 어림없는 일이었다. 자꾸자꾸 싸는 거 대강대강 해둘까 하다가도 내가 이 일을 소홀히 하고 아파트를 바란다면 그건 도둑놈의 배짱이니 죄받지 싶어 욕지기를 주리 참듯 참으면서 정성을 다했었다.

성남댁은 부엌에서 찧고 까부는 여편네들보다 그 일을 그렇게 고약하게 풍긴 진태 엄마한테 만정이 떨어지고 오장육부가 다 떨려서 구정물 맞은 개처럼 연방 온몸으로 진저리를 쳤다.

"내 그럴 줄 알았다니까."

"뭘?"

"마나님 걸음걸이 보면 모르냐? 이렇게 엉덩이를 맹렬히 돌리면서 걷는 걸음걸이 말야. 이렇게."

여자는 몸소 흉내까지 내는 듯 다시 숨이 끊길 듯 자지러진 웃음소리가 들렸다. 아직도 부들부들 떨고 있는 방 안의 성남댁에게 그 웃음은 모닥불을 끼얹는 듯이 사정없이 화끈거렸다.

"난 흉내도 못 내겠어."

"그래 네 엉덩이 가지곤 어림도 없다."

"암튼 너희들도 봤으니까 짐작하지? 그런 걸음걸이는 아직도 그 방면에 왕성하단 표시야."

성남댁이 영감님을 모시기로 작정한 것은 진태 엄마가 제시한 아파트에의 유혹도 유혹이지만 첫 대면한 영감님이 한눈에 남자로서의 기능이 없어 보였기 때문이기도 했다. 아무리 아파트에 욕심이 나도 다 늙게 그 짓까지 하고 싶진 않았었다. 한창나이에 과부가 됐지만, 먹고살 걱정이 태산 같아 몸으로 남자 생각을 해본 적이 없는 성남댁은 그 방면의 결벽증이 남달랐다. 만일 영감님이 성남댁의 짐작대로가 아니었다면 그녀는 아파트가 아니라 빌딩이 한 채 생긴대도 어마 뜨거라, 뿌리치고 달아났을 것이다. 고맙게도 영감님은 성남댁을 믿음직한 친구처럼 대해줬다. 그래서 성남댁은 나중에 저승에 가서 먼저 죽은 서방을 만날 일이 조금도 겁나지 않았다. 누가 뭐래도 서방만은 그녀가 일부종사했다는 걸 알아주겠거니 싶어서였다.

"아무튼 여러 가지로 마나님이 안됐다."

"그래도 처음엔 좀 즐겼겠지."

"즐겨봤댔자지. 그 정력적인 엉덩이짓에 중풍 들린 영감님이 아랑곳이니?"

"그러고 보니 영감님도 안됐다."

"너무 쎈 마나님 얻어서 명 재촉한 거 아냐? 몇 년은 더 사실 걸."

"그 노인도 살 만큼 사셨어. 말년에 한번 화끈하게 살아보셨겠다, 아까울 거 하나도 없어. 진태 엄마도 홀가분하게 좀 살아봐야지 않니. 저것들은 시집살이들을 안 해봐서 남의 사정을 저렇게 모른다니까."

"하긴 그래. 네 말이 맞다. 혹시 성남댁이 시어머니 행세하고 늘어붙는 일은 없겠지?"

"안 그럴 거야. 영감님 돌아가시자마자 빈소고 부업일이고, 모른 척 꼴도 안 비치는 걸 보면 알잖니?"

"호적엔 올렸을까?"

"누굴, 성남댁을? 쟤는 어림 반 푼어치도 없는 소리를 하고 있네. 진태 엄마가 누군데 그런 후환을 남길 짓을 하겠어?"

"돈이나 얼마간 주어 내보내면 되겠군, 그럼."

"돈 문제는 성남댁이 진태 엄마보다 훨씬 더 영악했다나 봐. 아무튼 두 분이 그 쬐그만 아파트에 살면서 생활비는 진태네 이 큰 살림 하는 것 하고 똑같이 타 갔는데도 다달이 한 푼도 안 남는 것처럼 우는 소리를 했다니까. 하도 기가 막혀서 사는 꼴을 가 보면 그렇게 안 해먹고 살 수가 없었다니 그 돈이 다 어디로 갔겠어? 이 년을 넘어 그렇게 살았으니 성남댁은 그동안 한재산 챙겼을 거야. 그래도 늙어서도 부부간이라는 게 뭔지 영감님은 한 푼이라도 마나님을 더 주고 싶어 그렇게 못 얻어먹으면서도 뒤론 또 며느리한테 손을 내밀었나 보더라. 그럴 때마다 속상해하는 소리를 나도 여러 번 들었느니라."

"그래도 왕년엔 한가닥 하던 양반이 늘그막엔 돈줄이 설마 아들 며느리밖에 없었을까?"

"당신 재산 있던 건 아마 다 아들 명의로 넘겨줬을걸. 아주 다 주긴 섭섭했던지 쬐그만 아파트 하나 당신 명의로 갖고 있던 거가 그래도 말년에 꽤 쓸모가 있었지. 거기서 새 마나님하고 꿀 같은 신접살림을 했으니까. 어떻든 생전에 다 자식 줄 건 아니더라구."

"그 아파트가 그럼 영감님의 유일한 유산이겠네."

"유산이 되기 전에 벌써 팔아치웠다더라. 중풍이 도져 이 집으로 합칠 때, 다시 그 집으로 들어가시게 될 것 같지도 않고, 놔 둔다고 큰 재산 될 것도 아니어서 후딱 팔아치웠나 봐. 잘했지 뭐. 대단찮은 것도 유산이랍시고, 세금이니 분배문제니 구질구질한 문제가 생길지도 모르니까.”

아니 우리 아파트를 팔다니, 내 집을 누가 팔아, 누구 맘대로 내 집을 팔아먹어? 대명천지 밝은 날에 이런 법이 어디가 있어?

성남댁은 벌떡 일어났다. 당장 진태 엄마한테로 달려가서 따질 작정이었다. 늘 반짝이는 금줄이 걸린 희고 상큼한 진태 엄마의 멱살을 와살스럽게 움켜잡고 들입다 흔들면서 따지고 싶어서 근질대는 주먹을 쥐었다 폈다 어쩔 줄을 몰랐다. 그러나 문밖에 있는 그 해괴한 소문을 퍼뜨리던 요사스러운 입들을 생각하면 선뜻 발이 떨어지질 않았다. 문밖의 소문의 울타리에 성남댁은 진저리를 쳤고 공포감을 느꼈다. 따져야 돼. 암 따져야 하구 말구. 제까짓 것들이 무서워서 죽은 듯이 들엎드려만 있을까 보냐. 성남댁이 소문의 울타리에 지레 겁을 먹고, 당하기도 전에 허우적대기부터 하는 자신에게 이렇게 용기를 불어 넣으려고 할 때였다. 문밖의 소문은 계속되었다.

“미리 엄마야, 네가 떡집에 갔다 올래? 인절미를 두 말쯤 맞출까?”

“얘는 누가 떡을 그렇게 먹는다고…… 그리고 전화로 해도 될걸. 얘, 그건 내일 쓸 전유어야. 뒤꼍으로 내놔, 여기 놔뒀다간 또 금방 다 없어지겠다. 상엔 제육이나 놓으렴. 제육도 다 떨어졌다고? 아유 먹성들도 좋아. 나물도 내일 쓸 걸 다시 무쳐야할까 보다.”

“산소도 아니고 화장장인데도 먹을 걸 이렇게 잔뜩 해가야 되는 거니?”

“그럼, 화장장이라고 거기까지 온 손님들을 맨입으로 보낼 수는 없잖니?”

“참, 이만큼 살면서 여지껏 산소 자리 하나도 못 장만해놨나, 산 사람 체면이 있지, 어떻게 화장을 하니?”

“산소 쓸려면야 미리 장만 안 해놔도 요샌 공원묘지라는 게 얼마나 편한데. 그게 아니라 영감님이 화장을 해달라고 유언을 하셨다나 봐. 진태네가 미국 가 있을 동안 시어머니가 돌아가셨지 않니. 그때 영감님은 딸들만 데리고 장사를 치르면서 심정이 착잡했나 봐. 이다음 세상에야 조상의 묘소 알뜰히 돌볼 자손이 어딨겠느냐고 부득부득 마나님을 화장하자고 하셨나봐. 딸들도 못 말리고 영감님 뜻대로 됐는데, 영감님은 그걸 두고두고 마음에 두고, 아무리 죽어서라도 무슨 재미로 혼자 땅에 묻히겠느냐고, 절대로 싫다고 하셨다는군. 마나님이 연기가 됐으니 당신도 연기가 돼야 만날 수 있으리라 생각하셨나 보지 아마. 자식 된 도리로 화장으로 모시기가 섭섭한 건 당연하지만 유언을 지키는 것은 더 큰 자식 된 도리 아니겠어."

성남댁은 조용히 그 자리에 주저앉았다. 그녀는 자신 속에서 앙심과 분노와 결의가 빠져나가는 피익, 소리를 멀리서 나는 소리처럼 아스라이 듣고 있었다. 이윽고 그런 것들이 다 빠져나가자 그녀는 터진 풍선처럼 참담하고 무력해졌다. 영감님이 화장을 원하고 유언까지 남겼다는 건 새빨간 거짓말이었다. 먼저 간 마나님을 영감님이 우겨서 화장을 한 건 사실이었지만, 어머니가 돌아가셨다는데도 귀국하는 대신 조위금 몇 푼 보냈다는 전화로 때운 아들에 대한 노여움으로 그렇게 했다고 했다. 영감님은 성남댁한테 먼저 간 마나님과의 유별난 금실을 숨기려 들지 않았기 때문에, 그 마누라가 불구덩이에 들어갈 때 얼마나 뜨거웠을까 생각만 하면 금창이 미어지는 것 같다는 하소연을 자주 했었다. 나 죽거든 집도 없는 마누라 혼백이라도 내 무덤에 불러들여 지난날의 그 몹쓸 짓을 사과하고 위로하고 잘해줘야지, 하는 소리도 들은 적이 있었다. 가끔 꿈에 뵈는 마누라는 이마가 지글지글 타고 있거나 불붙은 옷을 입고 뜨겁다고 펄펄 뛰더라고 말하는 소리만 들어도 영감님이 마나님을 화장한 걸 얼마나 마음속 깊이 후회하고 있는지 알 만했다. 그런 영감님이 자신의 화장을 유언으로 부탁했다니 말도 안 되는 소리였다. 두번째로 중풍이 들고 나서 임종 때까지 유언을 할 만한 의식은 돌아오지 않았었고, 임종이 임박한 걸 가족들에게 알린 것도 성남댁이었다.

그렇지만 성남댁이 이제 와서 그게 아니라고 한들 대체 누가 믿어준단 말인가? 진태 엄마의 친구들 말짝으로 사람됨이 단순한 성남댁이지만 사정은 너무도 뻔했다. 성남댁은 비로소 자기만 빼놓고 모든 사람이 가담해서 진행시키고 있는 교묘한 음모를 감지했다. 그 음모는 불과 이틀 전까지 이 집안을 드높은 기성(奇聲)과 지독한 똥구린내로 가득 채우고 거침없이 지배하던 영감님을 흔적도 없이 말살하려 하고 있었다. 그녀가 진태 엄마와 둘이서만 맺은 약속쯤 감쪽같이 없던 걸로 하는 건 문제도 아닐 터였다. 자기에게 이롭지 않은 건 가차없이 무화(無化)시키는 간악한 음모의 톱니바퀴에 성남댁은 스스로 곁다리로 말려들면서 누가 흠씬 밟아놓은 것처럼 입체감을 잃고 짜부라졌다. 한동안 그러고 있었다. 체념이 너무 속도가 빨랐던지 아직 얼얼한 배신감이 남아 있었지만, 덤으로 편안했다.

그날 밤 성남댁은 잘 잤다. 다음날 그녀는 흰 치마저고리로 갈아입고 아무의 허락도 받지 않고 영구차에 올라탔다. 아직도 진태 엄마는 곡기를 끊고 애통 중이었으므로 조객들의 심심한 위로와 관심을 한몸에 모으고 있었다. 친구들이 앞뒤 좌우에서 다 죽어가는 맏며느리를 삼엄하게 부축을 하며, 병원에 가서 링거라도 꽂고 가야지 쌍초상 나겠다고 방정맞게 설쳤지만 그녀는 점잖게 도리머리를 흔들고 영구차에 올라탔다. 조객들은 여기저기서 요새도 저런 효부가 있다니, 하고 수군대기도 하고 인기배우의 연기를 구경하듯이 얼빠진 얼굴로 들여다보기도 했다. 장례식에서조차 주역은 망인이 아니라 진태 엄마였다. 보다 못한 시누이들이 영구 위에 엎드려 한바탕 통곡을 했지만 그 주역의 자리는 끄덕도 안 했다. 그녀는 백납처럼 핏기가 바랜 얼굴로 남편의 무릎 위에 하얀 손수건처럼 떨

어져서 또 한바탕 소동을 빚었고, 남편도 연기가 좀 지나치다 싶었던지,

"이 사람이 워낙 아버님을 지극 정성으로 모셨으니까 그만큼 충격도 컸겠지만 몸살도 날 만해요. 꼬박 열 달을 대소변을 받아냈으니까요. 성질은 또 지랄같이 깔끔해서 뭘 대강대강 하는 건 모르니까 그 고초가 이만저만했겠어요?"

그걸 들은 사람들은 더욱 크게 감동해서 기를 쓰고 턱들을 주억거리고 있었다. 성남댁은 무안해서 얼굴이 달아올랐다. 영구차 속에서 성남댁은 단 하나의 진짜였기 때문에 조마조마하고 무섭, 당당치가 못했다. 그녀는 자신이 진짜임이 탄로날까 봐 될 수 있는 대로 몸을 작게 웅숭그리고 골똘히 창밖만 내다보았다. 볼품없는 건물들, 멍청히 서 있는 사람, 똘똘하게 정신 차리고 걷는 사람, 악착같이 버스에 매달리는 사람, 짐을 산더미같이 싣고 차 사이를 누비는 오토바이, 고래고래 외치는 행상, 연근 토막 같은 다리를 내놓고 구걸하는 거지, 임을 인 여자, 짐을 진 남자…… 이런 사람 사는 모습들은 실로 얼마 만인가? 성남댁은 걸신 들린 것처럼 주린 눈으로 이런 것들을 실컷 바라보았다.

화장장은 매점이나 화장실 등 잗다란 부속건물 말고 크게 두 개의 건물로 나누어져 있었다. 굴뚝이 높이 솟은 화장장 내부는 바깥이 화창한 봄날인 것과는 상관없이 음습하고 썰렁한 회색빛이었다. 거기선 영구가 차례를 기다리기도 하고 간단한 종교의식도 치를 수 있다지만, 영구를 밀어 넣을 수 있는 아궁이의 쇠문이 나란히 다섯 개 붙어 있는 벽만 아니라면 겨우 지어만 놓고 내부 장치를 못 한 건물처럼 황량한 미완의 빈(貧)티 같은 게 흐르고 있을 뿐, 화장장이라고 특별한 덴 없었다.

화장장과 평행으로 마주 선 건물은 대기실과 식당으로 돼 있고, 두 건물을 지붕 달린 양회바닥 통로가 이어주고 있고, 통로 양편 황토흙엔 온

실에서 꽃 피워서 심어만 놓고 돌보지 않은 서양 화초가 시들시들 늘어져 있었다. 대기실에 붙어 있는 식당에선 음식 냄새가 지독했다. 벌써 찬합과 양동이를 끄르고 나물과 지짐질과 두부 졸임을 은박지 접시에 담는 가족이 있는가 하면, 시뻘겋게 취한 얼굴에 건강한 이빨로 소주병을 따는 아저씨도 있었다. 죽은 사람은 죽은 사람이고 산 사람은 먹어야 한다고, 눈이 부은 어린 상제를 달래는 아주머니는 먼저 식사를 한 듯 번드르르한 입가에 고춧가루가 묻어 있었다.

화장장 굴뚝에서 깃털구름처럼 살짝 나부끼는 건 도무지 사람 타는 연기 같지 않았고, 그곳 역시 화장장 식당 같지 않았다. 화장장에 식당이 있다는 것부터가 어울리지 않았다. 왕성하게 먹는 사람, 뭘 더 가져오라고 악쓰는 소리, 밀치고 뛰고 장난치는 아이들, 서로 부르고 찾는 소리, 김치 냄새…… 영락없이 시간이 많이 늦은 시골 소읍의 결혼 피로연장이었다. 가끔 양복 소매에 헝겊을 감은 젊은 상제가 신랑처럼 피곤하게, 신랑보다는 눈치 보며 웃는 모습도 보였다.

아직 영구가 불아궁이로 들어가기 전의 가족이 모인 대기실은 시외버스 정류장처럼 붐비고 시끌시끌하고 초조해 보였다. 영구가 차례를 기다리고 늘어선 화장장과 대기실, 식당 사이를 사람들은 자주 오락가락했고, 장소에 따라 사람들은 헤까닥헤까닥 민첩하게 잘도 표정을 바꾸었다. 화장장 쪽에선 울음소리, 염불 소리가 그치지 않았고, 입 다물고 있는 사람도 비통을 온몸에 예복처럼 걸치고 있었고, 어쩌다 밤샘에 지친 상제가 꾸벅꾸벅 조는 게 약간 민망해 보일 정도였다.

사람들은 아직도 몸을 가누지 못하는 진태 엄마를 대기실 나무의자에 눕혔다. 그녀는 화장장과 식당 사이의 완충지대처럼 고요하고 평화롭고 품위 있게 누워 있었다. 식당과 화장장은 극과 극이어서 과연 완충지대가 있을 만했다. 헤까닥헤까닥 표정을 바꾸는 일에 서투른 사람은 애매한 웃음과 애매한 근심으로 얼굴을 애매하게 흐리고, 그 효부(孝婦) 근처에서 얼쩡거리면 됐다. 진태네와 아무 상관없는 딴 집의 조객이나 상주도 그 여자 곁을 그냥 지나치지 못하고 한참 들여다보고 나서 심심한 우려와 경의를 표했다. 그들은 자기네의 슬픔이 그녀에게 훨씬 미치지 못함을 마음으로부터 부끄러워하고 있음이 역력했다. 누가 보기에도 그녀의 고요와 평화와 품위는 슬픔이 고도로 정제된 상태로 보였다.

초조하게 화장장 쪽을 다녀온 진태 아버지가 아내의 이마를 짚어보고 나서 "못난 사람 같으니라구, 사람이 이렇게 허해가지고야……" 하면서 입맛을 다셨다. 그리고 흩어진 머리를 쓸어 올려주는 양 허리를 굽히고 날카롭게 속삭였다.

"아직 아직 멀었어, 시체도 나라빌 섰다니까."

"돈을 써요."

그들이 주고받는 말은 화살처럼 신속하고 정확하게 서로의 의중에 명중했다. 진태 아버지가 슬며시 화장장 쪽으로 돌아갔다. 이윽고 차례가 됐다는 전갈이 왔다. 사람들은 진태 엄마에게 그대로 거기 누워 있으라고 했지만 그녀는 다 죽어가는 소리로 맏며느리가 어떻게 하직인사를 안 드릴 수가 있냐고 비틀비틀 일어섰다. 사람들이 다투어 그녀를 부축했다. 영구를 보자 그녀의 슬픔은 새로운 기운을 얻어 크게 목놓아 울기 시작했다. 이제 눈물이 말라버린 그녀의 울음은 슬픔이라기보다 히스테리에 가까웠고, 바퀴 달린 판이 영구를 아궁이 쪽으로 싣고 가자 마침내 발작적인 히스테리로 변했다. 그녀는 영구를 따라 곧 불아궁이로 들어갈 듯이 날뛰었다. 사람들이 힘을 합해 그녀를 영구로부터 떼어냈고, 그동안에 직원들은 재빨리 영구를 문 안으로 밀어 넣었다. 문이 닫히고 문 위에 빨간 신호등이 들어오자 진태 엄마는 사지를 비틀면서 정신을 잃었다. 진태 아버지가 외마디 소리를 질렀고, 진태, 진숙이가 울었고, 친척 젊은이가 나서서 그녀를 둘러업었다. 다시 대기실에 눕히고 다리 팔을 주무르고 포도주를 입속에 흘려 넣고 한바탕 법석을 떤 후에야 그녀는 눈을 떴다.

"여기가 어디예요. 암만 해도 죽을 것 같아요."

그녀가 이렇게 입술을 달싹거렸다. 그녀의 친구들이 암만 해도 병원에 옮겨서 기운 날 주사를 맞히고, 푹 쉬게 하는 게 좋을 거라고 떠들었다. 그럼 그럼, 진작 그럴 일이지. 모든 사람이 이의가 없자 진태 아버지는 차를 대기시키고 아내를 부축했다. 진태, 진숙이도 뒤따랐다. 그 식구들이 떠나자 사람들의 얼굴이 한결같이 홀가분해졌다. 점잖은 문상객들은 슬금슬금 자기 차로 꽁무니를 빼고 나머지들은 콜라병 아니면 소주병을 땄다. 뭐 안주 좀 없습니까? 하는 소리에 찬합이 하나둘 열렸다.

혼자서 화장장 쪽에 남은 성남댁은 영감님 영구가 들어간 철문만 바라보고 서 있었다. 그 철문은 영락없이 그녀가 살던 아파트의 쓰레기통 문처럼 생겼다고 생각했다. 사람 팔자도 쓸모 없어지면 버려지긴 쓰레기보다 나을 게 없다는 생각도 했다. 언젠가 과일 껍질과 함께 과도를 쓰레기통에 버린 적이 있었다. 영감님은 한사코 쓰레기가 모이는 지하실로 데려다 달라더니, 반나절을 쓰레기를 뒤져서 과도를 찾아냈다. 그때 영감님 몸에선 아주 고약한 냄새가 났었다. 목욕시키고 빨래하느라 혼났지만, 영감님은 대단한 공을 세운 것처럼 자랑스러워했었다. 지금 성남댁은 몸에다 영감님이 다달이 얼마간씩 여퉈 준 목돈을 감고 있었다. 어젯밤에 전대를 만들어 그걸 배에 찼더니 안 먹어도 배가 불렀다. 이런저런 생각을 하고 있는 사이에 철문 위에 빨갛게 켜졌던 불이 돌연 나갔다. 성남댁은 그게 무엇을 의미하는지 모르면서도 영감님이 운명하셨을 때처럼 한 번 가슴이 크게 내려앉았다. 철문이 나란히 붙은 벽 옆으로 난 골목에서 진태 아버지 이름을 부르는 소리가 났다. 성남댁은 놀라서 그 안을 휘둘러보았지만 진태네 식구라곤 자기밖에 없었기 때문에 두려워하면서도 부르는 쪽으로 갔다.

벌써 유골이 나와 있었다. 그건 유골이라기보다는 재였다. 바퀴 달린 철판 위에 남아 있는 건 잘 타고 난 모닥불 자국처럼 사위어가는 분홍빛 불빛과 회고 포실포실한 재뿐이었다. 색이 바랜 군청색 제복을 입은 직원이 수상쩍은 듯 할머니가 인수하실 거냐고 물었다. 성남댁은 얼떨결에 고개를 끄덕거렸다. 보통으로 생긴 직원이 보통 빗자루로 그 모닥불 자국 같은 재와 불기가 있는 뜬 숯 같은 걸 보통 쓰레받기에 쓱쓱 쓸어 담기 시작했다. 보통 비질과 다르지 않은 직원의 이런 행동을 지켜보면서 성남댁은 당초에 두려워한 것과는 다르게 속속들이 편안해졌다. 그리고 그것을 보길 참 잘했다고 생각했다. 진태 엄마한테 남아 있던 뭔가 청산되지 않은 감정의 찌꺼기, 남아서 할 일이 있을 것 같은 치사한 미련 등이 깨끗이 가시는 걸 느꼈다. 비질해 쓸어 담은 걸 가지고 뒤쪽으로 돌아간 직원이 한참 만에 멜빵이 달린 흰 상자를 가지고 나왔다. 성남댁이 그걸 멜 수는 없다고 미처 손을 내저을 새도 없이 달려온 딸과 사위가 그것을 받았다.

혼자 남겨진 성남댁은 식당 쪽으로 가지 않고 곧장 화장장을 빠져나갔다. 그녀는 여러 사람에게 묻고 물어서 한 번만 갈아타고 성남까지 갈 수 있는 버스 노선을 알아냈다. 그 노선 버스를 타려면 한참을 걸어야 했다. 어떤 사람은 택시 기본요금 거리라고 했고, 어떤 사람은 천오백 원 거리는 될 거라고 했다. 육백 원 거리고 천오백 원 거리고 상관없었다. 그녀는 택시를 타 보지 않아서 그 거리를 짐작도 할 수 없었지만 걷는 데는 자신이 있었다. 머리에 임도 안 이고 걷는 걸음이라면 그까짓 거 하루

백 리는 못 걸을까 싶었다. 그동안 너무 오래 편하게 지냈지만 차츰 왕년의 걸음걸이가 살아났다. 임을 일 자신까지 생기면서 어느 틈에 엉덩이를 신나게 휘두르고 있었다. 그녀도 스스로 그걸 느꼈고, 어제 여편네들한테 들은 해괴한 흉이 생각났다. 천하 잡년들! 엉덩이짓이라면 그저 잠자리에서 그 짓 하는 생각밖에 할 줄 모르는 몸 편한 것들이 나의 엉덩이짓이야말로 얼마나 질기고 건강한 생명의 리듬이란 걸 어찌 알까 보냐는 비웃음을 그녀는 그렇게밖에 표현 못 했다. 임을 안 이고도 엉덩이짓은 되살아났지만 그 이상의 욕은 생각나지 않았다.

진태네서 혹시 나를 찾을까? 찾아봤댔자 죽은 주인 찾아 집 나간 똥개 찾는 것만큼밖에 더 찾을까? 그런 생각도 했다. 그러나 무엇보다도 전대의 것을 풀어서 아들에게 줄 생각을 하면 즐겁고 신이 났다. 아들에게 아파트 얘기까지 안 하길 참 잘했다. 크게 바랐으면 실망도 크련만 그러지 않았으니 그만한 목돈만 봐도 감지덕지하리라. 다 주진 말고 조금 떼어 놨다가 다시 장사를 해야지. 곧 마늘장아찌 철이 될걸. 내 모가지에 마늘 열 접이면 고작인 것을 감히 아파트 한 채를 이고 가려 했으니. 사람이 분수를 모르면 죄를 받는다니까. 그렇지만 아파트 한 채는 지 알고, 내 알고, 하늘까지 아는 일이건만 어쩌면 그렇게 감쪽같이 사람을 속여 넘길 수가 있담. 천벌을 받을 년.

성남댁은 진태 엄마한테만은 더 걸찍한 욕을 해줘야 속이 후련해질 것 같은 데 삼 년 동안 점잖은 집 체면 봐주느라 잊어버린 욕은 쉬 되살아나지 않았다. 그녀는 욕 대신 카악 가래침을 한 번 뱉고 나서 걸음을 재촉했다. 욕이야 두고두고 풀어먹어도 늦을 건 없지만, 그동안 주리 참듯 참은 아들 며느리 손주새끼 보고 싶은 마음은 걸음을 앞질러 애꿎은 엉덩이짓만 한층 요란하게 했다.

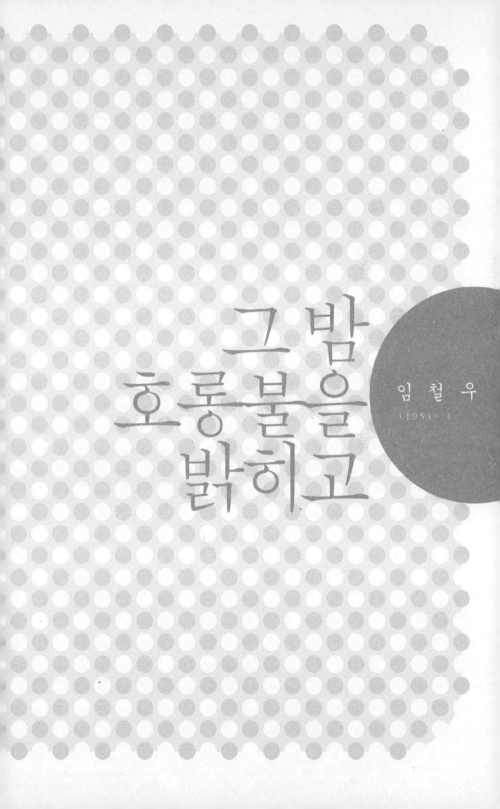

그밤
호롱불을
밝히고

임철우
(1954~)

임철우(1954~)는 1981년 신춘문예에「개도둑」이 당선되면서 등단했다. 그의 작품은 깔끔한 서정시를 연상케 하는데「사산하는 여름」,「사평역」,「볼록거울」등의 작품과 함께「아버지의 땅」,「그리운 남쪽」,「붉은 산」등의 작품집이 있다.

임철우는 우리들 모두가 벽에 감혀 있다고 생각한다. 그 벽은 근본적으로 부도덕한 폭력과 허위와 기만의 벽이다. 우리들이 마주하고 있는 이 음모와 거짓의 벽은 개인과 개인, 집단과 집단을 격리시키고 진실에 대해 눈감게 한다. 작가는 이 벽을 허물고 진실을 일깨우려 하지만 넘어야 할 벽은 완강하고, 작품은 벽의 높이를 확인할 뿐이다. 그의 작품이 음울한 빛을 띠는 것은 이 때문이다.

「아버지의 땅」이 분단이라는 벽을 형상화한 작품이라면,「그 밤 호롱불을 밝히고」는 이데올로기라는 벽을 한 번 더 확인하는 작업이다. 이데올로기와는 전혀 무관함 직한 아들이 죽음에 이르는 과정에서 이데올로기의 문제가 어떻게 우리들의 생활을 가로막고 있는가를 이 작품은 이야기한다. 또 이 같은 싸움의 피해자가 결국 우리들일 수밖에 없으며 이데올로기의 벽이 사실은 우리 모두의 문제임을 제시한다. 이데올로기보다도 자연스럽고 본질적인 모자간의 정, 바로 인간의 본성조차도 방해받고 왜곡되는 비극적 현실을 아이의 가냘픈 울음소리는 전해준다.

1

밤이 이슥해지자 달이 떠올랐다.

부풀어 터질 듯 팽팽히 알을 밴 섣달 보름의 만월이었다. 달과 함께 산 속이 밝아왔다. 아름드리 나무들이 들어차 있는 숲 속이었지만 그 대부분이 잡목들이어서 잎새를 지운 앙상한 가지 새로 달빛은 땅 위에 드문드문 얼룩을 그리며 키 작은 관목과 말라붙은 덤불들을 드러내주고 있었다.

엊그제 내린 눈 위에 하얗게 반사되어 달빛은 여기저기에 자그맣고 신비스런 발광체를 흩뿌려놓기도 했다. 이따금 마른 갈나무 잎새가 바스락 소리를 낼 뿐, 이날따라 사위는 기이할 만큼 짙은 적막 속에 가라앉아 있었다.

산 아래쪽에선 아무런 소리도 없었다. 아들은 총을 눕혀두고 바위에 비스듬히 몸을 의지한 채 산 아래를 내려다보았다. 멀리 적벽(赤壁)으로 여겨지는 봉우리가 맞은편에 도톰하게 솟아 있고 가까이로는 들판에 누운 전답들이 달빛 아래 희미하게 눈에 잡혔다. 그 들판이 산기슭과 만나는 지점, 산자락의 우묵한 끝머리에 청풍리(淸風里) 마을은 들어앉아 있었다.

지금 저만치 들판을 돌아나간 희끗한 띠가 동복면(同福面)으로 통하는 길일 게다. 그 길을 따라 산을 향해 거슬러 오노라면 청풍리 동구 밖에 이르르고, 이내 초가 지붕이 하나둘 나타나기 시작하는 것이다. 아들은 달빛에 희뿌연하게 보이는 그 모든 것들을 눈을 감고서라도 훤히 그려낼 수가 있었다. 마을 초입의 사백 년 묵은 느티나무와 그 아래 돌을 깎아 세운 송덕비며 효자비. 길을 따라 흐르는 실개천과 대보름날 깡통에 불을 지펴 돌리며 놀던 중머리 밭둑. 그리고 당집 너머 저수지 언덕은 바람이 잔 날에도 하늘 높이 연을 띄워 올릴 수 있는 유일한 자리였다. 들일을 마치고 돌아오는 저녁 무렵, 느티나무를 지나 마을로 접어들면 초가집들은 도란도란 얼굴을 맞대고 있었고, 굴뚝마다엔 하얀 연기가 실타래처럼 피어 오르는 모습을 언제나 볼 수 있었다.

아들은 그 낯익은 고향 마을에서 태어났고 열아홉의 나이를 거기에서 먹었다. 쇠똥이 질펀히 깔린 고샅이며 담장의 돌멩이 하나하나에까지 그의 눈길이 가닿지 않은 것이 없었다. 그 나이가 되도록 집을 멀리 떠나본 적이 별로 없어서, 간혹 장날이면 면소재지에 들러 오곤 했을 뿐 산길로 한나절 걸리는 읍내까지 나가 본 기억이라곤 손으로 꼽을 정도였다. 그만치 아들은 고향 마을을 맴돌며 살아온 것이었다.

시상에, 저렇게 집을 코앞에 두고도 내려갈 수가 없다니……

생각할수록 아들은 기가 막혔다. 당장이라도 산길을 뛰어내려가 눈에 선한 사립문을 들어서며 어무니, 하고 부를 수 있을 것만 같았다. 하지만 옆구리에 닿는 쇠붙이의 섬뜩한 촉감이 가슴을 무겁게 짓눌러버렸다. 아들은 낮게 한숨을 내쉬었다. 그러다가 흠칫 제풀에 놀라며 곁눈질을 했다. 저만치 나무 아래서 두 사람은 뭔가 수군거리고 있었다. 잔뜩 목소리를 낮추고 있었으므로 무슨 얘기를 하고 있는지 알아듣기가 어려웠다. 다시 산 아래로 시선을 던졌다.

마을은 죽은 듯 고요하기만 했다. 달빛 아래 초가 지붕들이 무덤처럼 동그마니 모여 있을 뿐 살아 움직이는 것의 기척이라곤 아무것도 없었다.

무등산 사방 오십 리 안팎으로 소개령이 내려진 지도 벌써 석 달이 지났다. 마을마다 사람들이 비워두고 떠난 집들만 을씨년스레 옹송그리고 있었다. 그나마 불에 타서 온전한 꼴을 하고 있는 집은 드물었다. 그 흔한 개 짖는 소리도 끊겨버렸고, 아침이 와도 어디서고 닭은 울지 않았다. 청풍리뿐만 아니었다. 지금, 적벽 아래 면소재지 쪽에서도 불빛은 찾아볼 수가 없었다. 거대한 파충류처럼 무등산에서 흘러내려온 산줄기가 짙게 주름을 드리운 채 누워 있을 뿐이었다.

바스락.

얼핏 등 뒤에 수상한 기척이 들렸다. 아들은 반사적으로 목을 꺾었다. 무엇인가가 마른 풀더미 새로 재빠르게 사라져가고 있었다. 아마 다람쥐일 것이다.

씨부랄 눔의 짐승. 무담씨 놀랬잖은갑네이.

저쪽에서 최 서방이 툴툴거리며 엉덩이를 주저앉히고 있었다. 아들도 가슴을 쓸며 도로 제자리에 앉았다. 달은 아까보다 훨씬 높아져 있었다.

아들은 또 아래를 내려다본다. 그러다가 무심결에 그의 시선은 마을의 어느 한 점에 가 박혔다. 마을 북쪽엔 대밭이 있고, 그 대밭 조금 못 미쳐서 유난히도 낮은 초가 지붕 하나가 외떨어져 있었다. 앞뒤로 그만그만한 전답이 흩어져 있는 그 외딴집은 마침 산자락의 그림자에 드리워져서 간신히 윤곽을 살필 수 있을 정도였다.

아아. 어무니.

저도 모르게 아들은 주먹을 쥐며 몸을 떨었다. 콧잔등이 금방 매캐해졌다. 그건 아들의 집이었다. 제 배꼽줄을 자른 곳도 그 집이었고 머리통이 더껑이진 부스럼딱지마다 쉬파리를 불러모으며 싯누런 코를 후룩후룩 들이마시던 어린 시절부터 코밑이 거뭇거뭇한 나이까지 어머니와 단둘이서 살아온 곳도 바로 그 단칸 초가집이었다.

아들은 한동안 말없이 그쪽을 응시하고 있었다. 집 안의 낯익은 모습들이 선하게 떠오르기 시작했다. 담쟁이넝쿨 무성한 돌담과 장독대, 가을이면 심심찮게 알이 달리곤 하는 감나무, 대추나무, 그리고 뒤란 텃밭에 있는 디딜방아와 재작년이던가, 아들이 제 손으로 짜 올린 돼지막, 그리고 여전히 뒤란 흙벽엔 쟁기며 괭이, 낫, 조락 따위 같은, 아들의 손때와 땀에 절은 연장들이 아직 주인을 기다리며 걸려 있을 것이었다.

어무니는 어찌 되었을꼬. 행여나…….

아들은 이내 고개를 털며 방정맞은 생각을 지우려 애를 썼다. 하지만 공동묘지마냥 을씨년스러운 마을이며 인적 끊긴 들녘을 내려다보고 있으려니 자꾸만 불길한 생각이 뒤통수를 잡아 눌렀다.

아들은 산으로 들어온 지 얼마나 지났는가 속으로 헤아려보았다. 나락이 일찍 팬 논들은 더러 누릿누릿한 빛깔을 띠기도 했을 때였으니까 그새 얼추 넉 달이 되어가나 싶다. 읍내에 경찰이 진입했다는 소식이 날 아들어온 날 아침, 면사무소에서 뒤처져 있던 청년자위대들 틈에 끼여 엉겁결에 산으로 숨어들어온 것이었다. 인민군들의 철수가 갑작스럽기도 했으려니와, 설마 그렇게 빨리 경찰이 들어오리라고는 짐작조차 못했던 터라 그들은 퇴로마저 완전히 끊겨버린 후에야 허겁지겁 도망을 칠

수밖에 없었다.

그사이 가을이 왔고, 산등성이마다 허옇게 지천으로 갈꽃이 피더니 다시금 그 위로 눈발이 쌓이며 벌써 섣달도 중순이었다.

산속에 토굴을 파고 두더지 생활을 해오는 동안 사정도 많이 바뀌었다. 처음 청풍리 뒷산을 통해 올라온 수효는 마흔다섯이었는데 며칠 후엔 칠십여 명으로 불었다. 인근 여러 부락과 멀리 담양 쪽에서 도망해온 잔패거리들까지 합류한 탓이었다. 태반이 땅이나 파먹고 살아온 사람들이라 오합지졸이었다. 가지고 있는 총이라야 스물두 정뿐이었고 나머지는 죽창을 깎았다. 그 때문에 식량을 구하기 위해 산을 내려갈 때마다 대장은 총알 한 방과 제 목숨을 바꿀 각오로 싸워주기를 누누이 강조하곤 했다. 약탈이 시작되었고 면소재지, 혹은 읍내의 경찰서, 면사무소, 읍사무소 따위 건물들이 불에 탔다. 그리고 대원들의 수효는 다시 사십여 명으로 줄어 있었다.

누군가 이쪽으로 다가오고 있었다. 최 서방이었다.

벨일 없지야?

예, 조용하구만요.

아들은 최 서방의 등 너머로 또 다른 사내를 찾았다. 사내는 아까 그 자리에서 오줌을 누고 있는 참이었다. 남면(南面)이 고향이라는 그 사내는 산에 와서 알게 된 사람으로 최 서방과 비슷한 또래였다.

엎드려 있는 그의 곁에 최 서방이 쭈그려 앉았다.

자석, 배고프지야.

최 서방의 입에서 훅 끼쳐오는 역한 냄새를 피해 슬며시 얼굴을 돌리며 그는 어설프게 웃어 보였다. 그러고 보니 점심 나절에 콩밥 한 덩이 받아먹은 게 고작이었다.

어린 늠이 무신 죄가 있누. 너나 나나 다아 시상 잘못 만나 이 고생 이제.

아따, 아저씨도 참, 누가 들으면 어짤라고.

아들은 힐끔 등 너머로 눈치를 살피며 딱한 표정을 했다. 오줌을 누고 난 사내가 바지춤을 추스르며 그냥 제자리에 주저앉고 있었다.

니미럴, 지들이 쥑이기보다 더할라디야.

그는 최 서방의 옆얼굴을 불안스레 훔쳐보았다. 달빛이 최 서방의 부스스한 얼굴을 납빛으로 드러내주고 있었다. 오래 깎지 못한 수염이 턱 주위로 더부룩했다.

그는 최 서방 역시 산 아래쪽을 내려다보고 있음을 깨달았다. 최 서방은 아마 자기 집을 눈으로 찾고 있는 것이리라. 어쩌면 쿵덕거리며 돌아가는 정미소 기계 소리를 헤아리고 있는지도 모를 일이었다. 최 서방에겐 유난히도 수줍음을 타는 아내와 딸아이가 하나 있었다. 가을걷이를 하느라 머리에 허옇게 분가루를 뒤집어쓴 채 황 부잣집 정미소 뜰에서 분주하던 최 서방 내외의 모습을 본 것이 바로 엊그제 일 같았다.

두 사람은 약속이나 한 듯 한동안 망연히 마을 쪽을 응시하고 있었다. 절벽 아래 비쭉비쭉 솟아 나온 잡목들의 앙상한 가지 사이로 청풍리가 보였다. 마을 초입의, 지금은 타다 남은 겅충한 지붕이 바로 최 서방이 일하던 정미소가 틀림없을 거였다. 맑은 달빛은 집채와 네모꼴의 앞마당을 구별하게 해주고 있었다.

쿵더덕쿵더덕.

얼핏, 아들은 귀에 익은 그런 소리가 산골짜기를 거슬러 오르고 있는 듯한 착각을 일으켰다. 해마다 봄 가을이면 밤낮 없이 쿵덕이는 정미소의 기계 소리가 골목마다 질펀하게 흘러 다니곤 했었다. 하지만 이제 마을은 폐허가 되어 있었다. 살아 숨 쉬는 것의 기척이라곤 아무것도 없는 죽은 마을이 되고 만 것이었다.

거, 참말로 오늘은 달이 밝구나야. 바람도 없고.

최 서방이 문득 혼잣말처럼 뇌까렸고, 그렁께라우, 맨날 이렇기만 하면 지내기도 쪼금 수월할 틴디 하고 그가 대꾸했다.

봐라, 들녘이 빤히 다 뵈인다야. 저기 아랫배미 저수지 옆에 거뭇하게 뵈는 것이 중바우가 맞지야.

그 옆으로 살여울 넘어가는 샛길도 뵈네요.

두 사람은 오랫동안 그렇게 벼랑 위 바위에 구부정하니 엎딘 채 고개를 꺾고 있었다.

후우이 후우.

어디선가 부엉이가 울었고 달은 아주 조금씩 자리를 옮겨 앉았다. 둘은 여전히 고개를 한곳으로 모으고 말없이 엎디어 있었다. 저만치 홀로 떨어져 있는 사내는 졸고 있는지, 기척이 없었다.

산 아래, 잔설이 드문드문 깔린 들판은 달빛에 허연 등판을 드러내고 있었고 거북이 등처럼 휘어져 나간 논둑 밭둑이 눈에 잡혔다. 봄 여름 가을 겨울, 해마다 그 들판은 어김없이 서로 다른 옷감을 두르고 사람들을 맞곤 했었다. 진초록빛 보리밭 이랑에 바람이 불 때마다 피어나던 은빛 출렁임이며, 물 댄 논에서 곶감을 꿰어놓은 듯 나란히 늘어서서 모내기를 하던 사람들의 모습이 꿈속인 양 두 사람의 눈에 선하게 떠오르고 있었다. 해가 중천으로 떠오르면 저만치 동구 밖엔 못밥을 머리에 인 아녀자들이 종종걸음을 치고, 들판엔 흥이 오른 농부들의 노랫가락이 가득히 출렁이기 시작하는 것이었다.

에이 에헤라 이두 상사뒤여
줄렁이 한 폭은 막둥이 몫이고
에이 에헤라 이두 상사뒤여
논뚝에 한 폭은 영감님 몫이네…….

산속은 바람마저 멎었다. 고요했다. 땅 위의 모든 것들은 일제히 숨을
죽이고 하늘에선 달이 저 혼자 터질 듯 점점 배가 불러갔다.

어느 순간. 먼저 어억, 신음을 터뜨린 것은 최 서방이었다.

저, 저것이 무신 일이다냐!

아들은 번쩍 고개를 쳐들었다. 그러고는 똑같이 억, 소리를 내지르고
말았다. 눈앞에 놀라운 일이 벌어진 것이다.

불빛이었다.

저 아래, 산자락 그늘에 묻혀 있는 청풍리 마을 한 귀퉁이로 느닷없이
불빛 하나가 튀어나온 것이었다. 아무도 없는 빈 동네였다. 소개령이 내
려진 후 주민들이 모두 버려두고 떠난 지 두 달이 넘었다. 누군가의 집에
불이 켜질 리가 없었다. 사람은커녕 가축들마저 모조리 끌고, 더러는 살
던 집에 불까지 놓아 지르고 떠나버린 청풍리 마을에 애당초 그런 일이
일어날 까닭이 없는 것이었다.

시상에 저것이 대관절 어쩐 일이디야.

최 서방은 넋빠진 듯 중얼거렸고, 아들은 자꾸만 눈을 비볐다. 하지만
그것은 틀림없는 불빛이었다. 초가집들이 모여 앉은 마을의 한쪽 귀퉁
이, 대밭 가까운 그 외딴집으로부터 한가닥 실오라기 같은 불빛이 지금
분명히 흘러나오고 있었다.

가만, 그러고 보니께 저 집은…….

최 서방이 그렇게 입술을 뗀 것과, 곁에 엎드려 있던 아들이 무섭게 턱을 떨기 시작한 것은 거의 동시에 일어난 일이었다.

아니, 저건…… 느그 집이 아니냐. 응.

최 서방이 그의 어깻죽지를 와락 움켜쥐며 낮게 부르짖었다.

아녀라우. 서, 설마.

맞어, 바로 느그 집이다. 틀림없당께.

그러다가 최 서방은 흠칫 고개를 추스르며 저만치 떨어져 있는 사내의 기척을 살폈다 그제서야 사내도 그 불빛을 발견한 모양이었다.

최 동무요, 저게 뭣이요. 언제 저런 것이 나타났소?

사내가 급히 다가오며 물었다.

인자 금방이라우.

경찰이 아닐까.

글씨…… 헌디 경찰이 뭣 할라고 불을 킬까라우.

모르제. 무슨 신호를 보낼라고 그라는지도.

보고를 해야겠다며 사내는 황황히 토굴 쪽으로 사라지고 있었다. 이제 남은 건 그들 두 사람뿐이었다.

아들은 커다랗게 눈을 치켜뜬 채 아직도 믿기지 않는다는 듯 불빛을 바라보고 있는 중이었다. 설마……. 아들은 주먹을 꽉 움켜쥐었다. 그 주먹이 벌벌 떨리고 있었다. 그랬다. 틀림없었다. 그건 바로 아들의 집이었다. 때 묻은 창호지를 덕지덕지 바른 장지문 사이로 흐릿하게 새어 나오고 있는 그 연시빛 불빛은 암만 눈을 씻고 보아도 분명한 아들의 집이었다.

아아, 어무니, 어무니.

아들은 터져 나오는 울음을 참느라 피가 나도록 입술을 앙당물었다.

그래도 끝내 울음이 터지고 말았다. 아들은 안다. 어머니였다. 이 밤, 호롱불을 밝히고 어머니가 홀로 지켜 앉아 있는 것이다. 아들을 기다리고 있는 것이었다.

아들은 손바닥에 얼굴을 묻었다. 끅끅 기묘한 신음이 흘러나오기 시작했다. 문득 등 뒤로부터 어지러운 발소리가 몰려오고 있었다. 최 서방은 소스라쳐서 그를 붙잡아 일으켜 세웠다.

아야, 그쳐라이. 까딱하는 날엔 너 죽는단 말이다. 모른다고 해라. 그저, 절대로 느그 집이 아니라고 하란 말이여. 알았제.

겁에 질린 최 서방의 음성이 무섭게 떨렸다. 아들은 눈을 질끈 감고 있었다. 달빛이 그의 눈두덩 밑에서 반짝였다.

후우이 후우.

어디선가 또 부엉이가 울었다. 달이 중천에 와 있었다.

2

어미는 문득 손을 멈추었다. 부엉이가 울고 있었다. 산 쪽에서였다. 그녀는 한동안 미동도 없이 엉거주춤한 자세로 장지문 밖에 귀를 기울였다. 찢어진 문풍지 한 가닥이 문턱에 실배암마냥 불길하게 걸쳐져 있고 장지문은 살대가 여럿 떨어져 나가고 없는 꼬락서니였다. 군데군데 숭숭 뚫린 채 문은 창호지를 흐린 불빛이 적시고 있었다. 밖은 조용했다. 갈잎을 스치는 바람 소리 하나 귀에 잡히지 않았다.

흐이유. 긴 한숨이 어미의 입술로 흘러나왔다. 어미는 문에서 눈길을 떼고 돌아앉아 다시 하던 일을 계속했다. 오래 비워두었던 방이라 온통 먼지투성이였다. 남들과는 달리 방문에 못질을 해놓지 않은 채 떠났던 것은 행여 그새에 집을 찾아 내려올지도 모를 아들을 생각한 탓이었었다. 험한 산길을 걸어 집이라고 찾아와 보니 어미는 뵈지 않고 그나마 방문에 탕탕 못질까지 해두어서 뼈 시린 삼동바람을 잠시나마 피하지도 못하고 되돌아가도록 만들 수는 없으리라는 염려에서였다.

대충 걸레질을 해가며 어미는 그간에 혹시나 아들이 남기고 간 흔적이라도 있을까 하여 구석구석을 눈여겨 살펴보았다. 그러나 어디에고 그런 흔적은 없었다.

에이구, 불쌍한 자석. 이리 치운 날씨에 산속에서는 무얼 먹고 살며 입성은 또 어찌하고 지내는고.

한숨 반 탄식 반으로 어미는 중얼거리며 한 손으로는 눈물을, 다른 손으로는 걸레를 쥐고 꾹꾹 먼지를 찍어냈다.

펄럭. 바람도 없는데 호롱불이 절로 자지러졌다가 다시 일어섰다. 어미가 움찔 고개를 돌리며 문 쪽을 보았다. 문은 여전히 닫혀진 채였다. 혀를 차며 그녀는 일어나 걸레를 치우고 나서, 구석에 놓여 있는 작은 보퉁이를 가져 와 끄르기 시작했다.

보퉁이 속에서는 날고구마 여럿과 건어, 그리고 이런저런 나물 따위를 담은 낡은 목찬합이 들리어 나왔다. 그녀는 마지막으로 맨 밑에 넣어둔 조그만 헝겊 뭉텅이를 끄집어내었다. 그 속엔 며칠 전 읍내의 친정 쪽 일가에 가서 어렵사리 얻어온 좁쌀 반 되가 들어 있었다. 아무리 난리통이라지만 쌀 한 줌 구하기가 삼 년 가뭄 끝보다도 더 힘든 세상이었다. 거두어가고 빼앗아가고, 이래저래 쌀독이 줄기도 했거니와 그나마 조금 남은 양식은 어느 집이고 깊숙한 곳을 찾아 숨겨두고 먹었다. 가진 게 없는 사람들 처지로서는 잡곡 한 줌은 상전 축에 들었고, 고구마 뿌리나 시래

기죽으로 끼니를 때우는 것도 다행으로 여겨야 할 형편이었다.

어미는 부엌으로 나갔다. 더듬거리는 손으로 등잔을 찾아 불을 당긴 다음, 시렁에서 먼지 앉은 바가지를 꺼내어 들고 뒷문을 나섰다. 우물은 뒤란 담장 가까이에 있었다. 우물이라기보다는 두레박질을 할 필요도 없는 작은 둠벙새암이다. 물은 꽤 단단한 얼음으로 덮여 있었다. 어미는 장독대에서 돌멩이를 가져와 그걸로 얼음을 두드렸다. 쩡 쩡. 돌과 얼음이 부딪칠 때마다 울려 나오는 소리가 어둠을 뚫고 공허하게 사위로 퍼져 나갔다. 마침내 얼음장이 두 쪽으로 갈라졌고, 어미는 얼음 조각과 나뭇잎, 지푸라기 따위를 물에서 건져내었다.

쭈그리고 앉아 바가지로 물을 퍼내려던 그녀는 불현듯 손을 멈추었다. 달이었다. 터질 듯 팽팽하게 알을 밴 만월이 어느 틈에 우물 속에 둥싯 떠 있었다. 그녀는 물 위에 비치는 하얀 달을 물끄러미 들여다보았다. 그 너머로 감나무의 앙상한 가지가 비쳐 보였는데, 달은 흡사 그 가지에 걸려서 더 흘러가지 못하고 우물 속에 갇혀 있는 것 같았다. 얼핏 그 희고 탐스런 달 위로 누군가의 얼굴이 겹쳐지려는 순간에 텀벙, 어미는 바가지를 담그었다. 그 바람에 달은 조각조각 깨어져버렸다.

오매애. 칠성님네 산신님네. 어쩌다가 내 신세가 이리도 기구허게 되야 부렀는지 모르겄소오.

노랫가락 같은 탄식을 읊조리며 어미는 좁쌀을 씻고, 그새 달은 다시 우물 속으로 찾아들고 있었다.

부엌으로 되돌아온 그녀는 솥에 쌀을 안쳤다. 한쪽 귀가 떨어져 나간 왜솥이었다. 그러고는 불을 지피기 시작했다. 아궁이에 장작을 집어 넣으려다 말고 어미는 또 코를 훌쩍였다. 그 장작은 지난 초여름, 아들이 해다 준 것이었다.

그만 하면 됐다. 무어 그리 한꺼번에 나무를 많이 할라고 애를 피우냐.

이왕 하는 김에 넉넉히 해 놔야지라우. 안 그래도 장마가 지면 나다니기가 귀찮을 텐디.

어렵잖게 지게를 내려놓으며 실거운 대답을 하던 아들의 모습이 아궁이 속에서 선연한 불길이 되어 활활 피어 올랐다. 아직 어린 줄로만 여겼더니 어느새 키를 넘게 쌓아 올린 커다란 나뭇짐을 지고 성큼 사립을 들어서던 아들이 어미는 퍽이나 대견했던 것이다. 저놈이 벌써 어른이 다 됐구나 싶어지며, 아들이 내려놓는 지게 부피만큼의 대견스러움이 절로 그녀의 가슴으로 묵직하게 전해져 왔었다. 그때는 정말이지, 난리가 어서 물러가면 어디서 참한 큰애기를 구해 장가를 보내야겠다는 생각에 내심 뿌듯하기도 했던 것을…….

장작을 더 집어 넣고 나서 어미는 방으로 들어왔다. 아랫목에 상을 펴 놓은 다음 잠시 기억을 더듬었다. 가만있자. 내가 어디다 두었더라. 그녀는 윗목에 있는 반닫이를 열고 뒤적거리더니 이윽고 낡은 액자 한 개를 꺼냈다. 그건 죽은 남편의 사진이었다. 벌써 누렇게 빛바랜 그 사진은 본디 벽에 걸려 있던 것이었으나 소개령인가 뭔가가 반닫이 속옷가지들 틈에 파묻히도록 했던 터였다.

어미는 등잔 가까이 가져가 한동안 액자 속 사내의 얼굴을 들여다보았다. 눈곱 탓일까. 거미줄에 덮인 것마냥 시야가 침침했다. 이내 그녀의 꿰적꿰적한 눈에 물이 괴어 오르고 말았다.

에이구. 이 무정한 인사야. 차라리 잘 가부렀소. 이놈의 시상, 더 무얼 바랄 것이 있다고 부득부득 살 꺼시요이. 요런저런 험한 꼴 안 보고 참말로 잘 가서부렀소.

거친 손바닥으로 사진을 쓸며 그녀는 넋두리를 했다.

남편 오 서방은 시신조차 남겨주지 않고 갔다. 까닭 없는 생목숨을 남의 땅에 갖다 바치고 만 것이었다. 반 년 만 있으면 돌아올 거라며 씨익 웃음 한 번 지어 보이고 고갯길을 넘어가던 남편은 얼토당토않게 종이쪽지 한 장으로 날아들어왔다. 이름도 모르는 남양군도 어디선가에서 죽었노라는 말만 적혀 있을 뿐, 하다못해 뼈 한 조각, 머리털 한 올조차 그녀에게 쥐어지지 않았다. 해방이 되었다고 돌아오는 장정들 틈에 행여 끼여 있을까 목을 늘이고 기다렸지만 죄다 허사였다. 그때부터 지금껏 어미는 하나뿐인 아들과 함께 단둘이서 살아온 것이었다.

액자를 조심스레 상 위에 세워놓고 나서 그녀는 목찬합 속의 준비해 온 것들을 접시에 덜어 올려 놓았다. 얼추 제상이라고 차려놓고 보니 초라하기가 이를 데 없었다. 세상 좋은 시절의 일꾼들 밥상만도 못해 보였다. 말라 비틀어진 북어 몇 꼬리와 호박 말린 것, 숙주나물 따위가 전부였다. 좁쌀이나마 얻을 수 있었던 덕택에 시래기죽으로 젯밥을 올리지 않은 것만으로도 다행이라는 생각이 들었다. 어미는 부엌에서 밥을 퍼 내 와 젯밥을 올렸다. 한 그릇을 떠내고도 밥은 솥 안에 반 정도가 남았다. 이럴 때 아들이 있었더라면……. 어미는 몇 번이나 그런 부질없는 생각에 젖은 눈으로 문 쪽으로 돌아다보곤 했다.

자아. 먼길 오시느라고 얼매나 허기가 지시겠소. 그놈의 남앵군돈가 뭔가 하는 땅은 바다 건너 멀기도 멀다든디, 어서 이거라도 드시고 쉬었다가 또 떠나시구랴.

물 담은 대접에 밥을 한술 듬뿍 덜어 말아드린 다음, 숟가락을 질러 주며 그녀는 말했다. 곁에 누가 있을 때마냥 은근하고 정겨운 음성이었다. 그리고 나서 그녀는 조금 비켜 앉아 제상을 망연히 바라보고 있었다. 수북하게 담긴 밥을 생시에 늘 그러던 대로 한입 가득 떠 넣고 있는 남편의 모습이 눈앞에 보이는 듯했다. 그러다가 그것은 이내 아들의 얼굴로 바뀌어졌다.

후우이 후우.

산 쪽에서 또 부엉이가 울고 있었다.

펄럭. 새어 들어오는 바람도 없는데 호롱불이 꺼질 듯 자지러졌다가 간신히 일어섰다. 그 때문에 벽에 드리운 그녀의 그림자가 엄청난 길이로 늘어났다가 다시 오므라들었다.

가만. 어미는 몸을 사렸다. 무슨 소리가 들린 것 같았다. 황급히 일어나 장지문을 열어보았다. 뜨락 가득히 달빛이 넘치고 있을 뿐 살아 움직이는 형체라곤 아무것도 없었다. 어미는 고개를 들어 멀리 무등산을 올려다보았다. 산의 뭉툭한 몸체가 시커멓게 웅크리고 있는 게 보였고, 산등성이 너머로 유난히 맑은 별들이 박혀 있었다. 산은 이날따라 짙은 먹빛이었다. 온 세상이 달빛을 받아 모습을 드러내고 있었지만, 그녀의 눈에는 오직 산만이 칠흑의 어둠으로 덮여 있는 느낌이었다.

어미는 문을 닫고 힘없이 돌아앉았다.

에그. 불효 막심한 자석 같으니라고. 오늘이 즈그 애비 제삿날인 줄이나 알고 자빠졌는지 모르겠네이.

어미는 자꾸만 간밤의 꿈이 맘에 걸렸다. 꿈에서도 그녀는 지금처럼 방 안에 앉아 있었다. 그런데 그때 아들이 불쑥 나타났던 것이다. 어무니, 나요. 내가 돌아왔소. 아들은 소리치며 환하게 웃고 서 있었다. 아들은 흰 무명옷을 입고 있었는데 자세히 보니 그건 바로 죽은 남편의 옷이 틀림없었다. 너무도 생생한 꿈이었으므로 깨고 나서도 얼마 동안 어미는 아들이 정말로 곁에 누워 있는 것 같은 착각을 일으켰었다.

혹시나…… 그래, 맞어. 그놈이 올지도 모를 일이어. 오늘이 즈그 아부지 제사인 줄 저도 알겄제. 이렇게 나 혼자 기다리고 있는 줄 빤히 알고서 곧장 찾아오겄제. 암, 아믄.

불현듯 어미의 눈에 생기가 돌기 시작했다. 그녀는 호롱불의 심지를 바짝 돋우었다. 방 안이 한층 밝아졌다. 그래. 이 불빛이 산속까지 가닿으리라. 이걸 보자마자 아들은 단숨에 달려 내려오리라. 골짜기를 타고 내려와 당집을 지나고 대밭을 돌아서 지금 논둑길을 달려오고 있으리라. 어무니, 나요. 내가 왔어라우. 그렇게 사립문을 활짝 밀어젖히며 이제 마악 아들의 숨 가쁜 목소리가 달겨 들어오리라.

아아. 아들아.

어미는 와르르 달려가 방문을 힘껏 열어젖혔다. 섬뜩한 밤공기가 칼날처럼 볼을 할퀴었다. 펄럭. 등잔불이 기우뚱 자지러들었다. 장지문에 의지해 망연히 서 있던 어미의 몸이 기어코 허물어지듯 주저앉고 말았다. 마당은 텅 비어 있었다. 달빛. 달빛. 터질 듯 부풀어오른 섣달 보름의 흰 달빛만 흐드러지게 눈앞에 쏟아져 내리고 있었다.

끝내 어미의 입에서 오열이 터져 나왔다. 그녀의 쪽진 머리로부터 비녀가 절로 스르르 흘러 내려 방바닥에 떨어졌다. 하지만 그녀는 머리채를 고칠 생각조차 없는 듯했다. 흰머리가 반쯤 섞인 숱 적은 머리채가 치렁치렁 풀어헤쳐진 채로 그녀가 울음을 삼킬 때마다 불길하게 흔들리곤 했다.

어떻게 키운 자식인디…… 그놈이 어떤 자식인디…… 흐흡 ……빨갱이고 누렁이고 나한테는 모두 시상 없다. 그까짓 거이 다 뭣이다냐. 필요 없다니께. 우리 자석만 내 집으로 돌아오게 해주랑께. 어미는 옷고름을 쥐어뜯으며 주름진 뺨 위로 쫄쫄 눈물을 쏟아내었다. 그러던 어미는 발딱 고개를 쳐들었다. 기묘한 웃음기가 입가에 떠오르고 있었다.

아니여. 내 지금 무신 방정을 떨고 있다냐. 아들은 온다. 하다못해 죽은 즈그 아부지 넋이 나서서라도 그놈을 데리고 올 거이다. 암.

이러고 있을 때가 아니다. 산사람은 바람같이 왔다가 바람같이 떠나 버린다고 하잖던가. 우선 밥부터 든든히 먹이고 따뜻하게 솜옷이라도 입혀 보내야 할 것이 아닌가. 어미는 민첩하게 반닫이를 열고 옷을 꺼냈다. 꿈속에서 아들이 입고 있던 바로 그 무명옷이다. 죽은 남편의 옷이라곤 그것밖에 남아 있지 않았다. 그렇잖아도 언젠가는 아들에게 입힐 생각이었던 거이다. 손으로 쓸어보니 어딘지 솜이 얄팍한 성싶었다. 그녀는 반닫이에서 자기의 솜바지를 꺼내어 솔기를 북북 뜯어낸 다음 솜을 뽑아냈다. 그리고 실꾸리와 바늘을 찾아 자리를 잡고 앉았다. 바늘귀에 실을 꿰려고 했으나 좀처럼 되질 않았다. 흐린 눈을 불 쪽으로 향하고 아무리 가늠해봐도 바늘은 애당초 귀가 뚫려 있지 않은 놈인 것만 같았다. 실 끝에 침을 묻혀 대충 짐작으로 구멍에 밀어 넣고. 다시 침을 발라 밀어 넣어 보고……. 그러기를 수십 차례, 요행히도 실이 걸렸다. 어미는 긴 한숨을 몰아쉬며 촘촘히 솜을 누벼 가기 시작했다.

밤은 점점 깊어가고 있었다. 달이 중천으로 옮겨 앉았고 이따금 부엉이가 울었다. 온 세상이 고요히 잠들어 있는 그 시각에 산기슭 외딴 초가집의 장기문 사이로 희미하게 우러나오는 불빛은 밤이 이슥하도록 켜져 있었다.

솜을 누벼 가던 손길을 멈추고 어미는 문득문득 바깥으로 귀를 모으곤 했다.

으으, 으웃.

움찔 그녀의 몸이 경직했다. 소리. 아까부터 이상한 소리가 들려오는 것 같았다. 바늘을 쥔 채 그녀는 다시 귀를 세운다. 그러나 이번엔 아무

소리도 없다. 내가 정신이 허해졌는갑다. 고개를 흔들며 다시 바느질을 계속했다. 바람이 일기 시작하려는가. 차츰 주위가 수선스러워지고 있었다. 대밭을 스치는 바람이 우수수 이파리를 흔들어대고 있었다.

으읏. 으으으.

순간, 바늘이 어미의 엄지손가락에 깊숙이 들어박혔다. 빨간 핏물이 흘러나와 흰 무명옷에 얼룩을 만들었다. 틀림없어. 누군가가 밖에 와 있는 거여. 그녀는 부시시 몸을 일으켰다. 잠시 망설이더니 가만히 문을 열었다. 역시 아무도 없다. 토방에서 신을 꿰어 신고 마당으로 나서서 두리 번거렸다. 사립문이 반쯤 열려져 있었다. 분명 그녀는 아까 문을 닫았음을 기억했다. 후두둑 몸이 떨려 왔다. 또 들린다. 집 안에 누군가가 와 있는 것이다. 그녀는 후들거리는 걸음을 헛간 쪽으로 옮겨가기 시작했다.

누구요. 거기 안에 누, 누가 있소.

헛간 앞에 서서 어미는 겨우 그렇게 말했다. 턱이 와들와들 떨려왔다.

으읏. 아퍼. 아퍼.

어미의 가슴이 철렁 무너졌다. 환각이 아니었다. 웬 여자의 음성이 헛간 속에서 튀어나온 것이었다.

누구요. 웬 사람이 이 밤중에…….

그 말을 채 끝마치기도 전에 그녀는 외마디 비명을 질렀다. 시커먼 사람의 형상이 발밑으로 북북 기어 나오고 있었기 때문이었다. 그 시커먼 덩어리가 헛간 밖으로 몸을 끌어내었을 때 달빛은 그것의 얼굴을 드러내 주었다.

이게 누구다냐. 아니, 이 미친 것이 어떻게 여그까지 왔으까이.

어미는 그 얼굴을 이내 알아보았다. 읍내 사람이면 누구나 알고 있는 바로 그 미친 여자였다. 스물두엇이 될까 말까 한 그 여자가 정확히 언제부터 읍내에 나타났는지 모를 일이었다. 고향이 어디며 어쩌다가 그 지경이 되었는지 아는 사람은 없었다. 아마도 북쪽으로부터 피난길에 휩쓸려 흘러들어온 듯 여겨질 따름이었다. 미친 여자는 홀몸이 아니었다. 딱하게도 잔뜩 부풀어오른 만삭의 배를 디밀고 다니며 아무에게나 히죽히죽 헤픈 웃음을 흘려댈 뿐, 누가 물어도 별 신통한 대답조차 하지 않았다. 하기야 난리통에 각박해진 세상 인심은 그런 미친 여자 하나에게까지 인정을 베풀 겨를이 없는 법이었다. 이리저리 장거리를 굴러다니다가 어느 엄동 추운 아침에 다리 밑에서 얼어 죽는다 하더라도 애써 눈여겨볼 사람도 없을 터였다.

거 참, 대관절 이 미친 것이 어떻게 여기로 들어왔을까.

어미는 어리둥절했다. 그러고 보니 아까 저녁 무렵에 어미는 그 미친 여자를 우연히 만난 적이 있었다.

며칠 전부터, 남편의 제사가 다가오기 시작하자 그녀는 내심 조바심이 났던 것이다. 넋이 나가 잊어먹었다면 또 몰라도 빤히 알면서도 그대로 넘길 수야 없는 노릇이었다. 그녀가 빌붙어 지내는 친정 일가붙이의 뒷방에서라도 제사를 지낼까 생각도 했으나 물 한 사발 놓고 올리는 제사를 더더구나 남의 집에서 치를 수는 없다고 여겼다. 더구나 산사람이 된 아들을 두었다는 죄 때문에 어미는 온갖 수모를 마을 사람들로부터 겪고 있는 참이었다. 하루에도 수없이 혀 빼물고 죽기를 바랐으나 그래도 여태까지 구차한 목숨을 부지하고 있는 건 행여 어느 날인가는 아들을 만날 수 있으리라는 간절한 바람 때문이었다.

그렇게 하여, 결국 어미는 이날 저녁 무렵에 청풍리로 몰래 스며들어왔다. 제사도 제사려니와, 혹시 아들이 왔다 간 흔적이라도 있을까 하는, 참으로 막연한 충동이 그토록 위험한 모험을 하게 한 것인지도 몰랐다.

청풍리는 소개령 이후, 누구도 얼씬하지 못하도록 엄중한 경고가 내려져 있는 까닭이었다.

어미가 미친 여자를 발견한 곳은 마침 청풍리로 들어오는 샛길 조금 못 미쳐서였다. 여자는 잔뜩 부푼 배를 안고 길 옆 바위에 쪼그려 앉아 떨고 있는 참이었다. 그냥 지나치려다가 웬지 안쓰러운 생각에 어미는 발길을 세웠다. 만삭인 배가 낌새를 보아하니 오늘내일 할 듯싶었다. 이 추운 날, 저 지경으로 헤매다가 길바닥에서 덜컥 일을 만나면 어쩌랴 싶어 여간 속이 쓰린 게 아니었다. 고구마를 몇 개 쥐어주었더니 성치 않은 정신에도 히죽 웃어 보이고는 아귀처럼 뜯어먹던 것이었다.

쯔쯧. 불쌍한 인생이 그래도 잠시 무신 정신이 돌아왔었등가. 안 죽을라고 그래도 나를 뒤따라왔능갑네이.

어미는 쓰러져 있는 여자를 어렵사리 부축해서 방 안으로 옮겨 놓았다. 따뜻한 곳으로 들어서자 여자는 눈을 크게 떠 보더니 곧 피그르르 주저앉아버렸다. 그녀는 헌 이불을 꺼내어 여자를 덮어주었다. 이빨을 맞두드리며 눈을 감고 있는 모습을 내려다보며 그녀는 추위에 오죽했으랴 싶어, 진작 찾아 나가 보지 못한 자신을 속으로 나무랐다. 그리고 부엌으로 나가 군불을 확확 지피기 시작했다.

잠시 후, 다시 방으로 들어온 어미는 기막힌 광경을 목격했다. 어느 틈에 일어났는지 여자가 제상의 밥을 집어 들고 손가락으로 퍼먹고 있었다.

이 잡것 좀 봐라이. 그거이 누구 줄 밥인디!

하지만 이미 저질러진 일이었다. 밥알은 여자의 더러운 손가락에 덕지덕지 달라붙어 있었다. 어미는 기가 막혔다. 그 통에 놀란 여자는 손가락을 입속에 쑤셔 넣은 채 실실 곁눈질을 하며 뒤로 물러났다. 그러더니 느닷없이 악을 쓰기 시작했다.

아니에요. 몰라요. 난, 난 빨갱이가 아니라니까요.

여자는 잔뜩 겁에 질린 얼굴로 손바닥을 싹싹 비벼대고 있었다. 어미는 치켜들었던 주먹을 힘없이 내리고 말았다.

이 늙은 년아. 내놔, 너 밑구녕으로 싸지른 새끼가 우리 서방을 쥑였어.

아녀. 저년도 한패여. 쥑여. 쥑여뿌라니께. 죄 없는 생목숨 닭 잡드끼 해놓고 나니 얼마나 좋은 시상 찾아오등가 한번 물어보라니께.

여자들의 벌겋게 핏발 선 눈알이 어미를 향해 달려들고 있었다. 누군가 머리채를 그러잡았다. 투툭, 옷고름이 뜯어져 나갔다. 여자들의 손에 그녀는 땅바닥을 질질 끌려갔다. 그녀들은 엊그제까지만 해도 어미를 성님, 아주머님, 하고 불러주던 그 사람들이었다.

미쳤어. 시상이 발딱 뒤집어지고 미쳐분 것이여. 모두가 지정신이 아니여.

어미는 손을 비비며 연신 아니에요, 몰라요를 되풀이하고 있는 미친 여자를 내려다보며 혼잣말을 뱉었다. 까닭 없이 설움이 치밀어 올라왔다.

아이구, 불쌍한 년아, 보아하니 너나 나나 시상 잘못 태어난 처지가 똑같은갑다. 그래, 묵어라. 묵어야 힘도 나고 애기도 낳을 것잉께. 어서 그 밥이나 마저 묵어부러라. 괜찮다이.

어미는 밥그릇을 디밀며 먹으라는 시늉을 했다. 잠시 눈치를 살피던 여자가 빼앗듯이 밥을 받아 들고는 게걸스레 먹기 시작했다. 그러다가 갑자기 여자는 밥그릇을 내동댕이치며 허리를 그러앉고 비명을 지르는 것이었다.

아퍼, 아퍼.

미친 여자는 방바닥을 두들기며 악을 쓰고 있었다. 어미는 여자의 부푼 배를 살펴보더니 급히 부엌으로 달려나갔다.

오매, 이것이 산기가 있는 모양인디. 어쩌끄나. 해필이면 오늘밤 이것이 다 무슨 일이끄나.

우선 더운 물이 필요했다. 물독을 들고 우물을 향해 종종걸음을 치면서 그녀는 얼핏 아들을 생각했다. 간밤엔 아들이 꿈에 보이더니만, 이런 일이 생기려고 그랬던 것일까. 어미는 달이 떠 있는 샘물에 덤벙, 바가지를 담그었다.

3

이거, 괜히 또 헛물켜는 건 아닐까.

밭둑에 몸을 숨긴 채 강 경위는 투덜거렸다. 시계를 들여다보았다. 유리가 달빛에 반사되지 않도록 손목을 굽히고 바늘을 확인했다. 열한시 사십분, 빌어먹을. 벌써 그렇게 됐나. 그렇다면 꼬박 네 시간 동안이나 잠복하고 있는 셈이구나. 하지만 이 정도쯤이야 아무것도 아니다. 야전에서 며칠씩 밤을 새운 적이 어디 한두 번이던가. 더구나 오늘은 믿어지지 않으리만큼 푸근한 밤이다. 섣달이라지만 살가죽에 와 닿는 공기가 그다지 맵찬 줄도 모르겠다.

강 경위는 철모를 약간 뒤로 제껴 올리며 주위를 훑는다. 바로 곁에 양 순경이 역시 밭둑에 의지한 채 소총을 겨누고 있고 저만치 십여 미터씩 간격을 두고 일분대가 잠복하고 있었다. 삼분대는 그 반대쪽, 그러니까 외딴집을 중심으로 하여 우측 대밭을 맡고 이분대는 후면에 배치시켜 두었다. 조금 전에 연락병이 왔었는데 아직까지는 수상한 점을 발견할 수 없었노라고 했다.

정신 바짝들 차리라구 해. 놈들은 대개 이 시각쯤에 출몰하니까 말야. 지금부터가 가장 중요해. 그리고 분대장들에게 전해. 신호가 있기 전에 절대루 사격하지 말라구 말야.

강 경위는 그렇게 일일이 지시하고 나서 연락병을 돌려보냈었다.

차츰 바람이 일기 시작하고 있었다. 바람은 산 쪽으로부터 불어왔다. 그 바람결에 무언가 불길한 짐승의 체취가 숨어 있기나 한 듯 그는 코를 벌름거렸다. 목덜미에 싸늘한 냉기를 흩뿌려놓고 바람이 잽싸게 달아났다. 그는 야전점퍼의 지퍼를 채웠다. 젠장헐, 추워질 모양이군. 어깨를 웅크리며 그는 날카롭게 전방을 쏘아보았다. 달빛에 허옇게 드러난 밭둑과 그 위쪽으로 마악 경사를 이루기 시작하는 산기슭이 시야에 들어왔다. 좌측으로는 몇 개의 무덤이 드문드문 널려 있었다. 그곳까지는 대략 백오십여 미터. 달이 밝아 대낮처럼 관측이 용이한 밤이었다. 그러나 적 또한 마찬가지이리라. 아니 오히려 산을 등지고 있는 그놈들이 더 유리할 거야. 무엇보다 아군이 먼저 노출되지 않도록 최대한의 주의가 필요해. 만일 아군이 잠복하고 있는 사실을 놈들이 눈치채는 경우에 작전은 깡그리 도로아미타불이 되고 말 테니까. 그는 작전 개시 전에 대원들에게 재차 그 같은 사항을 숙지시켜 둔 것은 잘한 일이었다고 여겼다.

강 경위의 시선이 이번엔 외딴집을 재빨리 훑었다. 희미한 불빛이 여전히 새어 나오고 있었다. 그는 그 불빛을 바라보며 고개를 갸우뚱했다.

너무 대담한 짓인 걸. 아무리 따져봐도 저렇듯 무모하게 불을 켜놓을 리는 없으리라는 생각에서였다. 접선 장소라기엔 지나치게 노출되어 있고 신호를 보내고자 하는 것이라 하더라도 위험스럽다 못해 거의 자살 행위나 다름없지 않은가. 그렇다면…… 역시 헛짚은 게 틀림없으리라는 결론밖에 나오지 않았으므로 강 경위는 이마를 구겼다.

맨 처음 보고가 들어온 시각은 일곱시 반경. 보퉁이를 소지한 수상한 여자가 청풍리로 몰래 잠입했다는 것이었다. 바로 무등산 기슭에 있는 청풍리라면 공비의 출몰이 가장 빈번한 취약 지구였다. 신원은 곧 밝혀졌다. 아들이 공비로 입산한 사실이 있는 요시찰(要視察) 인물인 오십 대의 아낙네였다. 즉시 비상이 걸렸고 강 경위는 명령을 받아 소대를 데리고 출동했다. 하지만 그는 처음부터 그다지 기대를 하지 않았던 게 사실이었다. 아마도 이번 것은 무지한 시골 아낙의 겁없는 행동에 불과하리라는 추측이 앞섰던 까닭이었다.

그러나 속단은 금물이었다. 그동안 그는 숱한 이변과 의외의 사건들을 경험해온 터였다. 열다섯 살짜리 아이도 죽창을 찌를 수 있고 육순 노인의 거짓말 한마디가 결정적인 순간에 대규모 작전을 한낱 웃음거리로 만들 수 있음을 강 경위는 몸소 보고 듣고 겪어왔다. 아무도 믿지 마라. 아무것도 믿어서는 안 된다. 가장 확실한 것처럼 보이는 상황일수록 끝까지 경계심을 풀지 말아라. 모든 사람은 단지 적 아니면 아군, 그 둘 중의 한쪽일 뿐이다. 언제부터인가 강 경위는 그렇게 스스로에게 약속을 해두고 있었다.

바람 끝이 좀 더 강하게 느껴졌다. 대밭을 스치고 지나가는 스산한 바람 소리가 주위의 적막을 흐트러뜨리고 있었다. 강 경위는 총을 눕혀놓고 장갑을 벗었다. 손끝이 꽤 시렸다. 손가락을 입김으로 불어 녹였다. 군화 속의 발을 이미 오래전부터 꽁꽁 얼어 있었으나 도리가 없는 일이었다.

다시 바람이 불어왔다. 강 경위는 무심코 하늘을 쳐다보았다. 구름 한 점 없는 하늘은 얼음장처럼 차고 맑았다. 그 하늘에 달이 떠 있었다. 희고 둥근 달은 금방 터질 듯 배가 불러 있었다. 문득 죽은 아내의 얼굴이 달과 겹쳐졌다. 그는 눈을 감았다. 아내는 다른 동료 경찰 가족들과 함께 총살을 당했다. 강 경위가 후퇴하는 부대를 따라 청산도(靑山島)까지 내려가 있을 무렵, 친정으로 몸을 피했다가 그녀는 그 지경이 된 것이었다. 아내가 죽은 곳은 어릴 적 그녀가 다니던 고향의 초등학교 운동장이었다. 그때 아내가 이미 뱃속에 첫아이를 담고 있었다는 사실을 그는 뒤늦게야 알았다.

불현듯 그는 몸을 떨었다. 아내를 향해 총을 겨누고 있는 살인자들의 얼굴이 보인다. 총구 앞에 서 있는 아내의 질린 눈빛. 아내가 쓰러진다. 만세. 만세에. 두 팔을 치켜들고 미쳐 날뛰는 놈들의 상기된 얼굴들이 보인다. 살인자들. 강 경위는 총을 쥔 손아귀에 으스러져라 힘을 주었다. 나타나라. 어느 놈이고 제발 나타나기만 해라. 전방의 검은 산의 몸체를 향해 총구를 겨눈 채 그는 이를 악물었다.

그는 총의 가늠자에 눈을 갖다 대었다. 이내 거대한 무등산이 눈앞을 가로막았다. 산은 검다. 거대한 괴물 같았다. 놈들이 숨어 있는 곳이다. 석 달 동안 이십여 차례나 마을은 약탈, 방화를 당했고 공공건물이 수차례 습격, 파괴당했다. 강 경위는 희생당한 동료들의 모습을 떠올리고 있었다. 쓰러지는 아내와, 아내의 뱃속에 든 아이. 한 번도 보지 못한 그 아이를 생각하며 입술을 물었다. 어느새 강경위의 눈빛이 기묘하게 번들거리기 시작했다. 그건 눈자위에 배어 나온 눈물 탓만은 아닌, 어쩌면 섬뜩한 독기 같은 것이었다.

얼마쯤 지나서였을까.

강 경위의 머리끝이 쭈볏 일어섰다.

강 경위님 저기 좀 보세요.

곁에서 양 순경이 다급하게 속삭였다. 그들은 거의 동시에 그 물체를 보았던 것이다. 무엇인가가 산기슭 수풀 속으로부터 나타났다. 사람이었다. 그 수상한 그림자는 당집을 지나 비탈진 언덕바지를 살금살금 기어 내려오는 참이었다.

가만. 신호 없이는 절대로 쏘지 마라.

그는 한껏 목소리를 낮추었다. 전신으로 식은땀이 돋아나고 있었다. 그림자는 이제 발둑을 접어들기 시작했다. 역시 그랬었군. 놈은 바로 그 외딴 집 쪽을 향해 몸을 돌리고 있었다.

그런데 그 순간, 전혀 예기치 않은 상황이 벌어졌다. 그때까지 납작 엎드린 자세로 조심스레 기어가던 그림자가 돌연 튕겨나듯 외딴집을 향해 내닫기 시작한 것이었다. 누군가에게 다급하게 쫓기는 듯한 기세로 놈은 발둑을 질러 있는 힘을 다해 달리고 있었다. 놈이 외딴집과 산기슭 사이의 중간쯤 되는 지점에 다다랐을 때였다.

타타타타―앙.

느닷없는 총성이 밤하늘을 찢어대었다. 숨을 죽이며 주시하고 있던 강 경위는 깜짝 놀랐다. 뜻밖에도 총성이 터진 것은 산 쪽에서였기 때문이었다. 사격 개시. 강 경위는 황급히 사격 명령을 하달했다. 마침내 어마어마한 총성이 청풍리 벌판을 난자하기 시작했고, 덩달아 산이 쩡쩡 울었다. 불 켜진 외딴 집을 향해 달려가던 그림자가 쓰러진 것은 바로 그 순간이었다. 쓰러진 그림자는 한동안 움직이지 않는 것 같았다. 그러나 잠시 후 다시 몸을 일으켰다. 그러고는 심하게 절뚝이며 몇 걸음을 떼어 놓고 있었다. 또 한 차례 일제 사격이 있었다. 외딴 집을 사이에 둔 채 들녘과 산기슭 쪽에서는 요란한 총성과 함께 총알이 비 오듯 양쪽을 왕래했다. 그 한가운데에서 마침내 그림자가 고꾸라지듯 쓰러지는 게 보였다. 이번엔 두 번 다시 일어나지 않았다. 쓰러진 그림자의 머리 위로 들녘 쪽과 산기슭 쪽으로부터 어지러이 총탄이 날아가고 날아왔다. 그를 쓰러뜨린 탄환이 어느 쪽에서 날아왔는지는 분간키가 어려웠다.

밭고랑에 넘어진 그림자는 한동안 숨이 붙어 있었다.

어무니, 나요. 내가 와…… 왔어라우.

그림자는 외딴 집을 향해 온몸으로 북북 기어가기 시작했다. 창호지 사이로 우러나오는 잘 익은 연싯빛 불빛이 그림자의 흐려진 망막 속으로 따스하게 흘러들어왔다. 아아 어무니. 그림자가 손을 내저었지만, 그 소리는 입안에서 힘없이 스러져버리고 말았다.

굳게 닫혀져 있던 그 불 켜진 외딴 초가집의 장지문 틈으로 갓난아이의 가냘픈 울음소리가 흘러나오기 시작했다.

일용할 양식

양 귀 자
(1955~)

양귀자(1955~)는 「다시 시작하는 아침」과 「이미 닫힌 문」이 『문학사상』에 당선되어 작품 활동을 시작하였다. 작품집으로는 『귀머거리새』, 『원미동 사람들』 등이 있다.

「일용할 양식」은 '원미동 사람들' 연작 중의 하나이다. '멀고 아름다운 동네'라는 뜻의 원미동, 작가가 그려 보이는 세계는 부천시 원미동이라는 구체적 장소이다. 이 연작은 어쩌 보면 이 사회의 중심부에서 밀려나 있다고 할 몇몇 사람들을 소재로 하여 평범한 사람들이 보여주는 희망과 절망의 모습들을 담아내고 있다. 이 모습들은 작가의 특기라고 할 꼼꼼한 관찰과 묘사를 통해 사실성 있게 다가오고 있다. 「일용할 양식」 역시 매일매일을 살아내야 하는 원미동 사람들의 애환을 그리고 있는데 이웃간에 벌어지는 갈등과 이해의 모습이 잘 나타난다. 원미동을 흔들어놓은 두 상점의 갈등과 불화는, 더불어 사는 인간들이 지켜야 할 이해와 공존의 원리를 우리에게 환기시키고 있다.

원미동에 사는 사람들은, 아니 더 정확히 말하여 원미동 23통 5반 사람들은 이 겨울 들어 아주 난처한 일이 하나 생겼다. 생각하기에 따라서는 무에 그리 대단한 일이겠느냐고, 제법 요령 있게 넘어갈 수 있는 방법이 있지 않겠느냐고 하겠지만 어쨌든 딱한 일임에는 분명하였다.

　일의 시작은 지난 연말부터였다. 여름의 원미동 거리는 가게에 딸린 단칸방의 무더위를 피하기 위한 동네 사람들로 자정 무렵까지 북적이기 마련이었으나 추위가 닥치면 그렇지가 않았다. 너나 할 것 없이 아랫목으로 파고들어서 텔레비전이나 쳐다보는 것으로 족하게 여기고 찬바람이 씽씽 몰아치고 있을 밤거리야 상관할 바가 아니었다. 낮 동안 햇살이 발갛게 비추어 기온이 다소 올라가도 사정은 크게 달라지지 않았다. 요즘 집집마다 유행처럼 번지기 시작한 유선방송이라는 게 시도 때도 없이 영화를 보내 주고 있기 때문에 사람들은 변소 갈 시간도 아끼면서, 법석을 떨어대는 아이들이나 바깥으로 내몰아 놓고서 이내 텔레비전 앞에 붙어 앉는 것이다. 옥상마다 다닥다닥 붙어 있는 안테나 사정 탓인지 따로 이 선을 잇지 않아도 유선방송이 잘 잡히더라는 집도 더러 있었다. 날씨는 춥고, 아랫목은 따뜻하고, 눈요기할 만한 필름은 텔레비전이 담당하였다. 그러저러 겨울이 깊어가던 연말에 동네 사람들은 행복사진관 엄씨가 일으킨 연애사건으로 한동안 모이기만 하면 쑤군쑤군 입을 맞추었으나 인삼찻집이 문을 닫아버리고 나서는 찻집 여자와 엄 씨의 관계에 초점을 모으던 화제도 시들해져 있었다.

그때를 맞추기나 한 듯이 일이 시작된 것이다. 처음에는 어떤 일이나 그렇듯 대수롭지 않았다. '김포쌀상회'의 상호가 '김포슈퍼'로 바뀌었을 뿐인 것이다. 원래는 쌀과 연탄만을 취급하면서 23통 일대의 쌀과 연탄을 도맡아 배달해주던 김포쌀상회의 경호 아버지가 어지간히 돈을 모은 모양이었다. 비어 있는 옆칸을 헐어 가게를 확장한 것이다. 김포상회가 김포슈퍼로 도약하였을 때는 응당 상호에 걸맞게끔 온갖 생활필수품들이 진열대를 메우는 것은 당연한 노릇이었다. 한쪽에는 싸전을, 또 한쪽에다는 미니슈퍼를, 그리고 가게 앞 공터에다는 연탄을 쟁여놓고 있는 품이 제법 거창하기까지 해서 김포상회의 눈에 뜨이는 성공은 동네 사람들을 놀라게 하였다. 충청도 산골 마을에서 야망을 품고 상경한 이들 내외는 품팔이로 번 돈을 모아 사 년 전, 원미동에 어엿하게 김포쌀상회를 내었다. 처음엔 고향 동네의 쌀을 받아다 파는 정도에 불과했지만 다음 해에는 연탄배달까지 일을 벌일 만큼 내외간이 모두 억척스럽고 성실한 일꾼이었다. 성품 또한 모난 데 없이 두루뭉수리하여 어른 알아볼 줄 알고 노상 웃는 얼굴이어서 원미동 사람들에게 고루 인정을 받고 있었다. 그래서 김포슈퍼의 개업일에는 많은 사람들이 부러 찾아가서 과자 한 봉지, 두부 한 모라도 사주면서 부지런한 내외의 앞날을 격려해주었다. 김포슈퍼가 개업 기념으로 돌린 수수팥떡이 두 시루도 넘었다는 말을 입증하기나 하려는 듯 그날은 아이들마다 모두 입가에 팥고물을 묻혀놓고 있었다. 큰길가의 번듯한 슈퍼마켓은 아니지만 그래도 옹색한 꼴은 면한 가게를 꾸며놓고서 내외간이 어찌나 벙싯벙싯 웃어대는지 보기만 해도 배가 부르더라고, 이웃의 세탁소 여자가 사람들마다에 귀띔을 해주기도 하였다.

이제 그들은 그 큰 가게를 꾸려 나가면서 더욱 착실히 돈을 모을 것이라고 강남부동산의 고흥댁 같은 이는 경호네의 성공을 여간만 부러워하지 않았다. 원미동 거리에서는 하기야 모처럼 만에 보게 되는 사업 확장인 셈이었다. 겨울철 추운 날씨가 제아무리 기승을 떤다 해도 손님만 북적거리면 누군들 유선방송의 흘러간 중국영화에나 매달려 있을까. 봄가을 잠시 반짝 일손을 재촉하고 나면 그뿐인 원미지물포나, 필름 현상이 고작인 행복사진관이나, 건전지나 형광등 몇 개 파는 정도인 써니전자 주인들이 썰렁한 가게를 놓아두고 방구석에만 처박혀 있는 것도 다 까닭이 있어서였다. 우리정육점이야 어쩌네 저쩌네 해도 돼지고기 반근짜리 손님이나마 해거름에는 심심찮게 모여드니 돈이 아쉽지는 않겠지만 겨울엔 퍼머 머리가 잘 안 나온다고 서울미용실마저 드라이 손님 몇에 매달려 난로의 연탄만 축내고 있는 형편이었다. 요새야 원미동 거리 어느 가게나 다 그렇지만 특히 강남부동산은 아주 죽을 지경이었다. 벌써 몇 년째, 그 좋던 벌이는 다 옛말이고 말 그대로 파리만 날리고 있는 형편이 언제 나아질지 그것조차 까마득했다.

"복덕방 벌이가 시방처럼 가겟세도 못 당헐 것 겉으면 누구라고 문 열어놓을랍디여. 인자부터 애들도 여의고 돈 쓸 일이 널린 판인디 돈줄이 이러코롬 꽉 막혀부렀으니 사람 환장하제이. 이런 판에 경호네 집은 참말 어쩐 일인가 몰라. 인자 막 돈줄이 붙는갑소. 운이 닿으니 저렇제. 안 그려 봐, 암만 머리 싸매고 덤벼도 어림없지."

　고홍댁 말대로 김포슈퍼의 경호네 앞날은 가히 풍년의 조짐이 보이기도 하였다. 싹싹한 경호 엄마는 백 원짜리 꼬마 손님한테도 일일이 뻥튀기 한 장씩을 선물로 주었다. 입에다가는 언제나 어서 오세요, 안녕히 가세요, 감사합니다를 매달아놓았고 까다로운 사람이 와도 활짝 웃는 낯에 고분고분 응대하여 곧잘 비위를 맞추어냈다. 경호 아버지는 겨울철이라 밀려드는 연탄 주문으로 신새벽부터 해거름까지 눈코 뜰 사이 없었다. 연탄배달 틈틈이 쌀배달도 지체 없이 해치우고 야채를 받아오기 위해 신나게 자전거 페달을 밟고 큰 시장으로 내달리는 모습은 일견 대견하게까지 보였다. 생필품 외에도 채소며 과일을 종류대로 팔고 있는 터라 가게는 그럭저럭 매상이 오르는 눈치였다. 시장이 먼 탓에 어지간한 찬거리는 가게에서 구입하는 원미동 여자들 사이에 김포슈퍼 부식값이 시장 상인들보다 오히려 싼 편이며 채소나 과일들도 모두 싱싱하고 질이 좋더라는 소문이 핑 돌기 시작한 것은 개업 후 며칠 만의 일이었다.

　바로 그 무렵, 원미동 여자들은 형제슈퍼의 김 반장이 가게 앞 공터에 수백 장씩 연탄을 부리는 현장을 목격하였다. 또, 형제슈퍼의 간이창고 구실을 하던 입구의 천막 속엔 쌀과 잡곡들이 제각기 망태기에 담겨져 있고 그 옆에 돌 고르는 석발기까지 덜덜거리며 돌아가는 모습도 목격하였다. 물론 형제슈퍼는 쌀과 연탄을 취급하던 가게가 아니었다. 과일이나 야채·생선을 비롯하여 생활 필수품들을 파는 구멍가게에 불과한 규모이긴 해도 이름만은 곧잘 '슈퍼'로 붙이던 그런 가게였다. 형제슈퍼가 느닷없이 쌀과 연탄을 벌여놓고 빨간 페인트로 '쌀·연탄'이라고 쓴 어엿한 입간판까지 내다놓은 것은 누가 뭐래도 김포슈퍼의 개업과 발을 맞춘 것임이 분명하였다.

　"우리도 연탄배달합니다. 거기다 또 대리점 대우라서 한 장에 이 원씩 싸게 드립니다요. 쌀이라면 우리 고향 쌀, 아시지라우? 계화미, 호남평야의 일등품만 취급하니까 한번 잡숴만 보세요. 틀림없다구요."

김 반장이 만나는 동네 사람들마다에게 쏟아놓는 대사였다. 아니, 부러 가게 앞에 나와 서서 짐짓 쾌활한 얼굴과 목소리로 자신만만하게 단골들을 설득하였는데, 사람들은 그제서야 형제슈퍼와 김포슈퍼의 간격이 일백 미터도 채 못 된다는 사실을 깨달았다. 그리고 김포에서 쌀과 연탄만을 취급했을 때는 모두 김 반장의 형제슈퍼에서 물건을 샀다는 사실도 깨달았다. 모두들 경호네의 눈부신 발전에만 정신이 팔려서 깜박 김 반장을 잊고 있었던 것이다.

김 반장은 이제 스물여덟의, 역시 싹싹한 총각이었으며, 23통 5반을 손바닥 안에 꿰뚫고 있는 반장 직책을 가지고 있었다. 때문에 동네의 잡다한 사건에 그가 끼이지 않는 법이 없었고 원미동 거리에서 가장 자주 듣게 되는 높다란 전라도 사투리도 틀림없이 그의 음성일 게 확실한, 이 동네의 대변자이기도 하였다. 그의 형제슈퍼에는 네 명의 어린 동생과 다리 골절로 직장을 잃은 아버지와 잔소리가 많은 어머니, 또한 팔순의 할머니가 매달려 있었다. 식구가 복잡한 만큼 가게도 복잡하여 누구 말대로 없는 것 빼고는 다 있는 만물상임은 틀림없지만 기득권을 가진 가게답게 적잖이 무질서하고 부식의 신선미도 떨어지는 편이어서 사람들은 알게 모르게 깔끔하고 정돈되어 있는 김포슈퍼 쪽으로 발길을 돌렸던 것이다. 뭐든 새 것이 역시 새 맛으로 좋은 법이었다. 그렇다고는 해도 김 반장이 그처럼 재빠르게 쌀과 연탄을 팔겠다고 나설 줄은 몰랐다. 아는 사람은 다 아는 일이지만 지난가을 김 반장은 작은 짐차를 하나 샀다가 한 달도 못 되어 사고를 저질러 그 뒷수습에 바짝 쪼들리고 있는 중이었다. 물건도 실어 나르고 채소나 과일을 산지에서 밭떼기를 할 작정으로 모아놓은 장가 밑천을 다 털어서 차를 샀던 것인데 그만 사람을 다 치게 한 것이었다. 합의를 보고, 피해자 보상해주고 이것저것 뒷갈망을 하는 데 차는 물론이요 빚도 수월찮게 얻었다는 내막을 동네 사람들은 알고 있었다. 그런 처지에 빚돈을 얻어 싸전을 벌이고 연탄까지 팔겠다 고 나서다니, 지물포 주 씨 말대로 제 죽을 구멍 파는 미련한 짓이라고 욕을 먹을 만도 하였다. 경호 아버지가 쌀과 연탄을 도맡아 대고 있는 줄 번연히 알면서 말이다.

"김포슈퍼요? 아, 난 상관없어요. 우리도 연탄배달·쌀배달 다 하는 데요. 무작정이 아니라구요. 관에다 허가받고 시작한 장산데 나라고 왜 못 해요?"

말은 요만큼 하여도 그동안 김 반장이 얼마나 끙끙 앓았는지 짐작할 만하였다. 비어 있는 점포에 구멍가게가 들어설까 봐 가게 계약 건수만 있으면 강남부동산을 뺀질나게 드나들곤 하던 김 반장이었다. 김포쌀상 회가 김포슈퍼로 도약하여 자신의 목을 조를 줄은 생각지도 못했을 것이 었다. 어디거나 동네의 조그마한 구멍가게가 대상으로 하는 지역은 암 암리에 지정되어 있는 터, 같은 업종의 가게가 새로 문을 열 때는 일정 거리 이상을 유지하는 게 상호간의 예의라는 형제슈퍼의 김 반장 이론은 분명히 옳았다. 우리 가게 하나도 제대로 소화시키지 못하는 조그마한 구역에 똑같은 구멍가게가 마주 보고 앉아서 어쩌자는 것이냐고, 다 같 이 죽자는 모양인데 나는 못 죽어주겠다. 옛정을 봐서 우리 연탄이나 쌀 도 팔아줘야 할 게 아니냐, 가격도 싸고 품질도 월등 좋은데……

김 반장은 원미동 거리에 서서 입이 닳도록 외웠다. 김 반장의 어머니 도, 김 반장의 허리 꼬부라진 할머니도 동네 여자들을 향해 "우리 연탄 도 좀 때요. 이번 참엔 우리 것 좀 들여놓아, 꼭!" 하며 우겨대었다. 팔순을 넘긴 김 반장 할머니는 꼬부라진 허리를 아랑곳 않고 추위를 피해 종 종걸음치는 아낙네들 뒤를 따라가면서까지 외워댔다.

"우리 것도 팔아주랑게……."

참말로 딱하게 된 것은 원미동 여자들이었다. 이제까지 대어놓고 쓰던 경호네를 나 몰라라 하고 김 반장한테 돌아설 수가 없는 것이, 김포슈퍼 개업일 때 무심코 던진 말들을 기억하고 있는 탓이었다.

"모쪼록 잊지 말고 들러 주십시오. 성의껏 모시겠습니다."

허리 굽혀 인사하면서 은박지 쟁반에 담긴 팥떡을 나누어주던 경호네한테 누구라 할 것 없이 덕담처럼 던진 말이 있었다.

"다른 건 몰라도 쌀 안 먹고 연탄 안 때고 살 수는 없으니까 경호네를 잊고 살 수는 없지."

딱히 그것뿐이라면 또 모른다. 듣기 좋은 말만 뜯어먹고 살 수 있는 세상은 아니므로 그깟 덕담쯤이야 인사치레로 돌릴 수도 있었다. 하지만 김포슈퍼에 들를 때마다 은근히 얹어주던 덤이며, 찾아줘서 고맙다고 손에 쥐어주던 빨랫비누 한 장씩을 누구라도 한 번씩은 받았기 마련이었으므로 입 싹 씻고 돌아서기가 여간만 난처한 게 아니었다.

일이 이쯤에 이르자 김 반장이 쌀과 연탄을 벌인 게 잘못이라는 사람들도 있고 애초에 김포슈퍼로 가게를 확장한 경호네가 잘못이라는 사람들도 생겨났다. 그렇지만 어느 쪽도 딱 부러지게 죽을죄를 진 것은 아니었다. 모두 다 살기 위하여, 어쨌거나 한번 살아보기 위하여 저러는 것이었으므로 애꿎은 동네 사람들만 가게 가기가 심란스러워진 셈이었다.

"김 반장 말도 맞아. 어쩔까. 이번에는 형제슈퍼에서 연탄 백 장 들여놓아야 할까 봐."

우리정육점 안주인이 처음으로 김 반장에게서 연탄을 샀다. 형제슈퍼

코앞에 우리정육점이 있었다. 서로서로 가게를 열고 있는 처지라서 딱해 죽겠다던 이였다.

"할 수 없잖아. 김포 몰래 우리도 이십 킬로그램짜리 쌀 팔았어. 괜히 경호 아버지 눈치가 보이고, 참말 내 돈 내고 쌀 팔면서 무슨 죄를 짓는 것처럼 이게 뭐야."

써니전자의 시내 엄마도 이마를 찌푸렸다.

"이번에는 김포, 다음에는 형제, 그렇게 하면 되잖아요."

64번지 새댁이 공평한 결론을 내리는가 했더니 고흥댁이 "그럼 계란이니 두부니 라면도 일일이 나눠 갖고 사러 다닐 꺼여? 아이구, 난 인제 늙어서 기억력도 모자라는디 헷갈려서 그 짓 못 혀" 하며 고개를 설레설레 흔들었다. 딴은 그러했다. 김포에서 대어 먹던 쌀이나 연탄을 가끔씩이나마 김 반장에게로 거래를 옮긴다면 형제슈퍼에서 사오던 부식이나 잡다한 일용품들도 이쪽저쪽 공평하게 사러 다녀야 할 판이었다. 어느 쪽으로 가나 한쪽의 눈총이 뒤통수에 달라붙어 있기는 마찬가지겠지만 섣불리 굴었다간 괜히 이웃 간에 정만 날 것이고 하여간 난처한 일이었다.

일은 그게 다가 아니었다. 김포슈퍼에서는 또 가만 앉아 당할 수가 없으니 그들 내외는 머리를 짜내어 모든 물건의 가격을 일이십 원꼴로 낮추어 팔기 시작하였다. 형제슈퍼에서 180원 하는 과자는 170원으로, 300원짜리는 280원으로 내려 받으면서 저울 눈금으로 파는 채소까지 후하게 달아주었다. 뿐이랴. 계란 두 줄을 사면 하나를 덤으로 주고 형제에서 천 원에 스무 개씩 귤을 팔면 김포는 스물세 개를 담아주었다. 500원에 세 개들이 비누를 형제슈퍼에서 산 누구는 김포에서 450원에 판다는 귓속말을 듣자마자 가서 비누를 물리기도 하였다. 뒤통수에 달라붙은 눈총이야 모른 척하면 그만이지만 당장 잔돈푼이 지갑 속으로 떨어져 들어오는 데야 김포슈퍼로 치달리는 걸음에 의혹이 있을 수가 없었다.

김 반장은 그럼 두 손을 늘어뜨리고 구경만 할 것인가. 제까닥 김포슈 퍼보다 십 원씩 더 가격을 내리고 저울 눈금도 마냥 후하게 달았다. 스무 개짜리 귤은 아예 스물다섯 개씩 팔아 넘기니 한 박스 팔아도 본전 건지 면 천만다행인 장사가 시작된 셈이었다. 새해 들면서 김포와 형제의 공 방전이 여기에 이르자 오히려 살판난 것은 동네 여자들이었다. 구입할 게 많다 싶으면 세 정거장쯤 떨어져 있는 시장으로 가던 여자들이 시장 발걸음을 끊은 것도 새해 들어서의 버릇이었다. 굳이 시장에 갈 일이 없 었다. 어지간한 것은 모두 형제나 김포에 있었고 바겐세일이라도 이만 저만 파격 세일이 아닌 까닭이었다.

"워매, 그게 콩나물 이백 원어치여? 시상에 난 김포가 더 싼 줄 알았더 니 김 반장네가 훨씬 많구만그려."

어느 날 고흥댁이 소라 엄마의 손에 들린 콩나물의 부피에 입을 쩍 벌 린 것도 무리는 아니었다. 시장에 가더라도 오백 원어치꼴은 실히 될 만 한 양이었기 때문이었다.

"아녜요. 연탄은 김포가 더 싸요. 난 어제 백 장 들였는데 오백 원이나 깎아주고 플라스틱 바구니까지 얹어주던걸요."

소라 엄마가 소곤소곤 정보를 일러주고 가자 이번에는 원미지물포 안 주인이 아이들한테 초콜릿을 물리고 오면서 또 소곤거린다.

"어쩌려고 저러는지. 이백 원짜리 초코렛을 김 반장은 백오십 원에 팔 더라니까요. 떼온 값도 안 되게 막 팔아 넘긴대요. 이판사판이래요."

그러면 고흥댁은 정말 헷갈리기 시작하는 것이다. 아까까지만 해도 김포에서 적어도 삼십 원은 싸게 샀다고 자부한 판인데 잠깐 사이에 형 제에서는 오십 원이나 싸게 팔고 있다니 어느 쪽으로 가야 이익일는지 계산하기가 썩 어렵잖은가 말이다. 그렇잖아도 지난번에 형제슈퍼에서 산 비누를 물리고 그 즉시로 김포슈퍼에서 싼 값으로 비누를 샀다고 해서 동네 여자들 구설수에 올라 있는 고흥댁이었다. 한마디로 너무 노골적이라는 비난이었는데 그깟 몇십 원 때문에 당장 산 물건을 되물리는 법이 어디 있느냐는 거였다. 이쪽저쪽을 다니더라도 좀 눈치껏 하지 않고 너무 표시나게 굴었던 까닭이었다. 고흥댁도 말귀를 알아들었다. 싸게 주는 쪽으로 가는 것이야 말리지 않지만 요령껏, 어느 쪽이 더 싼지 눈치를 살핀 후에 행동에 옮기라는 말일 것이었다. 말귀를 알아들었다 해도 번번이 한 수 뒤처지는 것이 고흥댁은 여간만 억울하지 않았다. 아까 콩나물만 해도 그랬다. 김포 콩나물이 엄청 양이 많더라고 오전에 이미 소문을 들었던 터라 경호네한테 가서 이백 원어치를 한 봉투 받아왔었다. 흡족할 만큼 많이 뽑아준 터라 내심 기분이 좋았는데 잠시 후에 보니 소라 엄마는 김 반장네서 훨씬 많은 콩나물 봉투를 들고 오는 게 아닌가. 그래서 괜히 자기만 손해 보았다고 지물포 여자한테 하소연을 좀 했더니 담박에 머퉁이만 돌아오고 말았다.

"아이구 아줌마도 손해는 무슨 손해요? 김포에서 받은 것도 이백 원어치 곱절은 됐을 텐데, 안 그래요?"

말을 듣고 보니 맞는 소리였다. 눈치를 잘 보아서 김 반장한테로 갔으면 더 이익을 봤을망정 손해는 아니었으니까.

"그나저나 고래 싸움에 새우 등 터진다는 옛말은 다 틀린 말여. 고래들이 싸우는 통에 우리 같은 새우들이 먹잘 게 좀 많은가 말여."

그러나 고흥댁의 그럴싸한 옛말 풀이는 1월이 거지 반 지날 무렵부터 서서히 모양새가 바뀌어가기 시작했다. 유난히도 날씨가 맵지 않아 집집마다 김장김치들이 부글부글 피어 오르던 정월이었다. 서울미용실 옆으로 비어 있는 점포가 서너 개 있었다. 원래가 이 동네는 허울 좋은 상가주택만 즐비한 터여서 가게는 비워 놓고 방만 세들어 있는 수도 많았다. 집을 지었다 하면 약속이나 한 듯 아래로는 가게를 두 칸 내고 이층에 살림집을 올리는 식이었다. 게다가 기왕의 주택이나 연립주택들마저 아래층은 개조를 해서까지 점포를 만들었다. 요즘에 와서야 수요가 없는 점포는 오히려 단칸방 월세보다 시세가 없다는 사실을 깨달긴 한 모양이지만 어쨌든 지난 사오 년 사이의 원미동 23통 거리는 상가주택이 대유행이었다. 시청을 끼고 있어서 몇 년 지나지 않아 한몫 하려니 했던 기대는 완전 물거품이 된 셈이었다. 시청 정문 앞이라면 혹시 몰라도 이만큼 한 행보 멀어져 있고서는 어느 세월에 상가가 조성될지 아득하기만 했다.

다른 데는 어쨌거나 영세한 꼴이나마 점포들이 문을 열었어도 서울미용실 옆의 상가주택들이 비어 있는 까닭은 앞이나 옆이 모두 공터인 탓이었다. 소방도로를 끼고 꺾어 돈 자리에 앉아 있는 서울미용실까지는 그럭저럭 큰길에서 내다보이는 이점이 있지만 그다음부턴 도무지 무엇을 벌여도 밑천 잘라먹기가 예사인 점포들이었다. 그래서 이것저것 픽도 많은 종류의 가게들이 철새 날아오듯 문을 열었다 닫았다 하였는데 그중의 한 가게에서 별안간 '싱싱청과물'이란 간판을 내건 것이었다.

새로 생긴 싱싱청과물의 위치를 설명하자면 이렇다. 형제슈퍼의 맞은편에 서울미용실이 있고 소방도로를 끼고 구부러지면서 '종합 화장품 할인코너'란 이름의 화장품 가게가 들어 있는데 서울미용실의 경자가 새해 벽두에 친구와 동업 형식으로 문을 열어서 동네 여자들을 상대로 화장품을 할인하여 팔고 있었다. 이 자리가 바로 인삼찻집이 있던 그 가게였다. 행복사진관 엄씨와 꽤 진한 연애를 했던 탓에 어쩔 수 없이 동네를 떠나야 했던 찻집 여자의 뒷소식은 아무도 몰랐지만 사람들은 화장품 코

너에 들어설 때마다 영락없이 사진관 엄씨의 바람난 이야기를 입에 올리
곤 하였다. 화장품 할인코너 옆은 가게를 비워둔 채 살림만 사는 명옥이
집이고 명옥이 집과 붙은 또 하나의 점포 역시 그간은 진만이네가 싸구
려 화장지들을 도매로 떼어다 쌓아놓는 창고 구실만 하고 있었다. 진만
이 아버지는 끝내 리어카 행상이 되어 화장지를 팔러 다니더니 지난 연
말에 시골로 내려가고 말았다. 진만이네가 살던 점포는 이내 가내수공
업 형태의 바지 공장이 들어섰다. 아마 집주인이 직접 일꾼 서넛 데리고
일을 하는 모양이었다. 선팅된 유리문 안으로 미싱 돌리는 청년들의 머
리통이 보이고 방에 가득 원단이 쟁여져 있는 것도 눈에 띄었다.

　바지 공장 다음이 싱싱청과물이었다. 싱싱청과물 옆으로 다시 두 칸
의 빈 점포가 있고 이어 서너 필지의 공터와 공터 맞은편에 김포슈퍼가
자리 잡고 있었다. 싱싱청과물 자리 역시 원래는 살림만 하던 빈 점포였
는데 언제 이사를 가고 새로 들어왔는지 눈치채지 못할 만큼 갑작스런
개업이었다. 아마 강남부동산을 거치지 않고 위쪽의 다른 복덕방이 성
사시킨 물건이기가 십상이었다. 강남부동산을 거쳤다면 김 반장이 모르
고 있었을 리가 없었다.

　싱싱청과물의 주인 사내는 이제 막 이사와서 동네 형편은 전혀 모르
는 듯하였다. 무작정 과일전만 벌였으면 혹시 괜찮았을 것을 눈치도 없
이 '부식 일절 가게 안에 있음'이란 종이쪽지를 붙여 놓고 파·콩나물·
두부·상추·양파 따위 부식 일절이 아닌 부식 일체를 팔기 시작하였
다. 참 답답한 노릇이었다. 김포슈퍼와 형제슈퍼의 딱 가운데 지점에서,
그것도 결사적인 고객 확보로 바늘 끝처럼 날카로운 두 가게 앞에 버젓
이 부식 일절 운운한 쪽지를 매달아놓았으니 무사할 리가 없었다. 김포
의 경호네나 형제의 김 반장이나 밑천 잘라먹기 식의 장사를 한 탓에 서

로들 적잖이 지쳐 있는 때였다. 웃음 많고 상냥하던 경호 엄마의 얼굴에도 시름이 덕지덕지 끼였고 세탁소집 여자 말을 들으면 밤중에 곧잘 부부싸움도 벌어지고 있는 모양이었다. 김 반장은 꺼칠한 얼굴에 술만 늘어서 소주 네 홉이 하루 기본이라고 외치는 판이었다. 김 반장의 경우는 좀 지나치다 할 만큼 술주정까지 덧붙여진 탓에 동네 사람들의 이맛살을 찌푸리게 하는 수도 많았다. 한번 술에 취하면 장사고 뭐고 때려치우겠다고 날뛰지를 않나, 기분이 상한다고 턱도 없는 값에 물건을 팔아 넘기질 않나, 팔리지도 않는 쌀과 연탄은 무슨 고집으로 외상을 내서라도 쌓아놓지를 않나, 참말 속이 터져 죽을 노릇이라고 김 반장의 어머니와 할머니는 매일 징징대었다. 특히 그 허리 굽은 할머니는 "이날 입대껏 장가도 못 들고 지 부모 대신 동생들 갈치느라고 마음고생만 시킨 내 큰손주 다 버리겠어"라면서 눈물까지 글썽거렸다.

"사람 폴짝 뛰다 죽겠네. 얼라! 과일만 팔아도 속이 뒤집힐 판에 부식 일절? 참 골고루들 애먹이는구먼."

김 반장의 눈빛이 곱지 못하듯 김포슈퍼 내외간도 안색이 좋지 못하였다.

"정말 죽어라 죽어라 하네요. 김 반장 등쌀에도 피가 마르는데 인제는 싱싱청과물까지 끼여들어 훼방을 놓으니……."

웃음 많던 경호 엄마가 한숨을 푹 쉬었다. 그런 걸 아는지 모르는지 싱싱청과물의 유리창에는 또 하나의 쪽지가 나붙었다.

'완도김 대량 입하.'

며칠 후 경호네와 형제슈퍼 김 반장이 휴전협정을 맺었다는 소문이 동네 안에 좌악 퍼졌다. 아닌게아니라 두 집의 물건값이 같아졌고 저울 눈금도 서로 확실히 하고 있어서 이제는 어느 집으로 가든 같은 가격으로 물건을 살 수밖에 없었다. 말로 표현하지는 않았지만 동네 여자들은 내심 김이 빠졌다. 그래도 고흥댁은 나이가 있으니 솔직해도 흉이 되지 않았다.

"진작 이렇게 되었어야 했지만, 그래도 어째 좀 아쉬운디……."

그러나 얼마 지나지 않아 여자들은 새로운 사실을 알게 되었다. 경호네와 김 반장이 단순한 휴전조약만을 맺은 게 아니라 당분간 동맹관계를 유지하기로 약조를 했다는 것이다. 물론 이 동맹자들이 쳐부숴야 할 적군은 싱싱청과물이었다. 믿을 만한 소식통에 의하면 먼저 동맹을 제안한 쪽은 김 반장이라고 했다. 김 반장이 늦은 밤, 경호 아버지와 함께 공단 쪽 돼지갈비집에서 술을 마시는 걸 보았다는 사람도 있었다. 제안은 김 반장이 했지만 이것저것 묘책은 경호 아버지한테서 나온 것이란 말도 있었고 서로 형님, 아우 해가면서 신세 한탄도 할 만큼 사이가 좋아졌다는 소문도 있었다.

남은 일은 싱싱청과물이 어떻게 당하는지 구경하는 것뿐이었다. 고흥댁 말대로 고래가 세 마리로 불어났으니 먹을 게 더 많아지리라는 기대도 조금 있었다. 아닌게아니라 주된 전략은 바로 가격 인하였다. 싱싱청과물에서 취급하는 품목에 한해서만 두 가게가 모두 대폭적으로 가격을 내리기로 하였다는 것이다. 그 외의 상품들은 동맹 이후 두 가게가 같이 정상 가격으로 환원하였다. 완도김을 대량 입하했던 싱싱청과물에 맞서 김 반장은 위도김을 들여와 집집마다 산지 가격으로 나누어주었다. 부지런한 경호 아버지가 서울의 청과물 도매시장에서 들여온 사과와 귤이 김 반장네 가게에도 진열되어 싼값으로 팔려 나가기 시작했다. 원미동 여자들이야 군이 싱싱청과물을 들러야 할 이유가 없었다. 과일이나 부식은 경호네나 김 반장 쪽이 훨씬 값이 헐했으므로, 또한 한동네 이웃으로 낯이 익은 그들의 가게에서 싱싱청과물 쪽을 지켜보고 있을 게 뻔한

데 원성을 사가면서까지 찾아갈 까닭이 무언가.

이렇게 되자 싱싱청과물의 주인 남자는 슬그머니 부식 일절 운운한 쪽지를 거두어 들였다. '완도김 대량 입하'라는 쪽지도 떼었다. 과일만 취급할 것임을 공표하기나 하는 듯 대신 '과일 도산매'란 종이쪽지가 나붙었다. 콩나물이나 파 따위 팔아봤자 큰돈 남는 것도 아니고 그래, 너희들 소원대로 딴눈 안 팔고 과일이나 팔아보겠다, 이러면서 땅바닥에 침을 탁 뱉는 것을 보았노라고 서울미용실 경자가 드나드는 여자들한테 말을 전하곤 하였다. 그만큼 해두었으니 동맹을 맺은 보람이 있는 셈이었다. 이제는 김 반장이나 경호 아버지의 동맹관계가 지속될 이유가 없어진 게 아니냐고, 앞으로는 어떻게 일이 되어갈 것인지 동네 사람들은 성급히 앞일을 궁금해 하였다. 허나 싱싱청과물을 향한 일제 공격이 끝난 게 아닌 모양이었다. 경호 엄마 말에 의하면 그들 내외도 사실상 동맹관계가 끝난 것으로 해석하고 있었다는 것이다. 그런데 김 반장이 펄쩍 뛰며 야단이더라고 전했다.

"우리는 과일 안 팔아? 그놈이 문 닫는 꼴을 보기 전에는 절대로 그만두지 않을 거요."

김 반장이 기어이 싱싱청과물 망하는 꼴을 보아야겠다고 이를 악물더라는 말을 들은 동네 여자들의 반응은 가지가지였다.

"지독하구나. 경호네는 김 반장이 그런다고 따라 해? 어린 사람이 악심을 품으면 경호 아버지가 달래야 사람 도리지."

"그런 소리 말아요. 어떻게 김 반장 말을 거역해요? 동맹을 맺었을 때는 끝까지 의리를 지켜야죠."

"의리 좋아하네. 모르긴 몰라도 경호네 역시 싱싱청과물 망하는 꼴을 보려고 같이 작당했을걸."

"만약에 그렇다면 경호네가 잘못 생각한 거야. 사실로 말해서 김 반장이 진짜로 망하는 꼴 보고 싶은 마음으로 치자면야 경호네 김포슈퍼지어디 그깟 싱싱청과물 가지고 성이 차겠수?"

"김 반장 그 사람, 너무 악착스러워. 젊은 사람이 어찌 그리 인정머리가 없을꼬."

"그래 말야. 지 엄마한테는 왜 그리 툴툴거리는지, 남들한테는 곧잘 싹싹하면서 지 부모한테는 얼굴 펴는 걸 못 보겠드라구."

"그게 다 무능한 부모들이 받아야 할 대접인 게지. 우리도 이 꼴로 나가다간 자식들한테 그런 대접받기 십상이지."

과일 도산매만 하겠다면 설마 어쩌랴 싶었던지 싱싱청과물에서는 구정 대목이 다가오자 울긋불긋한 꽃종이로 포장한 사과 상자·귤·배·진영 단감·온상 딸기들을 가게 안팎으로 가득 벌여놓기 시작하였다. 신정 연휴가 사흘이나 된다 하여도 음력설만큼 돈이 풀리려면 어림도 없다. 우리정육점도 연일 비린내를 풍기며 고깃근을 쟁여놓고 대목 장사를 준비하던 무렵이었다. 김포슈퍼와 형제슈퍼에도 울긋불긋 과일전이 흐드러졌다. 김 반장이 차를 빌려 서울까지 원정 나가서 도매로 들여온 물건이었다. 가격은 싱싱청과물을 기준으로 하여 정해졌다. 싱싱 쪽에서 사과 상품 한 상자를 만 오천 원에 판다면 그들은 만 사천 원에 금을 매겼다. 깎으려고 드는 손님들도 그냥 돌려보내지 않고 한껏 금을 내려주었다. 구정 선물용으로 대개 상자째 팔려 나가는 때였다. 그것뿐이 아니었다. 싱싱에서 물건을 흥정하는 손님이 있으면 김 반장은 어디서 구해왔는지 삑삑거리는 핸드마이크를 쳐들고 훼방을 놓았다.

"과일 바겐세일입니다. 조생귤이 있습니다. 산지에서 금방 올라온 맛좋은 부사 사과를 파격적인 가격으로 판매합니다. 자, 과일 바겐세일!"

어떤 때는 김포슈퍼를 선전해주기도 하였다.

"과일 세일합니다. 사과·배·귤 모두 세일합니다. 저쪽 김포슈퍼로 가시든가 여기로 오시든가 마음대로 하세요. 몽땅 세일합니다요."

싱싱청과물 사내가 김 반장한테 쫓아간 것은 당연한 일이었다. 하지만 싸움은 초반부터 싱싱청과물 사내가 불리한 쪽에 있었다. 생각 없이 대뜸 내뱉은 첫말이 당장 김 반장의 공격망에 걸려버린 것이다. 나이가 어리다 하여 만만히 여기고 다짜고짜 말을 놓은 게 실수였다.

"당신 눈에는 내가 자식새끼로 보이는 모양인데 그런 눈깔로 무슨 돈을 벌겠대? 눈먼 돈이 나 잡아가슈 하고 엎드려 기다리는 줄 아시나? 말뽄새나 새로 고쳐 배워가지고 뭘 해도 해먹으슈."

싱싱청과물 사내가 말꼬리를 붙잡혀서 정작 장사를 훼방한 것에 대해서는 따질 기회도 얻지 못한 채 전전긍긍하고 있을 때 경호 아버지가 싸움에 끼여들었다. 이때다 싶었던지 몰리고 있던 싱싱청과물 사내가 버럭 소리를 질렀다.

"당신들 말야, 왜 어깃장을 놓아? 가격이야 뻔한데 본전치기로 넘기면서 남의 장사 망쳐놓는 속셈이 대관절 무엇이야? 엉! 왜 못살게들 굴어?"

경호 아버지도 어름하게 물러서지는 않았다.

"싸게 사서 싸게 파는 것도 죄요? 원 별소릴 다 듣겠네."

얼굴이 벌게진 싱싱 사내는 공연스레 목청만 돋군다.

"이 사람들, 이제 보니 심보가 새까맣군, 그래. 싸게 사서 싸게 파는 것도 죄냐구? 말해! 나하고 무슨 원수가 졌냐? 날 죽여보겠다는 심보는 대체 뭐야!"

그러면 김 반장이 또 씩씩거리며 대들었다.

"이게 좁쌀밥만 먹고 살았나. 말마다 영 기분 나쁘게끔 반말로만 내뱉는군. 단단히 정신을 차릴 필요가 있는 작자라니까."

마침내 싱싱청과물 사내가 죽기 살기로 김 반장의 멱살을 잡고 바둥거리기 시작했다. 몸피가 유난히 왜소하여 애초 김 반장의 상대가 되지도 못하면서 기를 쓰고 덤벼드는 그를 김 반장은 여유 있게 메다꽂았다. 이 못된 놈이 사람 친다,고 악을 쓰면서 덤벼드는 그를 향해 김 반장은 알게 모르게 주먹 솜씨를 발휘하였다.

"어디서 굴러먹던 뼉다귀인지 생전 보지도 못한 놈이 남의 장사 망치려고 덤벼든 것을 생각하면 내 속이 터진다구."

김 반장의 목소리는 칼날처럼 서늘했다.

코피가 터져 선혈이 낭자하게 묻어 있는 싱싱청과물 사내의 퉁퉁 부은 얼굴에 사정없이 날아드는 김 반장의 주먹에는 경호 아버지마저 하얗게 질려버렸다. 게다가 그 살기 등등한 악담이라니.

"어느 놈이든 내 장사 망치는 놈은 가만두지 않을 거야. 내가 어떻게 살아온 놈인데 그냥 주저앉아? 어림도 없지."

경호 아버지는 마침내 슬그머니 꽁무니를 뺐고, 동네 사람들이 뜯어말리지 않았더라면 싱싱청과물 사내는 무슨 일을 당해도 크게 당했을 것이다. 죽기 살기로 김 반장 주먹 밑으로 기어들며 무모하게 덤벼든 그 사내에게도 문제는 있었다.

"와 이라노? 이게 무슨 짓들이가. 한동네 삼시로 서로 웬 주먹질이란 말이가. 보소, 아저씨가 참으소. 맞는 사람만 손해라카이. 아이구마 김 반장아, 니가 깡패로 나섰노? 이러는 기 아니다. 아무리 억울헌 일이 있다 캐도 나이 많은 아저씨한테 이러는 기 아니다. 이 손 치아라! 내 말 안 들을라면 인자부터 니랑 내랑 아는 체도 말자고마. 이 손, 치아라!"

원미지물포 주씨가 적극적으로 두 사람을 뜯어말렸다. 지물포 주씨가 뜯어말리는 그사이에도 김 반장은 연신 싱싱 사내의 옆구리를 향해 헛발 길질을 해대고 있었다.

싸움 구경에 나섰던 사람들은 그날의 사건을 두고두고 입에 올렸다. 다음다음 날, 싱싱청과물 사내가 입술을 깨물며 리어카 행상으로 과일 처분에 나선 것을 보고는 모두들 김 반장의 잔인함에 몸을 떨었다. 구정 대목을 보려고 무리하면서까지 들여놓은 과일들을 소화하기 위해서는 그수밖에 없기는 하였다.

"지독해. 김 반장네 가게에선 앞으로 두부 한 모도 사지 않을 거야."

시내 엄마는 질렸다는 듯이 고개를 설레설레 흔들었다. 이제 네 살짜 리 시내 하나를 두고 있는 그녀는 얼핏 보기엔 64번지 새댁보다 훨씬 앳 되어 보였다. 써니전자를 꾸려 나가는 그들 부부의 사는 모습도 지극히 낭만적이어서 깊은 밤, 문 닫힌 그들 가게에서 흘러나오는 애수 어린 음 악 소리만 들어도 그것을 능히 짐작할 수 있는 터였다.

"경호 아버지도 다시 봐야겠어. 어쩌면 그렇게 몸을 사릴까. 약아빠졌 어. 난 김 반장보다 경호 아버지가 더 얄밉드라."

64번지 새댁이 분개하였지만 여자들은 김 반장 쪽이 아무래도 나빴다 는 쪽으로 의견들을 모았다. 그렇게까지 독한 줄은 몰랐었는데 정말이 지 사람이란 두고두고 겪어보아야만이 속을 안다고 입을 비쭉였다.

원래가 목이 좋지 않아 어느 장사든 길게 가본 적이 없는 싱싱청과물 은 문을 연 지 한 달 만에 셔터를 내리고야 말았다. 만두집, 돼지갈비 전 문, 오락실 따위의 장사를 벌였던 이전의 주인들도 두세 달을 채우지 못 했으니까 그닥 이상할 것도 없는 일이었다. 다만 몇 푼이라도 가게 치장 에 돈이 든 것도 아니고 미처 팔지 못한 과일이나 부식은 식구들이 먹어

치우면 될 것이니 딴 사람들에 비해 큰 손해는 없을 것이라고 여자들은 수군거렸다. 동맹자들이 결국은 목적을 달성한 사실에 대해 한편으로는 놀라기도 하면서 혹은 언짢게 생각하기도 하면서.

특히 시내 엄마가 싱싱청과물의 폐업을 가장 가슴 아파했다.

"오죽하면 여기까지 와서 장사를 벌였을라구. 이 동네가 어디 장사해서 돈 벌 곳이 되나? 그깟것 같이 좀 먹고살면 어때서, 너무 잔인해."

"문 닫은 걸 보니 안되긴 좀 안됐어. 그래도 어쩌겠나. 다들 먹고살아 보려고 아웅다웅하는 것이니……."

원래 대범한 편인 지물포 여자가 다소나마 김 반장을 감싸주었다.

이월로 접어들면서 영상 10도 이상의 따뜻한 날씨가 며칠 계속되는 중이었다. 언제 꽃샘추위가 밀어닥쳐 꽁꽁 얼어붙게 할는지 그것은 알 수 없지만 하여간 요사이라면 봄이 왔다고 해도 틀린 말은 아니었다. 원미동 거리는 모처럼 시끌벅적하였다. 아이들도 모조리 쏟아져 나와서 세발자전거를 타기도 하고 무작정 달음박질을 쳐보기도 하였다. 아이들을 거느린 채 써니전자 앞의 양지에 한무리 모여 서 있던 여자들 중의 하나가 낮은 목소리로 킥킥 웃었다.

"저것 봐. 봄이 오긴 왔어. 겨우내 뜸하더니만 으악새 울음소릴랑 이제 실컷 듣게 생겼군."

아닌게아니라 겨울 동안 기척도 없던 으악새 할아버지가 무궁화연립의 계단 앞에 나와 있었다. 벌써 한바탕 으악새 울음을 쏟아놓고 온 길인지 팔굽을 탁 치고 으악, 손뼉을 탁 치고 으악, 하는 일련의 동작들이 무르익을 대로 무르익었다. 으악새 할아버지는 그렇게 얼마 동안 미진한 울음을 다 뱉어내고 나서는 머리를 쓰다듬으며 계단을 밟아 현관 안으로 사라져버렸다.

"참말로 저것이 무슨 병인지 몰라. 보는 사람도 이렇게 심장이 지랄 같은데 으악, 으악 치밀어 올라오는 그 할아버지야 오죽할까."

"그러게 말예요. 내 생전에 저렇게 요상스런 병은 처음이에요. 예전에 누군가는 자꾸만 웃음이 나오는 병이 있다고 그러긴 합디다만."

"그래 말야, 차라리 웃음이 나오는 병이면 듣기라도 좋게? 저건 꼭 가래 긁는 소리 같기도 하고 등에 칼침 맞는 소리 같기도 하고……."

"에이구, 징그런 소리도 한다. 저 양반이 그래도 어찌나 정갈한지 혼자 사는 노인네 빨래가 안집 것보다 많대. 가끔 가다 으악새 소리만 안 내면 나무랄 데가 없는 노인인데……."

한참 동안 으악새 할아버지를 입에 올렸던 원미동 여자들은 고흥댁의 출현으로 다시 화제가 옮겨졌다. 원미동 여자들이 환담하는 자리에는 꼭 끼여 있던 고흥댁이 어째 보이지 않는가 했더니 강남부동산 문이 벌컥 열리면서 그녀가 나타난 것이다.

"뭐 좋은 일이 있어요?"

날씨 탓도 있겠지만 고흥댁 얼굴이 썩 밝아 보이는 것을 두고 묻는 우리정육점 여자의 물음이었다.

"좋은 일이 머시당가? 요시 복덕방 좋을 일 있등가?"

"그런 말씀 마세요. 봄도 오고 슬슬 집들이 뜰 텐데……. 그나저나 한 건 했나 보죠? 뭐예요. 전세?"

이번에는 소라 엄마가 기어이 물고 늘어졌다.

"아따 족집게네. 싱싱청과물 가게가 나갔어. 인자 막 계약혔네."

"벌써요? 하긴 빨리 뜨는 게 그 사람한테는 좋을 거야."

시내 엄마는 새삼 김 반장의 형제슈퍼를 흘겨본다.

"그란디 이번엔 시내네가 쬐깐 괴롭겄어."

고흥댁의 의미심장한 말에 여자들은 모두 시내 엄마의 얼굴을 쳐다보았다.

"아니 왜요? 왜 우리가 괴로워요?"

시내 엄마가 눈을 동그랗게 떴다.

"글씨 말여. 그 사람들도 딱 작정헌 것은 아니라고 허드만 워낙이 배운 기술이 그것뿐이당게 딴 장사를 할 리가 없제잉."

"네에? 그럼 전파상이 온단 말예요?"

시내 엄마 얼굴이 금세 변했다.

"아직 딱 부러지게 정헌 것은 아니래여. 이것저것 알아본 담에 헌다니께……."

이웃 간에 미리 일러주지 않고 구전부터 챙긴 죄가 있어서 고흥댁은 자연 말꼬리를 흐렸다.

"오죽하면 이 동네까지 와서 전파상을 벌일라구. 같이 먹고살아야지. 안 그래?"

시내 엄마가 한 말을 흉내내는 우리정육점 안주인 때문에 여자들은 모두 깔깔 웃어댔다. 시내 엄마는 샐쭉한 얼굴로 웃는 둥 마는 둥 하는 중이었다. 64번지 새댁은 그러나, 이제부터의 일이 더 궁금해서 못 견디겠는 모양이었다.

"앞으로는 어떻게 되지요? 또 싸울까요? 그때 보니 경호네도 보통 아니든데요?"

동맹을 맺어 틈 사이로 기어드는 싱싱청과물을 제거하는 데 성공했으므로 남은 일은 김포와 형제가 어떤 방침으로 돌아서느냐 하는 것뿐이었다. 말하자면 휴전협정의 효력은 다한 셈이니 이제는 어떤 일이 벌어지겠느냐 하는 이야기였다.

"아이구, 새삼스레 뭘 또 싸우리라구. 이왕지사 그리된 것, 서로 타협해서 좋도록 해야지."

이것은 고흥댁의 타협안인데 아무래도 시내 엄마를 염두에 둔 말인 듯싶었다.

"어머나 김 반장이 가만있겠어요? 그리고 이 바닥에서 똑같은 장사를 벌여놓았다가는 결국 두 집 다 망하고 말걸요."

시내 엄마의 발언 내용이 잠깐 사이에 극과 극으로 달라진 것을 모를 리 없는 여자들은 모두 입을 조심하였다. 섣불리 잘못 말하였다간 이웃 사이에 금만 갈 뿐이다.

"우리야 뭐 굿이나 보고 떡이나 먹어야지."

소라 엄마의 심드렁한 말에, "고래 싸움에 새우들 배부르는 재미 말이제?" 하고 고흥댁이 예의 그 옛말 풀이를 들고 나왔다.

"김 반장도 끝을 보는 성격인데 심상찮아."

많은 식구 거느리고 살다 보니 자연 악만 남았다는 김 반장의 자기 변명을 가장 잘 이해하는 이웃인 지물포 여자의 근심 어린 걱정도 나왔다.

"왜들 이렇게 장삿길로만 빠지는지 몰라."

우리정육점 여자의 우문이었다.

"먹고살기가 힘드니까 그렇지요."

새댁이 즉각 현명한 답을 내놓았다.

그러고는 잠시 말이 끊겼다. 매일매일을 살아내야 한다는 점에서 원미동 여자들 모두는 각자 심란한 표정이었다. 그중에서도 시내 엄마가 가장 울상이었다. 아이들 속에서 끼여 놀던 지물포집 막둥이가 넘어졌는지 입을 크게 벌리고 앙앙 울어대는 것을 신호로 여자들은 제각각 흩어져버렸다. 그리고 빈 자리에는 이른 봄볕만 엄청 푸졌다.

살아 있는 무덤

김하기
(1958~)

김하기(1958~)는 독재 정권에 항거하는 시위와 조직 사건에 연류되어 두 차례의 교도소 체험을 한 작가이다. 전주교도소에 이감되어 복역하던 중 비전향장기수들만 있는 특별사동에서의 체험은 이후 김하기가 갖는 역사 의식과 창작 방향을 결정짓는 중요한 계기가 된다. 오랜 방공교육을 받은 세대로서 민주주의를 위한 운동은 필요하지만 간첩은 안 된다는 생각을 가진 그는 감옥에서 만난 장기수들이 세계 최장의 구금과 모진 전향을 위한 테러에도 굴하지 않고 자신의 신념과 민족, 민중에 바친 사회 정치적 생명을 올곧게 세워 나가고 있음에 감동을 받는다. 7년여의 징역을 마치고 가석방으로 출소한 그는 「살아 있는 무덤」을 시작으로 단숨에 8편의 소설을 써서 『완전한 만남』이라는 책을 세상에 선보였다. 교도소에서 만난 장기수들의 삶을 사회에 알리겠다는 약속을 지킨 셈. 이 소설집 속에는 우리가 그간 뿔 달린 도깨비처럼 생각해온 간첩이란 무시무시한 사람들이 인간의 모습을 한 좌익 양심수로서 자신의 신념에 따라 일생을 감옥에서 보내면서도 조국 통일의 일념으로 고귀한 도덕적 품성을 잃지 않은 채 살아가는 모습이 감동적으로 그려지고 있다.

「살아 있는 무덤」은 비전향 정치범 장기수의 문제를 다룬 작품이다. 0.75평의 특별사동 속에서 폭력적 감금에 시달리는 장기수의 삶을 '살아 있는 무덤'이라는 역설적 표현으로 그려내고 있는 것이다. 한 해를 보내면서 돌아가며 노래를 불렀다는 이유로 무자비한 폭력을 가하는 특별사동의 이야기를, 목숨까지 앗아가는 살인적인 고문과 비인간적인 만행으로 사상 전향을 자행한 73년의 전향 테러와 겹쳐서 보여준다. 무덤과 같은 분단의 구조물인 특별사동의 모습과 그 속에서도 신념을 잃지 않고 꿋꿋이 살아가는 장기수의 살아 있는 인간의 고귀한 모습을 선명히 대비시켜 읽는 이로 하여금 충격을 주고 있다. 양심의 자유를 지키기가 이렇게 어렵고, 사회 정치적 생명을 올곧게 지켜 나가기가 이토록 힘든 상황 속에서도 굴하지 않는 모습으로 아직도 세계 최장의 감금생활을 견디고 있는 사람이 있다는 것은 참으로 놀라운 사실이 아닐 수 없다. 장기수들은 분단으로 파생된 정치적 희생양이기도 하지만 아직도 우리 사회가 통일과 민주주의에 대한 열망을 포기할 수 없음을 생생히 보여주는 역사의 살아 있는 교훈이라고 여겨진다.

섣달 그믐 칠흑 같은 밤하늘의 한 귀퉁이가 허옇게 부풀어오르더니 그예 함박눈이 쏟아져 내리면서 교도소의 한 해도 이윽히 저물어가고 있었다. 15척 담 모서리마다 배치된·감시탑의 탐조등이 어둠을 녹여낼 듯 뜨겁고 강렬한 광선을 쏘아대자 교도소 건물 위로 일제히 새하얀 눈기둥이 치솟아올랐다. 어둠을 뚫고 새하얗게 치솟아오른 눈기둥들은 무너져 내리는 한 해의 마지막 밤하늘을 괴는 두리기둥과 서까래처럼 보였다.

　누렇게 불 켜진 창마다 죄수들을 낚아채려는 듯 쇠그물을 치고 있는 철창들은 이따금씩 휘몰아쳐오는 회오리바람이 힘거운 듯 왕거미처럼 창틀에 찰싹 달라붙어 쟁쟁거리며 울었다.

　비전향 정치범 장기수를 수용하는 특별사동은 15척 주벽과 두 길 남짓 되는 간벽으로 에둘러 포위된 채 유일한 바깥 창구인 변소 뒤창마저 나무판자로 봉해져 한 오라기 불빛조차 빠져나가지 못했다.

　특사 내부는 완전히 밀봉된 고대의 지하 왕릉을 연상시켰다. 들어가는 사동 입구에는 이중 철문이 녹슨 금강역사처럼 육중하게 팔짱을 끼고 가로막아 섰고, 나방 똥과 털먼지를 흠뻑 뒤집어쓴 30촉 알전구가 침침한 빛을 흘리고 있는 길고 음산한 사방 복도는 좌우의 수십 개의 폐쇄독방을 현실(玄室)처럼 거느리고 있었다.

몇 마리 야윈 쥐들이 싸늘한 냉기에 콧등을 오들거리며 복도를 가로질러 잽싸게 꼬리를 감추었다. 망주석인 양 감중연히 서 있던 간수가 뚜벅뚜벅 걸어다니며 독방의 시찰구를 들여다보고 있었다. 좌우 양쪽의 독방 안에는 30~40여 년의 수형생활에 들피지고 깡마른 수십 명의 비전향 사상범들이 무덤 속의 토용처럼 시간을 뛰어넘어 세월마저 잊은 채 꼿꼿하게 좌정하고 있었다.

"끼익 끽."

이중철문이 녹슨 신음 소리를 내며 열렸다.

야간근무로 들어온 땜통담당은 전임 근무자로부터 인수인계를 받은 뒤 몸을 가누지 못해 구두 뒤축을 버걱거리며 간신히 한 바퀴 순시를 돌더니 이내 책상 위에 이마를 박고 엎어져 코를 골기 시작했다. 오늘 하루 진종일 종무식이다 망년회다 하면서 술추렴을 한 끝에 취기와 피곤이 겹쳐 쓰러진 것이다.

담당이 풍기는 술내에 취기를 느낄 정도로 가까운 방에서 동태를 살피고 있던 2방 한창호 씨가 5방으로 타전을 보냈다.

"딱딱 딱딱 딱 지익 지익지익 딱딱 딱딱 지익 딱딱딱딱 직(담당이 곯아떨어졌으니 시작합시다)."

빨갱이들은 눈치가 백 촉이라 서로 눈만 마주쳐도 열 가지 의미를 주고받는다며 일체의 접촉이나 통방을 금지하고 있는 조건하에서 바둑돌이나 잔 돌멩이로 벽을 쳐서 모스 신호를 보내 의사를 전달하는 타전은 특사의 독창적인 연락 방법이자 언어 매체였다. 사람과 사람 사이를 분단의 장벽처럼 가로막고 있는 두꺼운 벽을 오히려 대화를 전달하는 수단으로 이용한다는 점에서 타전은 마이너스 조건을 플러스로 살리는 고도의 변증법적 방법이었다. 타전 소리는 비록 시멘트벽과 돌이 마주쳐서 나는 단조롭고 건조한 분절음에 불과했지만 그들에겐 죽지 않고 서로 살아 있다는 심장 박동 소리로 들렸고 둔탁한 타벽음에서 뜨거운 동지애가 깃든 온갖 희로애락의 감정을 헤아려 느낄 수 있었다.

타전이 파발마처럼 벽을 타고 달리자 30여 명의 수인들이 감쪽같이 시찰구로 얼굴을 내밀었다.

"모두들 나오셨습니까?"

복도 중간인 17방 최해종 씨의 굵고 쉰 듯한 바리톤의 음성이 낮게 깔리며 사방으로 울려 퍼졌다.

"예" 하는 소리가 여기저기서 흘러나왔다.

"이방 한 선생님은 삐게(보초)를 잘 보시고 담당이 깰 것 같으면 지체 없이 신호를 보내주십시오. 그러면 지금부터 특사의 송년회를 시작하겠습니다. 바깥 세계에서는 망년회를 한답시고 몇 잔의 술에 모든 시름을 잊어버리는 모양입니다만 우리는 결코 간고하고 엄혹했던 지난 세월을 잊을 수 없습니다. 과거 이맘때면 수상님의 신년사를 밤새워 들으면서 한 해를 성과적으로 비판하고 새해의 투쟁을 새롭게 다짐하던 기억이 새롭지 않습니까? 우리에겐 비록 술 한 잔 고기 한 점도 없지만 따뜻한 동지애로 쌓인 옥독(獄毒)을 풀면서 먼저 각자 송구영신의 소감을 피력한 뒤 노래 한 곡씩 부르는 게 어떻겠습니까?"

"옳소."

"좋습니다."

"찬성이오."

억양은 직수굿이 억제되었지만 기쁨에 찬 화답의 음성이 얼어붙은 복도의 분위기를 녹였다.

"그러면, 맨 끝방 육십방의 유환욱 선생님부터 차례대로 시작하겠습니다. 유 선생님 나오십시오."

올해 75세로 37년째의 징역을 살고 있는 유환욱 씨는 반신불수의 몸을 쇠창살에 의탁한 채 입을 열었다.

"여러 동지들! 인간 생지옥인 이곳에서 이 한 해도 견결히 투쟁해오시느라 고생이 많았습니다. 최근 몇 년간 우리는 강남찬, 최인백, 이용환, 황철구 동지를 잃었습니다. 최인백 동지의 경우 죽은 시체의 지문을 날인하여 전향자로 처리했습니다. 죽으면 전향으로 처리되는 현 상황에서 육체적 생명이 정치적 생명을 담보한다는 사실을 명심하고 새해에는 더욱 건강에 힘써줄 것을 당부합니다. 노래 한 곡 부르겠습니다."

문경고개는 얼마나 높은가
오르면서 칠십 리 내리면서 칠십 리
저녁부터 오르는 가벼운 안개는
힘겨워선가 무거워선가
높은 령 중턱에서 잠들고 말았다오.

사람들이여 높던 외롭던
원수들을 무찔러 이 고개를 넘었다오.
이 나라의 자유와 행복을 위하여
피 흘리면서 쓰러지면서
높은 령 험한 길을 단숨에 넘었다오.

그의 노래는 낮고 억제된 것이었지만 쇠창살이 잘게 떨릴 정도로 심금을 울리는 진폭이 있었다. 문경고개와 같이 높고 험한 징역의 길을 굽이굽이 넘어온 그들이었기에 이 노래를 들으면 눈물과 회한이 가슴을 축축하게 했다.

그는 일제시 만주지역 권투 챔피언으로, 건달로 유명한 시라소니와도 친분이 있었다. 해방 후 입당하여 북의 검찰관으로 복무하다가 전쟁 직후 남에서 체포되었을 때, 당시 월남하여 정치깡패로 위세를 떨치고 있던 시라소니가 방첩대원과 함께 찾아와 말했다.

"형님, 협조한다고 한마디만 이 친구에게 말해주고 저와 같이 나갑시다."

"안 돼. 건달세계의 의리도 소중히 여겨 네가 이렇게 찾아왔는데, 하물며 조국과 동지를 팔아 민족의 대의를 배반할 수 있겠느냐!"

단호한 이 한마디는 구차한 석방보다 종신형의 징역을 선택한 결단의 말이었다.

유환욱 씨의 불요불굴의 정신은 1969년 뇌졸중으로 쓰러지면서 더욱 감동 깊게 나타났다. 그는 이대로 죽지 않고 기어이 통일을 보고 눈을 감겠다는 일념으로 초인적인 투병 생활에 들어갔다. 쓰러지고 난 뒷날부터 그는 새벽 두시에 기상하여 냉수마찰을 시작했다. 마찰포 한쪽 끝에 고리를 달아 풍으로 오그라진 손가락을 걸고 성한 손으로 당기고 밀어 온몸을 벌겋게 문질렀다. 칼바람이 비닐창을 째는 혹한에는 얼음장을 깨서라도 냉수마찰을 거르는 적이 없었다. 불편한 몸으로 이불을 개는 데 20분, 수건을 짜는 데 20분, 화장실을 이용하는 데 몇 십 분이 걸려 새벽 두시에 기상해서 마찰이 끝날 때면 부연 기상나팔 소리가 들렸다. 턱이 처져 비틀어진 입도 매일 손바닥으로 턱을 쳐 올리고 손으로 입술 모양을 바로잡고 해서 마침내 곧게 돌아왔다.

가장 큰 문제는 걷는 것이었다. 오가리처럼 힘없이 말라비틀어지고 꽈배기처럼 꼬인 팔을 펴서 일어서는 일이란 불가능에 가까웠다. 0.75평의 좁은 공간에서 벽과 쇠창살을 부여잡고 일어서다 주저앉기를 얼마나 거듭했던가. 많은 수인들이 풍으로 쓰러져 일어나지 못하고 좌절 속에서 죽어갔다. 그러나, 그는 좌절을 용납치 않았기에 마침내 자신의 두 발로 일어설 수 있게 되었다. 이제는 지팡이 하나만 짚었다는 것 이외에는 정상이나 다름없었다. 나이, 징역 산 햇수, 인품, 생활 태도 등 모든 면에서 존경할 만한 유 선생이었기에 특사의 동지들은 그의 말과 노래를 가슴을 활짝 열고 떨리는 감동으로 받아들이지 않을 수 없었다.

그의 노래가 끝나자 왼쪽 방부터 차례대로 자신들의 감회 몇 마디와 숨겨두었던 노래로 순서를 이어나갔다.

유환욱 씨 옆방의 허용철 씨는 옥중에서 장기간 이론물리를 연구하여 아인슈타인의 상대성이론과 하이젠베르크의 불확정성이론까지 비판적으로 음미할 수 있게 되었는데, 그의 학력은 놀랍게도 소학교 중퇴였다. 그는 "변증법적으로 사고하면 머리가 두 배나 좋아진다"고 말하면서 과학과 변증법의 관계에 관해서도 동지들에게 가르쳐주곤 했다. 어릴 때부터 민족의식에 눈이 떠 일제시대 때 이미 옥고를 치렀고 그 덕택에 해방 후 군 인민위원장으로 추대되었다가, 6·25를 겪으면서 졸경을 치르게 된 것이다. 그는 감기 때문에 목에 두른 목이 긴 면양말을 풀고서 쿨럭거리며 말했다.

"올해는 참으로 의미 깊었던 한 해였습니다. 칠십이년 칠사 남북공동성명 이후 물밑으로만 흐르고 있던 조국통일운동이 올림픽 공동개최라는 과제와 부딪쳐 힘있게 지상으로 분출되었습니다. 이제 남조선 당국도 전 국민의 통일 열망에 찬물만 끼얹을 수 없어 몇 가지 방안들을 내놓지 않을 수 없었습니다. 새해에는 남북의 문호가 활짝 열려 북녘에 있는 가족들이 이곳 특사에 면회를 올 수 있었으면 하는 바람입니다."

허용철 씨가 실현 가능성이 거의 없는 면회 이야기를 굳이 꺼낸 것은 동지들을 위로해주고 싶은 마음도 있었지만 무엇보다도 자신의 미안함을 덜어보고 싶은 까닭에서였다.

올해 가을 쇠창가에 심어둔 국화가 앞을 다투어 피기 시작할 무렵이었다. 특사와는 아무런 인연이 없는 면회담당이 들어와 "이천삼백사십구 허용철 면회!" 하고 외쳤다. 구멍 난 양말을 꿰매고 있던 허 선생은 이빨에 사려 문 실을 끊다 말고 대꾸했다.

"무슨 착오가 생긴 것 아니오? 여태까지 삼십 년 징역을 살면서 편지나 면회라곤 한 번도 온 적이 없소."

"수번이 이천삼백사십구 맞잖아. 접견 장부가 없어서 새로 만들어왔다니까. 특별면회야, 빨리 나오라구."

면회담당은 새로 철한 깔깔한 흑표지의 접견기록 장부를 흔들어 나오라고 손짓했다. 담당이 키를 따서 복도로 걸어나갈 때 시찰구마다 수인들의 까만 눈동자가 웬일인가 하는 눈빛으로 지켜보고 있었다. 왜냐하면 간혹 안기부나 보안대에서 특사의 장기수들을 호출하여 과거 사건을 재조사하거나 사상 동향을 탐문하는 일이 있는데, 그때도 특별면회 형식으로 불러냈던 것이다.

허용철 씨는 불안한 마음을 누르며 면회 장소인 교무과 상담실의 문을 밀고 들어갔다. 안에는 하얀 한복 차림의 노년기의 한 여인이 탁자 앞에서 다소곳이 고개를 수그리고 있다가 서서히 얼굴을 들었다.

"아니? 당신은……."

허 선생은 그 여인이 30여 년이나 헤어져 있던 아내임을 한눈에 알아
보았다.

"……."

그 여인은 아무 말 없이 남편의 영어에 시달린 초췌한 얼굴과 푸른 수
의를 말끄러미 쳐다보다가 탁자 위 화병에 꽂힌 노란 수레국화꽃으로 조
용히 시선을 옮겼다. 무서리를 이기고 핀 노란 국화꽃을 보는 여인의 눈
에서 이윽고 눈물이 흘러 내렸다. 허 선생도 자꾸만 눈물이 미끄러질 것
같아 슬며시 고개를 들어 가화만사성(家和萬事成)을 행초서로 쓴 액자를
쳐다보았다. "봉건적 가족주의는 혁명의 적이다. 혁명은 얼음처럼 냉엄
해야 한다"며 눈물을 한 번도 흘려 본 적이 없는 그는 눈물이 이렇게 미
끄러운 줄 그때 처음 알았다.

"그래 진이와 숙이는 잘 있소?"

왜 지금 눈앞에 앉아 있는 아내에 대한 얘기보다 자식들의 안부가 먼
저 나오는 것인가.

"예. 모두 고생하면서 컸지만 착하게 자라서 잘살고 있어요."

아내는 여전히 흐르는 눈물을 닦지도 않은 채 국화꽃만을 응시하고
있었다.

"당신에게 미안하오. 당신과 결혼해서 한번 잘해주지도 못하고 고생
만 시켰으니. 그동안 날 얼마나 원망했겠소?"

"전 당신을 원망하지 않아요. 다 타고난 제 팔자 때문이지요. 그동안
진작 당신을 찾아뵙고 싶었으나 워낙 분위기가 험악해서요. 그리고 만
나면 서로가 더욱 괴로워질 것 같기에……."

아내는 마침내 흐느끼며 오열했다.

허 선생은 아내가 저고리 고름으로 눈곱을 닦는 모습을 보면서 자기

도 모르게 주르륵 눈물을 쏟아내고 말았다. 그는 얼른 푸른 소매로 눈물을 훔치고 말했다.

"이 모두가 내 탓도 있겠지만 먼저 우리 시대 분단의 고통과 아픔 속에서 자라난 것이오."

그때 옆 소파에 기대어 접견장부를 기록하던 교무계장이 몸을 앞으로 일으켜 한마디했다.

"허용철 씨, 거 분단의 고통이니 뭐니 어려운 말 쓰지 맙시다. 나도 삼십 년 만에 만난 이 자리의 분위기를 깨고 싶지 않아요. 그리고 할머니도 울지만 마시고 좋은 얘기가 많이 있을 텐데 하시죠."

"여보, 당신 전향하면 나온다고 합디다. 그동안 고생할 만큼도 했으니 나와서 자식들과 손주들의 재롱도 보며 함께 삽시다."

아내는 갑자기 말머리를 돌려 전향 얘기를 끄집어냈다.

"그 이야기가 어느 모퉁이에선가 나올 줄은 짐작하고 있었소. 나도 당신과 자식들을 생각하면 무엇이든 해야겠지만 전향만은 못 하겠소. 그것은 나의 혼을 팔아먹는 행위이기 때문이오. 민족적 양심, 인민에 대한 애정, 조국 통일에 대한 염원, 이 모든 것이 어우러져 있는 얼을 뽑아버린다면 얼간이밖에 더 되겠소. 그런 몸으론 당신을 대할 수조차 없소. 당신과 자식들을 진정 사랑하기에 전향할 수 없는 나의 마음을 헤아려주오."

"이거 안 되겠구만. 갈수록 태산이니 면회 끝! 할머니, 일어서십시오. 이러니 삼십 년 아니라 몇 백 년을 산대두 대한민국 땅에 내놓을 수 있겠습니까? 갑시다."

계장은 아예 아내의 소매 끝을 잡고 일어섰다.

"그리고 담당. 이 자를 특사에 다시 집어 넣어!"

계장은 화가 나서 얼굴이 붉으락푸르락했다.

"여보 미안해요. 그런 얘긴 해봐야 소용없다는 걸 알면서도 그만……."

아내는 나가면서도 계속 옷고름으로 눈물을 찍어내고 있었다.

"또 오겠어요. 며느리가 손자와 함께 시아버지를 뵙고 싶어해요."

"잘 가오."

그는 특사에 들어와서도 착잡한 마음을 금할 수 없었다. 차라리 만나지 않았더라면…… 30년의 세월 동안 아내는 얼마나 가슴 아파했을까. 여러 가지 상념이 가슴을 후벼팠다.

그러나 특사는 허 선생의 부인이 30년 만에 찾아왔다는 소식에 접하자 잔치가 난 기분으로 술렁대었다. 더구나 접견물로 사과와 빵이 들어와 모두들 나눠 먹으니 그 기쁨은 더했다.

그 뒤 가족들이 정기적으로 그에게 면회를 왔고 그동안 서로 자신의 의무를 다하지 못한 것을 미안해 하면서 아픔을 함께 나누려고 애썼다.

그가 오늘 이 자리에서 굳이 다른 이들에게도 면회가 되었으면 하는 소망을 말한 것도 자신만이 가족 상봉이 이뤄진 데 대해서 미안스런 마음 때문이었다.

"각설하고 노래 하나 부르지요."

뒷동산에 동백꽃 피는 그리운 내 고향
바람이 불어와 꽃송이 시냇물에 떨어지네.
빨래터 순이는 꽃송일 보거든
내 붉은 마음인 줄 알는지.

허 선생의 노래는 아름다웠고 애절했다. 앞방의 서옥렬 씨가 한마디

했다.

"허 선생은 목은 늙었어도 목소린 늙지 않았구려. 아직 변성기도 안 지난 소리 같애, 허허."

송년회의 노래는 계속되었다. 만약 특사의 노래가 없었더라면 이 한 해가 가지 않았을지도 모를 만큼 한 해의 마지막을 보내는 아름답고 비장한 노래가 특사의 밀폐된 방을 맴돌고 있었다.

북에서 최고 학부를 마쳤으나 조국의 통일을 위해서 기꺼이 아이스케키 장수로 변신했고 그 때문에 무기징역을 받았으나 항상 웃음을 잃지 않는 양청호 씨. 그는 당장이라도 아이스케키 통을 메고 아이스케키 하면서 도시의 거리를 누빌 것 같은 명랑한 표정을 하고 있었다.

팔로군 출신으로 일제시대에는 중국대륙 땅을 메주 밟듯 다니며 항일전투를 치렀고 해방 후에는 조국에 들어와 정찰대장을 했던 박창술 씨. 지금은 비록 0.75평 좁은 감방에 갇혀 있지만 그는 항상 대륙의 광활한 벌판에서 말을 달리며 왜놈을 쳐부수던 꿈을 꾸었다.

서옥렬 씨는 왼쪽 눈이 백내장에 걸려 수술을 요구했으나 교도소 의무과에서 전향을 하면 해주겠다는 반응을 보이자, 수술을 포기하고 허준의 동의보감을 연구한 끝에 참새 똥과 놋쇠가루를 섞어 눈에 바르면 좋다는 비방을 얻었다. 그래서 그는 운동시간이면 참새 똥을 주우러 다니고 틈만 나면 경첩의 놋쇠가루를 긁어 눈에 바르곤 했다. 서 선생이 간혹 푸른 하늘을 쳐다보고 있으면 동료들은 "뭘 보나? 서 선생. 날아가는 참새 똥구멍을 보나?" 하고 놀려대었다.

오랜 영어의 세월 속에서 어학을 연구하여 6개 국어를 통달한 한영기 씨.

어머니의 젖을 늦게까지 빨아서 그 젖힘으로 38년의 징역을 큰병 없이 건강하게 산다는 김운택 씨.

존경하는 어머니로부터 오는 서신의 첫머리에 늘 "간첩 임진아, 보아라" 하는 글 때문에 고민하고 괴로워하는 60세의 김임진 씨.

동지들과 함께 단식에 들어가지만 가는귀가 먹어 복식통고를 못 알아들어 몇 끼씩 단식을 더 하곤 하는 특사 최고령자인 78세의 차만석 씨.

국방경비법 위반으로 51년도에 채포돼 올해 38년째 징역을 사는 세계 최장기 복역수 김선명 씨. 한때는 어지럼증으로 일어서지도 못하고 간신히 벽을 짚고 다니다 요즈음은 좀 원기를 회복하여 운동시간에도 나가 해바라기를 한다.

그들은 모두 차례대로 허수하고도 고통스럽게 지나가버린 한 해와 또 무거운 희망으로 밀어닥칠 새해에 대해 차분히 감상을 말하고 가슴속에 깊이 묻어두었던 노래를 한마디씩 했다.

함박눈은 하염없이 내려 특사에 두꺼운 양털옷을 입히고 있었다. 낮고도 애조 띤 그들의 송년 노래가 은은히 특사를 빠져나와 털복숭이가 된 사철나무를 쓰다듬고 있었다. 일반사동에서는 잡범들이 윷놀이다 노래자랑대회다 하면서 한 해 동안 쌓인 스트레스를 마음껏 풀어젖히고 있었다. 한 비닐창에는 실루엣이 난무하는 걸 보니 디스코를 추는 게 분명한 듯하다. 담당들도 오늘만은 재소자들의 고성방가에도 관대해져 난롯가에서 모자를 삐뚜름히 쓰고 꼬박꼬박 졸고 있다. 교도소는 지상에서 제일 평화롭고 아름다운 정경으로 비쳐오는 것 같았다.

최해종 씨는 복도 건너편의 순서가 다 끝나자 이편의 35방 김명주 선생을 불렀다. 김명주 씨는 함경도 태생으로 투박한 함경도 사투리로 우렁우렁하게 말했다.

"내 할 말 앞에 선생님들이 다 하고서리 또 무슨 할 말 있겠음둥. 모다 건강들 하시고 새해 복 많이 받으시오."

그는 전형적인 노동자 출신이었다. 말도 투박하고 생김새도 우락부락하게 생겨 억세 보였다. 남한에 내려와서 땜장이로 생활하다 체포되어 30여 년을 살고 있는데 성격마저 다듬질이 안 되어 관과 사소한 일에도 충돌이 많아 어렵게 징역살이를 하고 있었다. 하지만 다른 수인들의 어려운 문제는 팔을 걷고 나서 도와주고 해결해주곤 했다.

"노래 한마디 하겠습니다. 철창 속에 고생하신 어머님을 모시고, 바람 부는 산 언덕을 넘어갑니다."

그때 갑자기 2방에서 "쿵" 하는 신호가 전달되었다. 보초를 서고 있던 한창호 씨의 위험 신호였다. 그들은 재빨리 미리 깔아놓은 청이불 속으로 들어가 누웠다. 저벅저벅저벅. 연말 마지막 순시를 돌던 당직과장과 계장, 주임, 부장들이 특사에서 흘러나오는 노랫소리를 듣고 득달같이 밀어닥쳤다. 술에 떨어져 코를 박고 자고 있던 담당이 당황한 나머지 벌떡 일어나 모자를 거꾸로 걸친 채 "근무중 이상무!" 하고 척 경례를 붙였다.

"근무중 이상무라? 모자챙이 앞에 가 붙었는지 뒤통수에 붙었는지도 모르고, 쥐 죽은 듯이 조용해야 할 특사가 생긋을 하고 있는데도 근무중 이상무야!"

누런 똥테모자에 말똥을 네 개 단 보안과장은 옹주먹을 쥐어 담당의 코앞에 내밀더니 책상을 쾅 쳤다. 담당은 깜짝 놀라 모자를 바로 고쳐 쓰고는 복도를 바라보았다. 그가 볼 때는 사동이 음침한 정적을 그대로 유지하고 있어서 별 이상이 없어 보였다.

그러나 보안과장은 배를 내밀고 복도 안으로 걸어 들어가 살쾡이 목에 가시가 걸린 듯한 새된 소리를 질렀다.

"누구야? 노래를 부른 놈이! 스스로 고결합네 하는 작자들이 나는 아
녀 하고 나자빠져 오리발이야? 빨리 일어나 자수하지 못해!"

"……."

"좋아, 끝내 않겠다 이거지."

그는 연말연시 비상경계령이 내려 집에도 못 들어간 화풀이를 여기서
해야겠다고 생각하자 갑자기 다리가 근질근질해졌다. 그는 느닷없이 최
해종 씨 방 앞에 다가가 문짝을 걷어찼다. 오리새끼처럼 과장 뒤를 졸졸
따라오던 간수들도 충성심 경쟁이나 하듯 구두코가 납작해지도록 아무
방이나 문짝을 걷어차며 빨리 자수하라고 소란을 피웠다.

그 순간 최해종 씨는 청이불을 박차고 일어나 철문을 맞받아 차며 고
함을 내질렀다.

"네 놈들은 피도 눈물도 없느냐! 한 해가 가는 마지막 날 우리들의 한
맺힌 응어리를 풀어보자고 노래 몇 마디 불렀다. 지금 일반수 사동들은
망년회 기분에 들떠 고성방가도 지르는데 그래 우리들의 나지막한 노랫
소리가 그리도 귀에 거슬려 그냥 못 지나가겠더란 말이냐. 더욱이 조용
한 취침시간에 깡패마냥 문짝을 차며 평화를 짓밟는 것이 네놈들 상전
×××와 미국놈들 하는 짓을 꼭 빼닮았구나!"

최 선생의 벼락같은 호통 소리가 복도 끝까지 쩌렁쩌렁 울리자 뼁끼
칠이 벗겨지도록 문짝을 차고 있던 간수들이 병병하여 망연히 듣고만 있
었다. 뒤이어 맨 끝방 김명주 씨가 우렁우렁한 목소리로 외쳤다.

"동지들! 우리들이 작은 목소리로 노래를 부르니 귀가 간지러워 이 난
리인 모양입니다. 간수들의 귓구멍이 맞뚫리도록 다 같이 힘차게 〈우리
의 소원은 통일〉을 불러봅시다."

"좋소!"

"옳소!"

모두들 일어나 문어발 흡반처럼 쩍쩍 달라붙는 차가운 쇠창살을 맨손으로 움켜잡고 노래를 부르기 시작했다.

우리의 소원은 통일
꿈에도 소원은 통일
이 목숨 바쳐서 통일
통일이여 오라

온 사방을 뒤흔들 듯 노랫소리가 울려 퍼지자 눈물이 약속이나 한 듯 넘쳐 나와 분노로 크게 벌린 메마른 입술들을 흥건히 적셔갔다.

"모두들 닥치지 못해!"

상황을 제압하려다 오히려 악화만 시킨 보안과장은 사태의 발전에 놀라 한동안 당황망조하여 입만 딱 벌리고 있다가 고개를 흔들어 정신을 수습해 계장에게 비상벨을 누르도록 지시했다.

"빨리 벨을 눌러 기동타격대를 부르라구. 저런 불그죽죽한 입에서 신성한 통일의 노래가 나오는 걸 가만둘 수 없다. 네놈들이 통일이여 어서 오라고 부르짖는 것이 김일성이더러 적화통일하러 빨리 쳐내려오라는 것과 마찬가지다. 고성방가를 지르는 빨갱이놈들의 주둥이에 방성구(防聲具)를 채우고 반항하는 놈은 닥치는 대로 바싹 묶어 조지라구!"

뚜우 뚜우 뚜우 뚜―

관구실의 비상벨이 울리자 온 교도소가 공습경보가 울리는 듯 벨 소리로 가득 찼다. 잠시 후 군홧발을 저벅거리며 무장한 일개 소대 병력이 특사 복도로 밀려들어왔다. 푸른 철모를 덮어쓴 이들은 손에 손에 가스

총, 전기봉, 곤봉, 연쇄수갑, 포승 등을 들고 있었다.

"빨갱이 새끼들 때문에 올해 말까지 완전 잡쳤군!"

누군가 노골적으로 불만을 드러냈다. 이들 군인들은 80년 5월 18일 광주민중항쟁 이후 교도소 방어와 경비 및 소내 자체 폭동진압을 위해 새롭게 편성된 경비교도대 소속 기동타격대원들이었다.

"뭘 꾸물거리는 거야! 빨리 빨갱이들의 폭동을 진압하라!"

보안과장은 입에 게거품을 뿜으면서 고함을 질렀다.

철커덕 철커덕 철커덕.

기차바퀴가 굴러가는 소리를 내며 방마다 자물쇠가 벗겨지자 기동타격대들이 일제히 곤봉을 휘두르며 관짝과 같은 0.75평의 방으로 난입해 갔다. 아직 애티가 가시지 않은 갓 스물의 새파란 젊은 군인들이 눈에 불똥을 튀기며 쳐들어가 역사의 무게 아래 늙고 지친 장기수 노인들을 마구잡이로 짓밟고 때리고 묶고 채웠다. 특히 과장의 여우눈에 선동자로 지목된 최해종, 김명주 씨는 유달리 가혹하게 취급당했다. 최해종 씨는 손자뻘밖에 되지 않는 애송이들에게 개처럼 끌려 나와 중앙복도에서 납작하게 짓이겨졌다. 우박처럼 쏟아지는 무수한 군홧발을 맞으면서도 그는 결코 노래를 멈추려 하지 않았다. 고자줏을 물리고 방성구를 채운 입 안에서도 짐승의 울부짖는 소리인 듯 신음 소리인 듯 슬픈 음조로 통일의 노래는 새어 나오고 있었다.

최 선생은 야수적인 탄압 속에서도 의식을 잃지 않으려고 노력했다.

'네놈들이 이 따위 낡은 매질로 우리들의 의지를 꺾으려 하느냐. 너희들은 특사의 삶을 너무도 모르는구나. 우리들은 73년의 그 엄청난 전향 테러도 끝내 이겨내어 이렇게 군홧발 아래 살아 있지 않느냐 말이다.'

그는 부연 고통의 안개 속으로 빨려 들어가는 듯한 의식 속에서, 73년

9월 집단적 살인테러 전향공작사건이 시커먼 군홧발처럼 온몸에 파고들어 생생한 화면으로 되살아나는 것을 보았다.

1973년 9월 23일 오전.

특사의 백여 명의 정치범·장기수들은 느닷없이 돼지몰이를 당해 교회당(教誨堂 : 소내 강당. 일반적으로 종교행사나 기념행사가 치러진다)으로 쫓겨갔다. 보안과 간수와 교무과 직원들이 곤봉을 휘두르면서 특사에서 내쫓아 교회당으로 밀어 넣었던 것이다.

최해종 씨는 무질서한 대열에 떠밀려 가면서도 생각을 멈추지 않았다.

'8·15 어간부터 전직 형사와 정보원 등 인간 말종 부스러기를 끌어 모아 전향공작 전담반을 만들기 시작하더니 기어코 일을 낼 모양이구나.'

장기수들은 등받이가 떨어져 나가고 다리가 맞지 않아 삐걱거리는 퇴락한 장의자에 앉혀져 불길한 예감을 누르느라고 웅성거리고 있었다.

"모두들 조용히 해!"

전담반 교회사인 박형귀가 45구경 리볼버 권총을 척 뽑더니 허공에 대고 빈총을 철컥철컥 쏘면서 말문을 열었다.

"여러분들은 이때까지 전향을 거부한 비전향수였다. 그러나 오늘은 비전향수에서 전향수로, 빨갱이에서 대한민국 국민으로 거듭 태어나는 중생의 날이다. 작년 칠사 남북공동성명 이후 국민들의 무분별한 통일열망으로 멸공전선에 구멍이 뚫리고 나라가 극도로 혼란해졌다. 우리의 영도자이신 박정희 대통령 각하께선 이를 우려하시고 시월유신을 단행해서 나라를 제 궤도에 올려놓으신 뒤 곧바로 전향공작 전담반을 설치하도록 명령하셨다. 남한에 있는 비전향수도 전향시키지 못하는데 어떻게 북의 이데올로기를 깨부술 수 있겠느냐는 이유였다. 그런데 오늘 비전향수 모두를 백 퍼센트로 전향시키라는 공문이 하달되었다. 백 퍼센트란 한 사람도 빠짐없이 모조리 전향시키라는 말이다. 난 구차한 말 군더더기를 싫어한다. 여러분에겐 단 두 가지 길밖에 없다. 전향해서 사느냐, 전향을 거부하고 죽느냐의 두 가지 선택뿐이다."

보리 까끄라기가 낀 듯한 그의 말에는 극도의 자신감과 윽박성으로 가득 차 있었는데 그것은 국가의 최고권력자로부터 직접 명령을 하달받았다는 것을 과시하려는 것이었다.

"그러면 전향하겠다는 사람은 손들어보라구."

교회사는 자기의 손을 번쩍 쳐들면서 말했다. 아무도 손을 드는 사람이 없었다.

"아무도 없어? 좋아. 그럼 안 하겠다는 사람 손들어봐."

대부분이 손을 들었다. 그러나 조영문과 이규철만은 손을 들 생각을 않고 고개를 푹 숙이고 있었다.

"손을 들지 않은 저기 두 사람은 전향하겠다는 것으로 간주한다. 담당! 저 두 사람을 교무과로 데리고 가서 전향 절차를 밟도록 하고 나머지에게는 연필과 종이를 나눠주시오."

담당이 데리고 나간 조영문과 이규철은 각각 10년, 15년형을 선고받았는데 특히 이규철은 15년 중 13년을 살고 잔형이 2년밖에 안 되었다.

조영문은 수사 과정에서 너무 맞아 정신이상이 생겨 아침에는 '김일성 만세'를 부르고 저녁에는 '박정희 만세'를 부르는 정신병자로서 간수들조차 '남북도라이'로 부르는 형편이었다. 그의 정신이 아침저녁으로 남북을 왕래한다는 것이었다. 정신병자마저 공포심을 느껴 전향을 하겠다고 손을 안 드는 그런 분위기였다.

이규철은 유학생간첩사건에 연류되었는데, 주모자급 유학생들과 교포들은 국제사면위원회나 인권단체를 통해 잡힌 지 얼마 안 되어 죄다 석방되었으나 국내 조직책인 그는 사면 대상에서 제외되어 벌써 12년째 징역생활을 하면서 정부에 대한 원한과 먼저 석방된 동지들에 대한 묘한 배신감 사이에서 방황하고 있었다. 오늘 그가 들고 싶었던 손을 끝내 들지 못했던 것은 후자가 전자를 누르고 있었기 때문이었다.

간수들이 좁은 의자 사이를 오가며 몽당연필과 누런 갱지를 나누어주자 박형귀 교회사는 권총을 카우보이처럼 빙글빙글 돌리다가 총집에 넣으면서 말했다.

"여기 남아 있는 자들은 모두 전향하지 않겠다고 작정한 거지. 그러면 방금 나눠 받은 백지에 내가 불러주는 대로 받아 적도록! 한 자라도 틀리거나 빠뜨리면 안 된다. 적지 않는 자는 전향으로 간주하고 전향서를 별도로 받을 테니 그리 알도록!

서약서.

저는 전향하지 않겠습니다.

이 때문에 개처럼 맞아 죽어도 관이나 관리를 탓하거나 책임을 묻지 않고 아무런 유감없이 기꺼이 죽음을 감수할 것을 이에 서약하나이다.

1973년 9월 23일."

박형귀는 힘준 목이 똑똑 부러질 정도로 또박또박 불러주었다.

"저기 뒷자리에서 연필만 입에 물고 있는 사람은 뭐야. 전향하겠다는 거야?"

"아니오. 저분은 귀가 먹어 무엇을 말하는지 지금이 어떤 상황인지 아무것도 모르고 있기 때문입니다."

앞자리의 최해종 씨가 다소 노기 띤 목소리로 차만석 영감이 귀가 먹었음을 설명해주었다.

"제기랄, 그러면 옆의 사람이 대신 써주면 될 게 아냐. 자, 다 썼으면 그 밑에다가 자기 수번과 이름을 써서 가지고 나오라구! 내가 직접 지장을 받아 확인할 테니까!"

'도대체 이런 엉터리 서약서가 어디 있단 말인가. 아무리 우리들이 힘없는 포로 신세라 하더라도 이런 터무니없는 형식으로 옭아맬 수 있단 말인가.'

최해종 씨는 따라 적다가 북 찢어버리고 싶은 마음이 굴뚝 같았으나, 전향하겠다는 사람으로 오해될까 싶어 꾹 참고 끝까지 썼다.

수십 년간 흔들림 없이 사상적 일관성을 고수해온 그들의 표정에도 순간적인 동요와 망설임의 빛이 스쳐 지나갔다. 연필이 딸막딸막하는 사람, 결연히 종이를 찢고 마는 사람, 아예 머리를 감싸쥐고 흐느끼는 사람, 살짝 다른 말을 적는 사람 등등. 그러나 대부분의 장기수들은 두려워 않고 기꺼이 죽음의 서약서를 작성했다.

교회당 안이 어두워지기 시작하더니 창밖에는 어느새 가을비가 처량하게 내리기 시작했다. 벽에 걸린 동양화 한 폭에는 파리똥이 점점 앉고 곰팡이가 퍼렇게 슬었으나 금강산 구룡폭포의 물줄기는 아랑곳하지 않고 으르렁거리며 쏟아져 내리고 있었고, 무대 위 박형귀가 앉은 책상 뒤에는 뚜껑이 떨어져 나간 오르간이 슬픈 음계를 품은 채 오도카니 앉아 있었다.

장기수들은 한 줄로 죽 늘어서서 저마다 죽음의 서약서를 들고 지문을 날인할 차례를 기다렸다. 키가 6척 장신인 박석기 씨 뒤에 선 5척 단구의 장회 씨는 거의 자기 얼굴을 덮을 듯한 박 선생의 커다란 엉덩이를 보면서 서글픈 느낌이 들었다. 박 선생은 사건이 터질 때마다 덩치가 크다는 이유로 매타작의 일차적 목표가 되어 곱절로 당했는데 이번에도 이 큰 엉덩이가 얼마나 당할까 생각하니 괜스레 서글퍼졌던 것이다.

징역을 사는 데는 몸이 크면 큰 만큼 손해다. 아무렇게나 만든 관복, 고무신, 양말 등을 마구잡이로 나누어 주니 몸이 작은 사람은 모양새가 안 나도 걸칠 수는 있지만 박 선생과 같이 장대한 체구를 가진 사람은 아예 들어가질 않았다. 고무신이 작다고 바꿔달라고 요구하면 "발 큰 도둑 놈이라더니 원, 이 사람아 징역 하루 이틀 사는 게 아니잖아. 신에다 발을 맞춰야지 발에다 신을 맞출려고 그래?" 되레 면박을 받기 일쑤였다.

그러나 무엇보다도 그에게 견디기 힘든 것은 배고픔이었다. 체구에 관계없이 공평하게 4등식 600그램의 콩밥을 배급하는 것이 그에겐 너무나 불공평한 처사로 생각되었다. 600그램의 밥은 표준형의 체구를 가진 사람에게도 모자라는 양인데 체소한 사람의 두 배나 되는 몸을 가진 그로선 먹으면 공복감과 허기가 더 심하게 밀려왔다. 언젠가 박 선생은 어느 작가가 소련의 시베리아 수용소의 야만적 실태를 고발하며 쓴 책을 읽으면서 오히려 그곳을 부러워한 적이 있었다.

"저기는 그래도 밥을 체급별로 주고 있더란 말이지. 간수가 엄지와 집게손가락으로 죄수들의 엉덩이를 집어보고는 집히는 살의 두께에 의해 에이 비 씨 체급별로 나누는 거야. 에이급은 몸이 크니까 당연히 밥덩어리가 큰 거지. 소비에트 국가는 분배에 있어서 아주 과학적이야. 그런데 이놈의 사회는 교도소 밖에서는 불공평하게 나누어 주고 안에서는 공평하게 나눠 주어 똑같이 불공평한 세상으로 만들어버리니 젠장."

박 선생은 매번 큰 덩치 때문에 불리한 처우만 받았는데 아니나 다를까 오늘도 그의 지문날인 차례가 되자 한일자가 되다 못해 여덟 팔 자로 입을 굳게 다문 박형귀가 좁은 메밀눈을 간신히 떠서 올려 보더니 한마디 찍는 소리를 했다.

"박석기 자네는 그 덩치와 맷집으로 전향 않고 한번 버텨보겠다 이말이지? 좋아! 가봐."

모두들 붉은 인주로 죽음의 서약서에 지문을 날인할 때 이것은 결코 위협이거나 공갈이 아님을 느꼈다. 그들이 산에서 해안에서 혹은 자다가 갑자기 체포되었을 때 꿈인지 현실인지 깨닫지 못하고 벙벙하다가 차가운 수정이 채워지자 비로소 묶인 손목으로부터 현실감각이 살아왔듯이, 자기의 이름 위에 붉은 지장을 눌러 찍을 때 손끝에서 치떨려오는 죽음의 현실을 온몸으로 받아들이지 않을 수 없었다.

다리를 절름거리는 유환욱 씨를 마지막으로 서약서를 다 받아 챙긴 박형귀는 그것이 마치 지폐다발이나 되는 듯 탁자 위에서 차르륵 간추린 뒤 고개를 갸웃거리며 다시 한 번 장수를 센 후 왼손에 대고 스르륵 문지르다 손바닥에 대고 한 번 탁 때리고는 후딱 나가버렸다.

그날 오후 전담반 반장 강치연이 '떡봉(棒)'이라는 견장을 붙인 흉악범 셋을 좌우에 거느리고 특사에 나타났다. 강 반장은 긴 복도에다 대고서 비전향수들에게 마지막 투항포고를 내리는 듯 준엄하게 말했다.

"지금이라도 늦지 않다. 전향한다고 한마디만 말하면 여러분들은 따뜻한 대한민국의 품안에서 새로운 삶을 누릴 수 있을 것이다. 그러나 붉은 사상에 매달려 끝까지 미련을 피우고 고집을 부리면 여러분 앞에 남아 있는 길이란 죽음밖에 없다. 우리는 항상 사랑과 설득으로 여러분을 대하려고 노력해왔다. 그러나, 인내와 기다림에도 한계가 있다. 우리는 더 이상 전향공작에 지원한 열혈 반공애국청년들을 막을 수 없다. 이들의 불타는 애국심을 맛보기 전에 자유롭게 자신의 생사를 선택해주길 바란다."

강치연 전담반 반장은 인근 새마을교회의 담임목사였다. 일요일이면 강대에 올라 자비로운 모습으로 원수를 사랑하라고 설교하는 그가 교도소 안에만 들어오면 사악한 사탄의 무리인 빨갱이들을 쳐 없애야 된다고 설파하는 '지킬과 하이드'의 탈바꿈을 한다. 그가 한껏 준엄하게 내린 선전포고도 후두염에 걸려 쉰 듯한 설교조의 목소리로 인해 장기수들에겐 우스꽝스럽게 들렸다.

최해종 씨는 강 반장이 애국심에 불타는 열혈 반공애국청년이라고 소개한 떡봉이들을 보고 쓴웃음을 짓지 않을 수 없었다. 세 명 다 흉악범으로 한결같이 소내에서 더럽고 치사하게 생활한다고 소위 '좆밥'이라 불리는 개고기인생들이었다.

강 반장 옆에서 어깨를 건들거리며 손마디를 뚝뚝 꺾고 있는 원삼실이는 워낙 개같이 논다고 해서 '개삼실'이라는 별명으로 통했는데 강간으로 징역 5년을 선고받고 복역 중이었다. 그는 평소에 낚싯바늘을 들고 다니면서 반반한 여자만 보이면 목이고 가슴이고 불문곡직하고 낚싯바늘로 꿰어가지고 데려다 폭행한 뒤 창녀촌이나 술집에다 내다 팔았다.

그는 평소에 자랑 삼아 죄수들에게 떠벌리곤 했다.

"짜식들아. 여자를 낚는다는 것은 휘파람이나 불고 계집애 뒤꽁무니를 졸졸 따라다니다 눈 맞추는 게 아니란 말이다. 나처럼 진짜 생낚싯바늘로 옴쭉 못 하게 낚아올리는 거야. 뭐야? 반항하면 어쩌냐구? 제아무리 콧대 높은 년도 소리 한 번 지르지 못하고 양처럼 고분고분 끌려들지. 젖가슴에 낚싯바늘이 꽂혀 있는데 어디 감히 반항을 한단 말이야. 악질이라구 그런 말 말아. 난 예수님의 충실한 제자라구. 예수님도 말씀했잖아. 사람 낚는 어부가 되라구. 난 그 말씀을 곧이곧대로 행한 베드로 뺨치는 제자란 말씀이야."

가슴에 팔짱을 끼고 서 있는 이도농은 가슴속에 묻은 왼주먹을 꺼내

참외 닦듯이 오른손으로 매만지고 있었다. 그 머리통만 한 왼주먹에 폭사(폭행치사)를 당한 사람만 해도 여러 명이 되었다. 그는 도농이라는 특이한 이름 때문에 흔히들 도롱이라고 불렀는데 '도롱이 가는 곳에 살인난다'라는 소문이 있을 정도로 잔인한 공포의 왼주먹으로 뒷골목을 주름잡은 족보 있는 깡패였다. 그는 강 반장의 감화로 기독교에 입문해 장래 전도사가 되려고 옥중 성경통신강좌를 듣고 있는데, 무신론을 주장하는 빨갱이들을 물리적 수단으로 회심시키는 것이야말로 그리스도의 정신을 실현하는 구세주의 십자군적 사명이며 아울러 과거 자신이 지은 죄닦음도 된다고 확신하고 있었다.

개삼실과 도롱이 뒤에서 표주박처럼 기괴하게 생긴 머리를 어른거리고 있는 고영재는 가정파괴범으로 동료 재소자들로부터도 손가락질당하는 인격 파탄자였다. 그러나 그는 김소월이나 김영랑의 시를 암송하고 다니면서 자기도 언제가는 그런 위대한 시인이 될 수 있을 것이라고 꿈꾸고 있었다. 재소자들의 문예추천지인 『새길』지에 계속 투고해서 몇 편이 실린 적도 있었고 소내 신문 『등대』에는 단골시인으로 매주 그의 시가 문예란을 장식하고 있었다. 고영재는 자기의 시를 뽑아 준 심사위원의 시평을 오려내어 비닐로 포장해 호주머니에 넣고 다니며 꺼내어 읽으면서 만족해 하곤 했다.

"고영재의 시는 앞으로 발전할 가능성이 있다. 그의 시는 기성시인에게서 찾아볼 수 없는 진솔한 맛이 있다. 자기 고백적 체험과 반성에서 우러나오는 것이야말로 살아 있는 시적 아름다움이며 시란 솔직성에 기초해야 감동을 줄 수 있다는 것을 그의 시에서 발견할 수 있다. 단지 그의 시어가 너무 현란하고 영롱한 것이 시적 진실성을 감소시킬 우려가 있다."

그러나 대부분의 재소자들은 시와 고영재의 생활이 백두산과 한라산 만큼 동떨어져 있다고 생각했다. 그가 워낙 소내의 왈왈구찌이기 때문에 대놓고 함부로 욕을 하진 않았지만 뒷전에서는 뉘라 할 것 없이 수군수군했다.

"저 자식은 어째 저리 뻰상일까. 얼굴에 아스팔트 깔아도 저러진 못할걸. 저 얼굴 생김새 보라구. 이마 밑으로는 움푹 들어가서 꼭 찌그러진 표주박같이 생겨설랑은."

"글쎄 말이야. 지 에미가 저 자식을 낳을 때 말이야, 머리가 반쯤 빠져 나오는 순간 그곳에 너무 힘을 줘서 저렇게 움푹 들어간 것 아냐? 나올 때부터 글러버린 놈이야."

최해종 씨는 이들 소위 '삼좆밥'이 건들거리는 작태를 보니 두렵다기보다 서글픈 느낌이 들었다. '도대체 우리들이 얼마나 시답잖게 보였으면 저런 덜떨어진 망나니들을 모아 전향공작을 하려는 것일까! 저기 개삼실은 계간(鷄姦)사건으로 징벌방에 들어가 있는 걸로 아는데 갑자기 열혈 반공애국청년으로 둔갑해서 나타나다니 알다가도 모르겠군.'

강 반장은 한껏 엄포를 놓은 뒤 개삼실에게 사방 키를 넘겨주며 귓속말로 몇 마디 속삭거리더니 삑 돌아 나가버렸다. 이제 밀봉된 특사는 완전히 떡봉이들의 세계가 되고 말았다. 개삼실은 강 반장으로부터 인계받은 사방 키를 빙글빙글 돌리면서 복도에 대고 일장연설을 했다.

"어이 빨갱이들아. 나는 소지반장 원삼실이다. 나로 말할 것 같으면 너희 빨갱이들과는 고양이와 쥐처럼 상극이다. 내 인생이 이렇게 비참하게 된 것도 알고 보면 다 네놈들 때문이야. 아버지는 육이오 때 인민군 땡크에 깔려 죽고 어머니는 인민재판에 회부되어 대창에 찔려 무참하게 운명하셨단 말이다."

그는 복받치는 감정을 넣어 가급적 떨리는 목소리로 주워섬겼다.

"그 때문에 고아원과 양육원을 전전하며 말할 수 없는 배고픔과 수모를 겪었다. 천진난만하고 꿈 많고 행복해야 할 어린 시절에 눈물 젖은 빵을 먹으며 내 인생을 저주해야 했다. 왜 나에게는 따뜻한 밥과 다스운 옷을 줄 부모님이 없을까. 비 오는 날 부잣집 추녀 끝에서 깡통을 차고서 떨어본 서러움을 네놈들은 모를 거야. 빗방울이 깡통을 투둑투둑 때릴 때 난 빨갱이들이야말로 내 불행의 원인이라 생각했어. 내가 어쩔 수 없이 검은 범죄밥을 먹게 된 것도 그 뿌리를 캐보면 다 네놈들 때문이었어. 난 비록 죄를 저질러도 대한민국을 사랑한다. 대한민국이 나에게 따뜻한 말 한 번 걸어준 적이 없어도 다시 북괴군이 남침해온다면 기꺼이 맨발로 뛰어나가 장렬하게 전사할 것이다. 그러나 네놈들은 뭐냐. 김일성이 내려오면 미친 듯이 만세를 부를 놈들이야. 대한민국을 빨갱이 천지로 만들고 싶어 안달복달하는 놈들! 같이 징역을 산다고 다 같은 죄수인 줄 알아? 원천적으로 나라에 반역하고 김일성이에게 나라를 팔아먹으려고 하는 네놈들과 물이 다르다. 이 말이야. 대역무도한 놈들! 죽어 마땅한데도 이때까지 국민의 세금으로 먹여 살려주니 전향 않겠다고 고집을 부려? 전담반에서 왜 우리에게 이 떡봉이라는 견장을 달아준 줄 알아?"

원삼실은 사방 키로 왼쪽 어깨의 견장을 자랑스레 툭툭 쳤다.

"문자 그대로 떡치는 절구공이처럼 사정없이 두들겨 패라는 것이라고. 딱 잘라서 말하면 빨갱이를 떡 치듯 두들겨 퍼렁이로 만들라 이 말이야!"

"여보게 젊은 친구! 그 허퉁스런 논설 그만하게나!"

도대체 상황이 어떻게 돌아가는가 궁금해 시찰통에 귀를 종그리고 듣던 박석기 씨가 듣다듣다 참지 못해 그예 한마디 내뱉고 말았다.

"뭐야! 허퉁스런 논설이라구! 도대체 어느 놈이야? 요시! 십오방이구만."

잘 나가던 연설에 말뚝이 박혀 무람해진 얼굴이 벌겋게 달아오른 개삼실은 키를 잡은 손에 힘을 주면서 뚜벅뚜벅 박 선생의 방으로 걸어가 문을 땄다.

"나와! 흠. 내 말이 아니꼽다 이거지! 보아하니 덩치값 하느라구 나선 모양인데, 자 어서 나오라고!"

박 선생은 변소 뒤창에 가지런히 세워둔 검정고무신을 내려 꿰어 신고는 천천히 걸어나왔다.

"이리 따라와!"

세 명의 떡봉이들이 박 선생을 끌고 간 곳은 특사 구석의 조그만 방인 소지간이었다. 한 평도 채 안 되는 이 방은 그나마 이층으로 올라가는 계단이 윗공간을 비스듬히 깎아 먹어 한층 비좁게 된 방이었는데 소지들이 청소도구나 식기 등을 보관하는 곳이었다. 방은 깨끗이 치워져 있었고 한가운데는 소위 칠성판이라는 조그만 고문용 탁자가 술상처럼 조용히 손님을 기다리고 있었다.

"이놈이 아직 끓는 국에 장맛을 모르는 모양인데, 똥구멍에 장물이 나오도록 짜버리자구!"

박 선생은 온몸이 발가벗겨져 칠성판에 꽁꽁 묶였다.

"먼저 매타작으로 초다듬질부터 해놓고 시작하지."

고영재가 소지간에 비스듬히 세워둔 옹이 박힌 소나무 막대기를 집어 들고 도끼로 장작 패듯 알몸을 후려치기 시작했다. 황톳빛 아름다운 육체가 순식간에 시퍼런 풀밭으로 멍들어버렸다. 그러나 박 선생은 표정 하나 흩트리지 않았으며 신음 소리 한마디 흘리지 않았다.

"지독한 녀석인데. 물고문으로 넘어가야겠어."

고영재가 이마에 땀물을 닦아내며 씩씩거렸다.

"좋아. 물은 내가 먹이지."

도롱이가 두 되들이 백철 주전자에 물을 가득 채우고 고춧가루를 한 주먹 넣었다.

"양념을 제대로 해야 물맛이 좋거든. 자, 간첩 선생! 전향하겠다고 말하기 거북하면 손가락만이라도 까딱까딱하라구. 그러면 우린 전향의사로 받아들이고 즉시 고문을 중지할 테니까!"

도롱이는 흰 손수건으로 박 선생의 얼굴을 가리고 코끝을 향해 주전자의 끝을 기울였다.

고문은 끝없이 계속되었다. 바늘로 찌르기, 비행기 태우기, 손가락 꺾기, 관절 뽑기, 비녀 꽂기, 쇠줄로 공중에 매달기. 급기야 불에 달군 연탄집게로 살 지지기까지 서슴지 않았다. 떡봉이들도 체포되어 수사를 받으면서 이런 고문들과 약간은 낯익어 있었으나, 이들이 서투르게나마 유감없이 고문기술을 발휘할 수 있게 된 것은 벌써 몇 주일 전부터 전직 형사였던 교회사로부터 20여 가지의 고문기술을 체계적으로 배워왔기 때문이었다.

그러나 박 선생은 인간 인내력의 한계를 넘는 고문에도 시종일관 처절할 정도의 침묵으로 일관했다. 고통이 격심할 때는 가벼운 미소마저 지어 보여 떡봉이들을 당황케 하였다. 그는 마침내 죽음의 때와 장소를 만났으며 사랑하는 조국에 바칠 것은 자신의 죽음밖에는 없다고 생각했다.

박 선생은 평소에 동지들에게 죽음에 관한 자신의 견해를 종종 피력하곤 했다. 그는 3심까지 사형 확정선고를 받고 2년여 동안 죽음의 공포에 시달리면서 죽음에 대한 흔들리지 않는 하나의 이론체계를 세워 나갔다. 그는 사형집행을 기다리면서 죽음에 대해 독창적이고 전일적인 미학체계를 완성시켰다고 생각했다.

'인생은 미완성이다. 그러나 미완성인 인생은 죽음에 의해서 비로소 완성된다. 불완전한 생을 죽음이 완성한다는 것은 고립되고 추상화된 한 개인의 죽음이 아니라 역사 속에서 사회적 연대를 가진 구체적 인간의 계승적 죽음을 의미한다. 그러므로 죽음이야말로 유전 인간의 부활 행위이며 사회적 계승을 위한 적극적 실천 행위이다. 삶이 아니라 죽음을 통해 낡은 것과 새로운 것이 교체되며 정치 경제 문화 예술 사상이 전승된다.

인간 삶의 완벽성은 수명에 의해서 좌우되는 것이 아니다. 오히려 추하게 생명을 연장시키는 것은 오래 살수록 자신의 생래적이고 야수적인 본질을 잃어가는 번견과 다를 바 없다. 흔히 "아이구, 가인박명이라더만 아까운 사람이 죽었네. 조금만 더 살았더라면 더 큰일을 할 수 있었을 텐데, 아이구 원통해라"고 아쉬워하지만 그 또한 역사 속에서 자기의 몫을 다하고 간 것임에 틀림없다. 30대의 짧은 생애 속에서 크나큰 아쉬움을 남기고 죽은 체 게바라의 완벽성은 오로지 그의 실천적 죽음에 의해서 해명될 수 있다. 신적 완벽성으로까지 끌어올려진 예수의 생애는 기실 보잘것없었다. 짧은 3년의 공생애와 30대 청년의 고뇌 속에서 인류를 구원할 만한 대사상이 운신할 공간이 없었다. 그러나 그의 죽음에 의해서 비좁은 공간은 무한대로 넓혀졌고 불완전한 그의 삶이 완전한 삶으로 승화되었다.

체 게바라와 예수는 죽음을 삶보다 강한 실천적 행위로 승화시켰으며 죽음을 미학으로 완성시켰다. 그들의 죽음은 내용 없는 형식적 미학이 아니라 삶의 집중적 표현이며 내면에 숨어 있는 소리의 순간적 확산이었다.

　한편 형식적 미학에 매몰된 죽음의 시각이 있다. 일본 사무라이들은 할복을 아름답다고 생각했으며 배를 가를 때 한일자로 긋는 것보다 제트자로 긋는 것이 더 미학적이라 생각했다. 이러한 죽음은 장미가시에 찔려 죽은 시인이나 꽃뱀에게 젖무덤을 물려 죽은 왕비에게서처럼 황홀한 죽음의 방법으로 생의 완벽성을 추구하려는 것이지만 남는 것은 몰역사적이고 무계승적인 껍데기 미학에 불과하다.

　죽음의 미학은 정치적 생명과 육체적 생명을 완벽하게 조화시켜 마감할 수 있을 때 비로소 완벽하게 완성된다. 그런 의미에서 금세기에 있어서는 혁명가의 순교적 죽음이야말로 가장 아름다운 것이다. 어차피 죽음이 미완성 인생을 완성한다면 그 완성의 시간을 두려워할 필요가 있겠는가. 사형수들은 늘 한 동이의 물을 준비해놓는다. 교수형 집달리가 왔을 때 그를 잠깐 문밖에 세워놓고 한 동이의 물을 벌컥벌컥 다 들이켠다. 그렇게 하면 몸무게가 많이 나가니까 밧줄이 더 세게 조여올 것이고 죽음의 고통도 짧아질 것이다. 그러나, 굳이 고통의 시간을 줄일 필요가 있는가. 차라리 죽을 때 긴 고통의 시간은 역으로 삶을 완성하는 보다 긴 시간을 가진다는 의미도 되지 않는가.'

　박 선생은 다소 주관적이고 자기 가학적이던 죽음의 미학이 이제 현실적으로 자기에게 다가왔음을 직감했다. 죽음이 가진 너무나 큰 의미에 비해서 그것을 음미할 수 있는 시간은 너무 짧다고 생각해오던 그에게 기나긴 살인고문의 시간이 닥쳐온 것이다. 죽을 때와 장소를 발견하면 죽음을 이마 정면으로 직시하고 한치도 옆으로 비켜나지 않는 것이 혁명가의 제 일 조건이라고 다짐했던 그에게 죽음의 시간은 너무도 느릿느릿 다가오는 것 같았다. 시뻘겋게 달구어진 쇠꼬챙이가 어깻죽지에 꽂혀 살을 태우며 식어갈 때 그는 그만 전향하겠다고 손가락을 까딱거리고 싶은 최후의 유혹이 몽롱한 의식을 뒤흔들었다.

개삼실이는 고문을 하면서 끊임없이 지껄여대었다.

"이놈아, 네가 이렇게 버티고 있다고 누가 알아주냐? 김일성이가 영웅 칭호를 줄 것 같애? 그놈은 너희들을 내보낸 일조차 없다고 딱 잡아떼고 있어. 간첩사건은 남조선에서 자생적으로 일어난 사건이라는 거야. 너희들이 이런 몹쓸 고통을 당하면서 수십 년씩 징역 살고 있는데도 그놈은 호화판 궁전에서 호의호식하며 계집질이나 하고 있다구. 박 선생! 당신은 그놈에게 한평생 이용만 당하고 속아 살았어! 전향하라구. 전향하면 당장 내보내준다잖아. 아무도 안 알아주는 개죽음당할 필요가 없잖아, 이 멍청아!"

'아무도 안 알아주는 개죽음이라고? 정말 쓸쓸하다. 이 죽음의 마당에서 고통을 느끼기보다 왜 이래 외로운가. 예수도 십자가 위에서 최후로 한 말이 나의 하나님 나의 하나님 어찌하여 나를 버리시나이까 외로움을 호소한 게 아니었던가. 폐쇄된 특사 속에서도 후미진 밀실! 나의 죽음을 증언할 그 무엇도 없구나. 수억 개의 눈을 가진 역사도 여기는 비켜 흐르는구나. 저 누렇게 맥없이 비치는 30촉짜리 알전구가 나의 죽음을 증언해줄까?'

박 선생은 살이 타는 고통의 구멍 속에서 오히려 진한 인간적 외로움의 냄새가 타오르는 것을 느꼈다.

'독립군이 만주벌판에서 이름 없이 죽어갈 때 얼마나 쓸쓸했을까? 과연 그들은 책에서처럼 다가올 조국 해방의 영광을 보며 기뻐하며 죽어갔을까? 아! 난 손가락 하나만 까딱하면 살 수 있는데……'

그 순간 찬물이 얼굴에 확 끼얹어졌다. 도롱이가 플라스틱 대야의 세수한 물을 의식이 가물거리는 박 선생 얼굴에 들이부었던 것이다.

'아니 내가 왜 이럴까? 한순간이나마 육체적 고통 때문에 이승에 대한 애착을 버리지 못하였구나. 나의 죽음의 미학은 어디 갔는가. 통일조국에 대한 나의 불같은 염원은 어디 갔단 말인가!'

너울거리는 생의 아지랑이가 엷어지고 완성의 어둠이 밀려오고 있었다. 박 선생은 최후의 의식을 정리해보았다.

'떡봉이들아, 이 땅의 어둠의 아들들아. 너희들이 날 이렇게 고문하지만 네놈들도 간악한 미제와 그 하수인들의 희생물들이다. 이렇게 철모르고 미쳐 날뛰며 고문하는 너희들도 실상은 고문당하고 있는 거야. 너희들의 배후에서, 아니 배후의 배후에서 같은 동포를 이간질하고 형제가 형제를 죽이게 만드는 하얀 손들이 네놈들의 명줄을 졸라매고 있다는 걸 명심해야 돼. 이번 싸움에도 이미 우리는 승리했다. 그들은 우리의 사상을 논리적으로 설득할 아무런 대안도 없이 아무것도 모르는 흉악한 너희들을 내세워 몽둥이로 그들의 논리를 관철시키고 있다. 그 폭력과 폭압의 크기만큼 그들의 논리는 패배하고 있는 거지. 떡봉이들아, 분단조국의 못된 아들들아. 통일된 조국에서 부끄럽게 살아갈 못난 놈들아!'

박 선생은 마지막 한 오라기의 삶의 에네르기를 뽑아 올려 밀실의 어둠을 찢으면서 소리쳤다.

"조국 통일 만세!"

박 선생의 차마 감지 못한 눈동자엔 도살된 소의 까뒤집힌 눈빛이 아니라 푸르게 갠 하늘을 보는 듯한 해맑은 청기가 감돌았고 아직도 핏기가 가시지 않은 붉은 입술엔 한 가닥 슬픈 미소의 꼬리가 물려 있었다.

박석기 씨를 비롯한 수많은 장기수·정치범들이 양심의 자유를 지키기 위해 살인적 고문·폭력의 몽둥이 끝에서 주검으로 화해갔다. 사인은 소내 의무과장의 손에서 심장마비로 처리되고, 시체는 가마니에 둘둘

말려 교도소 뒷문으로 빼내어져 팻말도 없이 뒷산에 묻혀 한 삽의 거름으로 잊혀져갔다. 그들의 죽음에 대해 대한민국 국민과 언론 어느 하나도 항의하거나 위로해주지 않았다.

박융서 씨는 흉악범들이 무수히 찔러대는 바늘 끝에서 한 많은 20년의 징역생활을 마감했다. 그는 칸막이 운동장에서 꽁꽁 묶인 채로 도롱이에게 온몸을 찔리고 난 다음 거의 죽은 몸으로 방에 돌아왔는데 자신이 당한 고문 사실을 옆방 양 선생에게 돌을 두드려 타전하다가 기력이 떨어져 죽어갔다.

육연우, 김국호, 탁기섭 등 많은 장기수들이 전향을 하지 않는다는 단한 가지 이유 때문에 무분별하게 휘두르는 폭력의 소용돌이에 휘말려서 죽음을 당했다.

떡봉이들은 갈수록 잔인해졌다. 독방에 한 명씩 있는 장기수들을 쫓아내어 0.75평의 독방에 12~15명씩 집어 넣었다.

"어디 네놈들의 오기가 센지 우리들의 오기가 센지 한번 해보자구."

사상문제는 둘째 문제였다. 육체적으로 얼마나 버티느냐가 문제였다. 시루 속에 빼곡 찬 콩나물 신세가 되어 서로가 서로에게 고문을 가하여, 좁은 방 안에서 견디지 못한 몇몇은 살아 남기 위해 전향을 택했다. 한 명씩 솎아져 나간 사람들은 대부분 다시 돌아오지 않았다. 특사의 사람들은 점점 줄기 시작했다. 그러나, 방수만 줄었지 방 안은 여전히 비좁았다.

8방에서 13명이 옹송그리며 저녁을 먹고 있었다. 공간이 없기 때문에 서양의 장기판마냥 흰 부분에 앉은 사람은 서고 나머지는 앉아서 식사를 해야 했다. 처음에는 각 방에 타전을 해서 테러에 반대하는 항의 단식을 하자고 결의를 하고 찬 식기를 내던지고 불식 통고를 냈다. 그러나 상황은 과거와 달랐다. 협상의 기미는 한 톨도 없었고 오히려 굶어 죽든지 맘대로 하라며 밥수레마저 밀고 오지 않았다. 전에는 어떻게 하든 밥을 먹게 하려고 식구통 안에다 먹든지 안 먹든지 주부식을 넣고 갔었다. 동료들이 한두 명씩 굶주려 쓰러져 가자 그들은 단식 결의를 취소하고 장기적 테러공작에 끝내 승리하기 위해서는 먹으면서 싸우자는 지구전적 장기전략을 세웠다.

양청호 씨는 선 자리에서 알전구만 한 콩밥 한 덩이를 한입에 털어넣고 멀건 소금국을 새끼손가락으로 막걸리 젓듯 한 바퀴 휘저어 손가락을 야물딱지게 뺀 후 단숨에 벌컥 들이마시고는 자리에 주저앉았다. 옆에서 쭈그리고 앉은 최해종 씨는 밥덩이에서 한 점을 떼어내어 땡글땡글한 보리알과 푸석푸석한 콩알의 맛을 조근조근 씹어 음미하면서 찌그러진 법자 양철식기(식기 밑바닥에 법무부용이라는 의미의 한자로 法자가 찍혀 있기 때문에 일명 법자식기라 한다)에 죄수들이 못으로 긁어 판 낙서를 판독하고 있었다. 크기도 다르고 삐뚤삐뚤한 글씨로 '목구멍이 포도청이다', '어머니 배가 고파요', '왕건이 야마야마'(건데기가 가득가득 들어오라는 뜻)라고 적혀 있었다. 도대체 먹는 것이 무엇이란 말인가! 살기 위해 먹는 것인지 먹기 위해 사는 것인지 짐승 우리 같은 곳에서 분간이 가지 않았다. 그는 동지들이 삐삐용처럼 눈빛을 반짝이며 밥알 하나 국물 한 방울까지 열심히 먹는 모습을 둘러보았다.

'그렇다. 우린 살기 위해서도 먹기 위해서도 아니다. 이 엄혹한 현실과 투쟁하고 마침내 승리하기 위해서다. 짐승처럼 벌레처럼 살아남자. 끝까지 떳떳하게 살아남아 부끄럽지 않게 통일의 새 하늘을 바라보아야 한다. 그 누구도 그 무엇도 원망 말자. 눈먼 시대의 고통을 뼈와 살, 머리카락과 발톱으로도 절절하게 느끼자. 서러워 말자. 난 감옥의 죄인이지 역사의 죄인은 아니지 않은가!'

그가 새로운 결의로 어금니에 힘을 주자 흙돌이 버썩 깨어져 입안에 퍼졌다.

'까짓것 흙이야 어릴 때는 한 줌씩 먹지 않았나.'

그는 뱉지 않고 그대로 삼켜버렸다.

최 선생이 식기에 방울진 최후의 국물까지 털어 마셨을 때 옆에 앉은 양 선생으로부터 옆구리에 타전이 들어왔다. 숨소리만 크게 들려도 떡 봉이들이 득달같이 키를 따고 들어와 사람들이 길인 양 머리 어깨를 마구 짓밟고 지나다니며 몽둥이로 조져대기 때문에 손가락으로 옆구리나 넓적다리에 모스 부호를 찍어 대화를 나누었다.

"오전에 개삼실이가 데리고 나간 이태석 씨가 여지껏 안 들어오는군요."

최 선생도 양 선생의 넓적다리에 신호를 보내며 대꾸했다.

"맞아 죽었든지 강제 전향을 했든지 사단이 난 모양입니다."

"이 씨는 여간해서 굴복할 청년이 아니잖소. 적어도 신념을 위해 자기 몸뚱어리 하나는 감당할 수 있는 자요."

"그렇지요. 비록 순하게 생겼어도 의지력과 자기 통제력이 강한 젊은이요."

최 선생도 맞장구를 쳤다.

그때 철커덕 쇠문이 열리더니 혼곤한 얼굴로 이태석 씨가 들어왔다. 모두들 그의 신변을 걱정하다가 살아서 돌아오니 반가운 표정과 안도의 눈빛으로 그를 맞았다. 그러나 그는 자기 자리인 맨 구석 뻥끼통 옆에 비집고 들어가 앉자마자 가슴과 양팔 속에 고개를 파묻고 어깨를 들먹이며 흐느끼기 시작했다.

'무슨 일이 일어났을까?'

　그들은 어떤 어려움 속에서도 항상 낙천적인 웃음을 잃지 않았던 그의 모습을 생각하며 뭔가 심한 정신적 충격을 받지 않았나 제각기 추측했다.

　이태석은 고대 법대 출신의 인텔리로, 회사 연수차 일본에 가서 조총련과 접촉한 혐의로 간첩으로 기소되어 무기징역을 선고받고 복역한 지 5년이 채 못 되는 20대 젊은이였다. 그는 특사에 들어온 지 얼마 안 되는 신입생인데다가 나이도 어려 늙고 외로운 장기수들의 사랑과 총애를 한 몸에 받았다. 얼굴은 하얀 미남형이지만 성격이 질박한 농투성이를 닮아 소탈하고 임의로워서 모두들 친자식처럼 대했다. 그러나 그는 일단 투쟁에 임하면 물러설 줄 몰랐다. 특사의 최연소자인 만큼 모든 일에 앞장서서 적극적으로 나섰고 소내 사정에도 정통해서 관리들과의 협상테이블에 앉으면 보안과장이 절절맬 정도였다. 이런 그였기에 장기수들의 그에 대한 애정이 지나치게 경쟁적으로 되어 그들간에 묘한 알력이 생긴 적도 있었다.

　"태석 씨는 최 선생과 늘 같이 이야기하니 편파적이지 않소. 최 선생도 그렇지. 무슨 참깨 쏟아지는 일이 있기에 빨래하는 데까지 함께 데리고 다니오. 좀 자제하시오."

　"아니 허 선생은 운동시간에 운동은 않고 줄곧 이 씨와 얘기만 하고 있잖소. 목욕 때도 나란히 등을 밀기도 하고 탕 속까지 함께 들고 나는 것은 무슨 까닭이오?"

　"가만있자. 지금 우리가 무슨 이야기를 하고 있는 거지. 이거 늙어서 망령 난 게 아니오?"

　"그러고 보니 노망기가 들었나 봅니다. 하하하."

　서로의 시새움은 동지적 사랑의 표현이었고 실패한 자신들의 대를 이어갈 새 세대 청년에게 거는 넘쳐나는 희망의 결과였다.

취침나팔이 향수와 졸음을 담아 울려 퍼지자 떡봉이들은 몹시 아쉬운 듯 강아지(담배)를 한 번 더 빨고 철수하고 담당만이 끝이 부러진 흰 지휘봉을 손바닥에 탁탁 두들기며 단조로운 복도를 뚜벅뚜벅 걸어다녔다. 밤 한시에 야참을 먹은 야간교대근무자가 들어와 졸음에 겨운 걸음으로 한 바퀴 순시를 건성 돌고 책상머리에 앉아 닭머리를 쩧기 시작하자 8방 장기수들은 아직도 고개를 웅크려 박고 앉아 있는 이태석의 등을 두들겼다.

유환욱 씨가 창틀로 말소리가 빠져나가지 않을 정도로 나지막하게 물었다

"젊은 양반이 나가서 무슨 일을 당했길래 그렇게 슬픈 모습이오?"

그는 고개를 들었다가 한숨을 쉬고는 다시 머리를 숙였다.

"혼자만 괴로워하지 말고 가슴을 터놓고 말해봐요. 기쁜 일은 나누면 갑절이고 슬픈 일은 나누면 절반이라는 말도 있지 않소."

그는 다시 고개를 들더니 쭈밋쭈밋하다가 마침내 말문을 열었다.

"선생님들. 세상에 이런 해괴망측한 일이 있을 수 있습니까!"

그의 얼굴은 괴로움과 분노로 일그러졌다. 그의 자초지종은 참으로 믿기지 않는 사실이었다.

개삼실이가 오전에 그를 전향공작한다고 문을 따고 데리고 나가 사동 건너편의 가병사 독방에 집어 넣었다. 비행기 고문을 하기 위해 팬티만 남기고 옷을 홀라당 벗기고 손발에 줄을 묶었다 변소봉창 쇠창살에 발목 줄을 고정시키고 양손에 맨 줄을 시찰구로 빼내어 줄을 늦췄다 당겼다 하면서 공중그네를 태웠다. 이 고문을 당하면 줄의 견인력에 의해 사지가 찢어지는 듯한 고통이 올 뿐 아니라 바닥에 잘못 떨어지면 척추와 허

리를 다쳐 불구가 되기 십상이다. 개삼실은 고문을 하면서도 뭐가 좋은지 히죽히죽 웃으며 중얼거리곤 했다.

"빨갱이 자식이 몸은 여자처럼 희고 부드럽게 생겼구만."

그러나 이태석은 비행기 고문으로 온몸이 녹초가 되어 공중에서 완전히 의식을 잃고 말았다. 얼마나 지났을까. 등뒤에 미끄러운 문어가 붙어 죄어드는 듯한 느낌에 희미한 통증을 느끼며 깨어나 보니 개삼실이가 온몸을 꽁꽁 묶어 놓고 뒤에서 비역질을 치고 있었다. 그는 너무나 상상 밖의 추잡한 행위에 놀라 마구 소리를 질렀다.

"야, 이 개 같은 자식아! 네놈도 인간이냐! 더럽고 추잡한 양아치 술안주 같은 새끼야!"

그가 묶여 녹초가 된 몸으로나마 필사적으로 저항하니 그제사 개삼실은 천천히 떨어져 바지단추를 꿰면서 이죽거렸다.

"조용히 해 빨갱이 자식아. 다 누이 좋고 매부 좋은 일이야. 앞으로 네놈은 특별히 봐줄 테니 주둥아리만 자꾸 잠그고 있으라구. 알았어!"

개삼실이가 손발에 묶인 포승줄을 풀어주자 그는 오금까지 내려진 하얀 팬티를 주워 올리며 오열했다.

'도대체 이럴 수가 있단 말인가!'

팬티 윗구석에는 어머니가 검은 실로 정성스레 수놓아준 이태석이라는 이름 석 자가 선명하게 보였다. 그의 옷은 청의를 제외하고는 모두 그의 이름이 새겨져 있었다. 어머니가 소포로 옷을 부쳐줄 때마다 옷 가장자리에 한 땀 한 땀씩 정성스레 자식의 이름을 새겨주었다. 그것이 어머니가 할 수 있는 자식에 대한 유일한 애정의 표시였다.

'아. 이런 망측한 꼴을 어머니가 아신다면. 어머니께서 새겨 준 이름 석 자가 더럽게 유린당한 사실을 아신다면!'

그의 바닥 모를 좌절감과 분노에는 아랑곳없이 여전히 정신을 못 차리고 추근거리는 개삼실을 향해 된침을 뱉아주고는 특사에 들어온 것이다.

이 어처구니없는 이야기를 들은 장기수들은 망연자실하여 벌린 입을 다물지 못했다.

"짐승보다 못한 놈들!"

"주리를 틀어 쥑일 놈들!"

그들은 이를 갈면서 그날 밤을 뜬눈으로 하얗게 지새웠다.

다음 날 아침 꼬박이 밤샘을 한 까닭에 아침을 먹어도 먹은 건지 모를 정도로 다들 멍하게 앉아 있는데 최 선생의 머리 위로 거미가 한 마리 줄을 타고 내려앉았다. 이를 보고 있던 앞자리의 김명주 씨가 눈빛을 반짝이며 말했다.

"최 선생 머리에 거미가 떨어진 걸 보니 오늘 반가운 소식이 올 징조가 아임둥."

감옥에서 거미는 면회, 편지 등 반가운 소식을 예고하는 상서로운 벌레로 미신화되고 있었다.

"거미라도 낮거미가 붙어야 효력 있지 아침거미는 되려 불길하다는 걸 모릅니까. 하긴 낮거미가 달라붙어도 우리같이 천하 개털 법무부 자식들에겐 무슨 뾰족한 수가 생기겠습니까마는."

최 선생은 삭발한 머리 위에 스멀거리는 고동색 거미를 오른손으로 살며시 잡아 내려 거미 똥구멍에서 한정없이 나오는 투명한 거미줄을 실패마냥 왼손바닥으로 둘둘 감으며 멋쩍게 대꾸했다. 바로 그때 담당이 키를 따면서 "최해종 연출!(밖으로 불러내가는 것)" 하고 소리쳤다. 최 선생은 '올 것이 왔구나'며 마음의 각오를 단단히 하고 방 동료들에게 마지막이 될지도 모르는 하직인사를 정중히 했다. 복도를 걸어 나가면서 "허허. 아침거미의 위력이 이렇게 빠르고 강한 줄은 미처 몰랐는데” 하며 어이없어 했다.

연출담당은 그를 특사 밖으로 데리고 나가면서 의외로 부드럽게 말을 꺼냈다.

“최해종 씨 당신은 참 훌륭한 숙부님을 두었더만.”

‘숙부님이라니! 전향테러를 하자고 나가는 것이 아니고 숙부님이 면회 오신 것 아닌가.’

그의 얼굴은 아까보다 더 어두워지고 심각해졌다.

그러나 담당은 최 선생의 어깨까지 툭툭 치면서 부러운 눈치를 감추지 못했다.

‘나에게 그런 숙부라도 있다면 이 따위 옥지기는 사요나란데 말이야. 대한○○공사 사장이라면 장관 못지않게 위세를 떨치는 직책 아닌가. 그런 분이 자네 같은 사람도 조카라고 찾으시니 그 인품이 얼마나 고매한가. 자네는 더 이상 고집 부리지 말고 숙부님 앞에서 전향을 해야 되네. 그렇게 높으신 양반이 혈육이라고 여기까지 찾으시다니…….”

최 선생은 담당의 아첨하는 말을 들으니 속에서 갑자기 노염과 분노가 독사 대가리처럼 치받치는 느낌을 받았다.

‘숙부가 훌륭하고 인품이 고매하다고? 하나밖에 없는 조카를 고발해 쇠고랑을 채운 자가 무어 그리 대단하단 말인가!’

둘이 면회실로 허락된 소장실의 문을 열고 들어갔을 때 소장은 숙부의 비위를 맞추기 위해 재소자와 부하직원들에게 그렇게 위압적으로 대하던 얼굴을 반죽하느라고 여념이 없었다.

“저희들은 재소자들의 안전과 복지를 최우선 과제로 생각하지요. 이제는 일제시대 게이무쇼(형무소)가 아니라 교도소 아닙니까. 문자 그대로 재소자들을 가르치고 취업이나 생계를 보장해주는 교육기관과 인권복지기관의 역할을 하고 있는 셈이죠. 아, 저기 조카분이 오시는군요. 그럼 두 분이 호젓하게 말씀 나누십시오. 저희들은 이만 물러가겠습니다."

소장은 문을 열고 나가다가 다시 돌아서서 숙부에게 재차 인사를 드리고서야 완전히 물러갔다.

숙부는 소장이 알랑방귀를 뀌던 때와 마찬가지로 시종여일하게 무표정한 얼굴로 번쩍이는 호마이카 응접탁자만 바라보고 있었다. 숙부는 전에 비해 이마가 더 벗어져 번들거렸고 입술과 턱 주위는 살이 쪄서 불룩해져 있었다. 최 선생은 가벼운 목례를 하고서 탁자 옆 소파에 앉아 먹고무신 코끝만 보고 있었다. 숙부는 라이타를 켜서 정적을 깨뜨리더니 담뱃불을 붙여 물고 후우 하고 길게 연기를 내뿜었다.

"그래 그동안 생각 많이 해보았나?"

"……."

'그동안 생각 많이 해보았나' 하는 말은 13년 전에도 거의 꼭 같은 억양과 악센트로 물었다. 그는 지금이 13년 전의 그 상황과 조금도 다름없음을 느꼈다.

최 선생은 13년 전 남한에서 5·16 군사쿠데타가 일어나던 무렵 북한에서 고스플란(GOSPLAN : 국가경제계획위원회)의 계장으로 일하고 있었다. 그는 각 분야별 경제성장 수치조정안 작성 때문에 한 다발의 파지를 내면서 기안을 작성하고 있던 어느 날 중앙당에 소환되었다.

"남반부에서 오일륙 군사정변이 일어났는데 최 동무의 숙부가 ○○지구사령관으로서 오일륙을 지지해 주체 세력에 가담했소."

중앙당 간부는 매우 유감스러운 표정을 지었다.

'뭐라구? 막내숙부가 4·19 민주혁명을 땅크로 쓸어 버린 5·16 군사

쿠데타의 주도세력이 되었단 말인가!'

"지금 황태성 무역성 부상이 박정희 씨와 담판하러 남조선에 내려가 있소. 그는 남조선 괴뢰도당이 선전하는 바와 같이 간첩이 아니라 우리 당과 정부가 파견한 특사입니다. 단지 공식적 대화 창구가 없어 밀사 형식을 띨 수밖에 없었습니다만 최 동무도 남조선에 내려가 숙부님과 허심탄회하게 민족문제와 평화통일에 관해 의견을 교환해보는 것이 어떻겠소? 오일륙 군부세력은 적어도 표면상으로는 이승만의 북진통일정책을 포기하고 강한 민족주의를 표방하고 있지 않소."

"알겠습니다."

막상 응낙은 해놓았으나 그는 사실 숙부와의 만남에 자신감이 솟질 않았다. 숙부는 만주군관학교 출신으로 8·15 해방 후 이북 고향에 체포되어 친일분자 반동민족반역자라 해서 투옥되었다. 온 가족의 노력으로 겨우 석방된 후 더 이상 북에서 살 희망이 없었던 그는 가족에게 마지막 안부의 편지를 남기고 숙모와 함께 허위단심 월남했다.

남한에서 그의 생활은 확 트였다. 옛날 만군 동기생들과 만나 국방군 건설에 참여했으며, 북한에서의 그의 투옥 경력은 오히려 훈장감이 되었다. 그는 6·25와 5·16을 거치면서 마침내 군의 주요 실권자 중의 한 사람으로 올라선 것이다. 과연 그런 숙부를 만나서 민족주의적 양심과 평화통일에 관해 이야기를 나눌 수 있을까. 숙부가 가지고 있는 북한에 대한 추억은 결코 아름다운 것이 아니다. 군중비판과 징역의 기억밖에 없는 그가 반공을 국시로 한 5·16 군사쿠데타에 적극 가담하게 된 것은 우연한 일이 아니었을 것이다. 아무리 자신이 어릴 때 숙부의 귀염을 받고, 숙부의 큰형의 하나밖에 없는 아들이라 할지라도 그냥 잠자코만 있을 성싶지 않았다. 그러나 어쨌든 가야 한다. 지금에 와서 어떻게 할 수도 없지 않느냐. 그가 서해안을 통해 천신만고 끝에 숙부의 집을 찾았을 때 숙부와 숙모는 상당히 놀라워했고 숙부는 자수를 권유했으나 거부하자 책상머리에 턱을 괴고 앉아서 고민하는 모습을 보였다. 한참 동안 고민스러워하더니 벌떡 일어섰다.

"에잇, 오늘부터 편한 잠 자기는 다 틀렸다."

그리고 마침내 수화기를 들고 방첩대에 다이얼을 돌리고 말았다.

최 선생은 숙부가 자기의 지위나 보신책 때문에 자신을 고발했다고 믿고 싶지 않았다. 사사로운 혈연에 대한 의리보다도 국가의 대의에 충성하기 위해서 수화기를 들었다고 이해하고 싶었다. 방첩대에 체포된 후 복귀 날짜와 시간을 실토하지 않는다고 많은 고문을 당했다. 숙부는 그것만 이야기한다면 자수로 간주해서 석방될 수 있다고 하며 말하길 간절히 원했다.

숙부는 계속 방첩대 지하실로 찾아와 권유했다.

"그래 그동안 많이 생각해봤어?"

"……."

"넌 나와 함께 살고 싶지 않은 모양이군!"

항상 반복되는 이야기 패턴이었다.

오늘도 기나긴 침묵으로 고무신 코끝만 보고 있는 최 선생에게 숙부는 과거와 똑같이 말했다.

"아직도 넌 나와 함께 살고 싶지 않은 모양이군!"

"……."

그도 과거와 똑같이 침묵으로 답했다.

"정 나하고 살기 싫다면 다른 사람을 소개해주지. 전향해. 전향만 하면 곧바로 석방될 수 있도록 조처하겠어. 자. 여기서 나가자구."

숙부와 비서, 최 선생과 계호담당 이렇게 4명은 검은색 승용차를 타고 미리 예약된 인근 호텔로 향했다. 사회참관이라는 명목으로 서너 번 명승고적을 탐방한 적은 있지만 도시 중심부의 호텔에 들어오기란 처음이었다. 대리석과 세라믹으로 치장된 호텔은 자본주의적 실용성과 미학을 여지없이 보여주었다. 그러나 화려한 도심지까지 들어오면서 차창 밖으로 내다본 변두리의 게딱지 같은 판자촌은 자본에 의한 착취와 수탈의 모습을 적나라하게 보여주는 것 같았다.

예약된 호텔방으로 최 선생 일행이 들어서니 소파에 앉아 있던 숙모와 40대 초반의 여인이 일어서서 인사를 했다. 최 선생도 반가운 얼굴로 숙모에게 인사를 드렸다.

"우린 로비에 내려가서 술이나 한잔하지."

숙부는 걱정스러워하는 계호담당에게 안심을 시키고 비서를 대동해 나가버렸다.

"그래 그동안 얼마나 고생이 많았누……."

숙모는 40대 여인의 앞자리에 앉으라고 자리를 권하면서 눈물이 글썽거렸다. 최 선생은 숙모를 대하는 데는 숙부보다 훨씬 마음이 편했다. 이북에 있을 때부터 숙모의 사랑을 많이 받았고 감옥에 갇히고 난 뒤에도 가끔씩 면회나 편지도 보내고 정기적으로 얼마간의 영치금도 넣어주었기 때문이다. 숙모는 그동안의 가정사를 여자 특유의 수다스러움으로 재미있게 이야기해주었다.

"그리고 말이야, 네 사촌들 얘긴데 어찌 그리 공부를 싫어하는지 속상해 죽겠어. 네 숙부는 외탁해서 그렇다고 핀잔까지 주니 속이 더 상하지. 애들이 네 머리 절반만 따라가도 다리를 쭉 뻗고 살 텐데. 넌 초등학교 개교 이래 천재라고 해서 얼마나 칭찬이 자자했니. 일본 학생들조차 들어가기 힘든 만주 신경중학교에 조선인으로 당당히 합격해 온 동네에 경사가 났잖아."

"공부 잘하면 뭣해요. 이렇게 푸른 옷을 입은 삭발죄수가 되어 있는걸요."

그때 하얀 블라우스에 검은 투피스 차림으로 다소곳이 앉아 있던 중년의 여인이 눈물이 흐르는지 손수건을 꺼내 눈 가장자리를 누르며 고개를 들었다.

"참 내 정신 좀 봐. 해종인 앞에 앉은 분을 모르겠니?"

숙모는 최 선생의 팔을 흔들며 잘 생각해보라는 듯 채근했다.

최 선생은 이 방에 들어와 그 여인을 보는 순간 혹시 그 애가 아닐까 하고 생각했지만 도저히 그럴 가능성이 없어 마음에 접어 놓아버렸다.

"잘 기억이 나지 않습니다."

"그간 세월이 많이 흘렀지요. 전 해종 씨와 초등학교 동창인 은경이에요."

여인이 먼저 조용히 입을 열었다.

"아니, 정말 은경 씨란 말입니까. 첫눈에 혹시 은경 씨가 아닐까 생각하긴 했지만……."

다시 한 번 얼굴을 쳐다보니 40대의 원숙한 여인의 모습 속에는 어릴 때의 예쁘장한 얼굴이 숨어 있었다. 차분하고 맑은 눈매 뒤에 쌍꺼풀진 초롱한 눈빛이, 시원스레 뻗어내린 콧속에 마늘쪽같이 오똑한 콧날이, 갸름하게 계란형으로 생긴 윤곽 안에 참새알같이 동그란 동심원이 숨어 있었다.

"사람의 운명이란 참으로 얄궂네요. 어릴 땐 누구보다도 장래가 촉망되던 해종 씨가 이렇게……."

은경은 목이 메는 듯 잠시 말을 중단했다가,

"이런 얘기 말고 즐거웠던 학창 시절 얘기해요. 초등학교 육학년 때 광수가 제 도시락에 뱀 넣었던 일 기억나요?"

갑자기 밝은 얼굴로 화제를 돌렸다.

"그 사건을 왜 잊겠습니까. 감방에서도 가끔씩은 회상하며 미소를 짓기도 합니다."

최 선생과 은경은 대화에 활기를 띠며 어린 시절로 돌아갔다.

어릴 때 이웃마을에 살았던 은경은 집안은 비록 가난했지만 얼굴이 예쁘장하고 공부도 잘해서 동네 아이들의 선망의 대상이 되었지만 악동들은 곧잘 은경이의 머리채를 잡아당기는가 하면 허방다리를 놓아 곯려 주곤 했다. 초등학교 6학년 초여름 때였던가. 악동 대장격인 오광수가 은경이의 도시락을 몰래 까먹고는 대신 새끼 물뱀을 넣어 놓았다. 점심 시간이 되어 은경이가 도시락 뚜껑을 여는 순간 또아리를 튼 징그러운 뱀이 사리를 풀면서 스르륵 기어 나오는 게 아닌가. 깜짝 놀란 은경이는 도망갈 정신도 없이 소리를 지르며 울기만 했다. 은경이가 우는 모습을 보고 오광수와 조무래기 악동들은 손뼉을 치며 웃어댔었다. 그때 반장이던 해종은 재빨리 다가가 뱀을 잡아 밟아 죽이고 악동들을 향해 소리쳤다.

"나쁜 놈들. 뱀을 갖고 장난치는 건 봐줄 수도 있단 말이다. 그렇지만 은경이 도시락을 훔쳐 먹으면 은경이는 배가 고파서 어쩌란 말이냐."

"야, 해종이, 너가 반장이라고 왜 이런 일까지 나서는 거야. 자꾸 은경이 은경이 하는데 네가 은경이 서방이라도 되는 거야. 왜 은경이 옆에서 식식거리고 설치는 거야."

광수가 코방귀를 뀌고 말하자 악동들이 다시 배를 잡고 낄낄거렸다.

"광수 너 정말 한번 할 거야!"

해종은 귓불까지 벌겋게 달아올라 소리쳤다.

"얼마든지."

광수는 벌어진 이빨 사이로 침을 찍 갈기며 응수했다.

"좋아. 학교 끝나고 뒷산 묏등에서 일대일로 한판 붙자."

"요시. 잘난 체하는 네 코를 납작하게 해줄 테다."

방과 후 둘은 산길을 나란히 걸어 올라가 학교 뒷산 봉분이 납작한 묏등에서 싸움이 붙었다. 해종은 체력에는 자신이 있었으나 싸움대장인 광수의 기술을 당할 수가 없었다. 광수는 노련하게 약점과 급소를 노려 이미 해종의 코피를 흘려놓고 봉알을 걸어차 기선을 제압하고 있었다. 해종은 그래도 개의치 않고 광수의 어깨를 붙들고 몇 번이고 묏등 아래로 뒹굴었다.

"항복 안 해?"

배 위에 올라탄 광수가 얼굴을 때리면서 항복을 받아내려 하였으나 계속 고개만 저었다. 어린아이들 싸움치고는 꽤 격렬했고 시간도 많이 흘러 어느덧 해가 뉘엿뉘엿 서산에 걸리고 소나무 그림자는 지친 두 아이를 누르고 있었다.

둘은 묏등을 무수히 기어오르고 뒹굴어 내리면서 팔다리엔 들찔레와 뱀딸기 넝쿨에 긁힌 상처와 옹주먹에 맞은 멍으로 맥이 빠져 있었다.

"해종아. 이제 그만하자."

체력이 소모된 광수가 헐떡거리며 싸움 중지를 제안했다.

"광수! 졌으면 졌다고 해. 그만하자는 말이 어디서 나와."

해종은 끝까지 덤벼들어 늘어진 광수의 등에 올라타서 목을 거세게 걸었다.

"항복! 항복이다."

"앞으로 은경이나 다른 약한 아이들을 괴롭히지 않겠다고 약속해!"

"알았어. 다시는 안 그럴게."

"좋아. 지켜보겠어."

광수의 다짐을 받은 뒤 그제사 목을 풀어주었다. 광수는 숨이 막히는 듯 캑캑거리다가 분한지 잔디를 쥐어뜯으며 울기 시작했다.

해종은 옷이 찢기고 입술은 벌에 쏘인 것처럼 팅팅 부었으나 난생처음으로 정의를 위해 싸워 이겼다는 생각으로 돌아가는 발걸음이 날아갈 듯 가벼웠다.

"해종아. 나하고 같이 가."

수수밭머리 논둑길까지 내려왔을 때 은경이가 부르는 소리가 들렸다.

"여태까지 집에 안 갔어?"

"응. 묏등 소나무 뒤에 숨어서 싸우는 걸 죽 지켜보았지. 혹시 네가 지면 어쩌나 싶어서."

"앤, 내가 지면 어쩔려구."

"이 막대기로 광수를 마구 때려 줄려고 그랬지."

은경은 짚고 있던 소나무 가지로 때리는 시늉을 하였다.

"그러고 보니 은경이 너 대단한 계집애구나. 우리 서로 어깨동무하고 가자. 광수가 내가 너 서방이래. 하하."

어둑발이 내린 산그늘과 출렁이는 수숫잎대, 잔별과 개구리 합창소리로 뒤덮인 들녘길을 둘은 어깨동무를 하고 도시락 소리를 딸그락거리며 한없이 걸어갔다. 그리고 해종은 멀리 만주 신경중학교로 진학해 가고 뒤이어 가족이 북간도로 이사하면서 영영 은경과는 다시 만날 수 없게 되었다.

그런데 뜻밖에 남한 땅에서 다시 기구한 해후를 하게 되다니.

"은경 씨도 그동안 고생이 참 많았단다."

숙모가 은경에 대한 애기를 꺼내자 은경은 잠시 전화할 곳이 있다며 자리를 비켰다.

"육이오의 와중에 부모와 헤어져 월남해가지곤 어렵사리 고학생활을 해서 대학까지 마친 재원이지. 외국 유학을 갔다 온 대학 강사와 신혼살림을 차린 지 얼마 안 되어 남편이 간암에 걸려 죽어버렸다는구만. 거의 청상과부나 다름없는 은경이는 지금까지 재혼도 않고 조그만 가게를 운영해오면서 이젠 기반도 제법 꾸렸다네. 그런데 은경이 애기론 자네가 전향하고 나와서 함께 살았으면 하는 거야. 어릴 때부터 널 은근히 좋아했던가 봐. 그러니 이제 그 고집도 충분히 피울 만큼 피웠으니 전향하고 나와서 은경이와 결혼해서 오목조목 재미나게 남은 여생을 사세나."

숙모는 두 손을 붙잡고 애원조로 말하였다. 그때 은경도 전화가 끝났는지 되돌아와 다소곳이 앞자리에 앉았다. 은경의 앉아 있는 모습은 중년의 원숙한 여인미를 풍기면서도 은근한 가정적 분위기를 끌어당기는 현숙한 자태가 있었다. 그는 어린 시절 낭만적 추억과 호텔의 아늑한 분위기에 일순 마음의 파문을 느꼈다. 전향만 하면 그 생지옥 같은 특사를 빠져나와 은경과 행복한 새 삶을 다시 시작할 수 있다. 이제 내 나이 마흔둘. 새롭게 인생을 출발할 수도 있지 않은가. 숙모는 애원의 눈빛으로 채근하고 있다.

'이런 젠장. 차라리 떡봉이들의 매타작을 당하는 게 낫지, 이런 방법에는 당할 재간이 없군.'

그는 고개를 설레설레 흔들었다.

"숙모님. 전 전향하지 않겠습니다. 전향하지 않는 이유가 숙부님에 대한 원망이나 사사로운 인간감정 때문이 아닙니다. 저 자신의 신념과 양심을 포기할 수 없기 때문입니다. 그리고 사적으로 말한다면 전 이북에, 통일이 되면 뜨거운 가슴으로 안아야 할 사랑하는 처자식이 있습니다. 그들을 한시라도 잊어본 적이 없습니다. 한 점 부끄럼 없이 만날 그날을 위해 저 자신을 모든 면에서 순결하게 지켜나갈 것입니다.”

할 말을 하고 나니 마음이 한결 가벼워졌다.

“은경 씨, 면회 와주어 고맙습니다. 어릴 때의 추억과 함께 오늘의 만남도 소중하게 간직하겠습니다.”

그는 번쩍거리는 호텔방에서 다시 음침한 감방으로 되돌아왔다. 반기는 동지들의 눈길이 그렇게 반가울 수가 없었다.

‘그렇다. 굼벵이는 똥물에 굴러도 즐거운 법이다. 결코 영악하고 민첩한 날파리로 탈바꿈하지 못하는 굼벵이 같은 우리들! 역사의 바닥이 있다면 맨 밑바닥까지 가서라도 뒹굴어보자. 그러나 무릎을 꿇어서는 안 된다.’

감방 회벽에 후벼판 날짜가 ×표로 수없이 지워져가도 떡봉이들의 테러는 잠잠할 줄 몰랐다.

“우리들은 대통령 각하의 명령을 집행하고 있는 중이야.”

떡봉이들의 서슬은 방금 불에 달구어 물에 벼린 푸른 칼날마냥 시퍼렇기만 했다. 무엇보다도 그들에게 괴로운 일은 떡봉이들의 잔인한 고문이나 교회사들의 교활한 회유공작보다도 떨어져 나간 동지들의 전향 성명서 발표였다. 교회당에서 소장을 비롯한 기관장들과 수백 명의 죄수들 앞에서 기만당한 자신의 과거를 저주하고 대한민국 만세 삼창을 부르는 것으로 끝나는 이 행사는 유선방송으로 특사에 생중계되었다.

몇몇 인사들은 진정으로 자기의 사상을 비판하고 감동적으로 전향성명을 발표해 우레와 같은 박수갈채를 받았다. 그러나 고문에 못 이겨 어거지전향을 한 사람은 억지 춘향이식으로 하다 보니 멍든 몸만큼이나 마음도 멍들어 갔다. 실제로 탁기섭 씨와 같은 경우 고문에 못 이겨 전향서에 지장을 찍어주고는 방에 들어와 목을 매달고 말았다.

오늘은 한때 이북에서 씨름선수로도 활약했던 진태관 씨의 전향성명서 발표가 있었다. 그는 온갖 고문에도 완강하게 거부하였으나 거꾸로 매달아 경봉으로 발바닥을 때리는 고문에 지고 말았다. 발바닥이 그의 아킬레스건이었던 것이다. 그는 맞는 횟수를 한 대 두 대…… 쉰 대 쉰하나 하며 세다가 367대에 의식을 잃고 허공에 매달린 채 까무러치고 말았다. 그가 두 발을 절름거리며 연단에 나가 성명서를 낭독하는 과정을 방송으로 들으면서 모두들 괴로운 표정으로 한숨을 쉬고 있었다.

'진 선생이 무너질 정도니 우리도 모두 시간문제가 아닐까?'

패배감으로 고개를 숙인 사람도 있었다.

최 선생은 어두운 표정뿐인 방 안을 힘차게 살아 있는 밝은 방으로 만들고 싶었다. 0.75평 속에 밀착해오는 15명의 살들을 고통의 살로서가 아니라 어둔 역사의 한 모서리를 함께 돌파해 나가는 연대의 살로서 느끼고 싶었다.

최 선생은 좌우의 동지 어깨를 쓸어안으며 말했다.

"동지들! 힘냅시다. 조국의 광복을 위하여 모진 추위와 가슴을 넘는 눈길을 헤치고 백여 일의 고난 찬 행군을 했던 독립군 전사들을 생각해봅시다. 발톱까지 무장한 왜놈들의 포위 속에서도 혁명적 낙관주의와 백절불굴의 투쟁 정신으로 행군하여 마침내 적들에게 섬멸적 타격을 주고 조국 광복의 위업을 안아오지 않았습니까! 이제 우리들은 항일전사들이 피 흘려 열어놓은 광복의 길을 행군하여 통일의 길까지 헤쳐 이어

나가야 하지 않겠습니까?"

"옳습니다! 좀더 견디어 봅시다. 지난해 남과 북이 공동으로 발표한 자주·평화·민족대단결의 통일 삼원칙은 이제까지의 추상적 통일론에 쐐기를 박고 통일의 문을 성큼 앞당겨 놓았습니다. 그러나 통일이 너무 쉽게 되어버리면 우리들이 아들딸에게 항일독립군과 같은 감동스런 이야기를 들려줄 수 없어 서운하지 않겠습니까!"

옆자리의 양 선생이 다소 익살스런 눈빛으로 말했다.

"그런데 양 선생은 쉰이 넘도록 아직 총각이지 않소?"

최 선생이 짐짓 능청스럽게 반문하자 그는 "어디 나만 총각이오. 예순이 넘은 총각동맹위원장인 김선명 선생을 비롯하여 특사만 해도 삼 분의 일가량이 다 숫총각이 아닙니까. 우리 총각 동맹위원들은 조국과 결혼했습니다. 이 땅의 어린이들은 모두 우리의 아들딸들이죠" 하며 사람 좋게 웃었다.

오랜만에 장기수들의 어두웠던 얼굴이 밝아지는 듯했다. 서로 마주 보는 눈동자에 푸른 생기가 돌고 따뜻한 동지애가 비좁은 감방을 훈훈하게 해주었다.

그때 유환욱 씨가 불편한 다리를 두드리며 말했다.

"우리 노래 하나 부릅시다. 이러나 저러나 우리가 매 맞는 건 마찬가지 아닙니까. 당할 때 당하더라도 노래나 시원스레 불러보고 당합시다."

"좋습니다."

"그렇게 합시다."

"그러면 〈우리의 소원은 통일〉을 힘차게 부릅시다. 기왕이면 북녘의 동포들에게 들릴 만큼 크게 합시다."

성냥곽만 한 미끼통에 언제 낚시꾼의 손가락이 내려와서 바늘이 꿰어질지 모르는 운명의 장기수들이 결연히 어깨에 어깨를 걸고 우렁찬 노래를 부르기 시작했다.

우리의 소원은 통일
꿈에도 소원은 통일
이 목숨 바쳐서 통일
통일이여 오라.

"이 빨갱이 새끼가 이제야 정신이 돌아오는 모양이군! 웅얼웅얼 신음소리를 하는 걸 보니. 어이 담당, 물을 한 바가지만 더 끼얹으라구!"

최 선생은 얼굴에 끼얹어지는 차가움에 힘없이 눈을 떴다. 몇 개 사단이 밟고 지나갔는지 등짝이 빠개져 납작해진 것 같았다. 저벅거리는 군홧발 소리와 두런거리는 말소리가 이명과 섞여 들리고 사람과 사물들이 수묵화처럼 농·담으로만 식별되었다. 고개를 흔들어 정신을 가다듬고 주위를 둘러보니 전에도 끌려와서 당한 적이 있는 수사반 지하실이었다.

보안과장이 앉아 있는 책상 뒷벽에는 아이러니하게도 입이 찢어져라 노랗게 웃고 있는 스마일 마크가 수사반 분위기를 더욱 실감나게 하고 있었다.

"담당! 최해종 씨 입에 물린 방성구를 뽑아주고 포승과 수정도 풀어주라고. 정말 지독한 사람이야. 무의식 상태에서도 방성구를 문 채 지겹게 노래를 부르다니!"

보안과장은 질렸다는 듯이 고개를 절레절레 흔들었다.

"자, 의자에 앉으시오. 최해종 선생."

그는 선생이라는 말에 일부러 질끈 힘을 주었다.

"지금이 몇 신 줄 아오? 새벽 다섯시가 넘었소. 새해 첫날이 되었단 말이오."

어젯밤까지만 해도 그렇게 기세등등하던 보안과장의 말은 상당히 눅어 있었다. 그도 그럴 것이 며칠 후면 법무부장관의 초도 순시가 있어 단식투쟁으로 싸움이 번지면 좋을 것이라곤 하나도 없을 뿐만 아니라 이번 진압 과정에서 최 선생을 비롯해 많은 사람들이 다쳤으므로 우선 수습해 말썽이 없도록 해야 하기 때문이었다.

"서로 조금만 이해하고 양보하면 좋게 지날 일을 가지고 그렇게 소란을 피우면 되겠냔 말이오. 우리도 당신들에게 그렇게까지 할 생각이야 있었겠소? 상부에서 워낙 추상같으니 우리도 중간에 끼여 못 해먹겠소. 연말연시에 집에도 못 들어가고 이게 무슨 꼴이오."

주위에 빙 둘러서 있는 경비교도대원들도 피로한지 연방 하품을 으깨고 있었다.

"신분장을 보니 최 선생은 가족사항도 좋고 학벌도 최고 엘리트 출신에다 뭐 하나 부족한 게 없어요. 괜히 특사에서 고생하지 말고 전향하는 게 어때요."

"……."

"자. 악수합시다. 묵은해는 잊고 새해 새 기분으로 살아봅시다."

보안과장은 통통하고 기름진 손을 내밀었다.

그는 뻔히 보이는 수작에 픽 웃음이 나오려는 걸 참았다.

"악수는 그만둡시다. 방금까지 그 손에 의해 짐승처럼 당한 내 양심이 허락지 않습니다. 하지만 당신들을 미워하지 않겠습니다. 당신들의 그 끊임없는 폭력은 우리의 사상을 견고하게 해주니 오히려 고마워해야 하지 않겠습니까? 나를 동지들이 있는 특사로 보내주시오. 그들과 같이 새해 축하 인사를 나누어야겠소."

최 선생은 동통이 오고 욱신거리는 몸을 두 명의 경교대의 부축을 받고 오다가, 특사를 보자 눈물이 왈칵 치솟아올랐다.

아아 우리들의 수십 년 한과 애증이 서린 특사여
너의 끝없는 폭력적 감금은
언제까지 계속될 것인가.
달팽이가 숙명처럼 제 집을 지고 살아가듯 우리는 통일의 그날까지
분단구조물인 너를 우리의 집으로 지고 살아야 할 운명인가.
무덤처럼 동지를 삼키고 있는 특사여 말 좀 해보려무나.

끼이익, 끼이익.

특사의 육중한 이중 철문이 녹슨 비명 소리를 내며 열리자 최 선생은 어둠 속으로 성큼 발을 들여놓았다. 그때까지 어둠을 이기지 못하고 박명으로 부유하던 새해 햇새벽의 첫 햇살이 최 선생의 발뒤꿈치를 따라 들어가고 있었다.

약사여래는
오지 않는다

최 성 각

(1955~)

최성각(1955~)은 『강원일보』(1976), 『동아일보』(1986) 등의 신춘문예를 통해 작가로 등단했다. 『부용산』, 『택시 드라이버』 등의 소설집과 생태소설 『거위 맞다와 무답이』, 생태산문집 『달려라 냇물아』, 『날아라 새들아』, 서평산문집 『나는 오늘도 책을 읽었다』 등을 펴냈다. 1990년대 초 상계소각장반대운동을 벌였고, 1999년 환경단체 '풀꽃세상'을 창립해 새, 돌, 풀, 골목길, 조개, 꽃, 지렁이, 자전거, 논에게 풀꽃상을 주는 등 자연에 대한 존경심을 회복하기 위해 실천하는 '환경운동가'로도 널리 알려져 있다.

『약사여래는 오지 않는다』에는 작가의 생태주의적 관심이 오롯이 드러나 있다. 소설 속의 상징 장치인 벽화 속의 약사여래는 모든 질병과 재난에서 중생들을 제도한다는 불경 속의 설명처럼 인간에게 생명을 공급하는 자연에 비유된다. 이 소설의 제목은 그래서 선언적 의미가 있다. '약사여래는 이제 오지 않는다'는 주장은 자연과 인간을 이어주는 생명의 끈이 인간의 이기심과 자연을 존중하지 못하는 천박함 때문에 끊어지고 말았다는 것을 의미한다. 자연을 이기적 욕망을 충족하려는 수단으로만 바라보는 인간의 탐욕이 약수터를 둘러싼 인간들의 다양한 무례함으로 제시되고 현실의 각박함이 '식수부적합'으로 나타나 이제 생명을 나누던 공간인 약수터는 '빛도 잃고 덕도 잃어버렸음'을 쓸쓸하게 바라보게 한다. 약사전 벽에 그려진 불화에서 여인의 손목과 뜰의 과일나무가 흰 실로 연결된 그림에서 느꼈던 위태로움이 소설의 마지막 장면에서 '실은 툭 끊어져 뜰 바닥에 떨어져 있었고, 여인의 손목은 힘없이 아래로 처져 있었다'고 말하는 것으로 작가의 의도를 보여준다. 그런데 쓸쓸한 재앙의 결과를 보여주는 것에서 그치지 않는다는 점에서 이 작품의 미덕이 빛을 발한다. 자연을 단지 자원가치로만 본 금세기 인류 현실이 결국 자연의 역습으로 되돌아온다는 가치관이 투영된 것이고 이제야말로 인간이 생태계의 일원이라는 겸손을 회복해야 한다는 주장을 포함하고 있는 것이다.

어떻게 보면 해괴할 것도 없는 그 이상한 일을 그가 겪은 것은 수돗물 식수 부적격 소동이 연일 신문의 머릿기사를 장식하면서 전국이 물 비상에 돌입하기 얼마 전이었다.

88년 말에 정수장의 수질 오염도를 조사한 것을 건설부가 왜 이듬해인 금년 8월 8일에야 그 결과를 발표했는지 알 수 없으나, 조사 결과는 원래 그렇게 오래 갖고 있다가 발표하기에 딱 좋은 적기가 따로 있는지 모르겠으나, 이미 그는 유락산(有樂山) 약사전(藥師殿) 앞에서 그런 해괴한 일을 겪었으므로 다른 사람들보다 어쩌면 담담하게 '못 먹는 물'에 관한 일을 받아들일 수 있었다고나 할까, 그랬다. 그러나 이때의 담담함이란 무슨 대책이 있는 담담함이 아니었다.

누구나 목숨 있는 한, 그리고 그 목숨을 이유가 있든 없든 어제나 오늘처럼 계속 부지할 생각이라면 물을 안 먹고 살 수는 없었다. 그러나 이제는 누구나 영락없이 못 먹는 물을 먹어야 했다. 사람들에게 이제 남은 시간이란 못 먹는 물인지 알면서도 어쩔 수 없이 그 물을 마셔야 하는 시간에 다름 아니었다. 그러므로 이때 육신이란 철, 카드뮴, 중성 세제, 크롬, 납, 망간 등의 맹독성 중금속이 쌓이는 부드러운 그릇이거나, 막다른 골목이거나, 일찍 현실로 드러날 예고된 죽음을 향해 달리는 불행 덩어리이거나…… 태어나지 않았으면 딱 좋았을 회한의 덩어리 같은 것이 되어버렸다.

어떤 사람들은 이제 마음놓고 먹을 수 있는 물이나 공기보다 더 가치 있는 게 없어져버렸다고 단언하기도 했다. 그러면서, 이제 봐라 거리에서 사람들이 쾩, 쾩, 소리를 내며 픽, 픽, 쓰러지는 것을 무수히 보게 될 것이라는 말을 서슴지 않았다. 사실 그와 유사한 이야기를 들은 것은 한참 전부터였다. 어느 시대나 당대에 대한 말세적 불안과 확신은 풍성하게 넘쳤던 일이고, 미래에 대한 어두운 전망은 부적처럼 뒤따랐던 일이므로, 게다가 언제나 거짓 예언자나 허풍선이들이란 있기 마련이므로, 그런 이야기는 아주 쉽게 묵살되기 딱 알맞았다.

이 일도 다만 이 세상에서 끊임없이 일어나는 무서운 일들 중의 하나일 뿐이며 다른 무섭고 피할 수 없는 일이 터지기 전까지의 조금 색다른 공포일 뿐이니 합심해서 지혜를 짜고 돈을 들이면 시간이야 걸리겠지만[1] 해결될 것이라는 낙관도 없지 않았다.

그는 작년에 새로 이사 온 마들평 인근에 산이 있다는 것이 무엇보다도 마음에 들었다.

이곳에 이사를 오기 전에는 사는 곳 부근에 논이 있어서 좋았던 기억이 났다. 강원도 바닷가가 고향인 그는 무슨 특별한 이유는 없었지만 시원하게 들이 펼쳐져 있거나 눈을 쳐든 곳에 그저 무표정한 산자락이 육중하게 앉아 있는 것을 좋아했다. 그러나 그가 사실 가장 좋아하는 풍경은 바다였다. 그가 태어나서 자란 작은 소도시는 바다에서 직선 거리로 한 십 리쯤 떨어져 있었다. 고향에 있을 때 그는 바다에 나가면 바다의 면전에서 오래오래 바다를 바라다보곤 했다. 조금 나이가 들어서는 바다에 대해서 무슨 말인가를 해야겠다고 생각하기도 했다. 그러나 잘 말이 되지 않았다.

이번에 그가 유락산에서 겪은 해괴한 일도 처음에는 도무지 말이 되지 않아서 애를 먹었다. 말이 되지 않는 일들이 그러나 사실 하도 많이 일어나서 말이 되지 않는 일이 문제가 아니라 그 일이 사실이라는 것이 문제라면 문제였다.

아내도, 친구도 그의 말을 믿지 않았다. 상식을 존중하고 거짓말을 신 김치보다 더 싫어하는 그가 비상식적인 이야기를 일삼고, 쓸데없는 거짓 말을 해대는 이상한 사람이라는 혐의를 받게 되었다.

그가 가장 사랑하는 아내와 친구들로부터 그런 눈초리를 받은 일은 안 타까운 일이 아닐 수 없었다. 어떤 성자는 타인과 다투게 될 것을 염려해서 입을 다물었다고도 하지만, 그는 애당초 성자가 아니었고 성자 따위는 될 생각도 없었기에 그렇다고 그가 겪은 일을 이야기하지 않을 수도 없었다.

그가 유락산을 찾기 시작한 것은 한참 전부터의 일이지만 그 일이 일 어난 것은 입추를 얼마 앞두고 연일 가마솥 같은 불볕 더위가 계속되던 즈음이었다. 그 즈음을 제일 잘 이해하기 위해서는 진부한 방법이긴 하 지만 그 즈음에 일어난 일들을 살펴보는 게 가장 좋은 방법일 것이다.

그 즈음은 우선 가정 파괴범을 위시해서 식칼로 사람의 아킬레스건을 풀 베듯 마구 자른 폭력배들 여럿이 6공화국 들어서 처음으로 사형을 당 하던 때이기도 했고, 원자력 발전소에서 일하던 사람의 아내가 무뇌아를 유산하기도 했고, 명동성당에서는 전국에서 모여든 교원노조 사수를 위 한 교사들의 단식 농성이 계속되고 있었고, 최초의 철거 목적량을 조금 밑 도는 수준으로 노점상들이 성공적으로(?) 철거된 이후였건만 개처럼 목에 쇠사슬을 걸고 자신의 리어카와 한 몸으로 연결되어 아직 버티고 있는 노점상이 더러 거리에서 발견되기도 했고, 교내 신문에 단편소설이 당선되기도 한 북으로 간 한 여대생이 그를 맞이하러 간 신부와 노래하고 웃으며 걸어서 남으로 내려오려고 했고,[2] 새로 장관이 된 어떤 이는 국민들이 먹고사느라 정신이 없는 새에 북에 갔다 왔다 안 갔다 왔다로 입씨름을 했고, 취재를 하러 북으로 갈 마음을 먹은 죄로 감옥에 들어간 나이 들고 깡말랐지만 그가 쓰는 글에 인용한 자료의 놀라운 정확성과 객관성으로 일찍부터 많은 사람들에게 존경을 받아오던 한 언론인은 아직 감옥에서 나오지 않았고, 어떤 폭력배들은 수영장에 공짜로 들여보내주지 않는다고 기물을 파손하고 수영장 바닥에 유리 조각을 뿌렸고, 다리 건너 국회의원 재선거가 실시되는 동네의 한 입후보자 사무실에는 도둑이 들었는데 도둑이 이용한 차량이 석관동의 안기부 차량이었다는 보도가 나왔고, 며칠 후에는 진짜로 보통 사람에게는 그 이름만 들어도 소름이 돋는 안기부 정문에 화염병을 던진 대학생들이 잡혔고, 어떤 전투경찰은 거리에서 멀쩡한 행인을 검문한 뒤 그의 통장을 슬쩍해서 거금의 돈을 꺼냈다가 잡혀 머리를 푹 숙인 모습이 TV에 비쳐지기도 했고…… 그럴 즈음이었다. 그뿐인가. 그 즈음은 하늘에서 내린 너무 많은 비와 허공에서 불어닥친 너무 세찬 바람으로 많은 사람들이 죽고 그들이 땅에다 기울인 너무 많은 땀과 정성들이 일시에 떠내려가버렸고, 또 어떤 비행기는 남의 나라 공항에 내리려다 비행기가 반동강이 나는 바람에 숱한 사람들이 불에 타 형체도 없이 흩어졌다가 태극기에 싸인 관에 간신히 추슬러져 통곡 속에 돌아오기도 했고, 길바닥에서는 하루도 쉬지 않고 교통 사고로 허이연 골이 터져 죽고 팔다리가 부러지고…… 인류가 거듭 되풀이하고 있는 유아 살해, 그리고 이제는 때와 대상 없이 성폭행이 자행되기 시작했다. 노인을 잡아서는 기름을 짜 에이즈 환자에게, 아이들은 유괴해 개소주집에 넘긴다는 질병보다 더 사람을 움츠리게 하는 괴소문, 이런 종류의 끔찍한 괴소문은 간첩이 아니면 누가 퍼뜨리겠느냐는 차원에서 그 소문을 입밖에 내면 국가보안법에 해당시키겠다는 발표가 나올 정도였다. 지옥이었다.

옛날 말씀이 아니더라도 세상은 불난 집이었고,[3] 아무도 불붙은 문을 편히 벗어나올 수 없었다. 설사 간신히 벗어나와서 그곳 불꽃 싸인 집 안에서 사람들이 힘놀이, 돈놀이, 헛이름 찾기 놀이에 그곳이 불붙은 집인지 모르는 걸 말해봐야 소용이 없었다.

그날도 다른 날처럼 그는 물병을 배낭에 짊어 메고 유락산을 찾았다. 한낮의 햇살은 마치 뜨거운 바늘이 곤두선 것처럼 후덥지근한 열기와 함께 그 햇살 속에 몸을 노출시킨 사람의 이마와 목덜미를 파고들었다.

아파트 숲을 빠져나와 유락산을 가는 동안에 그는 크고 작은 다리를 두세 개가량 건넜다. 다리께를 건널 때에는 심한 냄새가 났다. 그가 건넌 다리란 다리에서는 다 비슷비슷한 악취가 나고 있었다. 그 냄새는 마들 평의 아파트 단지 사이를 지나다니다가 언뜻언뜻 맡게 되는 하수구의 냄새와 또 달랐다. 물이 있는 곳에서는 늘 어제보다 조금 더 심한 악취가 났다. 다리 밑의 개천은 물이 흘렀던 자리가 시커멓게 말라붙어 있거나 햇살에 이상한 푸른빛을 반사하면서 이미 흐르지 않는 죽음 같은 물들이 고름처럼 고여 있곤 했다. 때때로 수량이 조금 많은 때에는 허이연 거품이 오래 쓴 행주처럼 떠 있곤 했다.

유락산을 찾기 시작하던 처음에는 그도 다른 사람들처럼 새벽 시간에 산을 찾았지만 약사전 옆에 있는 새로운 약수터를 발견한 이후에는 때없이 산을 찾았다.

때없이 여름 한낮에 산을 찾을 수 있는 것은 그가 직장에 나가지 않는 사람이라기보다는 집에서 일하는 사람이기 때문이었다. 집에서 글을 쓰는 게 말하자면 그의 일이었다. 남미의 어느 작가는 작가의 가장 큰 사회적 책무는 좋은 글을 쓰는 것이라고 말했다지만, 워낙 그가 만들어낼 세계보다 세상에서 일어나는 일이 엄청나게 더 드라마틱하고 충격적이어서, 게다가 정신을 똑바로 차리고 자신을 단단히 추슬러 잡고 살아가기가 하도 힘겹고 어려운 세상이어서, 모두들 어제보다 더 극단으로 흐르는 반쪽의 부패한 나라에서 다반사로 일어나는 슬프기 짝이 없는 일들을 만나면, 그럴수록 냉정해진다기보다는 눈물부터 앞서는 섬약한 사람이었지만, 워낙 동시대에 못된 힘에 저항하다가 고통을 겪고 있는 사람들이 많아서 언젠가는 자신도 한 번쯤 감옥에 다녀와야지만 남은 인생을 그늘 없이 감당할 뿐 아니라, 이 힘겨운 시대에 글쓰는 사람으로서의 자신에 대한 검색도 보다 야무지게 하게 되지 않을까 하는, 충분히 정신 분석의 여지가 있는 괴상망측한 생각을 때로 품곤 했다. 그러나 그런 생각이 왜곡된 결벽증이거나 시대의 중압에서 벗어나려는 허약한 도피 의식에서 연유함을 막연하나마 느끼곤 있었다. 그런 생각의 뿌리는 어쩌면 많은 시간을 들여 분석해도 잘 분석이 되지 않을 열등감이거나, 혹은 그가 무슨 편에 소속된 걸로 간주되는 것을 병적으로 혐오하지만 또 다른 종류의 힘에의 의지이거나, 자기 방기에 가까운 것임을 막연히 그는 느끼곤 있었다. 아니면 외로움이던가. 회의주의자라기보다는 가슴이 뜨거운 허무주의자에 가까운 그가 늘 그런 생각에 골몰한다기보다는 아주 때때로 그런 생각을 할 때가 있다는 이야기일 따름이다. 그렇지만 그런 의식을 어쨌든 가능하게 만든 것은 그의 시대였다. 누구의 의식인들 당대의 산물이 아니겠는가, 하는 맥락에서 그라고 해서 예외일 수는 없으니까 말이다.

아파트가 다 들어차면 아마 세계에서 가장 큰 아파트 단지가 될지도 모른다는 소문을 거느리고 있는 마들평에는 계속 아파트 공사가 진행되고 있었다.

새로 입주한 친지를 찾아가는지 아이를 업은 한 여자가 커다란 합성 세제를 들고 건널목을 건너는 게 보였다. 그 뒤로 배가 불룩 튀어난 임산부도 한 여자아이의 손을 잡고 건널목을 급하게 건너고 있었다.

그가 물병이 든 배낭을 등에 메고 유락산을 찾기 시작한 것은 두 주일 전쯤부터였다.

그가 시뻘건 한낮에 물병을 등에 메고 집 부근의 산을 찾기 시작한 것은 순전히 그가 누는 오줌과 목덜미에 배어 나오는 식은땀 때문이었다. 때때로 서른다섯밖에 안 된 나이인데도 뼈마디가 쑤시곤 했다. 이십 대에 제사를 지내는 기분으로 너무 무절제하게 마신 술 때문이겠거니 하는 생각도 들었다. 그런 증상들이 딱히 언제부터였다고 자신 있게 말할 수는 없었지만 오줌 빛깔이 뜨물처럼 뿌연 게 나오고 괜히 목덜미 언저리가 늘 식은땀으로 축축한 걸 느낀 것은 비슷한 시기였다. 사람들 모두가 몸에 이상이 있을 때 병원에 가서 맞닥뜨리게 될 예기치 못한 공포 때문에 슬금슬금 뒤로 빼면서 선뜻 병원에 가지 못하는 것처럼 그 또한 한동안은 병원에 가봐야겠다는 생각과 가면 귀찮아진다는 예감 사이에서 전전긍긍했다. 자칫하면 병원에 갔기 때문에 생활 전부가 달라질지도 모르는 게 무엇보다도 겁나고 귀찮은 노릇이었다.

그러나 날씨도 더운데 아침저녁으로 그보다 더 신경을 쓰는 아내의 잔소리와 자신의 의식도 알듯 모를 듯 오줌 빛깔에 너무 지배당하고 있었으므로 어느 날 그는 고등학교 선배가 열고 있는 왕십리의 조그마한 가정 의원을 찾았다.

그의 집에 있는 책상보다 더 작은 철제 책상에서 선배는 하루 열한 시간 반을 진료하고 있었다. 토요일에도 선배는 오후 일곱시까지 아홉 시간 반의 진료 시간을 지키고 있었다. 글을 쓰네, 하고 근래에는 다른 사람들처럼 직장에도 나가지 않는 그가 하루에 몇 시간이나 자신의 작업을 위해 시간을 쏟는가를 생각하자, 그는 어디 뾰족한 책상 모서리 같은 곳에 머리를 찧고 싶을 정도의 격심한 부끄러움을 느꼈다. 써야 할 소설은 안 쓰고, 그저 밥벌이에 급급해 콩트나 쓰고 어디 사보나 잡지에 여행 기사나 쓰는 그는 자신의 무기력과 틀려먹은 생활에 늘 스산한 혐오감을 품고 있었다. 엉터리였든 아니었든 자신의 이십 대가 담긴 첫 작품집이 나온 이후, 쓰는 일의 두려움과 자신의 글에 대한 견딜 수 없는 혐오감, 그리고 읽어보지도 않고 자신의 작품을 오해하는 사람들에 대한 감당할 수 없는 쑥스러움들 때문에 그는 근년에 이르러서는 쓰는 일을 오랫동안 주저하고 있었던 참이었다. 그런 그에게 한때 글을 썼던 어떤 편집인은 "자기 검색하다가 망한 사람이 여기 있소, 소설쟁이는 그저 죽이 되든 밥이 되든 써대야 하오. 지난 호에도 준다고 해놓고 안 줬잖소, 남자가 약속을 했으면 지켜야 할 게 아니오?" 하는, 이상한 논리지만 마음 아픈 협박으로 그에게 글쓸 것을 종용하기도 했다. 마음 아픈 지적과 그러나 쓰는 일하고는 상관이 없다는 게 그저 안타까울 따름이었다.

선배가 49년생으로서 그보다 여섯 살이 더 많으니 이제 마흔 줄에 접어들었건만 선배는 의사가 된 이래 지금 가장 그럴싸한 병원에서 일하고 있다고 했다. 그런데 골목 끝에 있는 그 병원이라는 것이 한촌(寒村)의 신문 보급소보다 더 초라하고 볼품없었다. 모두들 한 발자국 더 나아가려고(어딘지는 모르지만) 기를 쓰는 삼십 대를, 서울 변두리의 빈민촌에서 천막을 치고 의료생활을 해오던 선배가 왕십리의 한 골목 끝 쌀집 옆에 위치한 조그마한 건물 이층에 세들 수 있게 된 것은 어떻게 봐도 때늦은 일이지 비난받을 일은 아니었다. 너무 가난한 사람들에게 너무 싼 진료비로 너무 오랜 시간 일하시는 것 같다고 그가 농담하자, "사람들 퇴근 시간이 늦으니까 늦게까지 일할 수밖에 없잖냐? 내가 늦게 퇴근하는 사람들 전부를 보는 건 아니지만……" 하고 딴 이야기를 했다. 의사에게 시집왔으면서도 의술에 대한 남편의 괴팍한(?) '생각' 때문에 다른 의사에게 시집간 여자들과는 달리 살아야 했던, 아직 본 적이 없는 선배의 아내를 그는 공연히 떠올렸다.

"소변 검사를 해봐야 알겠지만, 겉으로 봐선 전보다 건강해 보이는구나."

선배가 말했다. 선배는 그의 배를 툭툭 치기도 하고, 청진기로 배랑 등이랑 귀 기울여 살펴보기도 하고, 눈자위도 위아래 모두 살피고 목덜미를 힘을 줘서 눌러보기도 하고, 그를 반듯하게 드러눕힌 뒤 다시 청진기로 여기저기를 진찰했다. 이러면서 하루 열한 시간 반을 보낸다는 것은 여간 중노동이 아니겠구나, 하고 그는 생각했다.

"글은 잘 되냐?"

선배가 얌전하게 누워 있는 그에게 물었다. 그 말이 그에게는 소화는 잘 되느냐고 묻는 것처럼 들렸다.

"잘 될 리가 없지요."

사실 그는 소화도 잘 안 되던 터였다.

"……그렇기도 할 거야."

선배가 말했다. 그 말은 그런 대답을 기다렸다는 뜻인지 글이 잘 안 되는 네 사정이 잘 이해된다는 뜻인지 알 수 없었다.

"……."

그는 더 이상 아무런 대꾸도 안 했다. 정말 재미없는 이야기였기 때문이다.

"글쎄 진찰 결과 넌 아무런 이상이 없다. 목덜미의 땀은 나로서는 의미가 없다고 본다. 여름이라서 머리에서 나는 땀이 목덜미로 흘러내리니 그렇게 느끼는 거 아니겠니? 관절이 쑤시는 건 운동 부족이다. 현재로선……."

얼마 후 선배가 말했다.

소변을 받아준 뒤 대기실이랄 것도 없는 출입구 옆의 나무 의자에 앉아 여성지를 뒤적거리며 그는 기다렸다. 조금 해진 그 여성지에서 그는 노출이 아주 심한 내의 광고와 불륜을 저지른 여인의 고백 수기, 주부 콜걸 이야기 등이 "기사 내용과 관계없는 사진"과 함께 실려 있는 것을 보았다.

한참 기다리자 소변에도 별 이상이 없다는 결과가 나왔다. 결국 그는 오랜만에 선배의 얼굴이나 보러온 셈이 되었다.

"신장 쪽에 이상이 있나 했으나 괜찮았어. 쉽게 말해서 입으로 들어간 걸 태우고 나서 앞으로 나오는 게 오줌이고 뒤로 나오는 게 똥이다. 너의 식생활에 대해서는 모르지만 여름철이라 가벼운 탈수 현상으로 미처 찌꺼기를 다 걸러내지 못한 게 아닌가 싶다. 나도 가끔은 오줌이 뿌열 때가 있어. 물을 많이 먹어라."

선배는 누구에게랄 것 없이 정중하고 따뜻했지만 말하는 방식은 건조하기 짝이 없었다.

"정말 이상이 없는 겁니까?"

그가 아무런 이상이 없다고 하자 상당히 섭섭하다는 표정으로 물었다.

"아주 조금만 아프고 싶지?"

"그걸 어떻게 아셨어요?"

"난 의사니까."

사실 그랬다. 병원까지 오기에는 상당한 결심과 각오가 있어야 했다. 그는 결국 아내의 성화도 성화였지만 아주 심각한 정도가 아닌 범위 안에서 조금 이상이 있기를 바라는 심리도 없지 않았다. 그러한 무의식이 결국은 병원에 갈 용기로 드러난지도 모를 일이었다. 조금 아프면 세상으로부터 많은 것을 용서받고 이해받을 수 있으니까 말이다. 아, 그 친군 조금 아파. 정확히 어딘지는 모르지만 아무튼 어딘가 조금 아프다지! 그러니깐 이해할 수 있잖겠어! 그가 다소 비겁한 것도. 그가 다소 게으른 것도. 그가 다소 신경질을 내는 것도 말야. 어쩌면 그가 근래 통 못 쓰는 것도 그래서인지 몰라.

"너만 그런 게 아냐. 사람들은 다 병으로 도망치고 싶어하는 마음이 있어. 나도 때때로 그렇지. 이까지 온 김에 점심이나 같이 먹자."

선배가 말했다.

선배는 진료비를 안 받는다 하면 시끄럽게 굴 게 뻔하니 천 원만 내라고 했다. 그는 할 수 없이 픽 웃으면 천 원만 냈다. 그가 태어나서 가장 적게 낸 진료비였다.

병원 부근에 사철탕집이 있었지만 그들은 냉면집을 택했다. 식사를 마치고 그가 잽싸게 계산을 했다. 헤어질 때 선배는 그에게 술을 좀 줄이고 물을 많이 먹으라는 당부를 또 했다.

선배와의 오랜만의 만남은 상당히 유쾌했다. 만성 피로와 이유 없는 무력감으로 사실 그는 늘 게으름을 피우며 지내고 있었지만 좀 제대로 쉬고 싶다는 욕망을 누르지 못하고 있었던 터였다. 사실 이런저런 핑계로 그동안 너무 많은 술을 마셨다고 그는 생각했다. 아주 몸이 찌뿌둥할 때에는 청심환을 먹고서야 잠시 회복된 적도 한두 번이 아니었다. 아무런 이상이 없다는 선배의 진료가 조금은 의심스럽기까지 했다.

다른 많은 사람들처럼 수돗물을 끓인 보리차가 식수였던 그가 기왕에 선배가 물을 많이 마시라는 얘기도 했겠다, 인근의 산을 물병이 든 배낭

을 짊어지고 어슬렁거리게 된 일은 어쩌면 자연스러운 일인지도 몰랐
다. 팔팔 끓여서 산소라곤 하나도 없는 죽은 물인 보리차보담야 산에서
나는 물이 훨씬 나을 것이라는 생각이 든 것이다.

유락산은 그의 집에서 도보로 이십 분쯤 소요되는 거리에 있었다.

이쪽 마들평 쪽으로 이사를 오면서부터 가까운 유락산에 가보리라, 늘
생각했건만 그의 게으름 탓도 있었지만 워낙 산이 멀지 않은 곳에 있었
기 때문에, 그저 거기 산이 있으면 됐지, 하는 심사로 차일피일하다가 좀
처럼 그럴 기회를 만들지 못했던 터였다.

약수터를 찾는 일은 그러나 그리 어려운 일이 아니었다. 소롯길 양편
으로 무성하게 숲이 우거진 산의 초입에 들어서자 저 멀리로 사람들이
길게 줄을 서 웅성거리는 모습이 보였으니까. 어느 정도는 예상한 일이
었지만 그렇게 사람들이 많을 줄을 몰랐다. 모두들 자신과 마찬가지로
뿌연 오줌이 나오고 목덜미에서 식은땀이 나고 늘 피곤한 모양이었다.
그러나 조금 자세히 살펴보니 그런 것 같지는 않았다. 초등학생에서부
터 노인들에 이르기까지 유락산 초입의 약수터에 길게 줄을 선 사람들은
참으로 다양했다. 더러 맨손체조를 하거나 헛 둘, 헛 둘 하면서 골똘한
표정으로 뛰는 사람들도 없지 않았지만 아침에 산을 찾은 사람들은 거의
물 때문에 온 사람들 같았다.

자전거 뒤에 흰 플라스틱 물병을 실은 사람들, 오토바이 뒤에 한 말들
이 물통을 두서너 개씩 매단 사람들, 유모차의 아기가 앉을 곳에도 물통
이 누워 있었다. 어린이들은 길쭉한 사이다병을 두 팔로 싸안고 있었고,
노인들은 감당할 수 있을 만큼의 작은 물통을 들고 있었고, 할머니들은
허리를 묶을 수 있는 끈이 달린 배낭을 메고 있었다.

서울 인근의 약수터가 붐빈다는 소문이야 들었지만 사람들이 그렇게

산의 물을 좋아하는지를 그는 정말 몰랐다. 그것은 마치 무슨 새로운 발견처럼 느껴졌다. 어떻게 보면 그만 보리차나 끓여 먹으며 살아왔는지 모를 일이었다. 그 여름날 아침의 약수터 경험은 마치 어떤 새로운 비밀의 세계를 엿본 것 같은 어리둥절한 느낌으로 그에게 다가왔다.

뒤에 도착한 사람들은 아무런 표정도 없이 자신의 물통을 뱀처럼 꾸물꾸물 길게 이어져 있는 물통들의 맨 뒤에 바짝 붙여놓고는 맨손체조로 들어가거나 어디 구석에 쭈그려 앉아 담배에 불을 붙이곤 했다. 물통은 물을 받을 수 있는 곳에서부터 한 이삼십 미터는 좋이 뻗어 있었다. 그는 기다란 줄도 줄이지만 사람의 얼굴이 각기 다른 것처럼 물을 받는 용기가 그렇게 다양할 수 있음이 우선 놀랐다. 그는 그런 상황을 예측하지 못했기 때문에 집에서 나올 때만 해도 물을 받아오는 일을 가볍게 생각했다. 도봉산 자락과 이어진 유락산 정도의 규모면 틀림없이 물이 있을 것이라 생각했고, 그 물을 받아오는 일이 무어 그리 어려울까, 생각했던 것이다.

최초의 날, 그는 다른 사람들처럼 구청에서 설정한 경로 구역까지 뻗어 있는 줄의 맨 끝에 자신의 빈 쥬스병과 플라스틱 사이다병을 놓고는 기다렸다. 그날 그가 발견한 것은 약수터에 모인 사람들이 드러내는 묘한 초조와 짜증, 그리고 그리 심각한 정도는 아니지만 타인에 대한 적의 비슷한 감정으로 스스로를 괴롭히고 있다는 점이었다. 약수터에 늦게 당도해서 자신의 물통이 줄의 맨 끝에 있는 사람들의 표정은 그런대로 넉넉했지만, 앞쪽의 사람들은 그 표정이 여간 굳어 있지 않았다. 더러 태연한 표정도 없지 않았지만 앞 사람이 너무 많은 물통을 갖고 와서 너무 오래 꾸물거리는 것에 대한 노골적인 불만이 얼굴 가득히 담겨 있었다.

아주 조금씩 앞으로 나아가 이제 샘이 그리 멀지 않은 위치에서 보일 즈음이었다.

"아 조금만 떠가면 되지 무슨 물통을 그렇게 많이 갖고 다녀? 이 세상 혼자 사나!"

그의 앞에 서 있던 어떤 중년 사내가 이미 한 통은 채우고 지금 막 새로운 통에다 물을 담기 위해 색 바랜 노란 플라스틱 바가지를 든, 맨 앞의 사람의 뒤통수에다 대고 중얼거리듯이 쏘아붙였다.

그러자 모두들 기다렸다는 듯이,

"그러게 말야. 공중도덕까진 안 가더라도 사람이 남도 생각할 줄 알아야 할 거 아냐!"

"약숫물로 국까지 끓여 먹을 모양이지."

하는 빈정거림이 터져 나왔다.

"이 약수터 주인이 왔나, 거 왜 그렇게 말들이 많아? 남이야 많이 퍼가든 말든 왜들 비싼 밥 먹고 아침부터 입방아들 찧고 야단이야? 아, 이 물이 임자가 있는 물 아니잖아."

묵묵히 구부려 바가지의 물을 통에 붓던 맨 앞의 사내가 앉은 채로 고개를 뒤로 돌리며 말했다. 앉아 있는 자세였지만 넓은 어깨와 목소리에 산전수전 상당히 겪은 듯한 힘이 실려 있었다. 젊었을 때 룸살롱의 지배인을 했는지도 모를 일이었다. 게다가 뒤돌아다 본 그의 눈빛은 쥐고기를 먹었는지 뻘겋게 충혈되어 있었다.

약수터 앞의 분위기는 여름 새벽이지만 순식간에 싸늘한 긴장이 감돌았다. 만약에 줄에 서 있던 다른 성깔 있는 사람이 그 말을 그보다 조금 더 센 톤으로 받을라치면 무슨 일인가 일어날 것 같았다.

다행히, 모두들 그 사내의 시뻘건 눈빛에 순간적으로 질렸는지 아무런 대꾸가 없었다.

한참을 더 기다려서야 그는 결국 빈 쥬스병과 플라스틱 사이다병에 물을 담을 수 있었다. 아까 그의 앞에 서 있다가 어떤 눈이 시뻘건 사내가 너무 많은 물통을 갖고 왔다고 힐난하던 중년 사내도 그가 힐난하던 사내보다 더 큰 물통으로 여러 통의 물을 받아갔다. 그럴 때 뒤에 서 있는 사람들은 모두들 태연을 가장했지만 거의 적의에 가까운 눈초리를 짓고 있었다. 정말 약수터에 오래 있다가는 누구나 눈이 뻘게질 것 같았다.

시멘트로 가장자리를 바르고 바닥은 벽돌 크기의 갈색 바위로 되어 있는 샘은 물이 고이자 퍼올려져서인지 수량이 극히 적었다. 왠지 거의 애처로운 느낌을 불러일으켰다.

앞쪽에 가서야 자세히 읽을 수 있었지만 샘물 옆에는 '안내 말씀'이 적힌 표지판이 서 있었다. 표지판에는 "이 약수터(옹달샘)는 식수적합여부에 대한 수질 검사를 연 4회 실시하고 있으며, 검사 결과는 아래와 같사오니 이용에 유의하시기 바랍니다"라고 씌어져 있었는데 "최근 검사 결과는 식수 적합"으로 적혀 있었다. 수질 검사처는 보건환경연구원이었다. 6월 말의 검사 결과는 식수 적합이었지만 그러나 그 검사가 끝난 7월 초의 물도 적합하다는 것은 어떻게 믿을 수 있을까. 그저께 보건소에 다녀온 위안부를 오늘 믿을 수 없는 것처럼 말이다. 다행히 하천과 이어져 있지 않은 고지인데다 주변에 무슨 비밀 배출구를 가진 공장이나 대기업이 경영하는 대규모의 목장이나 송어 양식장 따위야 없었지만 일요일이면 저 위 계곡에서 불고기판을 헹굴 게⁴⁾ 뻔한 이곳 약수를 어느 정도 믿어야 할지 의구가 없는 것은 아니었다. 게다가 지난 장마 때 내린 빗물이 정상적인 빗물에 비해 산도(酸度)가 열 배나 높다고 하지 않던가. 이곳 유락산에 내린 빗물이라고 해서 다른 빗물이었을까. 그 빗물이 샘물로 스며 나올 때까지 천 년이 걸릴까, 이천 년이 걸릴까.

차례가 왔기 때문에 그는 조금 고여 있는 물에 엎어져 있던 노란 플라스틱 바가지 손잡이를 들었다. 바가지에 물을 담기 위해서는 앞의 다른 사람들이 그러했듯이 바닥이 긁히는 소리를 내야 한다는 것을 잘 알고 있었지만 그는 소리 내지 않고 물을 담고 싶었다.

그러나 그 또한 어쩔 수 없이 버억, 벅 소리를 낼 수밖에 없었다. 물을 푸는 내내 그는 뒤통수가 시렸다. 누군가 또 뒤에서 뭐라고 한 마디 하면 어떻게 해야 하나. 아까 여러 통의 물을 거뜬히 퍼가던 그 어깨가 넓은 사내처럼 나도 그렇게 목에 힘을 주고 한마디를 해? 그것까진 좋은데 내 눈은 그 사내처럼 시뻘겋게 충혈되어 있지 않잖아. 그런데도 그 사내처럼 말발이 멕힐까? 나처럼 긴장감 없이 풀어진 얼굴로는 도무지 씨알이 먹히지 않을 거야. 누군가 물을 오래 푼다고 뭐라 그러면 '미안합니다' 하던가, 병에 물이 찼건 말건 바가지를 뒷사람에게 넘기고 얼른 여길 떠야지.

생각 같아서는 그가 갖고 간 두 개의 용기에 물을 다 채우지 않고 샘에서 일어나고도 싶었지만, 그러기에는 그동안 기다린 시간이 너무 길었다는 생각이 들었다. 그러나 물을 뜨기 위해 기다렸던 시간보다도 물을 뜨는 동안의 시간이 더 길게 느껴진 것도 사실이었다. 약수터에서의 내 물은 남의 시간이었고, 남이 떠 갈 물의 양을 줄이는 것에 다름 아니었으니까. 목덜미에서는 서늘한 여름 새벽이 있건만 또 식은땀이 났다. 선배는 왜 목덜미의 식은땀을 대수롭지 않게 여겼을까. 아무래도 한의(韓醫)를 찾아봐야겠다. 그는 그런 생각을 어느 순간에 했다.

물이 가득 든 두 병의 물을 들고 유락산을 빠져나오면서 그는 다시는 물을 뜨러 오지 않으리라 생각했다. 그는 그런 약수터 앞의, 서로가 서로를 경계하는 적대적인 분위기가 싫었다.

그러나 그는 결국 며칠 후 다시 유락산을 찾게 되었다. 산에서 떠온 물을 다 마시고 나서 며칠은 예전에 그랬듯이 보리차를 마셨는데, 보리차보다는 끓이지 않은 물로 선배가 시킨 일을 실행하고 싶었기 때문이었다.

그것은 딱히 뿌연 오줌 때문에서가 아니라 어떤 이상한 종류의 갈증 때문이었다. 그가 어렸을 때의 고향 물을 고즈넉한 그리움과 함께 추억한 것도 그 즈음이었다. 시골이 고향이었던 사람에게 마당의 펌프 물은 얼마나 시원했던가. 겨울에는 체온에 맞게 따뜻했고, 여름철 우물가에 엎드려 등허리에 끼얹으면 뼛속까지 사람을 서늘하게 하던 그 물은.

그가 유락산의 샘물을 다시 찾기 시작할 즈음에 그가 만난 신문기사 중에 그의 마음을 아주 어둡게 했을 뿐 아니라 끝내는 아주 성질나게 한 일은 막대한 국고를 들여서 빗물관에 생활하수를 마구 연결해 한강을 "거대한 뚜껑 없는 하수도"[5]로 만든 일이었다. 그렇지 않아도 일찍이 환경청이 조사한 것을 뒤늦게 불붙인 근자(89년 8월)의 식수 소동에 발맞추어 경쟁적으로 각사가 보도한 내용에 따르면 한강을 비롯한 우리나라 4대 강에 흘러드는 폐수가 하루 평균 4백82만 9천1백41톤이라지 않던가. 그 발표는 생활 하수 81%, 공장 폐수 10.3%, 축산 폐수 4.4%, 광산 폐수 4.1%, 기타 0.1%의 순으로 폐수의 내용을 덧붙이고 있었다.[6] 그게 80년대의 조사니 그 이후의 강의 오염이 얼마나 더 악화되었는가는 잘 짐작되는 일이었다.

처음부터 자연이나 강을 망치기 위해 돈을 쓰는 사람들이 어디 있겠는가. 그러나 그렇지도 않았다. 그가 어디서 흘끗 본 자료에 의하면 우리나라가 세계에서 알아주는 산업 폐기물 수입 국가 중의 하나인 것을 보면, 돈을 잘 쓰라고 국민들로부터 위임받은 사람들이 돈을 써야 할 데에 제대로 쓰는 것만은 아님을 이내 알 수 있었다. 그 자료는 관세청의 발표를 인용하고 있었는데 지난해 산업 폐기물 총수입량은 54만 톤이었다고 했다. 54만 톤의 산업폐기물이 포장되어서 하역된 후 어디로 실려가서 어떻게 쓰이는지를 아는 사람은 그의 주변에 아무도 없었다.

　그가 신문을 통해 알게 된 일은 한강을 뚜껑 없는 거대한 죽음의 하수
도로 만든 작은 예에 불과했지만, 서울시가 지난 팔 년간에 걸쳐 설치한
우수(雨水)·오수(汚水) 분류식 하수관로의 절반 이상이 더러운 생활하
수가 빗물 파이프로 잘못 연결되는 바람에 한강을 크게 오염시켜온 사건
이었다. '8월 1일 감사원의 한강 오염 방지 실태 감사 결과'에 따르면, 서
울 신흥 개발 지역인 개포—가락—고덕 지구의 분류식 하수관로 1천8백
3개소가 주택 및 건물 정화조에서 나오는 생활하수를 우수관로(雨水管
路)에 잘못 연결, 오염된 하수가 하수 처리장을 거치지 않은 채 그대로
한강에 유입되었다는 것이다.[7] 이러한 오접(誤接)의 원인은 시당국의 하
수관로 관리 미흡과 건축주들의 인식 부족, 또는 건축주들이 하수관로의
기능을 알면서도 건물에서 오수관까지의 거리가 멀다는 등의 이유로 가
까운 빗물관에 연결해버리는 데에서 비롯되었다고 밝히고 있었다. 또한
시는 신축 건물 준공필증을 내줄 때 정확히 연결했는지를 확인해야 하는
데도 이를 소홀히 했다는 것이다. 서울시가 우수—오수 분류관식 하수
관로 6백 킬로미터(우수관로 3백67킬로미터 오수관로 2백33킬로미터)에 지
난 팔 년간 들인 돈은 3백95억 원이었단다. 그 외 신문은 감사원이 중랑
하수처리장의 하수 유입용 펌프 네 대(설치비 17억 원)가 오래전부터 고
장인 상태로 방치되어, 하루 16만 톤의 공장 폐수와 생활 폐수가 한강으
로 직유입되고 있음을 밝혀냈다고 보도했다. 서부트럭터미널 등 대형
건물 15개소가 정화 시설 없이 준공 검사를 통과한 사실, 서울 시내 21개
대형 건물이 오수 정화 시설을 갖추지 않은 채 준공 검사에 통과한 사실,
서울대병원 등 89개 업체가 시의 묵인 또는 방치 아래 폐수를 무단 방류
해온 사실도 아울러 적발했다고 이어서 박혀 있었다. 서울대병원과 함

께 그는 항생제, 피에 쌓인 적출물들 따위가 먼저 생각났다.

그 후 감사원이 지시한 사항은 하수관로를 재시공하라는 것과 시의 관련 공무원 열아홉 명에 대한 징계였다. 그러나 관련 공무원들의 징계가 어느 정도 선의 징계인지를 그가 알 재간이 없었다.

그렇지 않아도 야밤이나 폭우를 틈타 비밀 배출구로 강을 더 치명적으로 오염시키는 공장 폐수를 버려 물고기가 떼죽음을 당하고, 먹을 것에 먹으면 안 될 것을 넣은 공장과 그걸 헐하게 사서 비싸게 파는 백화점들 따위의 어처구니없는 일들의 일상화로, 다른 사람들과 마찬가지로 그런 일에 관한 한 거의 괴상한 종류의 면역이 된 그였지만 그 기사는 왠지 우울하기 짝이 없었다.

그와 관련해서 그가 며칠 후에 만나게 된 다른 신문에서는 '폐수 배출 단속하나마나'라는 제하(題下)에 폐수 배출업소에 대한 시당국의 처벌이 미약해 업체들의 상습적인 폐수 배출 행위를 방조하는 게 아니냐는 지적과 함께 다음의 기사가 실려 있었다.

"9일 서울시에 따르면 지난 7월 15일부터 8월 15일까지 한강 주변 4백 13개 폐수 배출 업체를 대상으로 실시한 공해 특별 단속 결과 대상 업체의 13.3%인 55개 업체가 적발되었으나, 시는 이 가운데 세 번째로 폐수 배출 행위가 적발된 대진운수(성북구 정릉동 818) 세차장에 대해서만 조업 정지 명령을 내렸다는 것이다. 시는 나머지 54개 업체 가운데 40개 업체에 대해서는 경고 및 개선 명령의 경미한 처분을 내리고 14개 업체는 고발했으나, 형사 고발된 업체들의 경우도 가벼운 벌금만 내면 되기 때문에 실효를 거두기가 힘든 형편이다./특히 시당국이 명백히 규제치를 초과한 폐수를 방출하다 적발된 가든호텔(마포구 도화동 169), 현대자동차공업사(영등포구 문래동 3가 77-5) 등 30개 업체에 대해서는 개선 명령만을 내린 것은 공해 방지를 위한 시당국의 의지가 결여됐기 때문이라는 비난을 받고 있다"[8]

그런 기사를 보면서 그가 떠올린 것은 희한하게도, 전에도 줄기차게 일어나던 일이었지만 근래에 떠들썩한 인신매매 사건들이었다. 적발된 업체들의 담당 임원이 적발 관리에게 손을 비비며 거짓 웃음을 얼굴에 가득 띠며 능란하게 대응했을 것으로 짐작되는 그 후의 일은, 이 나라에서 나이 서른을 무사히 넘긴 사람들이라면 어렵지 않게 짐작되는 일이기도 했다. 그 관리는 또 업자들에게 받은 봉투를 쪼개 그 위의 관리에게…… 수요가 있으니까 공급이 있다는 것은 중학생들도 다 아는 일, 한강 남쪽의 그 엄청난, 더러 칼부림도 나는 고급(=퇴폐) 술집들은 누가 이용하는가. 자기 월급으로 그 술집에 가서 계산을 하는 남자들을 용서할, 그 남자의 아내들이 과연 이 땅에 있을 것인가. 있다면 그런 아내들은 몇이나 될까. 감옥에 가서 참으로 오래오래 한복(죄수들이 한복을 입는 게 그는 사실 늘 불만이긴 했다)을 입어 마땅할 부패한 관리들이 더러 재수 없게 징계를 당해 동료 관리들에게 동정을 받기도 하지만, 그런 겁 없는 부패한 관리들을 꼬박꼬박 세금을 내 거둬 먹이며 허용하고 있는 것은 누구인가. 누구인가. 바로 내 친구이고, 내 마누라이고, 내 선배이고, 내 후배이고, 문방구를 하는 우리 옆집 아저씨이고……, 그리고 바로 나다, 바로 나다……, 그는 그렇게 생각하며 그때 신문을 홱 접었었다. 수익자 부담의 원칙 운운하면서 강의 오염을 막는 세금을 더 거두기 전에 환경 오염에 극단적으로 공헌(?)한 대기업과 찢어질 때로 찢어진 부서의 부패한 관리들에 대한 처벌이 우선되어야 하지 않을까 하는 생각을 그가 하게 된 것은 한참 후의 일이었다.

다시 유락산을 찾은 그는 이번에는 저번처럼 플라스틱 용기가 아닌 유리병을 배낭에 넣었다. 어디선가 듣기를, 석유 화학 제품인 플라스틱은 물속에 잔존해 있는 산소가 용기의 접촉면에 다 달라붙어서 기왕의 샘물을 더 형편없는 상태로 만든다는 이야기가 생각났기 때문이었다. 과학적인 근거가 있는 소리인지 모르지만 완전 연소가 되는 나무나 스스로의 잔존 가치 때문에 재생산이 되는 철과 달리 플라스틱은 꼭 태워야지만 이 세상에서 사라진다는 것을 알고 있었기에, 그는 사실 플라스틱 제품을 물 그릇으로서뿐 아니라 거의 생리적으로 싫어하던 터였다. 주위를 둘러보면 그러나 플라스틱 제품 등속의 석유 화학 제품이 아닌 것이 어디 있겠는가. 누가 오늘 제 스스로만 오로지 땅이 여과시킨 깨끗한 물과 땅이 키운 것만 마시고 먹고, 공장에서 나오지 않은 옷만을 입고, 아황산가스가 섞이지 않은 공기로만 숨을 쉴 수 있단 말인가. 플라스틱 제품 등속의 석유 화학 제품의 일상화로 상징될 수 있는 산업화의 진전이 왕과 노비로만 이루어졌던 틀려먹은 세상을 그렇지 않은 세상으로 변화시킨 일을 수반했던 엄청난 위업에도 불구하고, 그는 일일이 열거할 수 없을 정도의 모든 한 번 쓰고 버려지는 석유 화학 제품을 혐오했다. 그가 혐오하는 것은 플라스틱이나 자장면에 씌워진 랩이나 슈퍼에서 아이스크림 하나를 사도 담아주는 비닐 봉지, 분해되지 않는 합성 세제들뿐만은 아니었다. 일산화탄소와 아황산가스, 질소산화물과 탄화수소, 그리고 수돗물에 함유된 중금속류와 강력한 발암 물질인 벤조피렌…… 디젤엔진, 가공할 만한 산성비, 그리고 무엇보다도 이 땅에 얼마나 비치되어 있는지 비밀에 부쳐져 있는 핵무기 및 핵기지 들을 혐오하고 두려워했다. 그래서 그는 어떤 사람이 이 땅을 "세계 최대의 공해 실험장"[9]이라고 말하는 것에 침통하게 머리를 끄덕이지 않을 수 없었다.

그런 것이 세상을 덮고, 그런 썩지 않는 것들이 불에 타면서 대기 중에 흩어지다가 결국은 오존층을 뚫고, 세상을 전보다 더 더워진 온실로 만

들고, 사막이 확대되고 빙하가 녹아 해수면이 높아지고 마침내 핵에 의한 죽음만큼이나 확실한 죽음으로 우리를 실어 나를 것이라는 확실한 예측을 그는 인정할 뿐 아니라 두려워했다.

귀가 얇은 그는 어느 하루 시내에 나간 김에 동대문시장에서 빈 술병을 파는 뚱뚱한 아줌마에게 4리터들이 빈 유리병을 한 개 샀다.

"요즘 빈 병이 희한하게 날개 돋친 듯이 팔려요. 그래서 값이 좀 올랐다우."

병의 먼지를 닦으며 뚱뚱한 아줌마가 말했다.

"왜요?"

"사람들이 아저씨처럼 물병으로 쓰는 모양이에요."

그때 또 그는 목덜미가 서늘해지면서 이상한 종류의 갈증을 느꼈다. 목덜미에서 식은땀이 날 때에는 폭염 속에서도 목덜미에 무슨 습하고 서늘한 이물질이 붙은 것 같은 불쾌한 한기를 느끼곤 했다.

유리병을 사서 집으로 돌아오는 거리 구석구석에는 무슨 특별한 날도 아니었지만 무릎이나 팔꿈치가 조금 바랜 청바지를 입은 사복 전경들이 장승처럼 서 있었다. 파출소에 친 철망처럼 그런 모습들은 하도 익숙해서 특별한 의미나 시선을 끌지 못했다. 그들의 얼굴은 장마 뒤에 계속되는 폭염에 찌푸려 있었지만 왠지 무엇인가를 매우 권태로워하는 얼굴이었다. 어서 이 복무가 끝나기를, 가능하면 오늘도 내일도 아무 일이 일어나지 않기를. 누군가의 머리를 방패로 내리찍는 일은 우리도 정말 싫어.

지하도로 들어가고 지하도에서 나오며, 집으로 돌아올 때에도 그는 유락산에서 처음 샘물을 받아서 집으로 돌아올 때처럼 우울했다. 글을 쓰는 그로서는, 희희낙락 즐거울 때에도 때로 격한 죄의식을 느끼곤 했으니까, 마실 물을 담기 위한 빈 병을 사오며 즐거울 수가 없었다. 그는 그가 한때 번역서로 접한 적이 있는 아더 퀘스틀러라는 작가가 히로시마의 원폭 투하 이후 쓴 책, 『야누스』의 서두에서 인류는 1945년 8월 6일 이후 포스트 히로시마(Post Hiroshima, PH)라는 새로운 기원을 사용해야 마땅할 것이라는 비애에 가득찬 주장을 했다고 인용한 신문 칼럼[10],을 떠올렸다. 그날 이전까지는 '개체로서의 죽음'을 예감하면서 살아오던 인류가 히로시마 상공에서 태양을 능가하는 섬광이 발해진 그날 이후부터는 '종으로서의 절멸'을 예감하면서 살아가지 않으면 안 되게 되었다는 것이 그러한 주장의 배경이었다. 그 책을 쓴 얼마 후 아더 퀘스틀러는 심한 우울증에 신음하다가 끝내 자살했다고 한다. 이 땅에도 생각하면, 동시대의 비극적인 일이 야기한 절망감과 무력감에서 헤어나지 못하는 예민하고 섬약한 사람들이 자살할 만한 비극은 숱하게 일어났건만, 어떤 작가도 바로 그 일로 인한 우울증 때문에 자살을 하지는 않았음을 떠올리며, 그는 자살과 불행감 중 이제는 더 이상 행복하기는 글렀다는 불행감을 그나마 선택할 수밖에 없었다.

그가 다시 찾은 유락산의 약수터에서는 공교롭게도 또 다툼이 일어났다.

한눈에 봐도 저번보다 약수터를 찾는 사람들이 더 많아졌음을 느낄 수 있었다. 유락산 입구의 널찍한 솔밭 공터에는 전에 별로 보이지 않던 승용차들이 많이 눈에 띄었다. 처음에는 그 승용차들이 무슨 차인지 몰랐지만 그 차들이 물을 받으러 온 차라는 것을 이내 알 수 있었다. 아니나 다를까 약수터 앞에는 얼마 전에 그가 약수터를 찾았을 때보다 더 많은 사람들이 웅성거리고 있었다.

그가 약수터로 가는 동안 물통을 주렁주렁 매단 자전거들이 씽씽 그를 지나쳐 갔다. 배낭을 진 노인들, 색을 둘러멘 주부들, 다리를 절며 묵

묵히 약수터를 찾는 사내들, 소년들로 유락산 소롯길은 붐볐다. 때로 웽,
하면서 자장면을 배달할 때 쓰는 50시시가 채 안 되는 오토바이도 그들
을 지나쳐 달렸다. 오토바이 뒤꽁무니에서 뿜어져 나오는 푸른 배출 가
스가 유락산 소롯길의 나뭇가지 새로 떨어지는 햇살을 타고 오래도록 출
렁거렸다.

"샘물이 여기밖에 없어?"

체크무늬의 반바지를 입은 사십 대 남자가 그의 아내인 듯싶은 여자
에게 물었다.

"저 위에도 있긴 있다나 봐요."

"근데 왜 여기 샘물만 바글바글 끓지?"

남자는 사람들이 붐비는 것을 냄비 속의 물이 끓는 것처럼 표현했다.

"제일 가까운데다 먹어도 된다고 검사가 났으니 그런 모양이에요."

사내와 나이 차가 조금 있어 보이는 여자가 말했다.

"아직 정부에선 수돗물을 안심하고 먹어도 된다고 그랬잖아."

남자가 말했다.

"아유, 그 말을 어떻게 믿어요. 그럼 당신, 높은 사람들이나 잘사는 사람
들이 수돗물 먹을 거라고 생각하세요? ……빨리 정수기를 사자니까요."

빠른 걸음으로 그를 앞서 지나치며 여자가 한 말이었다.

그가 두 번째 찾은 약수터에서 일어난 다툼은 그가 약수터에 도착한 지
얼마 안 되어서 일어났다. 저쪽 앞에서 한 노인네가 언성을 높이고 있었다.

"여서 쌀을 씻으면 어떡해?"

노인이 냄비에 손을 넣어 쌀을 벅벅 씻는 청년에게 소리쳤다.

"아이 할아버지, 잠깐이면 돼요. 나도 줄을 서서 오랫동안 기다렸단
말이에요."

슬리퍼를 끈 맨발에 바지를 걷어 올린 청년이 말했다. 한눈에 봐도 인근에 텐트를 치고 야영을 한 행색이었다.

"안 돼! 물을 받았으면 얼른 비켯."

"이제 다 됐어요. 한 번만 물을 더 받으면 된다니깐요."

"안 된다니깐."

그러면서 노인은 쌀이 든 냄비를 잡아서 뒤로 밀치다가 그만 냄비를 엎지르고 말았다. 청년은 텐트에서 기다리는 자신의 일행과 함께 먹을 아침 쌀이 약수터, 늘 물에 젖어 축축한 시멘트 바닥에 쏟아지자 아직 그 사태를 어떻게 받아들여야 할지 잘 모르겠다는 듯이 잠시 하얀 쌀알이 흩어진 바닥을 물끄러미 내려다보았다.

"이 영감탱이, 망령이 들었나. 왜 남의 쌀을 쏟고 야단이야. 이 약수털 당신이 전세 냈어?"

이윽고 사태를 파악했는지 청년이 두 손을 허리에 올리고 목을 조금 앞으로 빼며 소리쳤다. 이 뒤쪽에서도 청년의 목소리가 들렸다. '할아버지'에서 '영감탱이'로, '영감탱이'는 순식간에 '당신'으로 옮겨갔다. 노인은 황급히 두 손으로 쌀을 모아 청년의 냄비에 주워 담기 시작했다.

완강한 기세로 청년에게 호통을 치던 노인네가 순식간에 청년의 날카로운 핀잔을 들어가며 그의 발아래에 꾸부려 흩어진 하얀 쌀알을 주워 담는 위치로 역전된 것이다. 그 일은 참 순식간에 일어났다.

"거 잠깐이면 된다고 했는 걸 갖고……."

줄에 서 있던 젊은 사람이 말했다.

"그래도 약수터에서 쌀을 씻음 어떡해요. 사람들이 이렇게 많이 기다리는데……."

어떤 아줌마의 작은 목소리.

"내 참, 오늘 아침은 굶었네, 쓰펄!"

그러면서 청년은 발로 바닥의 하얀 쌀알을 세면이 발라지지 않은 쪽으로 썩썩 밀어냈다. 그는 그런 거친 청년의 발동작에 그때까지도 열심히 쌀을 냄비에 주워담는 노인의 손이 밟힐까 봐 조마조마했다.

멀지 않은 곳에서 찌르륵, 찌르륵 하는 새소리가 들렸다.

발로 쌀알을 한쪽 옆으로 썩썩 밀어 제끼던 청년은 빈 냄비를 들고 노인을 한 번 더 날카롭게 쏘아본 뒤, 가느다란 침을 찍, 뱉으며 텐트가 쳐져 있는 숲 속으로 사라졌다. 그는 청년의 입에서 가느다랗게 나오는 하얀 침이 꼭 파충류의 혓바닥 같다고 생각했다.

아무도 청년의 뒷모습을 바라보지 않았다. 사람들의 시선은 언제나 저 앞에서 물을 뜨는 사람의 동작에 고정되어 있었다. 지금 물을 푸는 사람이 과연 몇 통의 물을 퍼가나, 그것만이 사람들의 관심 같았다. 청년의 바로 뒤에 서 있던 예의 노인은 샘물을 떠서 자신의 손을 씻은 뒤, 자신의 물통에 물을 조금 넣고 흔들어 물통 내부를 가셨다. 그때 사람들의 또 눈살을 찌푸리는 것을 그는 똑바로 보았다.

그는 배낭을 다시 어깨에 메고 끼여 있던 줄에서 벗어나왔다.

도저히 그곳에 더 서서 차례를 기다릴 기분이 아니었다. 아까 길에서 듣기로 저 위쪽에도 샘물이 있다는 이야기가 생각나서 그는 천천히 주위를 살피며 계곡을 따라 숲 안쪽으로 발걸음을 뗐다. 계곡의 물은 그렇게 수량이 많지 않았다. 때로 빨래를 하는 여자들도 눈에 띄었다. 오래전부터 그곳 유락산 언저리에서 살며 그 계곡에서 빨래를 해왔는지 여자들은 방망이로 빨래를 두드리기도 했다. 오랜만에 들어보는 낭랑한 빨랫방망이 소리였다.

소롯길 양쪽으로 군데군데 엎어진 평상과 그 옆의 비닐 포대에 씌워진 물건들은 아마 낮에 좌판을 벌리고 장사를 하는 사람들의 물건들 같았다. 얼마쯤 걸어 올라가자 개울 건너편으로 '운학보신원'이라는 그럴싸한 간판이 나뭇가지 사이로 보였다. 처음에 그는 그곳이 무슨 점쟁이 집이나 기도원인 줄 알았다. 그러나 바로 옆 목재 대문에 깃발처럼 걸려 있는, 붉은 천을 보고서야 그곳이 뭐하는 집인지 알 수 있었다. 붉은 천에 조잡하지만 시원스럽게 박혀 펄럭이는 흰 글씨는 '보신탕'이었다. 아니나 다를까 그 집 바로 밑 펑퍼짐한 계곡 언저리에는 여러 마리의 개들이 묶여 있었다. 시원한 모시옷을 입은 한 노인네가 대문 앞으로 빗자루로 쓸고 있는 게 보였다.

조금 더 올라가자 길 옆으로 긴 담이 쳐져 있었고 그 안으로는 지붕에 이끼가 낀 고옥(古屋)이 보였다. 담이 다른 담과 연결되는 입구에는 ○○여자대학교 생활관이라는 목판이 붙어져 있었다. 순전히 호기심 때문에 그는 굳게 닫힌 녹슨 철제 대문의 틈서리로 안을 살펴보았다. 널찍하고 고요한 뜰은 꼭 경주 포석정의 뜰 같았다. 뜰에는 허리가 휘어진 노송들이 몇 그루 서 있었고, 고옥은 그 훨씬 안쪽에 반쯤은 나무에 가려진 채 앉아 있었다. 사람이 있을 것 같지 않은 교교한 분위기였다. 후에야 들었지만 그 고옥은 옛날에 세도깨나 부리던 내시의 별장이었다던가. 내시에게 궁에서 이토록 떨어진 숲 속에 무슨 별장이 필요했을까.

얼마나 걸었을까. 그의 옆으로는 초입의 약수터보다는 조금 덜하긴 했지만 물통을 든 사람들의 행렬이 계속되었다.

"약수터가 아직 멀었습니까?"

그가 마침 조금 앞서 걷던 깡마른 중년의 여자에게 물었다. 어디가 아픈지 여자의 얼굴에는 병색이 짙었다. 속앓이가 있는가, 가슴앓이를 하고 있는가. 아니면 산후 조리를 잘못 했을까. 아기를 못 가진 여자일 수도 있겠지. 위장병? 아니면 피부병? ……뿌연 오줌이나 목덜미의 식은땀?

"저 밑의 길로 내려가보세요. 가봐야 풀 수 있을지 모르지만……."

그 여자는 바로 앞에 보이는 "4천만이 신고하여 숨은 간첩 찾아내자"라는 반공 표지판을 가리켰다.

"아주머닌 어디로 가세요?"

그가 물었다.

"우린 저 위의 샘물로 간다오. 헛허."

여자는 웃음인지 신음인지 모를 소리를 말끝에 흘렸다.

그는 잠시 망설이다가 그 여자가 지시한 작은 샛길로 빠졌다. 반공 표지판에는 간첩 신고는 최고 사천만 원, 간첩선 신고는 최고 오천만 원, 보로금(?)은 오백만 원이라는 내용이 담겨 있었다.

샛길은 계곡 쪽으로 떨어지고 있었다.

계곡 옆으로는 나무를 벤 공터에 금방 쓰러질 것 같은 평상이 군데군데 눈에 띄었다. 울긋불긋한 비닐 장판이 깔린 평상들 한가운데 여름 술장사를 하는 사람들의 텐트가 보였다. 그 주변으로 풀어놓고 키우는 닭 몇 마리가 한가롭게 사뿐사뿐 발을 떼고 있었다. 이윽고 손님이 원하면 손님 앞에서 목이 비틀어질 닭들이었다. 저 아래쪽에서 본 개나 이곳에서 만난 닭이나 모양이 다를 뿐 마찬가지 운명이었다.

조금 경사진 곳을 내려가서야 잠시 전의 병색 짙은 사십 대 여자의 말대로 새로운 약수터를 찾을 수 있었다.

그 샘물은 바위 틈새에서 새어 나와 계곡으로 떨어지고 있었는데 다른 곳과 다른 점은 샘물 언저리에 벽돌을 쌓은 뒤 통마루를 쪼개 문짝을 만들어 세우고, 시골의 방앗간에서나 볼 수 있는 커다란 쇠자물쇠를 채워놓은 점이었다. 사람들이 너댓 명 있었지만 그들은 줄을 서 있지는 않왔다. 무슨 이야기인가를 하다가 와르르, 웃곤 했다.

"물 뜨러 오셨구먼. 여긴 우리가 관리하는 샘물이지만 예까지 오셨으니 먼저 물맛부터 보시지."

마침 어린애 머리통만 한 쇠자물쇠를 채우려고 하던 오십 대 초반의 사내가 그에게 바가지를 권했다. 말하는 품이 굉장한 인심을 쓰는 어조였다.

"물맛이야 기가 막히지. 아마 여기 유락산에서 최고일걸……."

그 옆에 서 있던 비슷한 연배의 다른 사내가 말했다.

"고맙습니다."

그가 처음 사내가 떠준 물바가지를 받으며 말했다.

그로서는 그 물맛이 그것 같았다. 물을 마시고 나서야 발견한 것이지만 그들 몇 사람은 모두 똑같은 모자를 쓰고 있었다. 모자점에서 함께 맞춘 듯한 하얀 모자 정면에는 '유락산 청심약수회'라는 글씨가 박혀 있었다.

그러고 보니 굵은 통나무를 쪼개 만든 샘물 덮개에도 흰 페인트로 '청심약수회'라고 적혀 있었다. 자물쇠의 경첩은 바닥에 발라놓은 세면 속에 잠겨 있어서 어린애 머리통만 한 자물쇠와 그 견고함에서 매우 잘 어울렸다.

"정수기가 좋다 해쌓아도 뭐니 뭐니 해도 샘물이 제일 믿을 만하지."

담배에 불을 붙이며 그중 하나가 말했다.

"아 그걸 말이라고 해. 필타를 제때제때에 갈아줘야 되는 모양인데, 아예 필타 갈아줄 기간이 안 적힌 것들도 쎘다고 하두만. 먹는 물에 어느 정도는 대장균이 있는 게 되레 사람한테 좋다는군."

조금 마른 사내가 말했다.

"자네 별거 다 아네그려."

"아, 손님한테 들었지."

그러고 보니 그 마른 사내는 개인택시 기사로 보이기도 했다.

"이보게, 근데 말야. 대통령이나 돈 많은 재벌들은 무슨 물을 먹을까? 난 그게 젤로 궁금해. 우리가 먹는 수돗물을 마실 리야 없잖겠어? 접때 미국 대통령이 일본에 왔다가 가는 길에 우리나라에 들렀을 때 점심을 먹었을 거 아냐. 그때 그 양반들이 마신 물은 어떤 물이었을까?"

"지하에서 몇 백 년 걸러진 물을 비행기로 날라다 먹겠지. 뭘."

"옛날이 더 좋았어. 살기가 더 나아졌다고 하지만 진짜로 그런 건지 잘 모르겠어."

"그나저나 우린 막 내려가려고 했는데, 어떡하지?"

한 사내가 말했다. 그 사내는 머리가 조금 벗어졌는데 어디 변두리 시장에 조그마한 점포를 몇 채 갖고 있어서 꼬박꼬박 달만 차면 어김없이 들어오는 점포세를 받아먹고 사는 사람 같았다. 괜히 그런 인상을 뿌리고 있었다.

"이까지 왔으니 떠가라고 하지, 뭘."

다른 사내가 말했다. 그는 금테 안경을 쓰고 있었고, 테니스용 반바지를 입고 있었다. 그 밑의 볼품없는 장딴지에 발목까지 올라오는 등산 양말을 걸치지 않은 것이 다행이었다.

청심약수회 회원들은 숱한 고생 끝에 이제 살 만해진데다 유락산에 전용 약수터도 하나 확보해놓은 셈이니 이제는 인생이 즐거워죽겠다는 표정을 감추지 않고 있었다. 그들이 서 있는 곳의 편편한 바위 위에는 그들의 머리수보다 더 많은, 물이 가득 찬 물통이 나란히 놓여 있었다.

"아니 아저씨들, 왜 산의 샘물에 열쇠를 채우고 그러세요?"

그가 물었다. 가능하면 그러나 그는 자신의 목소리에 감정이 들어 있지 않기를 바랐다.

"아, 그건 이 샘물을 우리 청심회에서 발견해서 지금껏 돈도 들여가며 관리를 하고 있어서지. 차 가진 놈들이 도라무통만 한 물통을 갖고 와서 퍼가니 원 샘물이 고일 새가 있어야지. 히힛, 요즘 젊은 사람들은 못 말린다니깐."

대머리가 말했다. 대머리의 바지 혁대걸이에는 열 개도 넘을 것 같은 키들이 매달려 짤랑짤랑 소리를 내고 있었다.

"당신, 퍼갈 거요, 안 퍼갈 거요? 빨리 말해야지 문을 닫든가 말든가 할 게 아뇨?"

자물쇠통을 들고 있던 사내가 조금 짜증이 섞인 목소리로 그에게 채근했다.

"문을 닫으시지요. 이건 아저씨들 물이니까."

그가 말했다.

그가 '푸른 마음을 가진 약수회' 회원들이 확보한 샘물에서 발걸음을 떼자 등 뒤에서부터 쿵, 하는 축축하고 둔중한 울림과 함께 통나무문이 닫기는 소리에 이어서 절그럭절그럭, 하는 쇳소리가 났다. 자물쇠 채우는 소리였다.

바로 그때 보온 커피병을 든 사십 대 초반쯤 되는 여자가 청심약수회 회원들 쪽을 향해 언덕길에서 내려오는 게 보였다. 등산객도 아니고 물 받으러 온 것도 아닌 여자가 시선을 끈 것은 딱 달라붙은 노란색 고리바지에 그 여자 귀에 매달려 있는 새까만 귀걸이 때문인지도 몰랐다. 얼마쯤 가다가 뒤돌아보니, 청심약수회 회원들이 각자 종이컵 하나씩을 들고 여자와 웃고 떠들고 있었다.

그날 그는 그길로 집으로 돌아갈까 했었다. 그런 생각은 순전히 물에 대한 사람들의 적대적이고도 이기적인 독점욕에서 풍기는 악취 때문이기도 했지만 배가 고파서였다. 그러나 빈 병을 그냥 갖고 돌아가기도 좀 뭣한데다 이런 식이 아닌 약수터도 필경 이 산에 있지 않겠는가 하는 간절한 생각도 조금은 들었고, 사람들이 드문드문 계속 산 위로 오르고 있었기 때문에 그도 결국 발길을 그쪽으로 뗐다.

얼마 후에 그는 약사전 옆의 광덕약수터를 발견하고는 그냥 빈 병을 메고 집으로 돌아가지 않기를 잘했다고 생각하게 되었다.

계속 산 위로 오르자 길은 점점 좁아지면서 경사가 점점 심해지기 시작했다. 가끔씩 물통을 들고 내려오는 사람들을 만날 수 있었다.

"약수터가 아직 멀었나요?"

"저 산꼭대기를 넘어야 해요."

그렇게 말한 사람은 이십 대 초반쯤 되어 보이는 청년이었다.

내친김에 그는 오랜만에 운동 삼아 가는 데까지 가보리라 마음먹었다. 계곡 건너편 산허리로 아침 햇살을 받아 살아 있는 것처럼 번쩍이는 철탑이 보였다. 얼마쯤 오르다가 거의 산꼭대기에 집이 한 채 있었는데, 그 집에서 물을 한 모금 먹을까 하고 들렀다가 그는 또 크게 실망했다.

"우리도 우리 밥해 먹을 물밖에 없어서 어떡하지요." 부엌에 쭈그리고 앉아 마른 나뭇가지를 아궁이에 넣던 여자가 말했다.

물이 나는 길이어서 그런지, 아니면 워낙 사람들이 많이 다니는 곳이어서인지 물 인심 한번 고약했다. 목이 말라도 그 집에 기웃거리지 않았어야 옳았다고 그는 생각했다. 아까 유락산청심회 회원 중의 한 사람이 말한 대로 옛날보다 정말 살기가 나아졌는지 모를 일이었다. 잃어버린 것은 좋은 공기나 좋은 물뿐만이 아니었다.

유락산은 이어지는 산자락은 넓게 펼쳐져 있었으나 산의 정상은 그리 높은 편이 아니었다.

정상에서 산등성이로 난 내리막길을 따라 얼마쯤 더 걷자 산의 초입
과는 다른 방향으로 절이 한 채 갑자기 나타났다. 절은 증축 공사 중인지
커다란 재목이 잔뜩 쌓여 있었다. 약수터는 절의 대웅전 뜰 방향을 비껴
서 약사전 옆에 위치했다.

간간이 사람들 키 높이의 나뭇가지에 절에서 써다 붙인 법구경 구절
들이 보였다.

아아, 이 몸은 오래지 않아
도로 땅으로 돌아가리라.
정신이 한번 몸을 떠나면
해골만이 땅 위에 버려지리라.

그 외에도 다른 나뭇가지에는 '너그러울 때는 온 세상을 다 담아 들이
다가도 한번 옹졸해지면 바늘 하나 꽂을 자리 없는 사람의 마음'에 대해
서 쓰여 있기도 했다.

원시불교의 그런 오래된 교훈들이 나뭇가지 곳곳에 서려 있어서였는
지 혹은 아무리 공사 중인 절이지만 절이 자아내는 특유의 고적한 분위
기 탓인지 유락산 초입의 물통을 갖고 서로 눈에 쌍심지를 켜는 분위기
와는 사뭇 다른 점이 있었다.

약수터에 이르기 위해서는 약사전을 지나쳤어야 했는데 재미있는 것
은 약사전 오른쪽 벽면에 그려진 불화(佛畵)였다. 그저 약사여래를 모신
약사전이 있나 보다, 하는 기분으로 발걸음을 떼던 그는 그 재미있는 불
화 때문에 걸음을 멈추었다.

자세히 살펴보니 뜰에 과일이 주렁주렁 탐스럽게 달린 과일 나무가

서 있고 그 뒤쪽의 벼랑 너머 산에는 눈이 덮여 있는 것 같기도 했고, 벼랑에 서 있는 단풍나무로 보아 만산홍엽을 그린 것 같기도 했다. 그림 오른쪽에는 잿빛 벽돌을 쌓아올린 누대에 곱게 머리를 빗어 올린 여인이 이불을 쓰고 앓아누워 있었다. 그런데 특이한 일은 여인의 오른쪽 손목과 뜰의 과일 나무가 가느다란 흰 실로 연결되어 있다는 점이었다. 그 그림이 하도 고요하고 그로서는 처음 보는 불화인지라 그는 한참을 뚫어져라 벽화를 살피다가 약사전의 뒷벽으로 갔다.

그곳에는 불이 이글거리는 화로를 머리에 인 스님이 서 있고, 방 안 오른켠에는 눈썹과 수염이 허연 노승이 태연한 표정으로 앉아 있는 그림이 그려져 있었다.

빠른 걸음으로 약사전 정면에서 볼 때 왼쪽 벽면으로 가자, 그곳에는 산중에서 머리 뒤로 후광을 거느린 한 동자가 상체를 드러낸 어떤 사내의 등에 나 있는 피부병을 어루만지고 있는 그림이 그려져 있었다.

뺑 둘러 철책이 쳐져 있는 작고 단아한 약사전 정면은 작은 금빛 자물쇠로 채워져 있었다. 그 안에 약사여래불을 모셨을 것은 잘 짐작되는 일이었다.

그는 다시 약사전 정면에서 오른쪽으로 돌아 예의 여인의 손목에 묶인 실이 뜰 앞 과일 나무에 팽팽히 연결되어 있는 그림을 보았다. 볼수록 재미있는 그림이었다. 그러나 그 순간 불현듯 아무런 영문도 없이 그는 저 하얗고 가느다란 실이 끊어지면 어떡하나, 하는 생각에 사로잡혔다. 왠지 그 가느다란 실이 위태롭게 느껴졌다.

그 생각은 거의 공포와도 같은 전율과 함께 아주 짧은 순간 그의 머릿속을 스치고 지나갔다. 그런 어처구니없을 뿐 아니라 황당한 느낌에 사로잡히는 자신에 진저리를 치며 그는 얼른 걸음을 옮겨 약수터로 향했다.

약수터는 약사전 옆 참나무 숲으로 우거진 꼬불꼬불한 오솔길 끝의 제법 널찍한 공터 안쪽 바위 밑에 위치하고 있었다.

그가 유락산 초입에서 너무 많은 시간을 허비해서인지 '光德藥水'라는 조그마한 돌비석이 샘 위에 세워진 그곳에는 다행히 사람들이 많지 않았다. 누군가 새벽 일찍이 약수터 앞의 너른 공터를 깨끗이 쓸었는지 빗자루 자국이 선명했다.

그곳에서 그는 비로소 그날 아침의 긴 수객여정(水客旅程)을 마칠 수 있었다.

소나무, 오리나무, 참나무, 아카시아나무 등이 우거진 약수터 한쪽켠 바위 밑에는 누군가 치성을 드렸는지 촛농이 떨어져 있었다. 지금도 강원도 내설악 같은 곳의 약수터는 그곳에서 배앓이도 고치고, 세조가 그러하였듯이 피부병도 고치고, 신경통도 고치고, 산후 조리도 하고, 애 낳게 해달라고 치성도 드리고, 풍치도 고치고, 노이로제도 고치는 종합병원으로서의 기능을 다하고 있다는 이야기를 들은 기억이 났기에 바위 밑의 촛농이 마치 광덕약수터의 영험 있는 물을 상징하는 것처럼 그에게 느껴지기도 했다.

이곳 약수터에도 유락산 초입의 약수터처럼 구청에서 박아놓은 수질검사 결과를 알리는 스테인레스 표지판이 있었다. 역시 저 아래쪽과 마찬가지로 먹을 수 있다는 내용이 싸인펜으로 적혀 있었다.

물을 받아 나오면서 그는 다시 한 번 약사전의 불화를 흘끗 바라다보았다. 여인의 손목에 매어져 있는 하얗고 가느다란 실은 미동도 없이 벽 속의 허공에 떠 있었다.

그날 이후 그는 사람들이 붐비지 않을 것으로 짐작되는 아침 시간을 피해서 광덕약수터의 물을 떠먹기 시작했다. 유락산을 찾는 사람들은 날이 갈수록 늘어나는 것을 느낄 수 있었다.

　갈 때마다 그는 버릇처럼 약사전의 오른쪽 벽면의 불화를 흘끗흘끗 쳐다보곤 했다. 그런 어느 날은 그가 약사여래에 대해서 너무 모르고 있었다는 생각이 들어서 책을 찾아보기도 했다. 글쓰는 사람인 그에게는 책을 찾아보는 일이 다른 사람들이 망치질을 하고, 삽질을 하는 것과 마찬가지였다.

　약사여래는 동방 유리광 세계의 교주로서 항상 그 곁에 12신장을 거느리면서 중생들을 제도하시되 질병과 재난을 면하게 해줄 뿐 아니라, 의식도 부족함이 없이 충족시켜주고 나쁜 왕의 구속이나 외적의 침입에서도 벗어나게 해준다고 『약사여래본원경』에 적혀 있었다. 약사여래의 좌우 협시보살은 태양을 인격화한 일광보살과 달을 인격화한 월광보살이며, 시간과 방위를 나타낸다는 12지신상도 약사여래의 12신장이 변해된 것이라고 했다. 늘 오른손에 약병 항아리, 또는 보주(寶珠)를 들고 계시는 것은 주로 중생의 병고를 고치시는 자비를 상징하고 있다고 하는데, 유락산 약사전의 굳은 문은 열려본 적이 없으므로 그 안의 약사여래는 어떤 모습으로 계시는지 알 길이 없었다.

　나쁜 왕이나 외적은 오늘처럼, 옛날 약사여래께서 활발하게 활동하실 때에도 있었음을 그 기록에서 알 수 있었다.

　내친김에 그는 약사전 벽면의 불화도 궁금했다.

　그가 마침내 확실히 알아낸 것은 두 가지 그림이었다.

　불이 이글거리는 화로를 머리에 인 이는 신라 때의 혜통(惠通)화상이었고, 방 안에 태연하게 앉아 있는 노승은 당나라의 무외삼장(無畏三藏)이라는 고승이었다. 혜통이 무외삼장에게 법을 구했건만 무외삼장이 신라의 혜통을 우습게 여기고 바다 동쪽 변방 오랑캐에 어찌 불법을 담을 그릇이 될 위인이 있겠느냐고 하자, '법을 구하는 자 어찌 신명(身命)을 아끼랴'하는 옛 가르침이 생각난 혜통이 불화로를 머리에 이고 법을 졸라 마침내 머리가 터지고, 그 터진 머리를 무외삼장이 손으로 만져 고치며 심법을 전수했다는 이야기가 그것이었다.

왼쪽 벽면의 그림은 널리 알려진바, 단종의 모후(母后)에게 꿈속에서 받은 침 때문에 지독한 등창이 생긴 세조가 오대산에 가서 기도하다가 마침내 한 동자를 만나 등을 밀어달라고 부탁했는데 그 동자가 문수동자였다는 이야기였다. '네 앞으로 어디 가서 임금의 옥체에 손을 댔다고 해서는 안 될 것이니라', '상감께서도 뒷날 누구에게든지 문수동자를 친견(親見)했다는 말씀을 해선 안 될 것입니다.'

그러나 나머지 그림은 아무리 찾아도 그 배경을 알 수 없었다. 해인사 창건 설화에 순은, 이정 두 스님이 오색실을 병든 왕후의 문고리에 매고 다른 한쪽 끝은 궁전 뜰 앞 배나무 가지에 매어두라고 일러둔 뒤, 배나무가 말라 죽으면서 왕후의 오랜 병이 나았다는 설화가 있긴 있었다.

왕후의 손목을 만질 수 없어서 그 설화는 방문 문고리에 실을 매달음에 비해 이 그림은 여인의 손목에 실이 매어져 있다는 점이 조금 달랐지만, 결국 그런 내용일 것이라는 게 짐작이 되지 않는 바는 아니었다. 그러나 그 그림은 왜 그리도 그에게 신비하게 느껴졌는지 모른다. 그가 이어서 다시금 알게 된 것은 우주가 종종 나무로 상징되기도 한다는 것과 신의 거주처로서의 나무, 소우주로서의 나무, 혹은 지구 자체가 거꾸로 선 나무라는 상징이 지독히도 오래된 문헌에 종종 나타난다는 사실이었다. 제 스스로는 말라 죽으면서 어떤 나무는 회춘(回春)을 주고, 어떤 나무는 장수(長壽)를 주고, 어떤 나무는 불사(不死)를 준다는 기록도 있었다.

그 일이 일어난 일은 그가 다른 날과 마찬가지로 배낭을 둘러메고 산으로 오른 어느 날 한낮이었다.

그날 따라 유락산에는 커피 파는 여자들이 눈에 많이 띄었고, 중풍에 걸린 노인들도 유달리 눈에 많이 띄었고, 계곡 언저리 보신탕집에 묶여 있던 개들은 공연히 컹컹, 메마르게 짖어댔다. 복수(腹水)가 가득 차 꼭 임신한 여자 같은 청년이 물병을 들고 기우뚱거리며 하산하는 광경을 본 날도 바로 그날이었어.

커피 파는 여자들은 때로 소롯길 한쪽 철조망 너머 숲 속에서 아직 기름이 뚝뚝 떨어지는 만족스러운 웃음이 입가에 묻어 있는 사내들과 함께 철조망의 개구멍을 빠져나오기도 했다. 그들이 산에서 커피를 마시면서 뭘 했는지, 혹은 커피를 마시기 전에 뭘 했는지 산에 자꾸 오르면서 그는 안 봐도 아주 잘 이해할 수 있었다.

입추를 얼마 앞둔 한낮의 폭염으로 비록 숲 그늘을 헤치고 올라왔지만 땀에 젖은 그가 약사전을 지나 광덕약수터에 당도했을 때, 그가 목도한 것은 약수터 앞에서 개를 잡고 있는 일단의 사내들이었다. 그들은 이미 잡아서 불에 시커멓게 그을린 개의 등허리며 잔등의 털을 손잡이가 나무로 된 작은 식칼로 밀고 있는 중이었다. 몽둥이로 개를 잡았는지 혀를 내밀고 있는 개의 입에서는 피가 흘러내리고 있었다. 개의 흰 눈깔은 '光德藥水'라고 새겨진 돌비석 쪽을 향해 까뒤집혀져 있었다.

다른 사내는 한쪽 옆에 돌 받침대로 솥을 걸어놓고 불을 지피고 있었다.

그들과 그의 눈이 마주친 것은 누가 먼저랄 것도 없었다. 그가 억, 하고 낮게 신음 소리를 내자 그를 발견한 그들 중의 한 사내가 조금 겸연쩍다는 표정으로 씨익 웃었으니까.

그 사내가 잠시 후에 같이 개고기를 먹을 그의 동료에게 뭐라고 하자

식칼로 개털을 밀던 사내들이 일제히 고개를 돌려 물병을 짊어진 그를 쳐다보았다. 그러나 그들은 이내 고개를 돌려 자신들이 하던 일을 계속했다.

이 광경을 못 본 걸로 해야겠구나, 하는 심정으로 그들을 잠시 바라보던 그는 바위 밑 샘물 쪽으로 발걸음을 뗐다. 입에서는 거의 욕설이 튀어나올 것 같았지만 욕을 하기에는 사실 너무나 어처구니없었으므로 그는 입을 다물기로 작정했다. 그를 발견하자 씨익 웃던 사내의 흰 이빨이 자꾸만 생각났다.

그때였다.

"아저씨, 그 물 못 먹어요. 헤헷."

그들 중의 한 사내가 그에게 말했다. 나뭇가지로 불을 때던 사내였다.

그 말을 듣자 그는 얼른 시선을 구청에서 박은 '안내 말씀' 표지판으로 돌렸다. 사내의 말대로 이틀 전의 날짜가 검사 연월일에 쓰여 있었고, 그 옆의 검사 결과란에는 '식수 부적합'이라는 글씨가 사인펜으로 꼼꼼하게 씌어져 있었다. 그는 목덜미의 식은땀이 또 왈칵 솟는 것을 느끼며 바보처럼 몇 번이나 그 글씨를 바라보았다. '보건환경연구원 수질검사 결과임'이라는 친절한 안내도 이어서 씌어져 있는 것이 보였다.

광덕약수터가 빛도 잃고 덕도 잃어버렸음을 그 표지판은 단호하게 알리고 있었다.

그의 오줌 빛깔이 산의 물을 열심히 퍼먹어도 왜 여전히 뿌연 뜨물 같았는지를 알 수 있을 것 같기도 했다. 그저께 보건소에 다녀온 여자에게 어제오늘 일어난 일을 누가 알랴. 설사 아무런 일도 일어나지 않았다 하더라도 내일도 무사하리라고 어떻게 장담할 수 있단 말인가.

전에는 아주 흔했지만 이제는 정말 귀해진 것을 잃어버린 사람이 지을 그런 허탈하고 아쉬움에 가득 찬 표정으로 고개를 푹 숙이고 그는 광덕약수터에서 발길을 돌렸다.

다시 하산하자면 어쩔 수 없이 약사전을 지나쳐야 했는데, 참으로 이상한 일은 바로 그때 일어났다. 약사전 옆을 천천히 걸어가는데 갑자기 어떤 강렬한 힘이 그의 시선을 오른쪽으로 잡아 끄는 것을 느낀 것이다. 그것은 보이지 않는 힘센 손이 그의 뒤통수를 잡고 있다가 옆으로 휙 돌리는 것과 같은 느낌으로 그를 엄습했다. 할 수 있는 한 거의 필사적인 의지로 그 힘에 저항했건만 그는 결국 약사전의 그 불화를 보고야 말았다. 그 힘은 어쩌면 그의 내부에서 튀어나온 힘이었는지도 몰랐다. 여인의 손목과 뜰 앞의 과일 나무에 연결되어 있는 하얗고 가느다란, 그러나 최초로 그것을 발견할 때는 그토록 팽팽하게 서로 이어져 있었던 그 실이 끊어지기를 바란 것은 바로 그였는지도 모른다. 왜냐하면 그 여름에 그 그림의 실이 말할 수 없이 위태롭다고 느낀 사람은 바로 그였으므로.

실은 툭 끊어져 뜰 바닥에 떨어져 있었고, 여인의 손목은 힘없이 아래로 처져 있었다.

그 순간 발에 뭐가 감긴 것 같은 게 약사전 앞으로 빨리 벗어나고 싶었지만, 계속 자신이 제자리에서 뛰고 있는 것처럼 느껴졌다. 그러나 그가 비틀비틀 방향도 없이 뛰어 약사전을 벗어나기 시작한 것은 사실이었다.

놀라움과 함께 이상한 종류의 공포에 휩싸여 뛰면서 그는 그러나 고개를 반듯하게 천장 쪽으로 향하고 있던 여인의 머리는 어떻게 되었을까, 하는 생각과 실이 끊어진 뒤의 과일 나무가 무척 궁금했다. 차마 그는 그것들을 확인하지 못했던 것이다.

그가 그 순간에 그의 두 눈으로 똑똑히 본 것은 끊어진 실과 밑으로 축 늘어진 여인의 손목뿐이었다.

1) 1987년의 환경보고서에 의하면 환경오염을 현 수준으로 유지하는 데에는 2001년까지 21조 원의 투자가 필요하다고 한다.(『동아일보』, 1989. 8. 11.)

2) 1989년 8월 15일, 그들은 정전협정 위반이라는 UN의 강력한 항의에도 불구하고 판문점을 걸어서 통과했다.

3) 『법화경』의 「비유품(譬喩品)」에 나오는 화택(火宅)의 비유.

4) 하천에 불고기판을 한 번 헹구면 주변 물의 생화학적 산소 요구량(B.O.D)이 일시에 20만 ppm 가량 오염된다고 한다(고도의 정수 처리를 해야 먹을 수 있는 물의 B.O.D는 3ppm).(『조선일보』, 1989. 8. 12.)

5) G. F. 화이트 외, 『물의 역사(歷史)』, 최영박 옮김, 중앙신서 31, 1978, 78쪽.

6) 『동아일보』, 1989. 8. 11.

7) 『조선일보』, 1989. 8. 2.

8) 『한겨레』, 1989. 8. 10.

9) 최열, 「공해 문제로 본 제6공화국」, 『공해와 생존』 영인본, 공해반대시민운동협의회 편, 1988, 33쪽.

10) 김용준(金容駿), 「포스트 히로시마 시대의 과제」, 『동아일보』, 1989. 8. 8.

새벽 출정

방현석

(1961~)

방현석 (1961~)은 울산에서 태어나 중앙대 문예창작학과를 졸업하고 인천지역의 노동현장에서 일하다가 1988년 노조설립 문제로 해고를 당했다. 노동현장에서 일한 경험을 바탕으로 1988년 『실천문학』 복간호에 「내딛는 첫발은」을 발표하면서 '노동소설가'로 등단했다. 현재는 중앙대학교 문예창작과 교수로 학생들을 가르치고 있다. 대표작이라고 할 수 있는 「새벽출정」은 『창작과비평』 1989년 봄호에 실린 단편이다. 소설집으로 『내일을 여는 집』, 『랍스터를 먹는 시간』 등을 펴냈다.

「새벽출정」은 노동자들의 자생적 파업투쟁과 연대투쟁을 현실감 있게 그려낸 작품으로 세광물산의 노조원인 미정, 민영, 철순 등이 사건을 주도적으로 이끈다. 이 작품은 당시 인천 세창물산 노조를 모델로 하여 회사 측의 입장을 대변했던 노동자의 각성과 노조의 결성, 회사측의 배신, 노동자의 죽음, 노동자와 회사와의 극한 대립, 위장폐업에 맞선 농성, 이웃 노조와의 연대투쟁, 협상의 결렬, 죽음을 결사한 항전 등 이 시기 노동조합의 전형적인 사건들과 여기에 대응하는 노동자들의 모습과 그 낙관적 전망을 박진감 있게 그려내어 주목을 받았다. 힘없는 노동자들이 모여 어떻게 그들의 의지를 관철하고 노동조건을 개선하는가를 다루고 있는 것이다.

1

오늘 아침 윤희가 떠났다. 새벽 어둠이 걷히지 않은 농성장을 떠나는 그녀의 양손에는 짐가방이 하나씩 들려 있었다.

"졸업식 하고 나서 바로 돌아올게요."

몇 번째 똑같은 말은 되풀이하는 윤희의 얼굴은 어두웠다.

"그 전에라도 싸움 끝나면 곧장 달려와야 해. 우린 꼭 승리할 거야."

미정은 그녀의 등을 두드렸다.

후반 규찰을 받은 남자조합원 하나가 수위실에서 나왔다. 가방을 들고 선 윤희와 양쪽의 미정, 민영을 번갈아 쳐다보고는 철문을 열었다.

"나가는 거야?"

윤희는 대답 대신 고개를 떨구었다. 잘 가, 반쯤 손을 들어 보이고 나서 남자조합원은 수위실 안으로 들어가버렸다.

윤희는 입술을 깨물며 공장을 둘러보았다.

"너, 세광 잊으면 안 된다."

민영이 윤희의 목도리를 여며주었다. 미정은 차마 발걸음을 옮겨놓지 못하는 윤희의 어깨를 꼭 껴안았다.

"아주 가는 거 아니잖아. 어서 가봐."

등을 떠밀려 돌아서 걷는 윤희의 발걸음은 무거웠다. 사거리의 가두 매점에 이르기까지 윤희는 몇 번이고 멈춰 섰다. 그리고 한동안 뒤돌아보았다.

가두 매점 모퉁이로 윤희의 모습이 감춰질 때까지 미정과 민영은 정문 앞에서 지켜 서 있었다. 겨울 새벽 공기가 매섭다. 돌아서 걷는 운동장 여기저기로 안료포대들이 바람에 쓸려다녔다.

"이제 몇 명 남은 거니."

미정은 혼잣소리처럼 물었다.

'71명요.'

"많이 줄었구나."

미정의 허리춤으로 겨울바람이 휘감고 지나갔다. 민영의 긴 머리칼이 날렸다. 아직 동트지 않은 새벽하늘은 떠나간 윤희의 얼굴만큼이나 어두웠다.

같이 싸우던 동료가 농성장을 빠져나갈 때보다 맥 빠지고 가슴 쓰린 일은 없었다.

조합원들은 떠난 사람에 대한 얘기를 공개적으로 하는 걸 금기로 여겼다. 그러나 아침이면 밤사이 떠난 사람들이 누구인가 입과 입을 통하여 은밀하고 신속하게 전파되었고 그것은 조합원들을 예민하고 신경질적으로 만들었다. 위원장인 미정은 애써 대수롭지 않게 여기려고 했고 상집간부들은 어차피 떠날 사람이었다고 자위했지만 누군가 빠져나간 다음 달엔 농성장 분위기가 무겁게 가라앉았다. 갑자기 환자가 늘었고, 아프다는 핑계로 문을 잠그고 누운 조합원들은 총회에 참석조차 하지 않았다.

농성 100일을 넘긴 지난주부터는 한동안 뜸하던 떨어져나가는 사람들이 다시 꼬리를 물었다. 텅 빈 사물함엔 편지 한 장만이 남아 있기 마련 이었다.

'끝까지 함께하지 못해 미안합니다. 제가 없더라도 꼭 승리하기 바랍 니다. 위원장님 죄송합니다.'

어젯밤에도 나가겠다는 뜻을 비춰온 조합원들이 셋이나 되었다. 미정 이 놀란 것은 셋이나 한꺼번에 떠나겠다고 한 숫자 때문만은 아니었다. 그 셋 속에는 윤희와 순옥이가 끼여 있었기 때문이었다. 이 길고 힘든 싸 움에서 가장 열심히 싸웠던 사람들 중의 하나인 윤희와 순옥이 떠나겠다 고 나선 것이다.

윤희와 순옥은 서로 다른 산업체학교의 3학년과 2학년이었고 학생조 합원들의 실질적인 지도부였다. 순옥은 사장집 항의방문 때도 빠지지 않고 따라나섰다 중간고사를 망쳐 종아리를 시퍼렇게 맞고 돌아와서 민 영을 울렸었다.

성북동에 있는 사장의 집은 성벽 같은 담벼락으로 둘러싸여 있었다. 늦게 돌아오게 될지 몰라 산업체 학생들은 빠지라고 했지만 윤희와 순옥 은 한사코 따라나섰다. 까짓놈의 학교 때려치우지 뭐, 하고 호기까지 부리 며 쫓아나섰던 순옥은 그날 있은 중간고사에 참석할 수 없었다.

사람 키의 두 배나 되는 담장 안은 들여다보이지도 않았고 초인종을 아무리 눌러도 쥐새끼 한 마리 얼굴을 내밀지 않았다. 원목을 켜서 만든 튼튼한 대문은 서른 명이 달라붙어 밀어젖혀도 꿈쩍 않았다.

행여 그들과 눈길이라도 마주칠까 맞은편 담벼락 쪽으로 달라붙어 지 나가는 잘 차려입은 사람들과, 그리고 가끔 지나는 광택을 잘 낸 고급승 용차들과의 거리만큼이나 순옥은 자신의 초라함을 사장집 대문 앞에 주 질러앉아 확인해야 했다. 텔레비전에서 보았을 뿐 실제로 이렇게 큰 집들이 있는 동네를 처음 본 사람은 순옥만이 아니었다. 표적을 잃고 허탈하게 앉아 있는 조합원들에게 표적을 자처한 것은 경찰이었다.

"야, 공순이들이 왜 여기까지 와서 난리야."

"인천에 성냥공장, 성냥공장 아가씨야."

그래, 니들 잘 걸렸다. 상한 마음의 조합원들은 경찰의 방패에 한꺼번에 엉겨들었다.

"그래, 이 씨팔 좆같은 새끼들아, 공순이다. 어쩔래."

"니들이 공순이한테 보태준 거 있어."

돌아온 것은 곤봉과 주먹 그리고 발길질뿐이었다. 그러나 물러서지 않고 맞섰다. 걷어차이면 넘어지고 짓밟으면 뒹굴며 싸웠다.

"죽여라 개새끼들아. 굶어 죽으나 맞아 죽으나 죽긴 마찬가지다."

더 이상 맞서 싸울 기력마저 상실했을 때 조합원들은 설움이 복받쳤다. 길거리에 아무렇게나 드러누운 채 서로의 멍든 얼굴과 찢긴 옷가지를 바라보며 소리내어 울었다.

"언니, 우리 사장새끼 죽여버리고 끝내자."

순옥의 저주가 미정의 가슴을 후벼팠다.

"그래, 김세호 사장 꼭 무릎 꿇리자. 우리 앞에."

경찰은 부둥켜안고 떨어지지 않으려는 조합원들을 하나씩 떼어내어 거지 내몰듯 동네 아래로 밀어붙였다. 그리고는 서너 명씩 한꺼번에 달려들어 사지를 들고 닭장차에 실었다. 그날 밤을 조합원들은 생전 처음 가본 경찰서 보호실 철창 안에서 보내야 했다.

순옥은 학교에서 중간고사가 치러지고 있을 시간에 경찰서 철창 속에서 노동해방가를 부르고 있었다. 스물아홉 살이나 되는 미정도 왠지 주눅이 드는 경찰서에서 끝까지 진술서 작성을 거부하던 순옥이었다.

태평하다 못해 철없어 보이기까지 한 윤희의 경찰서에서의 행동은 긴 세광 투쟁 과정에서 잊혀지지 않는 일화 중의 하나로 남아 있다.

너도, 너도, 너도, 너도 말 안 할 거야, 모두들 입을 굳게 봉하고 이름 조차 대지 않고 있는 가운데 조사경찰의 지적이 윤희에게까지 갔을 때였다.

"너 이름 뭐야?"

"깡순이"

윤희가 퉁명스럽게 내뱉었다. 세광 조합원들은 자신들을 깡다구로 뭉친 세광 깡순이라 불렀다.

"강순희."

조사경찰은 아주 흐뭇한 표정이 되어 보고서에 이름을 기록했다.

"생년월일은?"

"깡순이."

"이름은 강순희고, 생년월일 말야, 생년월일."

"깡순이."

"강순희, 네 이름 말고 생년월일을 대란 말야."

"깡순이."

조합원들이 더 참지 못하고 와 폭소를 터뜨렸다. 뒤늦게야 자신의 아둔함을 깨달은 조사경찰은 얼굴이 시뻘겋게 달아올랐다. 무안을 당한 조사경찰은 윤희의 뺨을 세차게 후려쳤고 그 손자국은 며칠간 지워지지 않았다.

그렇게 당하고 와서도 남은 조합원들에게 세광 깡순이답게 당당히 싸우고 왔다고 보고하는 윤희와 순옥을 보며 미정은 속으로 울었다. 조합원들은 말하지 않아도 멍든 얼굴과 옷핀으로 여민 옷자락과 하나같이 잠겨버린 목소리에서 그들이 어떻게 싸우고 돌아왔는지 알 수 있었다. 순옥은 신발마저 잃어버린 맨발로 있었다. 윤희는 그날부터 동료들에게서 강순희로 불렸다.

어느 조합원 하나 소중하지 않은 사람은 없었지만 윤희와 순옥만은 떠나보내고 싶지 않았다.

"등록금, 이틀 안에 마련될 거야."

"난 중학교밖에 다니지 않아서 잘 모르지만 며칠 늦는다고 퇴학이야 시키겠니."

미정과 민영은 참아보자는 말밖에 할 수가 없었다. 시선을 발끝에 고정시킨 윤희는 말이 없었다. 손매듭만 매만지며 순옥은, 미안해요란 말만 되풀이했다.

"자, 그럼 얘기 끝난 거다. 니들 등록금은 이틀 안에 틀림없이 위원장인 내가 마련한다. 그리고 나간다는 얘기는 없었던 거야."

미정이 필요 이상의 큰소리로 못을 박았다.

"돈 때문이 아녜요."

윤희가 먼저 입을 열었다.

"아니면. 얘길 해야 알 거 아냐, 집에 무슨 일이 있어?"

순옥이 대답 대신 종이 한 장을 내밀었다.

"등록금 좀 부쳐달라고 시골에 편지했더니 돈은 오지 않고 이것만 왔어요."

부모님전. 댁내 두루 평안하심을 앙망하나이다. 일전에 보내드린 서신에서 밝힌 바와 같이 회사는 일 년간 두 번 있은 노사분규로 인한 주문단절, 경영악화 등 여러 면에서 어려운 국면에 처하여 어쩔 수 없이 폐업을 결행하였습니다. 10여 년간 피땀 흘려 내 자식보다도 더 소중하게 일궈놓은 공장의 폐업을 결행하였을 때는 큰 고통이 있었으며 어떻게 하든지 가동하여보려고 하였지만 역부족이었습니다. 회사는 퇴직금 및 기타수당 등 임금을 정산하고 있는바 300여 명 중 220여 명의 사원들이 임금정산을 받고 다른 직장을 찾아서 취업을 하고 있으나 댁의 자녀를 비롯한 80여 명의 사원이 임금정산을 거부한 채 날이 점점 추워짐에도 대책없이 노동부 및 학교에서의 다른 직장 취업알선도 거부한 채 차가운 기숙사 방에 기거하면서 일부 운동권 학생 및 위장취업자들의 압력과 달콤한 말에 현혹되어 위장폐업 철회하라는 억지를 부리며 점거농성을 계속하고 있습니다. 기숙사에서 나오고 싶어도 나오지 못하는 농성사원 중에는 부모님께서 상경하여 "내 딸 내가 데려가겠다"고 호통을 하여, 다른 농성사원에게 영향을 미칠까 봐 두려워한 주동자들이 기숙사에서 내보내준 예도 여러 번이나 있었습니다. 학생들 중에는 등록금 및 제비용을 납부치 못하여 학업중단까지도 초래될 입장에 놓여 어떠한 비행을 저지를지 모를 상황입니다. 귀댁 자녀의 장래를 생각하여 부디 상경하시어 임금정산도 받으시고 농성장에 갇힌 자녀를 꼭 구해가시기를 부탁드립니다.

세광물산주식회사 사장 김세호 드림 (02)752-XX37

공문을 읽어내려가는 미정의 손끝이 파르르 떨렸다.
"이건 학교에서 보낸 거예요."
윤희도 종이 한 장을 내밀었다.

　학부모님께, 본교에 재학 중인 귀댁의 자녀가 취업하고 있는 회사에서 불법 집단행동에 가담하여 사회적으로 커다란 물의를 일으키고 있습니다. 막중한 교육의 책임을 맡고 있는 우리 학교 당국에서는 수차에 걸쳐 불법 집단행동을 중단토록 촉구하였으나 유독 귀댁의 자녀만 이를 거부하고 있는 실정입니다. 학교로서도 더 이상의 선도가 불가능하다는 우려를 하지 않을 수 없게 되어 마지막으로 학부모님께 직접 선도토록 당부키로 하였습니다. 만약 귀댁의 자녀가 계속하여 불법 집단행동에 가담할 경우 학교 당국으로서는 제적조치를 취하지 않을 수 없음을 거듭 알려드립니다.

한신실업고등학교장

"당장 나오지 않으면 아빠가 올라오시겠대요."

순옥은 민영의 어깨에 얼굴을 묻었다. 민영은 아무 말도 할 수 없었다.

"아빠가 무서워서가 아녜요. 이젠 정말 싸우는 게 자신이 없어요. 사람들이 무서워요. 싫고. 난 여기 나가도 다시는 학교를 다니지 않을 거에요."

"김세호 이 씨팔새끼. 우리가 언제 누굴 가둬뒀다는 거야. 개자식, 거짓말은 왜 해."

미정의 거친 숨결이 옆에까지 들렸다. 공문을 움켜쥔 손등의 혈관이 파랗게 내비쳤다.

"선생이란 것들까지 이럴 수가 있어. 학교가 도대체 뭐야. 교육이란 게 뭐야."

"다 똑같은 인간백정 같은 새끼들이야."

농성에 참여한 산업체 야간학생들은 매일같이 교무실에 불려다녔다. 농성이탈과 노조탈퇴를 종용받지 않은 조합원은 없었다.

수업시간에도 세광 조합원들만 지적당했고 수모를 겪었다.

"하라는 공부나 잘해. 그렇게 해서 언제 공순이 신세 면할래."

견디지 못한 조합원들의 일부는 학교를 포기했다. 그보다 많은 숫자의 조합원들이 학교를 선택하고 농성장을 떠났다.

"위원장님은 사람들이 빠져나가는 게 두려워요?"

"아니, 안타까운 거지. 조금만 더 밀어붙이면 되는데……."

"순옥이 문제는 어떻게 할 거예요?"

"노조에서 부모님들께 일단 편지를 보내야지."

어젯밤 끝까지 대답을 않던 순옥은 떠나지 않았다. 혼자 있고 싶다는 걸 민영이 억지로 데리고 잤다. 새벽녘에 민영이 깨어났을 때 옆자리가 비어 있었다. 깜짝 놀라 자리에서 일어났는데 순옥은 한쪽 구석에 쪼그리고 앉아 편지를 적고 있었다.

"누구에게 쓰는 거니?"

"집."

"떠나지 않을 거니?"

순옥은 천천히 고개를 끄덕였다.

"민영이 네가 순옥이 좀 잘 보살펴줘라."

"위원장님 지금 순옥이 걱정할 게 아니라 제 걱정부터 하셔야 할 거예요. 나도 언제 짐 챙길지 몰라요."

미정이 민영에게 발길질 시늉을 했다.

"그래, 나 죽는 것 보려면 무슨 짓 못 하겠냐."

"농담 아녜요."

"그래 인마. 나도 농담 아냐."

미정은 쓴웃음을 던지고는 목소리를 높여 말을 바꾸었다.

"오늘 아침은 뭐냐."

"감자국요."

"맛있게 끓여라. 식사당번은 내가 깨워서 내려보낼게."

민영은 미정과 갈라져 식당으로 향했다.

어디가 고장인지 다단식 증기 취사기는 끝내 꿈쩍도 않았다. 식사는 식빵으로 대신할 수밖에 없었다. 민영이 공단 주변을 모조리 뒤져 식빵을 구해왔을 때까지 상례와 금주는 취사기 주변을 맴돌고 있었다.

12월에 접어들고 찬바람이 불어닥쳤다. 107일째 접어드는 농성장에도 어려움이 몰려왔다. 날마다 곤두박질쳐온 날씨는 오늘 아침 수은주를 영하 10도로 끌어내렸다. 며칠째 계속되는 영하의 날씨를 조합원들은 제 체온 하나로 버텨야 했다. 감기에 걸리지 않은 사람이 드물었다. 4/4분기 등록금을 내지 못한 학생조합원들은 이틀째 등교를 포기하고 있었다. 윤희가 떠난 오늘 아침에는 취사기마저 고장이 나버렸다.

민영은 식당에 들어서는 조합원들을 바로 쳐다볼 수 없었다. 언니, 오늘은 메뉴가 뭐야, 언제나처럼 약간은 미안스러운 표정으로 식당에 들어서던 조합원들은 배식구 앞에 놓인 식빵을 보고는 이내 표정이 굳었다. 밤새 추위에 떨다 따뜻한 국물이라도 먹을까 생각하며 내려왔을 그들이었다.

식빵 네 조각씩 받아든 조합원들의 표정은 날씨보다 더욱 스산했다. 민영의 눈치를 살피며 한두 입 베어 문 뒤 식당을 나갔다. 아예 입에 대지도 않고 짬밥통에 내던지는 조합원도 있었다.

"이걸 처먹으라고 내놓은 거야?"

경자는 받아든 식빵을 고스란히 짬밥통에 던져넣었다. 시위였다.

장기농성으로 지칠 대로 지친 조합원들의 감정은 송곳처럼 날카로웠다. 이 싸움 과정에서 그들을 따뜻하게 받아주는 곳은 어느 곳에도 없었다.

적개심. 가는 곳마다 자리 잡은 가진 자들의 튼튼한 장벽 앞에서 조합원들의 가슴속에는 분노를 넘어선 적대감이 고스란히 쌓여갔다. 본사는 물론 노동청과 노동부, 정당, 그 어느 곳 하나 사장의 편이 장벽을 치고 있지 않은 곳은 없었다. 그리고 경찰은 그때마다 빠지지 않았다. 감당하기 어려운 분노와 적개심은 때로 동료들을 그 표적으로 삼기까지 했다. 힘겨운 싸움 속에서 여유와 너그러움을 잃어가는 조합원들의 가슴속은 동료 하나를 받아들일 공간조차 남아 있지 않았다. 승리에 대한 확신이 흐려져감에 따라 강화되어오던 단결력도 질시와 반목으로 변해갔다.

"야 이 쌍년아. 처먹기 싫음 말지, 왜 처버리니?"

연탄난로에 달라붙어 언 손을 녹이고 있던 상계가 경자의 뒤통수에다 욕설을 퍼부었다.

"남이야 버리든 말든. 내 몫 내가 버리는데 왜 잔소리야?"

"처먹고 싸우라고 도와준 거지 버리라고 없는 주머니 털어준 줄 알아?"

"그럼 처먹을 수 있도록 해줘야 할 거 아냐."

"누가 밥하기 싫어서 안 했어야. 기계가 고장인 걸 어떻게 해."

상계와 같이 식사당번인 금주가 전라도 사투리로 가세했다.

민영도 상례나 금주와 마찬가지로 조합원들이 야속했다. 매일 새벽잠을 설치며 식사를 준비해왔는데 한 끼가 잘못됐다고 모두 싸늘한 눈길만 던질 뿐이었다. 빈말이라도 감싸주는 이 하나 없었다. 배수밸브가 터지는 바람에 상례는 옷까지 몽땅 버렸다.

개, 소, 돼지, 살쾡이, 셋의 욕설이 뒤엉키고 머리채를 휘어잡기 직전까지 갔다.

"관두지 못해."

민영이 바락 악을 썼다.

경자가 부은 볼을 하고 식당을 나갔다. 표정 없이 싸움을 지켜보던 다른 조합원들도 자리에서 일어섰다. 모두 다 이 정도의 다툼에는 이력이 나 있었다. 식당은 금방 텅 비었다. 식탁 위엔 임자를 잃은 식빵들만 남아 있었다.

민영도 식당을 뛰쳐나왔다. 왜 우리끼리 이래야 하나. 서로 감싸고 다독거려야 할 우리끼리 발톱을 세우고 할퀴려 들어야 하나.

하늘은 금방 눈송이라도 내릴 것처럼 잔뜩 찌푸려 있었다.

민영은 기숙사에 들어가 이불을 뒤집어쓰고 누웠다. 순옥은 제 방으로 돌아가 틀어박혔는지 보이지 않았다.

할 만큼은 했다. 나도 더는 어쩔 수 없다. 어떻게 하면 조금이라도 잘 먹일 수 있을까를 온종일 고민하며 지내왔다. 민영의 머릿속에는 온갖 생각이 교차했다. 그러나 그것도 잠깐이었다. 자신도 모르게 스르르 잠으로 빠져들었다. 냉방이었지만 이불 속에 들어가자 새벽내 언 몸이 풀리며 잠이 쏟아졌다.

민영이 애초에 조합에서 맡은 일은 회계감사였다. 2차 농성이 시작되면서 취사부장이 그의 임무로 추가되었다. 200여 명이 넘는 인원의 식사를 감당하기란 쉬운 일이 아니었다. 민영은 세광의 싸움에서 자신이 기여할 수 있는 유일한 방법이 밥짓는 일인 것처럼 매달렸다. 시장 다녀오는 일을 빼면 온종일 식당에서 벗어나지 못했다. 날이 갈수록 인원이 줄어들어 취사량도 줄어들었다. 그러나 일은 조금도 덜어지지 않았다. 줄어든 인원보다 농성자금은 더욱 빠르게 바닥을 보이고 있었다. 부식비를 최소로 줄일 수밖에 없었고 식사는 점점 부실해졌다. 추위에 까칠해진 조합원들의 입끝을 따라갈 수는 없었다.

"회계감사, 일어나."

민영은 보지 않아도 누군지 알 수 있었다. 위원장이었다.

"이 녀석, 네가 누웠으면 점심은 어떡하니?"

민영은 대답 대신 이불 속에서 등을 돌려 누웠다. 웅크린 민영의 엉덩이를 미정이 장난스럽게 내려쳤다.

"안 일어날 거야?"

미정은 민영이 덮은 이불을 걷었다. 민영은 웅크린 몸을 새우처럼 더 웅크렸다.

"민영아, 여기서 주저앉을 순 없지 않니."

미정이 민영의 어깨 위에 손을 얹어놓았다.

"나보고 더 뭘 어떡하라는 거예요."

누운 채 대답했다.

"너 어젯밤에 윤희, 순옥이 개들한테 뭐라고 그랬니. 철순일 생각해서라도 힘을 내야 한다고 하지 않았어."

"그럼 애들한테 뭐라고 해요. 이젠 나도 지쳤어요."

민영은 자신이 생각해도 아는 게 너무 없었다. 굳은 의지도 없다. 조합원의 절반 이상이 떨어져나갈 동안 남아 있는 자신이 이상하다. 남은 조합원들은 신경이 밤송이 같았지만 투지와 신념에 차 있었다. 모두가 투쟁을 통해서 변화하고 새롭게 눈떠가는 동안 자신은 무지렁이로 밥이나 짓고 있었다.

"너마저 그러면 난 어떡하니."

힘없는 목소리다. 민영은 실눈으로 미정의 옆얼굴을 올려봤다. 초벌 뒤의 도자기 인형처럼 표정이 없다.

"나 울어버리는 거 볼래."

커다란 안경 속의 눈자위는 붉게 충혈되어 정말 울어버릴 것 같다. 민영은 자신의 어깨에 놓인 미정의 손을 당겨잡으며 자리에서 일어나 앉았다. 민영은 미정의 예전 모습을 확인한 게 반가웠다. 미정은 이 긴 투쟁 속에서 수없는 조합원들의 눈물을 지켜보면서도 운 적이 없다. 단 한 번 철순이 죽었을 때 밤새 눈물을 뿌린 적이 있을 뿐이었다.

승리의 꽃다발을 철순의 무덤 앞에 바치는 그날까지 우린 울어선 안 돼, 우리에겐 아직 울 권리가 없는 거야. 미정의 그 말은 더 큰 소리로 조합원들을 울게 만들었지만 자신은 눈물을 보이지 않았다. 다른 조합원들은 미정의 흔들림 없는 표정에서 평온과 용기를 얻었지만 민영은 두터운 벽을 느꼈다. 노조를 만든 뒤 미정은 너무도 빠르게 변해갔다. 옛날의 허물없던 그녀가 아니었다.

미정과 민영은 세광에서 가장 고참이었다. 중학교를 졸업하고 세광에 발 디딘 민영의 나이 지금 스물넷이다. 그보다 한 해 먼저 세광 창립과 함께 입사한 미정의 나이 지금 스물아홉이다. 민영과 미정이 7, 8년을 다니는 동안 줄잡아 수천 명이 세광을 거쳐갔다. 어쩌면 만 명이 넘을지도 모른다. 전자는 물론 봉제보다도 약한 일당과 고열, 신나와 안료 냄새 자욱한 도자기공장을 자신의 평생 일터로 여기는 사람은 없었다. 석 달이 멀다 하고 다른 직장을 찾아 떠나갔고 공단 구인란과 수위실엔 일 년 내내 세광의 모집공고가 붙어 있었다.

수많은 사람들이 들어오고 나가는 동안 미정과 민영은 세광을 지켜왔다. 처음 시작할 땐 하나뿐이던 건물은 다섯 동으로 늘었고 6기뿐이던 가마도 20기로 늘었다. 생산직 사원도 70명에서 300명을 넘어섰다. 해가 가도 불지 않는 것은 얇은 월급봉투뿐이었다. 얼굴을 익히고 친해질 만하면 사람들은 세광을 떠났다. 시간이 지나며 아예 친구 사귀기를 포기했다. 자연 미정은 민영과 가까웠다. 그리고 둘은 관리자들과도 가까웠다.

　노조를 만들기 전까지만 해도 미정은 민영과 친자매보다 가까웠다. 쉬는 시간이면 같이 자판기 커피를 뽑아 마시고 어쩌다 잔업이 없는 날엔 공단 시장으로 순대를 먹으러 다녔다. 미정의 전세방에서 과자부스러기를 쪼아먹으며 관리자들을 욕하고 동료들을 흉보며 밤을 밝힌 날도 한두 번이 아니다. 그러나 지금 미정은 모든 조합원들의 위원장이 되었다. 민영은 다만 조합원 중의 한 명에 불과했다. 시간이 지날수록 미정과의 사이에 높은 담이 쌓여갔다. 미정은 항상 얼굴에서 웃음을 잃지 않았고 목소리는 자신에 차 있었다.

　오랜만에 들어보는 미정의 꾸밈없는 목소리가 반가웠다.

　"지금 몇 시야?"

　"열한시 십분."

　"수리기사가 다녀갔는데 수리비용이 이십만 원이라구 해."

　"이십만 원이나 있어요?"

　"어떻게 해봐야지."

　위원장은 대수롭지 않은 일처럼 대꾸했다.

　"어떻게요. 수리비 이십만 원뿐인가요? 순옥이 등록금 그리고 등록금 내야 할 게 순옥이뿐이에요? 삼십 명 칠만 원씩 이백십만 원. 또 김장 못한 일반들 김장값, 부식비도 이틀 치밖에 안 남았어요."

　민영은 마치 농성자금이 바닥난 게 미정의 잘못인 것 처럼 쏟아부었다. 숨도 쉬지 않고 퍼부어대는 민영의 얼굴을 미정은 애매한 웃음으로 쳐다봤다.

　"지금 웃음이 나와요? 위원장님."

　"아니면 울랴."

"……."

"어쨌든 일어나봐. 굶고 앉았을 순 없잖아."

"굶고 앉았지 않으면, 누가 공짜로 돈 준대?"

"그래 준댄다."

미정이 무릎을 감싸고 쪼그려앉은 민영을 일으켜세웠다.

"어디 가려고."

"가보면 알아."

미정은 막무가내로 민영의 팔을 잡아끌었다.

"머리도 안 감았단 말야."

"그냥도 충분히 예뻐. 밖에 눈도 와."

기숙사 복도를 지나는 동안 곳곳에서 라면 끓이는 냄새가 풍겨나왔
다. 민영은 비로소 허기를 느꼈다.

"정말 눈이잖아?"

새벽부터 잔뜩 찌푸렸던 하늘에선 눈송이가 흩날렸다. 정문을 나선
둘은 팔짱을 끼고 나란히 걸었다.

"선흥정밀 가려고 그러지?"

"잘 아네."

"갈 데가 빤하지 뭐."

2

똥바다의 뚝방길을 따라 걷는 두 사람의 머리와 어깨 위로 눈이 얹혔다.
시커멓게 누운 개펄로 바닷물이 차오르고 있었다. 개펄 양켠의 대형 하

수구에서는 쉼없이 폐수가 흘러나왔다. 바닷물과 폐수가 뒤섞인 똥바다는 가는 물결로 일렁거렸다. 그 물결 위로도 함박눈이 내려앉고 있었다.

작업시간의 공단은 기계소리만 요란했다. 거리에는 인적이 끊겼다. 아무에게도 밟히지 않은 채 고스란히 쌓여가는 눈길을 두 사람은 발자국을 찍으며 지나갔다. 이 길을 따라 선홍정밀로 가려면 공단을 온전히 한 바퀴 도는 셈이 된다.

"지금도 갈매기가 있을까요?"

"지난봄의 그 갈매기들…… 있겠지."

"이렇게 날씨가 추운데."

"갈매기는 제비가 아니잖아."

미정은 발이 시렸다. 낡은 운동화 사이로 스며든 물기가 발바닥을 적셨다. 서로의 주머니에 바꿔 찌른 손도 마찬가지로 시렸다.

"마석에도 눈이 내릴까?"

민영이 남은 한 손으로 머리 위에 쌓인 눈송이를 털어냈다.

"글쎄."

"철순이도 춥겠지."

"하얀 눈이불을 덮으면 포근할 거야."

"언니, 철순이 보고 싶지 않아?"

"왜, 여기 오니까 옛날 생각 나?"

"그땐 참 한심했지. 왜 싸웠는지 몰라."

"민영아, 우리 다시 갈매기 찾기 할까. 다섯 마리 먼저 찾기."

"그때처럼 자장면 사기."

"그래, 싸움 끝나면 먹기로 하고."

철순은 미정, 민영과 함께 세우회의 회원이었다. 미정은 페인팅실의 조장이었고 철순과 민영은 화공부의 조장이었다.

세우회는 현장 조장들로부터 과장까지 생산라인의 친목회였다. 월급날이면 회비를 떼어 회식하는 게 주된 활동이었다. 갈비집으로부터 시작하여 스탠드바까지 몰려다니며 목의 때를 벗겼다. 어쩌다 연안부두의 횟집까지 진출하기도 했다. 부족한 비용은 회사가 냈다. 과장은 빠뜨리지 않고 영수증을 떼었다.

세우회의 회원들은 자신들끼리만 어울렸고 현장 동료들과는 자연 거리가 있었다. 현장 동료들의 눈에는 좋게 보일 리 없었다. 현장의 사정보다는 회사의 입장을 앞세우는 회원들을 달갑게 여기는 사람들은 사장과 관리자들뿐이었다.

철순은 세우회의 예외적인 존재였다. 늘 주위엔 동료들이 모여들었다. 관리자들의 따가운 시선에도 아랑곳 않고 현장 동료들과 허물없이 지냈다. '좋은 게 좋은' 세우회의 분위기를 흐려놓는 것도 철순이었다. 현장동료들의 처지를 염두에 두지 않는 회사측의 처사를 들고 나와 화기애애한 분위기에 초를 치기가 일쑤였다. 해줄 거 해주고 시킬 거 시켜라, 가 그녀의 주의였다. 현장 동료들에겐 단연 인기였다. 관리자들의 눈밖에 나는 만큼 반비례하여. 민영도 자신의 불만을 주저없이 토로하는 철순이 싫지 않았다. 그렇다고 이제 입사 3년밖에 되지 않은 그녀가 자신과 같은 위치에 서고 동료들의 인기를 독차지하는 게 기꺼울 수는 없었다. 특히나 같은 부서에서 조장을 맡고 있는 둘은 여러모로 비교될 수밖에 없었다.

철순과 민영의 사이에 명확한 적대관계가 형성된 것은 부서가 분리되고부터였다. 회사는 올해 초 공정의 합리화와 기동성 있는 제품의 생산이라는 기치를 내걸고 기존의 생산라인을 완전히 둘로 분리했다. 제토,

소성, 성형, 제형, 화공, 페인팅, 포장으로 구성된 부서를 제토와 포장만을 제외하고는 반씩 둘로 나누었다. 화공부서도 화공 1부와 화공 2부로 나누어졌다. 민영과 철순은 1부와 2부의 조장으로 임명되었다.

부서 분리의 이유를 회사는 다양한 품목을 신속하게 생산하기 위한 것이라고 했다. 사실과는 거리가 멀었다. 그것은 며칠 지나지 않아서 명확하게 드러났다. 둘로 분리된 라인에 동일한 제품이 투입되었다. 그 결과는 서로 비교되지 않을 수 없었다. 한쪽에는 격려와 치하가, 또 한쪽에는 추궁과 압박의 살아 있는 근거가 되었다.

치열한 경쟁을 피할 수 없었다.

민영의 라인은 점심시간까지 죽여가며 수량을 뽑아냈다. 철순의 화공 2부는 지시량조차 채우지 못했다.

작업지시가 떨어지는 조회시간마다 철순은 호된 질책을 감당해야 했다. 라인 분리 전 지시량과 생산량을 현재와 비교하며 철순이 항변했지만 조금도 먹혀들지 않았다.

"공정을 합리화했잖아. 수천만 원을 들여 공정을 합리적으로 개선했는데 생산량은 그대로 뽑겠다는 건 무슨 심보야?"

생산과장은 라인 분리에 든 비용을 일일이 열거했다.

"라인을 분리한다고 손이 두 개에서 셋으로 늘어나는 건 아니잖아요. 어차피 똑같은 손으로 똑같은 안료, 똑같이 붓칠하는 건 달라진 게 없잖아요. 우리가 작업하는 데서 변한 건 아무것도 없어요. 지시량 는 것 빼고는요."

철순이 당돌하게 대들었지만 과장은 한마디로 일축했다.

"너 계속 똑똑한 체하는데, 화공 1부는 그럼 어떻게 지시량을 넘겨 뽑았어. 걔네들은 손이 세 개로 늘어났어?"

과장은 민영과 철순을 번갈아 봤다. 그러고는 한마디를 덧붙였다.

"조장이 그러니 그 모양인 거 아냐?"

두 부서의 평균 생산량이 표준량으로 정해졌다. 지시량은 그보다도 많은 최고 생산량을 기준으로 떨어졌다. 주가 바뀔 때마다 표준량과 지시량은 올라갔다. 철순의 화공 2부도 생산량이 조금씩 늘어났지만 지시량은 더 많은 폭으로 증가했다. 민영의 1부서도 더 이상 증가가 불가능할 때쯤이면 다른 제품이 투입되어왔다. 그리고 똑같은 과정이 되풀이되었다.

화공 1부는 게으른 2부 때문에 자신들의 몫이 늘어난다고 눈을 흘겼다. 2부는 또 미련한 1부 때문에 지시량이 고무줄처럼 늘어난다고 이를 갈았다. 점심시간 공놀이조차 하지 않았다. 엉뚱하게도, 자신의 살을 깎아먹도록 강요하는 사슬을 어떻게 끊어야 하는지 모르는 부서원들은 서로에게 발톱을 드러내고 으르렁거렸다.

민영과 철순이 정면으로 부딪친 것은 조회시간이었다. 점심시간을 죽이고 쉬는 시간을 건너뛰는 것도 하루이틀이지 화공 1부라고 불만이 터져나오지 않을 수 없었다.

"오늘 또 지시량을 올려잡으면 어떡하라는 거예요."

민영은 항의했다.

"위에서야 전체 수량을 보고 잡는 거니까 1부로서는 좀 억울하더라도 어쩔 수 없지."

민영은 철순을 노려봤다. 야, 니들 도대체 어떡할 거야. 철순은 대답도 표정도 없이 민영을 마주 쳐다보기만 했다.

"니들 도대체 언제까지 개길 거냐니깐."

"지금까지 지시량 끌어올린 게 누군데 그래. 왜 끝까지 책임지지 못해?"

"나 땜이란 말야, 지금?"

"아니면."

이 뚝방에서 민영과 철순이 만난 것은 그날 저녁이었다. 둘은 잔업도 않고 나왔다. 너 이따 저녁에 좀 봐. 민영이 먼저였다. 누가 겁날 줄 알고. 철순도 피하지 않았다. 좋아, 똥바다에서 만나자.

민영으로서는 한바탕 간단히 할 작정이었다. 그러나 철순의 태도는 뜻밖이었다. 일전을 불사할 것 같던 아침과는 완전히 달라져 있었다.

"미안해. 너한테 화낼 일이 아닌데 그랬어."

민영은 얘가 왜 이러나 싶었다.

"사람들은 다 알고 있잖아. 너도 알고 있고. 왜 지시량이 늘어나는지, 무엇 때문인지."

철순은 말을 멈추고 건너편 8공단을 건너봤다. 검붉은 노을이 공장 지붕과 굴뚝 사이로 물들고 있었다.

"사람들은 두려운 거야. 회사와 다투기엔 엄두도 나지 않고."

화해를 붙일 양으로 따라온 미정도 묵묵히 8공단을 건너봤다. 한결같이 칙칙한 회색빛 건물들이었다.

"미정 언니, 8년 다녀서 지금 일당 얼마야? 사천이백십 원. 뭐가 남았어요? 내년, 내후년이면 나아질까? 이게 우리들의 현실이야. 그런데 그것도 모자라서 우리끼리 싸워야 하는 거야? 언니, 너무 비참하단 생각 안 들어?"

철순은 혼자 묻고 대답했다. 철순의 부서에선 경쟁이 없어진 게 아니었다. 오히려 보이지 않는 내부의 경쟁이 더욱 치열하게 진행되었다. 자신의 부서가 1부보다 수량을 적게 뽑는다는 건 너무나 명확했다. 부서원들은 적어도 그 책임이 자신에게 있지 않음을 입증해야 했다. 하지만 겉으로는 속내를 보이지 말아야 했다. 옆사람보다는 단 하나만이라도 더 뽑아야 했다. 살을 말리는 경쟁이었다. 차라리 아니꼽더라도 1부와 경쟁을 하는 게 나았을 것이다. 모든 부서원이 하나하나 경쟁자이지는 않았을 것이다. 철순을 아프게 하는 것은 동료들이 끝내 결별하지 못하는 뿌리깊게 길들여진 경쟁이었다. 그녀가 감당하지 못하는 것은 과장의 질책이나, 민영보다 자신이 무능하다는 비교가 아니었다.

뚝방에 걸터앉은 셋에게 퇴근길의 남성노동자들이 휘파람을 보냈다. 뚝방 곳곳은 소주병을 가운데 놓고 술판을 벌이는 사람들로 시끄러웠다. 미정 일행의 가까이에서도 슬레이트 조각에 돼지고기를 굽는 패거리들이 시끄럽게 떠들어댔다.

"나, 뭐가 남았냐구? 많지. 자기공장 7년에 만성두통, 신경통, 소화불량, 위장병. 이 정도면 많이 남은 거 아냐?"

미정은 자신을 비웃었다.

"그래도 편안하니까 다니는 거야. 다른 데 가봐야 특별히 뾰족한 수도 없고."

미정은 세광에서, 적어도 생산직 노동자 중에서 가장 많은 자유를 누렸다. 300여 명 중에서 매월 생리휴가를 찾아먹는 유일한 사람이었고, 월차를 쓰고 싶은 날 쓰는 것도 그녀 외에는 없었다. 사람들은 창립멤버니까 어련히 그런가 보다 했다. 과장, 부장들과도 농담을 거리낌없이 주고받고 심지어 사장과도 웃음을 터뜨려가며 얘기를 할 정도였다. 중간관리자들도 어설프게 미정을 건드렸다가는 본전 건지기 힘들었다.

그러나 미정의 그러한 자유와 위치를 보장하는 것은 무엇보다도 그녀의 페인팅 기술이었다. 공장 창립과 더불어 온갖 시행착오를 겪으며 단련되어온 그녀의 페인팅 기술은 그 누구도 넘볼 수 없었다. 페인팅에 관한 한 그녀는 도사로 통했다. 저거 홍콩에서 되돌아온다, 하면 틀림없이 클레임이 걸려 되돌아왔고 현장은 비상이 걸렸다. 안료 배합비율과 도색두께, 건조온도 등에 대한 표준서가 그녀에게는 필요없었다. 그녀의 손이 저울이고 눈이 컬러분석기였다.

"그런데 왜 페인팅실에선 조용해?"

둘로 분리된 부서 중에서 서로 알력이 없는 곳은 페인팅실이 유일했다.

"내가 있는데 감히 무슨 일이 일어날 수 있겠어."

미정이 허풍스럽게 자신의 가슴을 가리켰다.

"야이, 헛똑똑이들아. 싸우고 말고 할 게 뭐 있니. 철순이 얘도 입만 발랐지 헛거야. 짜면 되잖아. 얼마나씩 뽑을 건지. 우리 작업일지 봐. 매일 10개에서 15개 이상 차이 안 나게 2실에서 적게 뽑지. 나보다 지들이 많이 뽑아선 안 되잖아. 일주일에 하루씩만 우리가 걔들보다 적게 뽑지. 그것만으로도 걔들한테 칭찬거리지. 그러니 뭐가 문제냐. 이것들아, 히프를 굴려라, 히프를."

미정은 둘의 머리를 쿡쿡 찔렀다.

"우리한테도 좀 알려주면 어디 덧나요?"

둘의 얘기를 듣고만 있던 민영이 처음으로 입을 열었다.

"공장밥을 몇 년씩 먹은 것들이 그 정도 통밥도 안 돌아? 수량 적다고 뭐라고 그러면 미친 척하고 불량 잔뜩 뽑아놓고 그래 봐."

"머리가 나쁘면 평생 고생이라니까."

셋은 웃음을 터뜨렸다.

"하지만 통밥이 모자라서만은 아냐. 우리도 그 정도 짱구야 굴리지. 페인팅실이 각본대로 움직이는 건 미정 언니가 있으니까 되지, 우린 달라."

민영도 맞장구를 쳤다.

"우리끼리 짜도 과장님이 와서 작업속도가 왜 이렇게 안 나느냐고 한 마디만 하면 손들이 대번 빨라질걸."

힘이 없을 때 경쟁은 피할 수 없다. 페인팅실은 미정의 무시할 수 없는 힘이 경쟁을 막아내고 있다. 철순은 자신의 부서원들이 왜 경쟁을 포기하지 못하는지를 번쩍 깨달았다. 힘, 힘이었다. 자신은 부서원들의 힘있는 방패막이가 되어주지 못하는 것이다. 수량이 떨어지는 책임을 부서원 개개인이 직접 져야 했다.

"니들이 만만하게 보이니까 그런 거야. 왜 계장, 주임 따위가 라인작업까지 간섭하니. 니들을 물로 본다는 거 아냐."

"그건 그래."

"야, 우리 내일 셋 다 제껴버리자."

미정의 갑작스런 제안이었다.

"셋 다 없으면 어떻게 되나 한번 보는 거야. 우선 너희들 말발부터 세워. 그래야 니들한테도 함부로 못 한다고."

"회사에서 가만있을까."

민영은 엄두가 나지 않는 모양이었다.

"가만있지 않으면?"

미정이 되물었다.

"미정 언니하고 우린 다르잖아. 언니야 생리 월차 처리되지만 우린 주차까지 네 개가 한꺼번에 날아가잖아."

"병신들아, 누가 못 찾아먹으래, 니들도 한번 붙어서 싸워봐라. 주나 안 주나. 제 밥 제가 찾아먹지 않으면 누가 찾아주냐. 철순이 너도 다른 말은 다 잘하면서 네 생리 월차조차 못 찾아먹는 건 뭐냐."

"나 혼자서만 찾아먹고 싶지 않았어요."

민영은 과장의 얼굴이 먼저 떠올랐다. 항상 따뜻하게 자신을 보살펴준 사람이었다. 그는 민영이 처음 입사했을 때 배치받은 반의 반장이었다. 현장직에서 유일하게 과장까지 올랐기 때문에 세광 노동자들은 그를 자랑으로 여겼다. 그 또한 늘 자신이 현장 출신임을, 그래서 그 누구보다 현장의 사정을 잘 알고 이해하며 애정을 가지고 일한다고 강조해왔다. 그의 그러한 이해가 부서 분리라는 애정 넘치는 아이디어를 사장에게 내놓았다는 걸 민영은 알지 못했다. 그에게 걱정을 끼치는 일을 하고 싶지 않았다. 몇 번이고 세광을 떠나려다 포기한 것도 과장의 설득과 격려가 있었기 때문이었다.

"내일은 영종도 가서 배나 타다 오자. 모레는 일요일이니까 집에서 푹 쉬고."

미정은 혼자 한발 더 나가고 있었다.

"특근할 텐데."

민영은 아무래도 내키지 않았다.

"야, 니가 왜 건방지게 사장님 걱정을 대신 하니? 사장님도 항상 말씀하시잖아. 분수에 맞는 생활을 하라고."

"선적날짜도 며칠 안 남았잖아요."

"세광에서 충신 났군. 충신 났어."

쯧쯧, 미정은 혀를 찼다.

"너 개근 못 할까 봐 그러지, 아서라 아서."

"그까짓 개근이 뭐 대단하다고 그래."

그렇게 부인하는 민영의 얼굴이 새빨갛게 달아올랐다. 민영은 세광에 다닌 7년 동안 한 번도 결근을 하지 않았다. 아니, 단 한 번 결근한 적이 있긴 했다. 어느 해 여름인가 홍수가 졌을 때였다. 집이 잠겨 도저히 출근할 수가 없었다. 회사생활 하면서 이런 흠집 남겨선 안 돼, 하며 출근 카드를 고쳐준 것도 지금의 생산과장이었다.

"아니긴 뭐가 아냐. 내가 세광의 터줏귀신이다. 개근 그게 사람 잡는 올가미라는 거야. 때려치우고 싶어도 3년 다닌 거 아까워 못 하고, 다음에는 4년 개근 아까워 못 하고, 사천 원 벌려고 아침 거르고 이천 원어치 택시 타게 만드는 게 개근이라는 거다. 나도 4년 개근했어. 창립기념일 날 은수저 한 벌이야 아깝겠지만 말야. 종이조각 하나하고."

"그러지 말고 우리 내일 출근은 하되 잔업을 제껴버리는 게 어떨까."

칠순이 새로운 제안을 했다.

"그리고 모레는 쉬고."

미정은 흔쾌히 동의했다.

"애들이야 좋아하겠지만……."

"잔업이야 하고 않는 게 본인 마음대로 아냐. 법에도 다 보장된 건데 뭘."

철순이 머뭇거리는 민영을 부추겼다.

"뭣 때문에 그러는지를 밝혀야 할 거 아녜요. 부서 분리 철회, 어때요."

"그래."

셋은 자리를 털고 일어났다. 미정이 둘을 양쪽 팔에 끼고 걸었다. 아직 바닷물이 덜 차오른 개펄 위로 갈매기 몇 마리가 떼지어 서성거리고 있었다. 민영이 짓궂게 돌멩이를 집어던졌다. 다섯 마리의 갈매기가 날아올랐다. 흰색보다는 검은색에 가깝도록 더럽혀진 몸뚱이를 한 갈매기들은 바쁜 날갯짓을 하며 건너 개펄로 옮겨갔다.

"저 갈매기들은 뭘 먹고 살까."

민영이 걱정스럽다는 듯이 중얼거렸다.

"쉿물."

"화공약품 찌꺼기."

미정과 철순의 대꾸를 흘려들으며 민영이 되물었다.

"똥바다엔 물고기도 살지 않을 텐데. 식당에서 버린 짬밥을 먹고 살까."

"짬밥은 돼지 기르는 데서 다 걷어가지 않니. 갈매기는 꿈을 먹고 사는 거야."

미정은 자신의 말에 스스로 웃었다.

"저 갈매기들은 아마 썰물을 따라 나가면 드넓은 바다가 열린다는 걸 모를 거야. 노동자의 운명은 가난과 굴욕이라고 생각하는 우리들처럼 똥바다가 바다의 전부라고 생각할 거야."

"야, 철순이 얘 시 쓰고 있는데."

셋은 공동의 음모를 가슴에 지녀서인지 괜히 들떠서 소리 높여 웃었다. 지나는 사람들이 셋을 쳐다봤다.

7공단과 8공단 사이를 가로지르고 누운 이 개펄을 사람들은 똥바다라 불렀다. 만조가 되면 뚝방까지 차오른 바닷물이 출렁거렸다. 물이 빠져나가는 간조가 되면 시커멓게 더럽혀진 개펄은 흉측스런 등짝을 드러냈다. 개펄 언저리 곳곳엔 밤사이 몰래 버린 공단 폐기물들이 산더미를 이루었다. 버려진 폐수와 오물, 쓰레기들의 썩는 냄새가 소금냄새와 뒤섞여 코를 찔렀다. 똥바다라 이름하기에 조금도 부족함이 없는 이 개펄의 뚝방을 그래도 갈 곳 없는 공단 사람들은 휴식처로 삼았다.

"우리 갈매기 찾기 하자. 저쪽으로 날아간 다섯 마리 빼고 새로 다섯 마리 찾기."

미정의 얘기에 민영이 내기를 걸었다.

"좋아. 자장면 사기."

미정과 민영은 인천교가 눈에 들어오도록 한 마리의 갈매기도 찾을 수 없었다. 바다가 열리는 서녘 끝으로 개펄을 가로지른 인천교 위로는 차량들이 질주했다.

"그때는 철순이가 자장면 샀는데 오늘은 우리 둘 중에 하나가 걸릴 수밖에 없겠지."

"너무 추워서 어디 다 숨어버린 모양이다 야."

인천교 위를 지나는 차량들의 바퀴에 감긴 체인 소리가 요란했다.

"저기다!"

민영이 소리치는 것과 동시에 두 마리의 갈매기가 다리 난간 밑에서 날아올랐다. 눈이 내리는 수면 위로 날아가는 갈매기의 비행은 낮고 느렸다. 날갯짓은 바쁘게 계속됐지만 추진력을 갖지 못했다. 창공 드높이 선회하며 나는 바다갈매기의 그것과는 달랐다. 또 한 마리의 갈매기가 뒤이어 날았다. 그 갈매기의 날갯짓은 더욱 형편없는 것이어서 차라리 바다오리의 그것에 가까웠다. 겨우 수면 위를 바둥치며 나는 갈매기를 다 자신이 발견했다고 말하지 않았다.

"이젠 세 마리만 더 찾으면 되는 거야."

"왜, 두 마리지. 내가 세 마리 찾았잖아."

"마지막 건 아냐. 날 줄 모르는 게 어떻게 갈매기야."

민영은 단호하게 마지막 한 마리의 갈매기를 자신이 발견한 숫자에서 제외시켰다. 자신의 권리를 위해 싸울 줄 모르는 사람은 노동자가 아냐. 철순이 그렇게 말한 건 노조 결성 준비를 시작한 뒤였다.

셋이 주도한 잔업 특근 거부는 예상 이상의 파문을 일으켰다. 화공부와 페인팅실 전원이 잔업을 거부했고 그다음날 특근은 성형과 제형 부서에서까지 출근 않은 사람이 나왔다. 월요일 출근했을 때 셋을 기다리고 있는 것은 사직서와 각서였다. 그들은 탈의장에 가기도 전에 사무실로 불려 올라갔다.

백지 세 장이 주어졌다. 민영과 철순에게는 사직서가, 미정에게는 각서가 요구되었다. 8년과 7년 그리고 3년 동안 '우리 회사'라고 생각하며 다녀온 그들에 대한 '우리 회사'의 요구였다. 셋은 그 한 장의 백지가 주는 의미를 무섭게 깨달았다.

민영은 7년 동안 정든 세광물산과 자신의 관계를 생각해보았다. 구석구석마다 자신의 숨결과 손때가 묻은 세광물산은 민영에게 우리 회사이기를 거부하고 있었다. 내밀어진 사직서는 세광물산은 너 따위의 것일 수 없다고 비웃고 있다. 세광물산은 어디까지나 사장 김세호의 것일 뿐이라고 호통쳤다.

나는 무엇인가. 세광물산에서 나의 의미는 무엇인가. 세광물산에서의 나의 7년은 무엇인가.

사무실의 모든 것들이 갑자기 낯설게 느껴졌다. 근면·자조·협동, 벽 높은 데서 내려다보는 사훈이 낯설었다. 액자에 담긴 '사원을 가족처럼 회사일을 내 일처럼' 사장의 친필도 새로운 의미로 다가왔다. 사무실 직원들의 얼굴도 낯설다. 창밖으로 보이는 공장건물도 낯설다. 강민영, 너는 일당 사천팔십 원짜리 고용인 이상의 그 무엇도 아니야. 그리고 이제 사장은 네가 필요없어졌어. 매일 구매하던 사천팔십 원짜리 물건을 이제는 다른 곳에서 구입하겠다는 거야. 내가 앉혀졌던 자리에 다른 누군가 앉혀져서 도료를 만지게 될 거야. 7, 8년 동안 흐려져 있던 것이 한순간에 명확해졌다. 결코 사장과 자신들은 같은 줄에 서 있을 수 없음을.

7, 8년이 아니라 70년 80년을 다녀도 그들이 서야 할 줄은 노동자의 대열임을 뼈아프게 확인하였다.

그놈의 정 때문에,를 되풀이하며 다닌 세광에서의 세월은 이날부터 바뀌지 않을 수 없었다. 이날의 배신과 분노를 통해 가슴속 깊이 각인된 것은 노동자라는 세 글자였다.

그들이 총무과 사무실에서 사표와 각서를 종용받고 있을 때 생산과장은 현장노동자들을 식당에 모아놓고 특별교육을 실시하고 있었다. 그는 사무실을 나가기 전에 민영에게 말하였다. 이럴 줄 몰랐다. 배신감을 느낀다,고 말하는 그의 얼굴에는 찬바람이 일었다.

민영은 그의 말과 표정을 고스란히 그 자신에게 되돌려주고 싶었다.

그날의 사건은 미정이 직접 사장에게 비는 것으로 일단락되었다. 미정은 모든 책임이 내게 있다, 내가 사표를 쓰고 나가겠다, 민영과 철순은 용서해달라 빌었다. 세광이 좋아서 빈 것은 아니었다. 달리 갈 곳이 없어서도 아니었다. 억울했다. 나가려 할 때마다 그렇게 붙들더니 이렇게 쫓아낼 수 있는가. 이렇게 쫓겨날 수는 없었다. 그리고 민영과 철순에게 어떻게든 책임을 지고 싶었다.

셋은 각서를 썼다. 모두 세광에 입사해서 처음 쓰는 것이었다. 그러나 그것은 결코 사장에 대한 치욕스런 항복문서만은 아니었다. 미정과 민영, 철순에게는 우정의 서약서가 되었고 동료들에게는 신뢰를 담보해주는 보증서가 되었다.

"철순이 고것 참 앙큼하지. 아주 계획적으로 우릴 꼬시려고 그랬던 거야. 여기 왔을 때부터. 우린 그것도 모르고 감쪽같이 속지 않았냐."

"미정 언닌 속은 게 억울해? 나도 일기장 보기 전까진 몰랐어요."

"억울하다는 게 아니라. 지만 통밥을 굴리고 우리에겐 그렇게 시침을 딱 뗄 수가 있냐 이거야."

철순은 이날의 일을 미정과 민영의 현장노동자들에 대한 영향력과 지도력을 확실하게 확인할 수 있는 계기였다고 적고 있었다. 그리고 현장 동료들의 단결 가능성을 높이 여기게 되었다고 덧붙였다.

"아마 그때 노조 얘기가 나왔다면 언닌 제시까닥 사장한테 꼰질러바쳤을걸."

"야 인마, 너 날 뭘로 아는 거야. 너야말로 김과장한테 단박에 일러바쳤을 거다."

미정이 민영의 주머니에 든 손으로 그녀의 허리를 꼬집었다.

"고것 옆에 있으면 이렇게 꼬집어줄 텐데 말야."

"살아나고 싶어도 위원장님 무서워서 못 살아나겠네."

갈매기는 다시 보이지 않았다.

"너무 늦었지. 그냥 가자. 돌아오는 길에 마저 찾기로 하고."

"위원장님, 순옥이 부모님 정말 찾아오면 어떡하지."

"나도 걱정이다. 학생애들한테 영향이 클 텐데."

3

노동악법 개정하여 노동 3권 쟁취하자, 정문에 내걸린 현수막이 선흥 정밀 노조의 위력을 웅변했다.

작업장의 단조해머가 하강할 때마다 요란한 마찰음이 귓전을 때렸다. 샤딩기를 돌리던 조합원들이 미정과 민영에게 알은체를 했다. 안전모에 기름얼굴을 한 조합원들을 알아볼 수 없었지만 반갑게 인사했다.

"아이고, 바쁘신 몸들이 어떻게 누추한 이곳까지 납셨습니까. 급한 일이 있음 부르실 일이지."

노조사무실에 들어서자 선홍정밀의 홍 위원장이 자리에서 일어나며 농담을 던졌다.

"미인이 두 분이나 들어서니까 사무실이 환해지는데요."

난로 속에 갈탄을 집어넣고 있던 선홍정밀의 사무장도 너스레를 떨었다.

"단도직입적으로 말씀드릴게요. 위원장님, 부탁이 있어 찾아왔어요."

미정의 어투는 지극히 사무적이었다.

"무섭게 그러지 말고 일단 앉아서 몸이나 좀 녹여요."

검은 얼굴의 근육이 강인해 보이는 홍 위원장이다.

"들어주실 거예요, 안 들어주실 거예요?"

"우리가 언제 세광 얘기 안 들어준 거 있어요?"

"요번엔 좀 어려운 거예요."

비로소 홍 위원장은 정색을 하고 미정을 바라봤다. 위원장의 책상 위엔 노조와 회사의 단체교섭안이 나란히 펼쳐져 있었다.

"돈이 좀 필요해요."

"얼마나?"

"좀 많아요. 삼백만 원."

난로 속의 갈탄을 헤집고 있던 사무장이 동작을 멈추고 돌아봤다. 놀란 것은 선홍정밀의 위원장과 사무장보다 민영이었다. 취사기 수리할 비용이나 꿀 줄 알고 따라왔었다.

"떼어먹지 않을게요. 저하고 우리 사무장 전세방 내놨는데 다음 주에 나갈 거예요."

타닥타닥, 갈탄 타는 소리가 유난히 크게 울렸다.

"저, 그래도 삼백짜리 전세 살아요. 우리 사무장은 이백뿐이 안 되지만."

"뭐하는데 그렇게 많이 한꺼번에 필요해요?"

"학생애들 등록금이 모레까지예요. 안 내면 제적시키겠답니다. 부식비도 다 됐고, 오늘 아침엔 취사기마저 고장이 나버렸어요."

홍 위원장은 담배를 꺼내 물었다. 짧은 침묵이 흘렀다.

"커피 한잔씩 들래요?"

사무장이 나직이 물었다.

"아침도 못 먹었을 텐데 우유로 뽑아드리지."

홍 위원장은 담배 연기를 길게 내뱉었다. 자판기에 동전을 집어넣기 전에 사무장은 옆에 놓인 모금함에 먼저 동전을 집어넣었다. 라면박스로 만든 커다란 모금함이었다. 세광노조를 위한 모금함. 조합원 동지, 잠깐. 당신의 커피 한 잔이 세광형제들의 겨울을 따뜻하게 합니다. 한 잔 마실 때마다 세광 동지들에게도 한 잔을 권하는 형제애를. 쟁의부.

사무장은 한 잔을 꺼낼 때마다 빠뜨리지 않고 모금함에 동전을 넣었다.

"식기 전에 드세요."

사무장이 김이 오르는 종이컵을 날라왔다.

"안 먹어요. 조합원들은 굶고 있는데 우리만 이걸 마셔요?"

"이건 완전히 땡깡이구만."

홍 위원장이 안타까운 웃음을 지었다.

"그럼 우리가 선홍정밀 아니면 어디 가서 땡깡을 부려요. 왜 위원장님도 조합원들 시켜서 우리 끌어낼래요. 노동청처럼."

"어허, 또 운다 울어, 다 큰 처녀가. 누가 안 해준다 그랬어요, 왜 그래."

"울긴 누가 울어요. 이 따위로 우리가 울 줄 알아요."

그렇게 말하는 미정의 음성엔 눈물이 묻어났다.

"사무장, 그 함 속에 든 거 삼백 안 돼?"

"지금 농담할 때 아녜요. 위원장님."

미정이 홍위원장의 말을 가로막았다.

"사무장, 우리 통장에 조합비 얼마나 남았어?"

"삼백은 돼요, 그런데 우리 맘대로 쓸 순 없잖아요."

"점심시간 다 됐으니까 상집 대의원 연석회의 소집하지 뭐. 사무장이 현장 한 바퀴 돌래?"

사무장이 땀복 상의를 걸치며 사무실을 나섰다.

"잘될 거예요. 걱정 말고 우유 드세요."

"오기 전에 부서원들 얘기 들어보고 오라고 그래."

이미 문밖으로 나간 사무장을 향해 홍 위원장이 소리를 질렀다. 얼마 있지 않아 땀복에 안전화를 신은 간부와 대의원들이 조합사무실에 들어섰다.

"아침식사도 못 했다며요?"

"사장새낀 여태도 꼼짝 안 해요?"

제각기 한마디씩 격려의 말을 던졌다.

"우리 부서 조합원들은 꿔주라고 그러던데."

"우리 부서에선 조합비는 건드리지 말고 모금을 한 번 더 하는 게 어떠냐는 사람도 많아."

회의가 시작되었다.

미정과 민영은 자리를 피해주는 것이 좋을 것 같아 조합원 한 명을 따라 식당으로 갔다. 식판을 받아들고 줄을 섰다. 돼지고기가 든 김치찌개가 김을 올렸다.

"먹어요. 잘될 것 같던데."

민영은 두어 숟갈만 먹어야지 했는데 빈 뱃속은 숟가락질을 멈추게 하지 않았다. 바닥까지 다 긁어 먹고도 아쉬웠다.

"우리도 손님들 찾아오면 식사대접 할 수 있는 날이 올까?"

미정은 대답 대신 자신의 식판에 밥을 덜어 민영에게 옮겨놓았다.

"난 속이 안 좋아."

미정은 물끄러미 민영의 밥 먹는 모습을 건너봤다.."

"민영아, 나 오늘 너무 뻔뻔하지."

"옆에서 지켜보기가 낯뜨겁더라."

"미안하다, 그런 말 하기에는 이미 너무 많이 미안한 사람들이잖아. 고맙다는 말로 할 수 있는 도움은 벌써 옛날에 다 받았고."

선흥정밀의 헌신적인 지원은 세광 노동자들이 노조를 결성하고 임금 인상을 요구하며 파업에 들어갔을 때부터 계속되었다. 세광 노동자들이 가장 걱정하던 구사대가 덤벼든 것은 노조를 결성하고 파업농성을 시작한 지 사흘 만이었다. 관리직 사원과 일부 남성노동자들로 구성된 구사대는 각목과 쇠파이프를 휘두르며 정문을 뛰어넘어 덤벼들었다. 미친 듯이 각목을 휘두르는 그들 앞에서 민영은 물론 미정조차도 어찌해야 할 바를 몰랐다.

구사대와 조합원들이 뒤엉킨 운동장은 순식간에 아수라장이 되었다. 며칠 전까지만 해도 거역할 수 없는 상사와 허물없던 동료들의 폭력 앞에 조합들은 공포와 배신감으로 떨었다. 제대로 한번 싸워보지도 못한 채 본관으로 밀려났다. 본관 3층까지 쫓겨 올라갔을 때는 벌써 다섯 명이 병원으로 실려간 다음이었다. 남은 사람들 중에서도 간부들은 성한 사람들이 없었다.

머리가 깨지고 다리를 저는 동료들을 보며 비로소 조합원들은 복도에 신나를 뿌렸다. 책상을 꺼내다 계단을 막고 방어조를 편성했다.

불을 지르겠다는 위협에 접근을 포기한 구사대는 돌멩이를 던져 3층 유리창을 모두 박살냈다. 농성자들의 수가 곱절은 많았지만 대부분이 여자들이었다. 씨팔년들로 시작하여 온갖 더러운 욕설을 퍼부으며 운동장을 설치고 다니는 구사대를 보며 많은 조합원들은 여전히 겁에 질려 있었다.

상황을 변화시킨 것은 선흥정밀이었다.

퇴근시간이 되면서 이웃 공장의 노동자들이 몰려왔다. 정문 앞에 모여든 노동자들은 노래와 구호를 외치며 세광 노동자들을 응원했다.

"인간답게 살자는데 구사대가 웬말이냐!"

"노조탄압 분쇄하고 세광노조 사수하자!"

회사측도 뒤질세라 옥외 스피커로 유행가를 틀어댔다.

"토요일은 밤이 좋아, 이 밤은 영원한 것, 그리움이 이네. 어둠이 가고 낙엽이 지면 우리들은 헤매지만―."

치직거리는 스피커 소리가 공단을 뒤덮었다.

"노조탄압 자행하는 구사대를 씨말리자!"

지원 온 노동자들은 한목소리로 외쳤다.

"쓸쓸한 갈대숲을 지나, 언제나 나를 언제나 나를 기다리던 너의 아파트―."

"강제와 감시 속에 우울하고 고통에 찬 죽음의 고역 같은 노동에서 해방되어―."

밤 이슥하도록 노동자들의 구호와 회사측의 스피커 소리, 노동가와 유행가가 뒤섞이며 7공단을 떠들썩하게 했다.

끝까지 남았던 선흥정밀의 홍 위원장과 사무장 등이 구사대에 납치되어 얻어맞은 것은 이날 자정 가까이 돼서였다. 대부분의 사람들이 돌아간 다음 정문 앞에서 모닥불을 지피고 있던 홍 위원장 등을 구사대는 회사 안으로 끌고 들어갔다. 수십 명에게 둘러싸인 채 흠씬하게 두들겨맞고 홍 위원장이 회사 밖으로 내팽개쳐졌을 땐 새벽녘이었다.

선흥정밀의 조합원들이 잔업을 제끼고 달려온 것은 바로 그날 저녁이었다.

쇠파이프로 무장한 선흥정밀의 조합원들은 세광을 향해 공단가도를 내달렸다. 작업복 차림에 머리띠를 질끈 동여맨 젊은 조합원들이 앞장을 서고, 머리 희끗한 고참 노동자가 뒤따랐다. 아줌마 조합원들도 처지지 않고 숨을 몰아쉬며 함께 달렸다. 팔뚝을 걷어붙인 그들은 '정의사회 구현'의 공단 파출소와 '화해와 대화로 산업평화'의 수출공단 본부를 단숨에 지나쳐 달렸다.

"노동자로 태어나서 할 일도 많다만 너와 나 노조 지키는 영광에 살았다."

여기가 세광이야, 밀어붙여. 선흥정밀의 조합원들은 용접해버린 정문을 단번에 밀어제꼈다.

"어떤 새끼가 우리 위원장 깐 거야. 나와!"

죽여버려. 성난 파도처럼 밀려드는 선흥정밀 조합원들 앞에서 구사대는 하나둘 꼬리를 뺐다. 옆사람의 눈치를 흘끔흘끔 살피던 구사대는 생산과장이 뒷담을 넘는 것을 신호로 앞다투어 줄행랑을 쳤다.

미처 도망하지 못하고 현장 사무실에 남아 있던 부사장을 비롯한 상위관리자들이 선흥정밀 쟁의부원들에게 끌려나왔다. 그토록 거만하던 부사장은 얼굴이 파랗게 질려 연신 고개를 주억거렸다.

"여러분, 이러시면 안됩니다. 이성적으로 대화를 통해서⋯⋯."

안 되긴 뭐가 안돼, 새꺄. 빗발치는 조합원들의 야유가 부사장의 말문을 막았다.

"이러시면 서로에게 불행한 일이 생깁니다⋯⋯."

저 새끼 아직 정신 못 차렸군, 죽으려고 환장한 새끼 아냐. 조합원들의 야유에 다시 말을 이으려던 부사장은 입을 완전히 다물었다. 선홍정밀 노동자들의 고함 소리를 헤치고 오른팔에 붕대를 두른 홍 위원장이 앞으로 나섰다.

"여러분, 조합원 여러분. 이 사람들을 어떻게 할까요?"

한손으로 들고 선 핸드마이크를 쟁의부장이 옆에서 받쳐들었다.

무 · 릎 · 꿇 · 려, 무 · 릎 · 꿇 · 려, 선홍정밀 조합원들은 한목소리로 외쳤다.

홍 위원장은 말을 끊고 부사장 일행을 돌아보았다. 당신들이 어떻게 해야 하는지 알겠지. 한 명 한 명 뚫어지게 쳐다본 다음 그는 조합원들을 향해 다시 말을 이었다.

"조합원 동지 여러분, 저의 팔 조금 다친 것, 사무장이 좀 얻어맞은 게 대단한 일은 아닙니다. 우리는 그 분풀이를 하러 온 것은 아닙니다. 우리 노동자들이 억눌리고 짓밟히며 살아온 것이 하루이틀이었습니까. 중요한 것은 우리 공장뿐만 아니라 이 7공단 모든 공장에 민주노조를 튼튼히 세우고 모든 노동자들이 떳떳하게 요구하며 당당하게 주장하는 것입니다. 저기 세광의 나이 어린 여성 동지들을 보십시오."

홍 위원장은 붕대를 감은 손을 구부정하게 들어 본관의 현관을 가리켰다. 어느새 달려나온 세광 조합원들이 이쪽을 지켜보고 있었다.

"일당 삼천칠백이십 원을 받으며 하루 열 시간 이상의 노동에 시달리는 저들의 일당 천오백 원 인상 요구가 지나친 요구입니까?"

껌값 주는 거야. 완전히 날강도들이구만. 선흥정밀 조합원들 사이에서 비난이 터져나왔다.

"아니면 그래도 배워보겠다고 밤에는 야간학교에 다니는 저 어린 동지들의 강제잔업 철폐 요구가 각목과 쇠파이프로 찜질을 당해야 할 만큼 그토록 부당한 요구입니까? 먼저, 그래도 좌절하지 않고 열심히 살아왔고 또 살아가기 위해 몸부림치며 싸우고 있는 저 동지들에게 뜨거운 격려의 박수를 보냅시다."

열화와 같은 박수가 터져나왔다.

"조합원 여러분. 세광의 어린 여성 노동자들이 구사대와 악덕기업주에 맞서 승리를 쟁취할 수 있도록 아낌없는 지원을 약속할 수 있겠습니까?"

"예."

"대답이 작습니다. 약속할 수 있겠습니까?"

"예!"

우렁찬 함성이 세광물산을 메아리쳤다.

"좋습니다. 우리는 오늘 바로 이 자리에서 세광물산 노동자들을 끝까지 지원하기로 약속했습니다."

선흥정밀의 홍위원장은 성난 사자를 다루는 노련한 조련사와 같이 조합원들을 휘어잡으며 분위기를 이끌어갔다.

"그렇다면 오늘 우리들이 이 자리에서 해야 될 것은 딱 두 가지입니다. 첫째."

홍위원장은 검지손가락을 세워 왼팔을 위로 내뻗었다.

"어제 있은 세광 조합원들과 지원 온 우리 노동자들에게 저질러진 구사대 폭력에 대한 공개 사죄와 보상 그리고 구사대의 즉각 해체입니다. 둘째."

홍위원장은 다시 검지와 중지 손가락을 세운 팔을 흔들어 보였다.

"세광노조 인정하고 평화로운 파업농성 투쟁을 보장하며 교섭에 성실히 임해야 한다는 것입니다. 만약 이것이 관철되지 않을 때는, 우리는 이 자리에서 한 발짝도 물러서지 않을 것입니다."

"우리 위원장 확실하다."

다시 고함 소리가 터져나왔다.

사·과·해, 사·과·해, 무·릎·꿇·고·사·과·해. 두 차례의 파업투쟁으로 단련된 노동자들답게 선흥 조합원들과 위원장은 박자가 척척 맞았다. 보·장·해, 보·장·해, 노·조·활·동·보·장·해. 세광 노동자들도 목소리를 가다듬어 외쳤다.

선흥정밀 노동자들은 뒤늦게 달려온 사장으로부터 세광노조가 세 가지 사항에 대한 합의서를 받아내는 것을 보고 나서야 철수했다.

합의사항 (1)구사대 폭력에 대한 공개 서면사과 및 부상자 치료비 부담 (2)구사대 해체 및 평화농성 보장 (3)노조인정 및 성실교섭. 공장을 완전히 세광노조가 접수하는 것을 확인하고 난 뒤에야 비로소 선흥정밀 노동자들은 소리 높여 노래를 부르며 해산을 했다. 야간규찰 지원조로 연마 1반 20명의 조합원들을 남겨놓고.

이날부터 두 노조원들은 세광과 선흥정밀 노조를 피로 맺은 연대노조라 불렀다.

어느새 굵어진 눈발은 하늘을 가득 채웠다. 선흥정밀의 운동장도 하얗게 뒤덮였다. 미정과 민영은 식당 창밖을 멍하니 지켜보고 앉아 있었다.

회의가 손쉽지 않은 모양이다. 식사시간이 끝난 지 벌써 30분을 넘기고 있었다.

"위원장님 방 빼고 나면 어디서 살 거야?"

"기숙사에 들어오면 되잖아."

"만약 싸움에 지면?"

감옥에 가는 거지, 하는 말을 미정은 하마터면 입밖으로 내뱉을 뻔했다.

"지긴 왜 지니, 인마."

"동생은?"

"동생도 지네 회사 기숙사에 들어가기로 했어."

전세방을 빼겠다고 했을 대 동생은 의외로 담담했다.

─언니, 이젠 아주 미쳤군. 최저생계비가 어떻고 인간다운 삶이 어떻고 하더니 하나 있는 전세방마저 까먹는 거야? 나야 뭐라고 할 말 있어? 10년 공장생활해서 번 건 언닌데.

미정이 벌어서 고등학교를 졸업시킨 동생이었다.

─너도 기숙사에 들어가서 좀 지내. 싸움 끝나면 다시 같이 살도록 해. 그리고 내게 혹시 무슨 일이 있더라도 절대 놀라지 말고. 언니가 남에게 해서 안 될 일을 한 적은 없지 않니.

"위원장님, 만약 싸움에 지면 내 방에서 같이 살아요."

"질 일 없다고 그랬잖아."

"만약."

"만약도 없다니까."

민영은 뾰로통해져서 창밖으로 눈길을 돌렸다.

"위원장님, 사무실에 가보세요. 잘됐어요."

"식사는 했어요?"

회의를 끝낸 조합의 간부와 대의원들이 와자지껄 떠들며 식당에 들어섰다.

"오늘은 또 무슨 음모 꾸미느라고들 이렇게 늦었어?"

식당 아줌마들이 간부들에게 친근감을 표시했다.

"아줌마들 월급 올리자는 얘기하다 늦었으니까, 고기 좀 많이 줘요."

"으이구, 맨날 우리 땜이라지. 위원장님은 왜 안 와?"

"곧 올 거예요."

대의원들에게 고개를 숙여 보이고 조합사무실로 향했다. 사무장이 차트병 출신답게 공고문을 가지런히 적어 내려가고 있었다.

임시 상집 대의원 연석회의 결과보고. 하나, 조합비 중 삼백만 원을 세광노조에 대출한다. 둘, 만약 위 금액이 3개월 이내에 회수가 불가능할 때는 상집 대의원의 월급에서 일괄 공제한다. 셋, 월급봉투 잔돈 모으기와 자판기 모금액(합계 423,100원)은 전액 전기장판을 구입하여 세광노조에 전달한다.

홍 위원장은 책상모퉁이에 걸터 앉아 문구를 불렀다.

"줄 바꿔서 넷, 콤마 하고 세광노조의 야간규찰 지원에 해당된 부서는 대의원의 책임하에 한 사람도 빠짐없이 참여한다. 마침표 하고 끝. 줄 바꿔서 전진하는 선봉노조 선홍정밀 노동조합."

"월급봉투 잔돈 모으기가 뭔가 아세요?"

매직펜 뚜껑을 닫은 사무장이 장난스럽게 물었다.

"월급봉투에서 지폐를 꺼내고 잔돈은 모조리 쏟아붓는 거예요. 월급날 총무과 앞에서 저는 바께스를 들고 있고 위원장님이 선동을 하죠. 자, 동전은 모두 다 털어요."

사무장은 시장바닥의 장사치마냥 손바닥까지 탁탁 치며 위원장의 선동 모습을 익살스럽게 흉내냈다.

"사무장 저거 사기 치네. 바께스 들고 있었던 게 나지 인마. 선동하는 게 좀 쪽팔렸던 모양이지, 왜. 얼굴이 좀 새빨개져서 그렇지 잘하던데."

"막연히 모금하면 부담스럽잖아요. 작게 내면 찜찜하고. 지폐는 안 받고 동전만 받는다 딱 하니까 그런 거 없잖아요."

"그래도 다 모으니까 바께스가 묵직하더라구요."

"위원장님, 사무장님……."

미정은 무슨 말인가를 해야 했다.

"잊지 않을게요."

미정은 그 이상 다른 말을 할 수 없었다.

"힘냅시다."

홍위원장은 오른손 주먹을 굳게 쥐어 보였다.

"꼭 이겨야 합니다."

사무장이 덧붙였다.

4

해를 넘겼다. 추석과 성탄절, 새해 아침까지 농성장에서 둥우리를 틀고 보냈다.

초저녁부터 불이 켜진 3층 중앙의 사무실은 자정이 넘도록 불이 꺼지지 않았다.

상집회의는 침울했다. 미정이 이날처럼 화를 낸 적은 없었다.

"말을 해, 입이 있으면 말을 해보란 말야! 누가 그 따위 짓을 시켰어?"

모두들 고개를 숙인 채 굳게 입을 다물고 있다.

"순옥이 너, 대담해. 누가 그 따위로 돈 벌어오라고 그랬어?"

순옥은 입술을 깨물고 눈을 똑바로 뜨고 있다.

"도대체 니들이 몇 살이야? 니들은 학생이야, 학생."

어제 저녁 미정은 처음으로 전철역엘 갔다. 조합원들이 전철역에서 커피장사를 시작한 지 열흘 만이었다. 어젯밤은 유난히 바람이 세차게 불어와 장사를 나가지 말라고 제지했지만 순옥은 기어코 조합원들을 데리고 나갔다.

조합원들을 내보내고 상집회의를 하는 동안 바람은 쉬지 않고 몰려와 창문을 뒤흔들었다. 미정의 머릿속엔 장사 나간 조합원들의 얼굴만 떠올랐다. 미정은 서둘러 상집회의를 끝내고 전철역으로 나갔다. 가까이 다가가지 않고 멀찌감치 서서 조합원들이 장사하는 모습을 지켜봤다. 하행전철이 멈춰 서자 사람들이 몰려나왔다. 열 명이 넘는 조합원들은 재빨리 그들 중에서 한 명씩을 붙들고 매달렸다.

"따뜻한 커피 마시고 가세요. 이백 원이에요."

"위장폐업 분쇄 커피예요. 도와주세요."

뿌리치고 가는 사람도 있고 영문도 모르고 끌려와서 커피를 마시는 사람들도 있었다. 근심스런 얼굴로 조합원들의 등을 두드려주며 지폐를 놓고 가는 사람도 어쩌다 눈에 띄었다. 그러나 그것은 어쩌다였다.

다시 한 대의 전철이 도착했다.

조합원들은 필사적으로 매달렸다. 사람들은 붙잡히지 않으려고 계단을 뛰어올라갔다. 미정은 가슴이 미어졌다. 그녀는 조합원들이 이렇게 커피를 팔아 오는 줄은 몰랐다. 하루 저녁에 5, 6만 원씩 팔아오는 조합원들을 대견스럽게 여기며 그저 고생했다고 격려해온 자신이 죽이고 싶도록 미웠다.

순옥은 손님을 데리고 와 옆에서 얼쩡거리는 조합원들을 독려했다.

미정은 장사가 끝날 때까지 그 아픈 광경을 지켜보고 있었다.

축 늘어진 어깨를 한 조합원들은 버스도 타지 않고 다섯 정거장을 걸어서 세광으로 돌아왔다. 그들의 힘없는 발걸음에서는 좀 전의 커피를 팔 때 보이던 뻔뻔스러움과 집요함을 찾아볼 수 없었다. 미정은 그들의 뒤를 따라 공장으로 돌아왔다.

"지금까지 계속 그런 식으로 사람들에게 커피를 판 거야?"

"처음엔 그렇지 않았어요. 조금씩 조금씩 많이 팔려고 하다 보니 어제처럼 된 거예요. 그런데 그게 뭐 그렇게 잘못됐다는 거예요?"

순옥은 대들었다.

"야, 너 아직도 잘했다 이거야? 애들 그렇게 하는 것 보고도 아무렇지도 않았단 말야. 니들이 거리의 여자들이야? 애들을 창녀로 만들 작정이야?"

"위원장님은 우리가 장사하고 있는 게 그렇게 마음이 아팠어요? 아니면 자존심이 상했어요?"

미정은 뚫어지게 순옥을 노려봤다.

학생들 등록금 낸 돈이 위원장과 사무장의 전세방 뽑은 데서 나온 것이란 사실이 알려지자 순옥은 벌어서 갚아야 한다고 앞장서 주장했다. 미정도 반대하지 않았다. 지금까지 이웃 노조와 학생들, 민주단체에서 모금해온 돈을 앉아서 받기만 했다. 그러나 모금도 한두 달의 얘기였다. 스스로 벌겠다고 나서는 조합원들이 대견스러웠다.

"회사 쪽에서 그 광경을 봤으면 뭐라고 선전했겠어?"

"그게 그렇게 무섭고 중요해요?"

미정은 자리에서 일어나 창가로 갔다. 건너편 식당건물 옥상에서 규찰을 맡은 조합원들이 모닥불을 피워놓고 노래를 부르고 있었다. 누가 저들에게 키보다 큰 쇠파이프를 들게 만들었는가. 불길에 일렁이는 그들의 모습을 미정은 묵묵히 지켜봤다. 누가 낯 모르는 사람들의 팔에 매달려 커피를 팔도록 만들었는가.

상집간부들은 의자 깊숙이 몸을 묻은 채 가끔 창가에 등을 돌리고 선 미정을 돌아봤다. 잠바 깃을 세운 미정의 뒷모습이 고집스럽다.

"우린 뭐 그 짓 하고 싶어서 하는 줄 알아요? 우리도 구걸하듯이 장사하기 싫어요. 우리도 현장에 들어가서 일하고 싶어요. 신나 냄새도 그리워요. 학교에서 다른 회사 취직한 애들이 월급봉투 타는 것 보면 얼마나 부러운지 아세요?" 맺힌 것 많은 순옥이었다.

순옥과 조합의 설득 편지에도 불구하고 순옥의 아버지는 공장을 찾아왔다.

"머리에 피도 안 마른 것이 뭘 안다고 데모질이야, 데모질이."

머리가 하얗게 센 순옥의 아버지는 대뜸 딸의 뺨부터 후려쳤다.

"아빠, 그게 아녜요."

"아니긴 뭐가 아냐. 저 벽에 시뻘겋게 휘갈겨 써놓은 게 빨갱이가 하는 짓이 아니고 뭐야. 당장 짐 싸들고 오지 못해!"

"우린 나쁜 짓을 하고 있는 게 아녜요. 전 죽어도 여기서 나가지 않을 거예요."

"뭐가 어쩌고 어째."

아버지는 순옥의 머리채를 휘어잡았다. 미정이 옆에서 말렸지만 소용이 없었다. 조합원들은 2층 기숙사에서 처음부터 내려다보고 있었다. 참혹한 광경이었다.

"그런 식으로 하려면 김세호한테 머리 숙이고 들어가는 게 나아."

미정의 목소리가 올라갔다. 순옥이 자리에서 발딱 일어섰다.

"그런 식, 그런 식 하는데 그런 식이 뭐 어쨌다는 거예요. 먹고살 돈이 있어야 싸우는 거 아녜요. 다른 방법이 있음 얘길해보란 말예요. 돈 2억 받고 끝낼 거예요? 전 2억 아니라 이백억을 준다고 해도 철순 언닐 배신할 수 없어요."

"야 인마, 내가 언제 돈 받고 끝내자고 그랬어?"

사장은 노동청을 통해 협상을 제의해왔다. 농성조합원 65명에게 2억의 보상금을 주겠다고 했다. 그리고 조합원들의 정신적 피해에 대해서는 다시 중앙일간지 두 곳에 사과광고를 싣겠다고 덧붙였다. 노동청은 조합원 전원의 타회사 취업을 책임지겠다고 제안했다.

간부들은 냉담했다.

"개자식, 그 돈으로 정상가동하면 되잖아."

사장은 보상금의 액수가 더 올라갈 수 있음도 암시했다. 그러나 공장 가동만큼은 어떤 일이 있어도 못 한다는 거였다.

"사과광고, 언제는 안 실었어?"

"취업보장 좋아하네. 세광 다닌 줄 알면 어떤 미친 사장이 받아주겠다."

그러나 조합원들 일부가 동요했다. 머릿속에서 2억원이 65로 나눗셈되었다. 1인당 3백만 원이 넘는 돈이다. 순옥도 그 정도 산수는 했다. 한 달에 5만 원씩 붓던 적금이 3백만 원이 되려면 꼬박 5년을 부어야 한다는 것도 셈이 되었다.

"더러운 돈 받기보다 벌어서 싸우겠다는 일인데 뭐 잘못됐단 말예요!"

박차고 나가는 문소리가 그녀의 말끝을 맺었다.

순옥이 끝내 아버지에게 끌려가지 않을 수 있었던 건 통장 덕분이었다.

—아빠, 우리가 일 안 하는 게 아니란 말예요. 보세요. 내년에 아빠 환갑 해드리려고 매달 5만 원씩 적금 부어오던 것마저 사장 때문에 중단했어요. 노조 없애려고 사장이 문을 닫아버린 것이란 말예요.

"순옥이 커피장사를 하는 방법이 지나치긴 했지만 위원장님이 그토록 화를 내는 것도 옳지는 않다고 봅니다. 우리가 더욱 중요하게 바라봐야 할 것은 조합원들 자신이 스스로의 힘으로 투쟁자금을 확보하겠다는 의지입니다."

문화부장이 말문을 열었다.

"커피판매 문제는 접어두고 사장이 제시한 협상안에 대해서 얘기를 해봅시다."

"그 얘기 이미 끝난 거 아녜요. 우리의 요구는 단 하나 정상가동입니다. 더 무슨 얘기가 필요해요."

총무부장이 문화부장의 말을 가로막고 나섰다.

"우리가, 간부들이 싫다, 말도 안 된다고 해서 있는 것이 없는 것으로 되진 않아요. 실제로 조합원들은 술렁거리고 있어요. 조합원들의 생각을 먼저 파악해야지 우리만 생각해선 안 되는 겁니다."

"그래서 돈을 받자, 그 얘기예요? 간단히 얘기해요."

"아니, 말을 왜 자꾸 그 따위로 합니까. 내 얘긴 술렁거리는 조합원들을 결집시켜야 된다는 겁니다."

둘의 목소리가 올라갔다.

"위원장님이 말씀 좀 하세요."

민영이 다시 자리로 돌아온 미정에게 말을 권했다.

"이번에 사장이 내놓은 협상안으로 조합원들의 일부가 흔들리고 있는 것은 사실입니다. 그동안 우리는 너무 긴 싸움으로 지쳐 있고 사실 승리의 전망도 확실치 않습니다."

회사는 노조가 2억 원 협상안을 거부하자 조합원들에 대한 개별공작에 나섰다.

─지금 농성장에서 나오면 3백만 원을 준다. 이것이 마지막 기회다. 이 이후에는 1원 한 푼도 없다.

집으로 찾아가 가족들까지 유혹했다.

"상당한 현찰로 협상안을 낸 것은 우리 세광의 투쟁이 지역의 임투와 연결되는 것을 막으려는 노동청의 방침 때문인 것 같습니다. 어느 기자에게 들은 바에 의하면 경찰, 안기부, 노동청이 모인 관계기관대책회의에서도 세광투쟁을 가장 목의 가시로 여기고 있답니다. 그러나 저들의 이러한 협상요구도 그동안 우리가 싸워온 투쟁의 성과들입니다. 저들의 이 작은 후퇴 앞에서 우리의 대열이 흐트러진다면 150일간에 걸친 우리의 투쟁은 물거품이 되고 말 것입니다."

"이렇게 하는 건 어떨까요?"

선전부장이 다른 사람들의 눈치를 살피며 조심스레 말문을 열었다.

"한 1억 더 따로 달래서 철순 언니 기념관 지으면, 실제로 정상가동은 쉬운 일 같지 않고 더 끌다 나중에 하나씩 떨어져나가서 흐지부지되는 것보다 낫잖아요?"

"철순이가 원하는 건 기념관이 아네요."

총무부장이었다.

여러 의견들이 쏟아져나왔다. 결론은 쉽게 나지 않았다. 현실적으로 승산이 없는 만큼 돈을 받고 끝내자는 의견은 한두 명이 내세웠다. 나머지는 전원 구속이 되더라도 싸우자는 쪽이었다.

"이 문제는 상집에서 다수결로 정할 문제는 아닌 것 같습니다. 앞으로 일주일간 조합원들과 오늘 우리가 했던 회의 내용을 가지고 함께 토론해서 결론을 내리겠습니다. 각 조별로 통일된 의견을 구정 연휴가 끝나는 날 저녁까지 마련하도록 합시다."

상집간부들은 한결같이 말없이 회의실을 빠져나갔다. 미정과 민영만이 남았다.

미정은 무너지듯 의자에 주저앉았다. 민영이 석유난로를 미정 옆으로 옮겼다.

"왜, 들어가 자지 않고."

미정은 팔짱을 끼고 의자에 기대 누운 채였다.

"위원장님도 같이 들어가죠."

민영은 난로 앞에 쪼그리고 앉아 손을 내밀었다. 난로는 제 몸뚱이 하나를 겨우 데웠다. 미정의 머릿속으로 지난 7개월의 세월이 필름처럼 지나갔다. 노조를 결성한 뒤 단 하루도 평화는 없었다.

이제는 마지막 고비에 서 있다.

"요즘도 애들 밥해 먹이느라고 고생이지?"

"애들한테 미안하지 뭐. 김치 한 가지뿐이잖아. 국도 없이."

반찬 투정하는 조합원들은 없어졌다. 부식비가 별도로 책정되지도 않았다. 밥과 김치가 전부였다. 어쩌다 시장을 다녀와서 반찬을 내놓으면 되레 역정을 부렸다. 돈 없는데 뭐하러 이런 데 쓰느냐고. 해가 바뀌면서 조합원들은 강도 높은 투쟁이 다가오고 있음을 직감하고 있었다.

아무도 입밖에 내지 않았지만 감옥은 물론 그보다 더한 희생이 요구되고 있다는 것을 알고 있었다.

"미정 언니, 인간적으로 물어볼 게 있는데 솔직히 대답할 수 있어?"

미정은 고개를 끄덕였다.

"미정 언니, 감방에 갈 생각이지."

미정은 표정도 대답도 없다.

"누구누구 감방에 갈 건데?"

희미한 노랫소리가 들렸다. 건너 건물 옥상에서 규찰조가 부르는 노래다. 벽시계는 새벽 2시 20분을 넘고 있었다. 민영은 미정의 대답을 기다렸다. 노래가 그치고 정적이 흘렀다.

"무섭니?"

"응, 솔직히 그래."

민영의 대답에 미정은 고개를 끄떡거렸다.

"언닌 무섭지 않아? 감방 가는 거."

미정은 고개를 천천히 저었다.

"무서운 건 감옥 가는 게 아냐."

"그럼?"

"이 싸움에서 지는 거야."

미정은 눈을 감은 채 입술을 깨물었다."

"내가 감옥에 감으로써 우리가 이길 수만 있다면 난 평생이라도 가 있겠어. 아니 그 이상도 할 수 있어."

"어딜 쳐들어갈 거야? 사장집? 아니면 노동부장관실? 요즘 같으면 어딜 들어가든지 구속이겠지. 구속된다고 위장폐업이 철회되는 것도 아니잖아."

미정이 자신의 머리칼을 움켜쥐었다. 그리고 미친 듯이 소리쳤다.

"억울해, 이대로 김세호한테 진다는 건 너무 억울해. 참을 수가 없어."

철순이 공장 지붕에서 떨어진 것은 노조를 결성하고 파업농성을 시작한 지 16일째 되던 날이었다.

꿈에 부푼 노조결성이었다. 다시는 동료를 선동하여 회사에 누를 끼치지 않겠다는 각서를 쓴 지 4개월 만이었다.

미정은 위원장에 뽑혔다. 철순과 민영은 사무장과 회계감사에 선출되었다. 요구사항은 간단명료했다. 어용노사협의회 폐지와 노조 인정, 일당 천오백 원 인상, 강제 잔업 철폐, 이 세 가지였다.

세광 노동자들의 참여와 열기는 대단했다. 노동자들의 단결은 사장과 관리자들이 몇 년에 걸쳐 매일같이 다지며 억눌러온 질서를 단 하루아침에 뒤집어버렸다. 민주적으로 각성하고 노동자로서 단결한다는 것은 무서운 것이었다. 스스로 대표를 뽑고 스스로 규율을 만들고 스스로의 몫을 감당해나가는 새로운 질서를 만들어냈다.

노조결성 보고대회와 동시에 파업농성은 시작되었다.

그러나 공단에서 현금재벌로 통하는 사장도 만만치 않았다. 구사대를 통한 폭력탄압은 연대투쟁에 의해 실패했다. 사장은 장기전을 걸어왔다. 물량을 하청공장으로 빼돌리고 교섭에 응하지 않았다. 조합원들이 지쳐 떨어져 스스로 와해될 때까지 버티겠다는 의사를 노골화했다. 보름이 지나도록 제대로 이루어진 교섭은 단 한 차례도 없었다.

조합원들은 초조하고 불안해하기 시작했다. 길어야 일주일이면 끝나겠지 했는데 타결될 전망이 조금도 보이지 않자 동요하기 시작했다. 변화 없는 상황에 지친 조합원들은 긴장이 풀렸다. 규율도 흐트러져갔다. 낮에 몰래 빠져나가 돌아다니다 오는 조합원들도 한둘이 아니었다.

회사측이 들여보낸 끄나풀은 집행부가 외부세력과 연계되어 일부러 교섭을 않고 싸움을 길게 끌고 있다는 헛소문을 퍼뜨렸다. 그들은 지도

부에서 밀려난 일부 남성조합원들을 계속 들쑤셨다. 농성장 내에 술판을 벌였고 근거 없는 시비를 걸었다.

한 번도 싸워본 경험이 없는 지도부로서는 어느 것 하나 쉬운 것이 없었다. 한결같이 며칠 사이에 얼굴이 몰라보게 여위었다. 특히 병약한 철순은 제대로 식사도 못 하여 보는 이들을 안타깝게 했다. 철순은 얼굴은 뼈가 앙상하게 드러났고 입술은 하얗게 갈라졌다. 눈은 퀭했으며 목소리는 잠겨 있었다.

언제까지 농성장에만 둥우리를 틀고 앉아 있을 순 없었다. 내부 분열과 와해를 노리는 사장의 교섭지연 술책을 분쇄하고 투쟁에 새로운 활력을 불어넣을 전기의 마련이 절실했다. 집행부에서는 '파업기금 마련을 위한 연대집회'를 계획했다.

7월 16일로 예정된 집회가 하루 앞으로 다가왔고 조합원들은 준비에 박차를 가했다. 하루종일 현수막을 만들고 노래와 촌극을 연습했다. 나이 어린 조합들이 풀통을 들고 공단을 돌며 안내문을 도배했다. 회사의 끄나풀들은 그 시간에도 수위실에서 술판을 벌였다.

"철순아, 너 하루종일 아무것도 안 먹고 그러다 쓰러진다."

미정이 현수막을 걸러 다니는 철순에게 기숙사 들어가서 쉬라고 말렸다.

"괜찮아. 이제 다 했는데 뭐."

그 말이 미정이 들은 철순의 마지막 말이었다. 미정은 철순을 뒤로하고 노래 준비를 둘러보러 갔다.

철순이 현수막을 걸기 위해 본관 옥상으로 올라간 것은 밤 9시가 넘어서였다. 이미 어둠이 내려앉은 뒤였다.

사장놈이 배짱이면 노동자님은 깡다구다, 현수막을 3층에서부터 바닥까지 늘어뜨렸다. 민영은 철순이 늘어뜨린 현수막의 끝에 돌을 매달아 고정시켰다.

"마지막 하난데 어디가 멋질까?"

철순이 아래를 향해 물었다.

"그 옆에 그냥 걸고 내려와요. 날도 어두운데."

민영의 옆에서 도와주고 있던 조합원 하나가 소리쳤다.

"아냐. 마지막에 걸려고 남겨둔 건데, 멋진 곳에 달아야지."

"뭔데?"

민영이 위를 보고 물었다.

"노동자의 서러움 투쟁으로 끝장내자!"

3층 옥상에서 외치는 철순의 잠긴 목소리를 민영은 알아들을 수 없었다.

"뭐라구?"

비상계단을 타고 내려온 철순에게 민영이 다시 물었다.

"노동자의 서러움 투쟁으로 끝장내자, 어디가 좋을까?"

"글쎄."

"저 굴뚝에 거는 게 제일 눈에 잘 뛰지 않을까? 공단 어디서나 다 보일 걸. 어때?"

철순은 공장 지붕 위에 우뚝 솟은 굴뚝을 가리켰다.

"잘 띄기야 하겠지만 너무 높아서 어떻게 올라갈 수 있어. 현장 지붕 위로 올라가는 계단도 없는데."

"걱정 마. 내가 올라갈게. 이 날씬한 몸매가 있잖아. 저기 사다리나 좀 가져다줘."

조합원들이 본관 앞 바리케이드용으로 놓여 있던 사다리를 들고 왔다.

"내가 올라갈게."

민영이 나섰다.

"이 사다리나 잘 붙들어. 니들 같은 돼지가 올라가면 지붕 무너진다."

민영은 사실 굴뚝에 올라갈 자신은 없었다. 철순은 이미 사다리를 오르고 있었다.

"아이고, 그러다가 바람에 날려갈라."

사다리를 잡고 선 조합원들이 떠들었다. 사다리를 오르는 철순의 다리가 후들거리고 있다는 것은 그 자신밖에 몰랐다. 빈속이 울렁거렸다.

굴뚝은 공장 지붕 가운데 솟아 있었다. 철순이 슬레이트 지붕 아래로 추락한 것은 굴뚝을 향해 두어 발짝을 채 못 옮겨서였다. 슬레이트 지붕이 무너지면서 철순은 공장 속으로 떨어졌다. 낡아빠진 슬레이트 지붕은 철순의 야윈 몸뚱이 하나도 지탱할 수 없었던 것이다. 쿵, 소리를 듣고 민영이 현장 안으로 달려들어갔을 때 철순은 이미 피를 흥건히 뿌린 채 증기가마 옆에 널브러져 있었다. 지원 나와 있던 선흥정밀의 대의원 하나가 민영과 조합원들이 울며 떠메고 나오는 철순을 받아 업었다. 선흥정밀의 대의원은 피가 뚝뚝 떨어지는 철순을 둘러메고 큰길로 내달렸다.

달리는 택시 속에서 민영은 철순의 가슴에 귀를 대봤다. 심장은 희미하게 뛰고 있었다.

철순의 뇌수술은 시작한 지 한 시간 십 분 만에 중단되었다. 집도를 맡았던 의사는 뇌의 파손이 워낙 심해 더 이상 수술이 불가능하다고 밝혔다. 다시 봉합수술을 하고 자기 치유능력에 따른 회생을 기대할 수밖에 없다는 것이 그의 설명이었다. 쓰러진 철순의 어머니도 중환자실로 옮겨졌다.

민영은 철순의 생명이 인공호흡기로 유지되는 이틀 동안 병실 문앞에 쪼그리고 있었다. 이튿날 아침 한때 상태가 호전되어 인공호흡기를 떼어내기도 했다. 민영은 실낱같은 희망을 붙들었다. 그러나 철순은 끝내 회생하지 못했다.

소식을 듣고 달려온 지역의 노동자, 동료들의 눈물 어린 간구도 소용없이 철순은 숨을 멈췄다.

1988년 7월 17일 밤 9시 45분, 마지막 말 한 마디 남기지 못하고 철순은 스물여섯의 나이로 한 많은 노동자의 삶을 마감하였다. 그녀가 떨어지는 순간까지 한끝을 놓지 않았던, 끝내 걸지 못한 현수막만이 뚫어진 지붕에 늘어쳐진 채 유언을 대신했다.

'노동자의 서러움 투쟁으로 끝장내자!'

민영과 미정은 병실 문짝에 매달려 울었다.

철순의 시신은 영안실로 옮겨진 채 열흘을 보내야 했다.

넋을 잃은 어머님의 모습은 민영과 미정의 가슴을 무너지게 했다. 그러나 사흘 만에 겨우 기력을 차린 어머님의 태도는 철순의 어머니다웠다.

"우리 딸이 해달랬던 거 다 해줘. 우리 딸 남한테 손톱만치도 못할 짓한 적 없어. 내 보상금 한 푼 달라고 하지 않아. 우리 딸이 애지중지하던 저애들 해달라는 거 다 들어줘. 안 그럴 양이면 우리 딸애 살려놓고 개한테 얘기해."

그러곤 다시 말을 잊었다. 빈소 앞에 넋을 잃고 앉아 있는 어머님을 보면 민영은 자신이 철순을 죽인 것 같아 견딜 수가 없었다.

경찰이 시신을 빼돌린다는 소문이 나돌았다. 민영은 매일 몇 구씩 들어오고 나가는 시신을 일일이 감시했다. 시신마저 저들의 손아귀에 빼앗기지는 말아야 했기에. 사장은 그 순간에도 조합원들을 동요시키기 위해 누가 밀지 않았느냐, 경찰에서 조합원들을 전원 잡아다 조사할 것이다, 위협을 했다.

철순의 어머님은 영안실을 지키고 있는 조합원들의 손을 말없이 잡아주곤 하였다. 사장은 철순의 죽음 앞에서도 의연했다. 대단한 사람이었다.

미정은 가슴이 죄어왔다. 멀쩡한 자식이 죽었고, 그 자식의 장례도 못 치른 채 영안실에 앉아 있는 어머님의 심정을 도대체 어떤 말로 표현할 수 있겠는가. 친척들은 보상비나 받고 장례를 치르라고 어머님에게 말을 건넸다. 회사와 경찰도 이웃을 통해 말을 넣었다.

미정은 아무 말도 할 수 없었다. 철순의 시신을 무더운 한여름에 영안실에 뉘어두고 싸웁시다, 그렇게 말할 수는 없었다. 죄인이 되어 어머님의 곁에 앉아 있을 수밖에 없었다.

영안실로 옮긴 지 7일째 되던 날 어머님은 열쇠를 꺼내 철순의 동생에게 건네주었다.

"집에 쌀 두 가마 있는 거 가져와라."

철순의 여동생은 무슨 말인지 알아듣지 못했다.

"집에 쌀 두 가마 있는 거 가져오란 말이다. 한 가마는 공장에 애들 갖다 주고 한 가마는 이리로 가져와. 애들도 먹어야 싸울 거 아냐."

한 마디 한 마디가 심장에서 나오는 신음이었다.

"나쁜 놈들."

미정은 죽는 순간까지 어머님의 이 저주를 잊지 못할 것이다.

장례식은 열흘 뒤에야 치러졌다.

송철순 민주노동자장, 태극기에 싸인 철순의 영구는 조합원들의 손에 의해 영안실을 출발하였다. 점심시간에 맞춰 장례행렬이 지난 공단가도는 7, 8공단의 노동자들로 메워졌다.

"여기 우리의 동지 송철순 민주노동열사가 떠나갑니다. 노동자의 서러움 투쟁으로 끝장내자, 외치며 외치며 떠나갑니다. 누구보다 이 7, 8공단을 사랑하였던, 노동자의 인간다운 삶을 갈망하며 싸우다 산화해간 송철순 동지가 여러분에게 마지막 인사를 고하며 떠나갑니다."

검은 천으로 둘러싸인 선도방송차는 연도의 노동자들을 울렸다. 벗이여 고이 가소서. 삼기실업, 동일전자, 로얄공업, 청호산업 노동조합원들이 현수막을 앞세우고 공단 어귀어귀에서 철순의 운구를 맞이했다. 선홍정밀 노조원들도 전원이 작업복에 검은 완장을 하고 철순을 맞았다. 그들의 앞으로 펼쳐진 검은 현수막엔 이렇게 적혀 있었다. 해방의 불꽃으로 영원하라 동지여! 노동해방의 그날에 부활하라 송철순 동지여, 선홍정밀 노동조합원 일동.

장례식은 그녀의 숨결이 구석수석 배인 세광물산 운동장에서 열렸다.

"철순아, 누구보다 열심히 우리의 앞에서 싸웠던 철순아! 우리는 네가 무슨 말을 하고 싶어하는지 안다. 며칠을 견디지 못해 우리는 흔들리고 약해졌었다. 우리들은 너무 이기적이었고 나태했었다. 우리는 알게 되었다. 너의 죽음 앞에서조차 회개할 줄 모르는 가진 자들의 오만함과 어머님의 눈물 속에서 우리가 어떻게 해야 하는지 알게 되었다. 철순아, 이제 지켜보아다오. 세광의 깡순이들이 어떻게 싸우는지를, 넌 우리의 가슴속에 살아 우리가 내딛는 다리와 팔뚝 속에서 함께할 것이다. 너는 노동자가 해방되기 위해 어떻게 싸워야 하는지 너의 죽음으로 가르쳐주었다. ……보아다오, 철순아. 우리의 전진을, 우리의 투쟁을, 우리의 승리를……."

미정은 추모사를 끝까지 읽어내려갈 수가 없었다.

장례식을 마친 철순의 영구는 수출공단 본부 앞에서 노제를 지낸 뒤 장지인 경기도 마석의 모란공원으로 옮겨졌다. 전태일, 박영진, 성완희

열사가 잠든 묘역에 철순은 안장되었다.

공장엔 다시 기계 소리가 울렸다. 벽과 담벼락을 도배했던 구호와 요구 사항들이 말끔히 지워지고 철순이 떨어졌던 현장바닥의 핏자국도 씻겨졌다. 세광 조합원들의 가슴에 검은 리본이 달려 있는 것을 빼고는 예전과 다름없었다.

그러나 세광 깡순이들의 아픔은 이것으로 끝나지 않았다. 오히려 시련의 시작은 이때부터였다.

정상조업의 재개와 동시에 폐업설이 현장에 떠돌았다.

28일간의 파업농성을 마친 조합원들은 평화로운 일터에서 동료를 잃어버린 상처를 아물리고 싶었다. 그러나 운명은 세광 깡순이들에게 가혹했다. 김세호 사장의 노조에 대한 적대행위는 집요했다. 세광물산발전추진위원회란 반노조 조직을 만들고 그들로 하여금 탄압의 전면에 나서도록 하였다. 한편으로 폐업설을 계속 흘려보냈다. 노조가 결성됐을 때 구사대로 나섰던 세광물산발전추진위원회의 구성원들은 술을 마시고 노조 사무실에 들어와 집기를 부수고 행패를 부렸다. 미정은 세발추(세광 깡순이들은 세광물산발전추진위원회를 이렇게 줄여서 불렀다)의 구성원들이 철순의 초상화가 놓인 조합사무실에서 행패를 부리는 것에 대해 참을 수 없는 분노를 느꼈다. 그러나 인내했다. 노조는 최대한 인내를 결의했다. 회사의 사정을 공개하고 협조를 요청하면 생산량 증가에 노력할 의향이 있음도 분명히 했다.

세발추는 일당이 너무 많이 올라 회사가 망하게 생겼으니 임금을 도로 내리자는 것이었다. 어이가 없었다. 일당 3,720원에서 1,200원 올라 4,920원, 한달 해봐야 147,600원이었다. 세광의 노동자들은 한 달 30일 일하고도 147,600원 받는 것마저 지나친 것이다.

　김세호 사장이 바라는 것은 생산량의 증가도 임금의 인하도 아니었다. 그가 원하는 것은 노조의 해산과 조합원들의 퇴직뿐이었다.

　그는 미정과의 단독대담에서 자신의 의도를 숨김없이 드러냈다.

　"회사 사정이 정말 어렵다면 그것을 공개하세요. 노조도 최대한 협조하겠습니다."

　"이것저것 떠나서 난 더 이상 장사하기가 싫어."

　"사장님에겐 이 공장이 돈 버는 하나의 수단에 불과한지 모르지만 저희에겐 생계가 걸린 일터입니다. 300명의 생계를 사장님 기분이 나쁘다고 짓밟을 수는 없잖아요."

　"내 회사 내가 안 하겠다는데."

　마침내 사장은 폐업을 선언했다. 합의서의 인주가 마르기도 전에 그는 합의사항을 휴지조각으로 만들었다.

　김세호 사장은 노조의 요구사항에 대해 합의하고 정중한 사과문을 철순의 장례날인 7월 26일자 ㅎ신문에 게재까지 했었다.

　근조, 송철순 민주노동열사. 지난 7월 15일 , 파업농성 중 송철순 노동조합사무장이 지붕에서 추락하여 끝내 숨을 거둔 데 대하여 세광물산(인천 주안 7공단)의 사용주로서 고인의 영전에 깊이 사죄드리며 가족과 조합원들에게 사과를 표합니다. 기업을 운영하면서 노동자들의 절박한 요구를 절실하게 느끼지 못하고 소홀히 하여 파업이 장기화되고 급기야는 한 사람의 목숨까지 잃는 비극을 초래한 데 대하여 그 책임을 절감하며 앞으로 노동자의 노동조건 향상에 최선의 노력을 다할 것이며 노동조합의 자유로운 활동을 전면 보장하겠습니다. 이제 우리 세광물산의 사용자는 노동조합의 요구사항에 대하여 전면 합의하고 고인의 장례를 치르게 되었습니다. 진심으로 고인의 명복을 기원하며 고인의 유지를 받들어 노조활동에 성실히 협조할 것을 상심하고 계신 가족과 조합원 그리고 고인의 운명을 가슴 아파하는 모든 분들께 엄숙히 약속드립니다.

㈜세광물산 대표이사 김세호

그는 스스로 합의서의 조인식을 철순의 빈소 앞에서 갖자고 하여, 철순이 내려다보는 앞에서 제 손으로 서명까지 했었다.

조합원들이 분노한 것은 철순의 무덤에 흙도 마르기 전에 그의 시신 앞에서 한 약속을 짓밟은 김세호에 대한 배신감 때문이 아니었다. 폐업선언을 한 그날이 바로 철순의 49재 날이어서도 아니었다. 조합원들의 가슴속에 쌓인 분노와 적개심을 폭발케 한 것은 철순의 찢긴 초상화였다.

사장의 폐업선언에 따른 대책을 마련하기 위해서 전 조합원이 식당에 모여 있는 동안 회사는 조합사무실에 비치된 철순의 초상화를 갈가리 찢어놓았다. 찢겨진 철순의 대형 초상화를 부여안고 울부짖는 조합원들의 눈에선 불길이 타올랐다.

찢겨진 철순의 초상화를 앞에 놓고 49재를 지냈다. 철순의 어머니는 또 한 번 실신을 했다. 49재, 정상조업에 들어간 지 꼭 일 개월 만에 세광 깡순이들의 위장폐업 분쇄투쟁의 기나긴 막은 올랐다.

철순의 1주기 때 쓰려고 고이 접어두었던 피묻은 현수막이 다시 내걸렸다.

미정이 올라갔다. 철순이 못다 오른 굴뚝 위로 올라가 현수막을 붙들어 맸다.

'노동자의 서러움 투쟁으로 끝장내자!'

세광 깡순이들은 다시 자신의 키보다 더 큰 쇠파이프를 들었다.

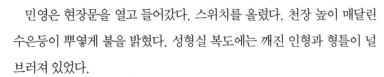

민영은 현장문을 열고 들어갔다. 스위치를 올렸다. 천장 높이 매달린 수은등이 뿌옇게 불을 밝혔다. 성형실 복도에는 깨진 인형과 형틀이 널브러져 있었다.

민영은 작업대 한쪽을 짚고 인형더미를 뛰어넘었다. 거쳐지나는 정형실도 마찬가지로 어지러웠다.

화공부 콘크리트 기둥에 붙은 스위치를 올렸다. 두 줄로 기다랗게 누운 작업대 위의 형광등들이 끔벅거리며 불을 밝혔다. 주임의 책상을 돌아 민영은 자신의 작업대로 갔다.

작업대에 손을 짚었다 떼자 손자국이 고스란히 찍혀났다. 의자에도 먼지가 두텁게 앉아 있었다. 손바닥으로 의자를 털고 앉았다. 도색을 기다리는 방망이곰들이 박스째 쌓여 있었다. 민영은 한 박스의 인형을 꺼내 작업대 위에 가지런히 올려놓았다.

붓꽂이의 붓들이 뻣뻣하게 굳어 있었다. 민영은 신나통을 꺼내 용기에 부었다.

둥근붓과 5호붓을 신나에 빨았다. 말라붙은 팔레트도 씻었다. 다섯 달 만에 맡는 신나 냄새가 짜릿했다.

다시 붓을 잡을 수 있는 날이 올까.

민영은 꼼꼼히 방망이곰의 몸채에 붓질을 해나갔다. 그리고 다리와 팔을 칠했다. 얼굴색을 올렸다. 곰인형의 표정이 살아났다. 눈을 그리고, 다음 인형으로 붓을 옮겨갔다.

민영의 손길이 점점 빨라져갔다. 한 박스를 다 칠했을 때 민영의 코끝에는 땀이 송골송골 맺혀 있었다. 벽시계는 멈춰 있었다. 손목시계를 들여다보았다. 4시를 넘고 있었다.

결전의 날이 왔다.

철순이 맡았던 화공 2부의 작업대가 건너보였다.

출발시간이 다가오고 있다.

오늘 낮엔 철순의 묘소에 다녀왔다. 철순에게 출정인사를 했다.

가져간 사과와 배를 차려놓고 조합원들을 무덤 앞에 둘러섰다. 미정이 인사를 했다.

"철순아, 우리 왔어. 일어나봐. 자주 못 찾아와서 미안해. 아직도 싸움이 끝나지 않았어. 먹을 거 많이 못 사왔어. 돈이 별로 없어. 그래도 너 먹으라고 사온 거니까 많이 먹어."

조합원들의 눈언저리마다 물기가 배어났다.

민영은 철순에게 미안했다. 사과 3개, 배 2개, 북어 한 마리, 소주 한 병이 전부였다. 철순이 좋아하는 커피를 가져갔는데 버너가 고장 나서 끓여주질 못했다. 하는 수 없이 찬물에 커피를 타서 주었다. 잔업을 하면 하루에도 대여섯 잔씩 커피를 마시던 철순이었다.

철없는 애들은 언제 울었나 싶게 사과와 배를 달라고 미정을 졸랐다. 미정은 돌아가서 많이 사주겠다고 조합원들을 달랬다.

철순이 처음으로 조합원들에게 가르쳐주었던 노동해방가를 같이 불렀다. 그리고 조합원들은 새로 나온 노래를 철순에게 들려주었다. 동지여 내가 있다, 를 부르다 목이 메어서 민영은 마저 부를 수가 없었다.

"그날이 올 때까지/그날이 올 때까지/우리의 깃발을 내릴 수 없다/이름 없이 쓰러져간 동지들이여/외로워 마/서러워 마/우리가 있다/힘찬 깃발 휘날리며/나 여기 서 있다.

새날이 올 때까지/새날이 올 때까지/우리의 투쟁을 멈출 수 없다/싸우

다가 쓰러져간 형제들이여/외로워 마/서러워 마/우리가 있다/찢긴 깃발
휘날리며/나 여기 서 있다."

성완희, 박영진, 전태일 열사와 문송면 군의 묘소에도 참배를 했다. 한
맺힌 죽음들은 철순만이 아니었다.

준비해간 빵을 나눠 먹고 일기가 적힌 묘비 앞에서 기념사진을 찍었다.

'하루 평균 11시간의 노동, 거듭되는 피로에 쌓일 대로 쌓인 감정들과
지치고 야위어가는 몸. 신경은 점점 더 예민해져가 칼날처럼 날카로워
지고 졸리고 피곤한 몸은 자판기의 130원짜리 질 낮은 커피로 일으켜세
우고 거듭 쌓이는 노동의 피로로 몸은 썩어들어가는 듯하다. 이 자리에
서 떨쳐버리고 일어설 용기가 없다면! 없다면, 하릴없이 노동만 하고 앉
았는 노동자에 불과하다면, 착취의 선두주자인 자본가계급의 기름진 배
를 더욱 기름지게 만들어주는 것 이상의 가치가 무어가 있는가!'

다시 방망이곰 한 박스의 칠을 끝냈을 때 시계는 5시 10분 전을 가리
켰다.

민영은 붓과 팔레트를 깨끗이 씻어 가지런히 놓았다. 그리고 철순의
자리 앞으로 갔다. 철순의 작업대 위에도 뽀얗게 먼지가 쌓여 있었다.

'철순아, 이기고 돌아올게.'

민영은 손가락으로 먼지 쌓인 작업대 위에 썼다.

새벽 5시 정각, 조합원 전원이 식당에 모였다. 모두들 옷을 단단히 차
려입었다. 식당 안은 팽팽한 긴장이 감돌았다.

묵념. 정면에는 검은 액자에 담긴 철순의 영정이 놓여 있었다.

"조합원 동지들, 마침내 결단의 시간이 왔습니다. 150일 동안 싸워온
우리들의 투쟁은 승패의 갈림길에 섰습니다. 우리의 150일은 힘겹고 험
난한 시간이었습니다. 그러나 그 150일 동안 흘린 땀과 눈물은 우리 모

두를 위한, 우리 자신을 위한 것이었습니다. 우리 자신을 위한 땀흘림과 눈물을 아까워하지 맙시다. 우리가 아직 눈뜨지 않은 노동자였을 때 우리의 시간들은 오로지 사장을 위해 쓰여졌습니다. 그러나 우리가 인간으로 살기를 갈망하며 싸워온 지난날들은 비록 어렵고 고통스러웠지만 그동안 우리는 해방의 세상에 살았습니다. 사장은 우리를 돈으로 무릎 꿇게 만들려 하고 있습니다. 2억, 우리들에게는 상상할 수 없는 큰돈입니다. 우리의 영원한 동지 철순이는 단돈 1,500원을 더 받으려고 싸우다가 죽었습니다."

미정은 말을 끊고 천장을 쳐다봤다.

"2억, 너무나 큰돈입니다. 그러나 우리가 원했던 돈은 인간다운 삶을 이어나가기 위한 것이었을 뿐, 돈에 대한 탐욕이 아니었습니다. 우리는 부자가 되려고 했던 게 아닙니다. 인간답게 살고 싶었던 것뿐입니다. 김세호 사장이 내놓은 2억의 돈을 우리는 뿌리치기로 결의했습니다. 김세호 사장에게는 돈이 가장 소중한지 모르지만 우리에게는 돈보다 더욱 소중한 것이 있기 때문입니다. 동지에 대한 변할 수 없는 애정과 참 인간다운 삶이 중요하기 때문입니다. 우리는 이제 천만 노동자의 자존심을 보여주어야 합니다. 돈으로 되지 않는 게 있다는 것을 보여주어야 합니다. 우리의 가슴에 피눈물을 흐르게 하고 자신은 궁궐 같은 집에서 제 피붙이와 희희낙락 살게 내버려두지는 말기로 합시다. 이제 우리는 사랑을 말하지 않습니다. 이제 우리는 화해를 믿지 않습니다. 우리는 오직 불타는 적개심으로, 비타협적으로 싸울 뿐입니다."

미정은 조합원 하나하나를 둘러보았다.

"조합원 동지들, 우리는 승리해야만 이 자리에 다시 돌아올 수 있습니다. 김세호를 무릎 꿇려야만 현장에 들어가 다시 작업대에 앉을 수 있습니다. 이기고 돌아옵시다."

조합원 동지들, 사랑합니다,며 미정이 말을 맺었다.

어두운 죽음의 시대 내 친구는 멀리 갔어도, 어깨를 걸고 나지막이 함께 노래를 불렀다. 토막초가 하나씩 나누어지고 불이 꺼졌다. 굵은 눈물 흘리며, 역사가 부른다.

미정부터 촛불과 함께 결단의 마음을 밝혔다.

"노동자의 눈물 없는 해방의 새날을 위해 온몸을 던져 싸우겠습니다."

민영이 촛불을 이어받았다.

"우리로부터 웃음을 빼앗아간 자들로부터 다시 웃음을 빼앗기 위해 싸웁시다."

"정상가동이 되어 나도 친구들 앞에 월급봉투를 내밀고 싶다……."

"그동안 동료들을 사랑하지 못했습니다. 용서를 바랍니다."

65개의 촛불이 어둠 속에서 빛을 발했다.

순옥이 출정선언문을 읽어나갔다.

"김세호 사장, 또 다른 생명을 요구하는가! 더 많은 피를 요구하는가!

노동부, 당신들은 송철순 동지의 목숨 하나로는 아직 우리의 희생이 부족하다고 생각하는가! 더 큰 우리의 희생을 요구하는가!

당신들이 우리를 짓밟음으로써 열사의 뜻을 지워버릴 수 있다고 생각한다면, 2,500만 노동자의 자존심을 짓뭉개버릴 수 있다고 생각한다면, 그것이 얼마나 착각인가를 우리는 보여주겠다.

우리의 요구는 단 한 가지. 우리의 일터를 돌려달라!

이제 우리는 당신들을 2,500만 노동자의 이름으로 응징할 것이다.!

우리는 선언한다. 죽을 수는 있어도 질 수는 없다!"

서로의 이름을 부르며 한 사람씩 돌아가며 악수를 했다.

모든 촛불을 껐다. 온통 어둠뿐이었다.

낮은 노랫소리가 가슴에서 가슴으로 물결쳤다. 흩어지면 죽는다. 흔들려도 우린 죽는다. 하나 되어 우리 나선다. 승리의 그날까지. 지키련다, 동지의 약속. 해골 두 쪽 나도 지킨다······.

민영은 2조의 조장이 되어 정문을 빠져나갔다.

미정은 마지막 5조를 이끌고 세광을 나섰다.

캄캄한 새벽하늘에 펄럭이는 깃발들만 소리 없는 함성으로 이들의 출정을 배웅했다.

마음의 감옥

김 원 일
(1942~)

김원일(1942~)은 1966년에 「1961년 알제리아」가 『대구매일신문』 신춘문예에 당선되어 작품 활동을 시작했다. 그 이듬해인 1967년 『현대문학』 장편공모에 『어둠의 축제』가 당선되기도 했으며, 이후 『노을』, 『마당깊은 집』, 『불의 제전』, 『도요새에 관한 명상』 등의 작품집을 내었다. 그는 초기 작품에서 인간이 인간답게 살지 못하는 현실적 제약과 고통스러운 상황들을 암울하고 무거운 분위기로 그려 내었다. 그 후 그는 이념의 갈등이 빚은 분단의 상처들을 문학으로 형상화해내는 작품을 발표했으며 또한 가족사를 통한 세대 간의 갈등과 분단된 삶의 아픔을 절실하게 그리기도 했다.

여기 수록한 「마음의 감옥」은 그의 문학이 자리하게 된 곳이 어디인가를 잘 보여주고 있다. 작가는 이 작품에서 4·19세대로서 이제는 무기력한 소시민으로 살아가는 형과 노동운동·빈민운동을 하면서 늘 역사의 거친 물줄기 속에 온몸으로 맞닥뜨렸던 동생의 삶을 대비적으로 보여주고 있다. 그러면서 분단이 가져온 고통스런 가족의 삶을 배경으로 함으로써 분단 모순을 드러내 보이기도 한다. 간암으로 감옥에서 병원에 입원한 아우를 거주제한구역 안에서 운명하게 할 수 없다는 형의 마지막 깨달음은 소시민적 삶에 길들여진 자신에 대한 아픈 반성이면서 동시에 우리 시대 민중의 편에서 살아가는 모든 이들에 대한 뜨거운 사랑이다. 그는 이 작품으로 제14회 이상문학상을 수상했다.

금년으로 일곱 번째 맞은 '모스크바 국제 도서박람회'에 한국이 처음으로 오백칠십여 종의 도서를 출품하게 되었다. 그 사무를 주관한 대한출판협회는 도서박람회의 참관과 소련 시찰을 목적으로 모스크바 파견 대표단을 모집한 결과, 스물두 개의 회원 출판사 대표가 참가신청서를 내었다. 나도 그 일원으로 지원하였다. 모스크바에서의 도서박람회 개최 기간은 일주일이었으나 한국 대표단의 일정에 따라 나 역시 레닌그라드와 키예프를 둘러보는 열이틀 동안의 소련 여행을 마치고 돌아왔다. 김포공항으로 마중을 나온 아내가 안부말 끝에 현구의 소식을 알려 주었다.

　"그쪽은 국제전화도 힘들고 공연히 걱정만 안고 다닐 것 같아, 당신이 레닌그라드에선가 전화를 했을 때 그 말은 하지 않았지만요, 일주일 전에 삼촌이 경북대 의대 부속병원에 입원을 했어요."

　현구의 병에 따른 감정유치 명령이 드디어 법원으로부터 떨어진 모양이었다. 나는 아내의 말에서 아우의 병이 전문의의 지속적인 관찰이 요구될 만큼 나빠졌음을 짐작할 수 있었다. 현구는 일심공판에서 징역 1년

6개월이 선고되어 고법에 항소 계류 중에 있었다. 그러나 감정유치 명령 결정이 너무 늦은 감이 있어 나는 법원의 그 조치를 선의로만 해석할 수 없었다. 십 년 전 아우는 간염을 앓은 적이 있었다. 79년 그해, 1년 8개월의 형을 살고 형집행정지로 석방된 직후였다. 눈의 흰자위에 노리끼리한 황달 증세가 나타났으나 숙영이 집에서 쉬며 가까운 개인병원의 통원 치료로 쉽게 회복되었다. 아우의 허우대가 건장하다고 할 수는 없지만 그렇다고 허약 체질도 아니었기에 그 뒤 그는 별탈 없이 바쁘게 그의 삶을 살아왔던 셈이다. 그런데 이번 사건으로 구속된 뒤, 경찰에서 검찰로 넘어가고부터 그는 그 알량한 그곳 식사조차 제대로 소화를 못 해 늘 속이 쓰리고 기운이 없어 앉아 있기조차 힘들다고 면회자에게 호소를 했던 터였다. 첫 장마절기에 들어 날마다 비가 뿌리던 7월 초순 어느 날, 내가 대구로 내려가서 면회를 통해 아우의 얼굴을 보자, 그를 못 본 지 불과 한 달 사이에 보기가 딱할 정도로 여위었고 혈색 또한 좋지 않았다. 얼굴색이 검누렇게 찌든데다 광대뼈가 도드라져, 단식이라도 시작한 듯 영양실조 증세가 완연하였다. 다섯 해 전 아우가 안동교도소에 수감되어 있을 때, 교도소 당국의 양심범 가혹 행위에 항의하여 일주일 동안 물만 먹고 단식을 한다기에 내가 그를 면회 갔을 때가 꼭 그랬었다. 그러나 그때는 얼굴색이 창백했다는 점이 달랐다. 일거리도 없을 이 장마비에 주민들이 뭘 먹고 지낼까, 그 걱정을 하다 보면 잠들지도 않았는데 마치 꿈이나 꾸듯, 내가 석방이 되어 산동네로 막 뛰어올라가고 있잖아요. 그 말을 하며 아우는 나이에 어울리지 않게 수줍은 미소를 머금었다. 그의 표정 중에 한 특징이라고 말해야 할 그런 미소를 지을 때, 입가의 메마른 살갗이 겹주름까지 져서 서른아홉 살의 한창나이인 그가 마치 늙은이 같아 보였다. 아무래도 위장이나 간장에 문제가 있다며 진찰을 받았느냐고 내가 묻자, 아우는 소화제를 타 먹고 있다며, 별로 달리 아픈 데는 없으니 곧 낫겠지요 하고 힘담 없게 대답했다. 나는 아우의 담당변호사 주영준을 만나, 현구가 병이 있으니 병원 감정유치(鑑定留置)를 청구하여 종합병원에서 진찰과 치료를 받게 해달라는 부탁을 하고는 상경했었다. 그러나 내가 소련으로 떠날 때까지 그 허가는 떨어지지 않았었다.

공항을 떠나 집으로 돌아오는 차 안에서 아내는, 그저께 당일치기로 대구에 다녀왔다며, 현구의 종합검진이 진행 중이더라고 말했다. 그런데 의사 말로는 병이 위가 아니라 간 쪽이며, 자기가 보기에도 그 상태가 아주 좋지 않더라는 것이다.

"복수(腹水)로 차 있는 물부터 뽑았는데, 체중이 한꺼번에 육 킬로나 빠졌대요. 차마 마주 볼 수가 없을 정도로 여위었어요. 검사를 받느라고 미음조차 먹지를 못하니…… 간병하시는 어머님이 몸져누우실까 걱정입디다. 그렇다고 애들 때문에 내가 내려가 있을 수도 없잖아요. 아무리 바쁘더라도 당신이 속히 한번 다녀와야겠어요" 하며 손수건으로 눈을 훔치던 아내가 문득 생각했는지, "지난번 것하고 이번 힘써 준 사례비로 변호사 비용 일백만 원은 대구 아가씨가 냈어요" 하고 말했다.

차창 밖으로 팔월 중순의 불볕더위가 끓고 있었다. 가로수 잎이 후줄근히 늘어졌고 멀리로 보이는 아파트 단지는 증발하는 증기로 무너져 내릴 듯 흐물거렸다. 그 흐물거리는 뒤쪽 현구의 여윈 모습이 물 아래 가라앉은 가랑잎이듯 얼비쳐 보였다. 아우와 나는 여덟 살의 나이 차이로 사실 속 깊은 대화는 나누어보지 못한 채, 여지껏 떨어져 살아온 세월이 더 길었다. 그와 함께 생활하기는 내가 고등학교를 졸업할 때까지였다. 그가 중학교에 다닐 때 나는 서울에서 대학을 다녔고, 그가 고등학교에 다닐 때 나는 입대했으며, 그가 대구에서 대학에 다닐 때 나는 이미 사회인이 되어 서울에서 직장 생활을 하고 있었다.

이튿날 아침, 아파트 주차장에 보름째 덮개를 쓰고 있는 자가용을 그대로 두고 나는 좌석버스 편으로 출근하였다. 자리를 비운 동안 판매실적 장부부터 점검하니, 모두 산과 바다를 찾아 빠져나갔을 지난 두 주일 동안 따분한 읽을거리가 잘 팔릴 리 없었다. 가을 출간을 목표로 진행 중이던 신간 세 권의 편집 진행 현황도 살폈다. 그리고 모스크바에서 가져온, 초판이 현지 시중에 나온 지 불과 달포밖에 되지 않은 아나톨리 리바코프의 소설『1935년과 그 이후』첫째 권의 원서 번역을 서둘러 착수해야 했기에『아르바뜨 아이들』을 번역했던 러시아어과 교수를 만났다.『1935년과 그 이후』는, 고르바초프의 페레스트로이카 정책에 힘입어 소련에서 출간되자마자 곧 서방세계 여러 나라 말로 번역되어 세계적인 명성을 획득한 리바코프 만년의 대작『아르바뜨 아이들』의 제2부 첫 권에 해당되는 소설이었다. 3백여 쪽 분량의 원서를 두 달 안으로 번역을 마쳐달라는 나의 부탁에, 교수는 더위를 핑계로 난색을 표명하였다. 조급한 마음 같아서는 우리보다 한발 앞서 이미 시판되고 있을는지도 모를 일어판을 구해 서너 토막으로 나누어 여럿에게 중역을 의뢰했으면 싶었으나 나의 출판 기본 방침이 그러하지 아니했기에 제1부 역자와 밀고 당기는 설득전을 벌일 수밖에 없었다. 그의 꼼꼼한 번역은 믿을 만했던 것이다. 인원 아홉 명을 거느린 내가 경영하는 소규모 단행본 출판사는 그동안 팔십여 종의 책을 출판하였으나 작년 이후로는 내세울 만한 상품이 없어 현상 유지가 빠듯했던 게 사실이었다. 그 점에는 영업부장의 은근한 투정도 있었듯 시류에 영합하는 청소년 취향의 감상적인 읽을거리를 출판에서 배제한 내 출판 방침에도 원인이 있었다. 그런데 리바코프의『아르바뜨 아이들』세 권이 근래 도하 신문 외신란과 특집란을 거의 덮

다시피 하는 소련의 민주화 개혁정치 소개 기사에 힘입어 사 개월 만에 총 9만여 권의 판매 실적을 올리고 있으므로 운영 자금에 큰 도움을 받고 있었다. 마침 소련에서 국제도서박람회가 개최되었기에 나로서는 첫 외국 여행에 선뜻 따라 나서게 된 것도 '소련작가동맹' 산하 '소련저작권협회'와의 사무 협의와 리바코프의 면담에 주 목적이 있었다. 한편, 문화의 해빙기를 맞아 재평가를 받고 있는 스탈린 치하 강제수용소의 실태를 고발한 샬라모프의 소설 『콜리마 이야기』의 원전을 입수해 오기도 하였다. 그래서 저녁시간에는 다른 러시아어과 교수를 만나 샬라모프의 소설 번역을 교섭하느라 식사와 곁들여 맥주도 마셨다. 아침에 집을 나설 때 이미 아내에게 말해두었기에, 나는 떠난다는 전화 한 통만 집에다 걸고 밤기차를 탔다.

동대구역에 도착하니 짧은 여름밤이 지나고 역광장이 희뿌옇게 트여 오고 있었다. 손가방을 든 나는 빈 택시에 올라 중년의 운전수에게 대학병원으로 가자고 말했다. 이제 대구에도 의과대학이 여러 개 생겨 대학병원이라면 어느 의과대학의 부속병원을 가리키는지 혼동이 되겠지만, 대구에 오래 터를 잡은 사람에게 대학병원은 으레 시의 중심부 삼덕동에 있는 경북대학교 의과대학 부속병원으로 알고 있었다. 길 하나를 사이에 두고 넓게 터를 잡아 마주 보고 있는 의과대학 부속병원은 대구에서 이제 몇 남지 않은 연조 깊은 서양식 벽돌 건물이었다. 동대구역에서 대학병원까지는 기본요금 거리였다.

택시에서 내리자, 미명 속에 의과대학과 부속병원 사이의 좁장한 한길이 유난히 한적하였다. 불현듯 중학 시절이 생각났다. 중앙지 조간신문을 배달하던 때, 내 구역이 삼덕동과 동인동 일대였다. 길은 물론 주위의 풍경까지 그때와 조금도 변한 데가 없었으나 그 시절은 널찍한 큰길로 떠올랐다. 나는 사람의 자취가 없는 휑한 이 길로 새벽별을 바라보며 종종걸음을 쳤던 것이다. 의과대학에서 여섯 부, 부속병원에서 일곱 부의 신문을 구독했는데, 양쪽 수위실에 신문 열석 장을 문틈에다 밀어 넣고 나면 마치 배달을 절반쯤 마친 듯, 끼고 있는 신문 덩이가 가뿐했었다. 그 시절이 55년이던가. 아우가 사변둥이이니 다섯 살이었으리라. 어머니가 양키시장에서 미제 물건을 팔아 삼남매를 키웠고, 다른 피난민들도 그렇게 살았듯 우리 역시 참으로 애옥살이의 한 시절이었다.

안이 훤하게 들여다보이는 낮은 벽돌담 안의 양쪽 구내는 예전 그대로 넓은 뜰에 숲이 울창하였다. 한길을 지붕으로 덮다시피 한 무성한 버즘나무 가로수는 새벽 이슬에 젖어 있었다. 기차를 탈 때의 취기는 가셔졌으나 숙면을 못 한 탓인지 골이 패였고 피곤이 온 살갗의 긴장기를 이완시켜 발걸음이 희뜩거렸다. 따지고 보면 모스크바와 서울과의 여섯 시간 시차를 극복하기에는 그 날수가 이틀이 채 되지 않기도 하였다.

병원 정문 안쪽 수위실에는 파리한 형광등 불빛 아래 제모를 쓴 수위가 고개방아를 찧으며 졸고 있었다. 그에게 현구가 입원한 병동의 위치를 물으려다 그만두고, 저만큼 육중하게 버티고 있는 일제 때 지은 우중충한 본관건물을 향해 숲 사이로 난 포장된 길을 걸었다. 새벽의 신선한 공기가 콧속으로 스며들었다. 아우를 만날 생각으로 마음이 무거워, 골치를 무릅쓰고 담배를 피워 물었다. 한쪽 숲 속 어디에서인가 깊이 가라앉은 정적을 흐뜨리며 잠을 턴 새가 날카로운 소리로 울었다.

아내가 일러준 현구가 입원한 병동은 다른 병동과 뚝 떨어진, 담쟁이 덩굴이 무성한 뒷담장과 붙어 있는 후미진 곳이었다. 마지못해 그를 감정유치로 옥에서 내주며 유폐된 정신병동에다 처넣어버린 느낌이었다. 단층 벽돌 병동으로 들어서자 컴컴하고 긴 통로가 나를 맞았다. 저 끝 쪽

복도 뒷문의 유리창이 각진 안경같이 뽀윰하게 트여 있었다. 아우가 제 집처럼 들랑거린 옥사로 들어선 듯 으스스하였다. 다섯 걸음 정도마다 창을 낸 앞쪽은 숲이 짙은 널찍한 뜰이었고 뒷담장 쪽은 칸칸으로 나누어진 병실이었다. 칠팔십 년을 견디어낸 건물이라 회칠한 천장과 벽은 그을음과 먼지에 절은데다 시멘트 바닥도 여러 차례 땜질을 해서 누더기가 된 형편이었다. 병원 특유의 크레졸 냄새에 눅눅한 곰팡이 썩은 내음이 섞여 있었다. 뿌연 형광등이 이따금 걸려 있는 어둑신한 복도를 걸으며 나는 아우의 병실을 찾았다. 문짝에 바싹 붙어 서서 병실 호수를 읽어야 했기에 복도를 헤매는 내 발짝 소리가 유독 크게 울렸다. 더위 때문인지 어느 병실은 문을 반쯤 열어놓아, 안에서 통증을 호소하는 환자의 여린 신음이 새어 나오기도 하였다. 그 소리가 저 깊은 지하에서 솟아오르는 절망의 하소연 같아, 나의 어두운 마음을 더 무겁게 눌렀다. 복도 벽에 붙여놓은 긴 의자에는 더러 환자의 가족이 아무것도 덮지 않고 새우잠에 들어 있었다. 처음에는 그들 중에 어머니나 동수 엄마가 있나 싶어 나는 잠든 사람의 얼굴을 가까이에서 들여다보기도 하였다. 두 사람째 그렇게 눈여겨보다 아우의 병실이 특실이라 했기에 그럴 리가 없다 싶어 살피지를 않았다.

"큰애 오는 구나. 어미다."

얼굴을 구별하기 힘든 침침한 회색 공간임에도 어머니는 모성 특유의 감각으로 멀리서 걸어오는 나를 알아보았다. 복도의 의자에 한쪽 무릎을 세워 꼬부장히 앉아 있는 어머니의 얼굴은 보이지 않았고 쉰 목소리만 들렸다.

먼길을 잘 다녀왔느냐는 어머니의 안부말이 있고, 왜 밖에 앉아 계시냐고 내가 물었다. 어머니는 병실 쪽을 힐끗 돌아보며, 꼴 보기 싫은 자가 버티고 있어 여기서 잠시 눈을 붙였다고 대답했다. 아우가 주거 제한의 감정유치 허가를 받은 미결수이기에 입원실은 간수가 지키고 있음을 알았다.

"윤구야, 어찌 뭔가 잘못 돌아가는 것 같으다. 감정유치 명령이 뭔가는 모르지만, 관할 서에서 높은 양반이 와서 입원비와 치료비는 걱정을 말라더라. 나라에서 다 부담을 한다구. 거기에다 사람을 큰 쇠판에다 십자가처럼 매달아 붙여 놓고 빙빙 돌리는 그런 고문 같은 종합검사도 끝난 모양인데, 담당의사는 함구만 하고…… 모두들 간경변증인가 경화증인가 그렇다지만 어쩐지……."

무엇인가 컥 목울대를 치받는지 어머니는 말을 잇지 못했다. 그렇다면 암이냐고 나 역시 물을 수가 없었다. 나는 어머니 옆에 앉았다. 지금 시간, 편안한 잠에 들어 있기 십상인 아우를 위해 특별한 대책도 세워오지도 않은 형으로서 그를 서둘러 깨울 이유가 없었다.

"너 대학병원에 동기생 의사 있지?"

어머니가 물었다.

"예. 다들 서울로 올라와버렸으나 한 친구가 있어요."

고등학교 졸업반 때 나의 반만 하더라도 경북대학교 의과대학에 진학한 급우가 다섯이나 되었다. 그동안 넷은 서울로 올라와서 종합병원의 과장이 되었고 개인병원을 개업하기도 했었다. 그러나 함근조만은 스무 해째 아직 여기 병원의 임상병리과에 남아 있었다.

"설마 네 불알친구까지 속이랴. 네가 한번 그 친구를 만나봐야겠다. 그런데 만약 그 입에서……."

어머니의 목소리가 잦아들었다. 어머니는 작은 몸을 더욱 움츠리고, 회한이 사무치는지 흑 울음을 삼켰다. 하얗게 센 앞 머리카락이 희뿌연

빛에 반사되어 잘게 떨렸다.

평안북도에서도 오지에 속하는 회천, 거기서도 오십여 리 산골에 들어앉은 사십여 호의 한재 마을에서 개척교회를 열고 있던 아버지가 종교의 자유를 찾아 직계가족만을 데리고 월남하여 서울에 정착하기는 내가 초등학교에 입학하기 전 해인 47년 가을이었다. 삼 년 뒤에 전쟁이 터지자, 당시 서울시민 모두가 그랬듯 우리 가족도 피난을 못 갔고, 아버지는 내무서원에 연행당해버렸다. 구이팔 서울 수복 직전, 아버지가 퇴각하는 인민군에 끌려 북행하자, 어머니는 북진하는 국군을 뒤따라 만삭의 몸으로 어린 두 자식을 달고 아버지의 길을 뒤쫓았다. 그러나 황해도 사리원을 못 미쳐 아버지와 함께 납치되어 끌려갔던 일행 중에 용케 탈출에 성공하여 서울로 되돌아오던 몇 사람을 만날 수 있었다. 그중 한 사람이, 경기도 연천 어름에서 박 목사를 비롯한 스무 여남은 명이 미군기의 폭격으로 사망했다는 소식을 들려주었다. 그러자 어머니는 발길을 연천으로 되돌렸고, 기어코 아버지의 죽음을 확인할 수 있었다. 그곳의 피난을 떠나버려 빈집으로 남은 토방에서 유복자를 낳았으니, 바로 현구였다. 어떻게 목숨이 붙었는지 모른 채 가위눌려 남북으로 동분서주했던 그해 50년, 어머니는 젊디젊은 스물아홉 살에 청상이 되셨던 것이다. 중공군의 참전으로 국군이 다시 밀리기까지 어머니가 겪어야 했던 수난은 훗날 당신 말로, 필설로써 어찌 다 기록할 수가 있냐고 말했었다. 엄동의 혹한이 몰아치는데 삼남매를 이끌고 물 설고 낯선 대구까지 흘러내려왔으니, 당시 초등학교 삼학년이던 내 기억에도 추위와 굶주림과, 끝없는 보행과, 발가락이 떨어져 나갈 듯 아프던 그 쓰라림만은 지금도 또렷하게 남아 있다. 어떤 경우에는 여자가 남자보다 강기 있다는 말처럼 불평 없이 옹골지게 따라붙던 어린 숙영이의 다부진 모습 또한 눈에 선하다.

　피붙이라고는 남한 땅에 남은 세 자식을 오로지 기둥 삼아 오늘에 이르기까지의 홀어미의 생애를, 나는 내 나이 마흔일곱이니 이제 넉넉한 마음으로 짐작할 수 있다. 그렇게 키운 세 자식 중에 그 하나를 어쩌면 애물로 저세상에 먼저 보내지 않을까 하는 벼랑에 선 모정을, 나는 넋 놓고 앉아 있는 당신의 주름 많은 어두운 모습에서 읽을 수 있었다. 내가 이렇게 울어서는 안 되는데, 하며 혼잣말을 하던 어머니의 눈에 먼 빛이 그 물기에만 강하게 응집되어 번쩍이고 있음을 볼 수 있었다. 세 자식을 보듬고 타관의 모진 세파를 이겨올 동안 모질음으로 쌓아 올린 그 강인한 성채도 어느 순간 저렇게 머릿돌로부터 흔들리는구나, 하고 나는 생각하였다. 아니, 당신은 한 시절, 육순을 넘긴 연세에도 아랑곳 않고 갇힌 아우를 구해내겠다며 머리와 어깨에 띠를 두르고 '민가회' 모임에도 부지런히 나다니는 열성을 보이기도 했었다. 유복자로 태어난 현구였기에 어머니는, 서로 몸뚱이는 다르지만 저 막내만은 자나깨나 지아비와 함께 내 몸속에 있다는 버릇말처럼, 감옥이 아닌 바깥세상에서도 당신은 마음에다 현구가 들어앉은 감옥 한 칸을 마련해두었던 것이다.

　"현구와 내가 스물아홉 나이 차라, 작년에 남들이 말하는 그 험한 아홉수를 서로가 그런대로 넘긴다 싶더니……."

　어머니가 맞은편 창밖을 바라보며 중언부언했다.

　어머니가 셈하는 아홉수는 전래의 우리식 나이 계산법이었다. 얼마나 속울음을 지우셨는지 껵 쉰 가라앉은 그 목소리에서, 열렬한 사랑이 쏟는 만큼의 반비례로 되돌아오는 그 허탈감을 읽을 수 있었다. 나는 할 말을 잃고 어머니의 시선을 쫓았다. 히말라야시타의 넓게 벌린 가지와 넓은 뜰 건너, 뚝 떨어져 있는 앞 병동의 이층 벽돌 건물 사이로, 조각져 보이는 하늘을 바라보았다. 새들의 울음이 빛살처럼 뿌려지고 있는 새벽

하늘이 맑게 트여오고 있었다. 이 병동 안에 한 생명의 불꽃이 지금 사그라지고 있을 때도 저 땅 끝에서부터 해는 늘 그렇게 무심히 떠오르고 있었다.

나는 가방을 들고 말없이 일어났다. 병실문에는 '관계자 외 일체 출입금지'라는 큼지막한 팻말이 걸려 있었다. 나는 병실 안으로 들어섰다. 침대 발치에다 걸어놓은 '절대 안정'이란 또 다른 팻말이 먼저 눈에 들어왔다. 현구는 링거 주사기를 팔에 꽂은 채 눈을 감고 있었다. 병실 중앙에는 탁자를 가운데 두고 비닐로 씌운 철제 응접의자 세 개가 놓여 있었다. 한쪽 벽에 켜져 있는 반투명의 전등불빛이 창으로 밀려드는 빛살에 사위어가고 있었다.

팔걸이를 베개 삼아 긴 의자에 신을 신고 잠을 자던 제복 입은 젊은이가 잠귀도 밝게 벌떡 일어나 앉으며, 돌연한 침입자를 쏘아보았다. 양쪽 허리에 수갑과 방망이를 차고 있었다.

"현구 형 됩니다."

나는 목소리를 낮추어 말했다.

가방을 빈 의자에 놓고 나는 침대로 다가갔다. 아우는 팔뚝에 꽂힌 주삿바늘에 묶여 있기라도 하듯 갈고리같이 마른 두 손을 홑이불 밖에 얌전하게 포개어 얹고, 잠에 들어 있었다. 땀으로 찌든 긴 머리카락 아래 경성드뭇이 자란 수염자리가 안쓰러웠다. 더 이상 깎았다간 뼈를 다칠 듯, 얼굴은 나무로 빚은 모습이었다. 환자복 사이로 보이는 빗장뼈도 집어낼 만큼 돌기져 있었다. 육질이 제거된 그의 흉상이 나에게는 탈속한 경건함까지 느끼게 하였다. 대구 중앙지 장관동 한 칸 셋방에 살며 현구와 내가 집과 가까운 '제일교회'에 다닐 때, 아우는 초등반 나는 고등반이었다. 부끄럼 잘 타는 현구가 어떻게 기도할 때만은 우리 어머니 우리

어머니 하며 잘도 읊는지 신통하더라는 초등반 교사의 말을 들은 적이 있었다. 어릴 적에 그는 나이답잖게 어머니를 끔찍이 섬겼고, 그래서 위로 우리 남매보다 당신의 사랑을 더 도탑게 받았었다. 땅거미가 낄 때쯤 일 마치고 돌아오는 어머니와 함께 저녁밥을 먹겠다며 한길로 나가 장맞이도 곧잘 하던 그였다. 우리 막내 효자 엄마하고 밥 먹겠다고 여지껏 기다렸다 안 그러나, 하며 어머니는 현구의 손을 잡고 대문을 들어서곤 했었다. 잠에 든 아우의 평화로운 얼굴을 보자 마음이 착한 자는 나이가 들어도 그 얼굴에 소년티의 순진성이 남아 있듯, 어릴 적 그의 모습을 떠올려주었다.

잠에 든 현구를 깨울 수가 없어 나는 빈 의자에 앉았다. 어느 사이 어머니가 병실 안으로 들어와 있었다. 상고머리에 얼굴이 각진 젊은이가 자기 소개를 했다. 간수 최는 방명록에다 내 이름·주소·전화번호를 기록하고는, 이것저것 여러 말을 물었으나 심심풀이의 질문이라 나는 건성으로 대답했다.

병실 문이 소리 없이 열리고 머릿수건을 쓴 아낙네가 플라스틱 물통을 들고 조심스럽게 들어왔다. 소매를 걷은 군복 윗도리에 왜바지 차림이었다.

"상주댁이구려. 일찍이도 나왔네."

어머니가 반갑게 그네를 맞았다.

"일곱시 반부터 일을 시작하지요."

볕에 까맣게 그을린 상주댁이 죄지은 사람처럼 조그맣게 대답했다.

상주댁은 뒷산 약수터에서 갓 받아온 생수라며 물통을 한쪽에 놓았다. 그네는 잠에 든 현구의 모습을 멀찌감치에서 바라보다가 조심스럽게 의자에 앉았다. 권사님, 기도를 하세요 하고 상주댁이 말하고는 두 손을 여며 잡았다. 어머니가 그네와 머리를 마주 대어, 현구를 주님께서 살려달라는 간곡한 기도를 하였다. 상주댁은 십 분 정도 병실에 머물다 발소리 죽여 돌아갔다. 그동안 간수 최는 밖으로 나가 세수를 하고 왔다.

"너도 현구 공판 때 상주댁을 봤을걸. 상주댁이 사글세 든 집을 철거반원들이 허물 때 그 사단이 벌어졌으니, 저 여편네가 저렇게 정성으로 마음을 쓰는구나. 세 자식과 거동 불편한 시어머니를 거느리고 살다 보니 신새벽에 공사장에 나가지. 삼층 사층까지 엉성한 철다리를 밟고 모래와 벽돌을 져다 올려."

어머니가 물통을 현구가 누운 침대 밑에다 놓으며 말했다.

현구가 잠에서 깨어나기는 사십 분쯤 뒤로, 복도에 발짝 소리가 분주하게 들릴 때였다.

"형님, 언제 귀국했어요?"

아우가 말문을 떼곤 나직나직 여러 말을 물어왔다. 20세기의 마지막 대결단으로 일컬어지는 소련의 민주화 개혁 추진, 70년 소련을 장악해온 볼셰비키 보수파에 의해 실각이 우려된다고 보도되는 고르바초프의 현지 지지도, 무너져버린 동·서독의 장벽과 동구 여러 나라의 탈이념 조치에 따른 소련인의 반응 따위였다. 탁자 위의 전화기와 성경책 옆에 신문이 여러 장 있어 그가 그런 기사를 읽었을 텐데도 나의 직접 목격담이 듣고 싶은 모양이었다. 아니면 진보도 보수도 아닌 회색 중산층 지식인의 반응이 궁금했는지도 몰랐다. 이념을 절대 가치로 앞세운 패권주의를 청산하고 소련은 지금 탈사회주의화로 과감한 수정을 하고 있으며 고르바초프의 인기는 대단하더라고 대답하기에는 나 자신도 그 단정이 성급할 수 있었다. 또한, 그런 쪽 문제를 남한의 현실과 결부하여 스무해 가까이 실천운동으로써 그 해답을 얻겠다고 고군분투해온 아우에게 주마간산 격이었던 내 관찰이 섣부른 판단으로 들릴 수도 있었다. 그래서 나는, 사회주의가 인민의 삶을 좀 더 향상시키기 위해 지금껏 굳혀온 교조주의적 체질을 바꾸고 있는 갈등의 현장을 보았다고, 애매모호한 표현으로 몽뚱그려 대답했다. 모든 생필품의 부족 현상으로 모스크바는 물론 레닌그라드도 백화점이든 상점이든 장사진을 이루어 줄을 선 구매자의 긴 행렬 따위는 언급하고 싶지가 않았다. 신문에도 이미 보도된 그런 드러난 현상을 설명하기 위해서는 정치의 일방통행식 관료주의 체질, 모든 생산공장의 국영화에 따른 경쟁 없는 사회가 안고 있는 제품의 질적 침체를 비롯한, 노동자의 타성적인 근무태도를 장황한 설명으로 보충해야 했기 때문이었다. 아우는, 절대 수정될 것 같지 않던 마르크스 경제이론도 그렇게 자체점검을 통해 현실에 맞게 개선되는데 어찌 우리나라만이 어느 쪽도 기득권을 빼앗길세라 한치의 양보조차 없는지 모르겠다며 힘없이 머리를 저었다. 링거 속에 진통제가 주입되어 있는지, 간은 자각증상이 없어서 그런지, 아우는 말을 하면서도 고통은 느끼지 않아 보였고, 목소리는 기가 빠졌으나 표정이 밝았다.

"모스크바 교외에 작가동맹 주택단지가 있더군. 고리키가 레닌에게 부탁하여 일천구백삼십년에 건설한 문학가들의 이상촌이지. 소련 펜클럽 회장인 노작가 리바코프가 거기에 살아. 별장식이라 뜰은 넓은데, 낡은 목조 가옥에는 방이 딱 두 개밖에 없어. 하나는 침실이요 하나는 집필실이라, 거실 겸 식당에서 대화를 나누었어. 소련 인민의 가정이 다 그렇겠지만 노대가의 집도 검소함이 한눈에 띄더라. 한국에서도 선생님 소설이 많이 읽힌다고 말하니 기뻐하더군. 일흔일곱의 노익장인데, 그 목소리가 힘이 있고 안광이 빛나. 그러니 만년에도 『아르바뜨 아이들』과 같은 대작을 써낼 수 있겠지. 그는 다른 지식인과 마찬가지로 고르바초프를 열렬히 지지하더군. 고르바초프는 전 인민에게 제한 없는 여행의 자유와 말할 권리를 주었고, 예술가들에게도 무한대의 표현의 자유를 주었다면서 말야. 사실 『아르바뜨 아이들』이 스탈린시대의 일인독재 공포 정치를 고발한 내용이니 그럴 수밖에 없겠지. 그의 말로는, 스탈린 독재 치하 스물두 해 동안 지식인을 포함해서 칠천만 명이나 처형되고 유배되었다더군. 그래도 우리는 살아남았다, 아랍 민족과 몽고로부터 침략당했을 때 이삼백 년의 노예 생활을 묵묵히 견디어왔듯, 슬라브 민족은 참고 견디는 데는 어느 민족보다 강하다, 하며 열변을 토했어. 그분이 왜 그런 말을 했냐 하면, 지금 소련에서 벌어지고 있는 페레스트로이카는 결국 슬라브인의 그런 인내심이 수십 년 만에 피워낸 꽃이란 뜻이지."

귀국을 갓 한 탓인지 해외 여행담을 늘어놓다 보니 나의 말이 길어지고 말았다.

"형님이 넣어준 『아르바뜨 아이들』 세 권을 읽었죠. 러시아 문학의 스케일은 역시 다릅다. 그런데 그 책에 실린 리바코프의 약력을 보았더니, 스탈린시대 대학 재학 중 삼 년간 시베리아 유형에 처해진 적은 있으나 그 뒤부터는 체제 순응주의자가 되어 스탈린이 죽기 직전 '스탈린상'도 수상했더군요. 그로부터 삼십여 년 동안 이렇다 할 작품도 쓰지 않고 자기 보호 본능으로서의 침묵을 일관하다가, 표현의 자유 시대가 도래하자 드디어 필을 들어 스탈린을 공격한다! 이게 뭡니까. 만약 그가 칠 년 전쯤 칠십 세로 사망했다면 어찌 되었을까요?"

현구가 리바코프를 신랄하게 공격했다. 내가 그렇게 말한다면 부르주아 지식인의 탁상공론이란 비난깨나 받겠으나, 아우로서는 그런 말을 할 자격이 충분하였다.

"그래서 작가는 시대를 타고난다는 말도 있지."

궁색해진 내 답변을 묵살하며, 현구가 화제를 바꾸었다.

"사회주의 이념은 도덕적 정의에 기초를 두잖았습니까. 레닌이 볼셰비키 혁명에 성공하자 재물의 공정한 분배를 원칙으로 하여 계급평등부터 실현했잖아요. 고르바초프는 정치 경제의 다원주의를 도입해 그 탄탄한 기반 위에 인민의 삶의 질을 높여보자고 글라스노스트와 페레스트로이카를 실천하고 있는 줄 아는데요?"

"볼셰비키 혁명에 성공한 일천구백십칠년 시점에서는 사회주의 경제 이론이 맞아떨어졌으나, 이제는 그 한계에 봉착한 셈이지. 국영 백화점에 그 흔한 전자계산기 없이 아직도 수판으로 셈을 하고 있으니깐."

"거기 사람들의 생활은 어때요?"

"자본주의 관점에서 본다면 대체로 가난해. 백화점에 있는 상품의 질은 우리나라 육십년대 중반쯤 될까. 그러나 사회복지 정책이 잘되어 있고 기본적인 의식주 걱정은 없는 것 같애. 그 사회의 장점이라면, 너 말처럼 윤리적 도덕적 측면에서 아주 청결하다는 점일 게야. 그쪽 사람들은 정직하고 순박할 수밖에 없지. 당 고위층은 모르지만, 부정부패가 없고 그 사회에서는 거짓말이 안 통하는 세상이니깐."

"문제는 바로 거기에 있어요. 소련이 서구 선진국보다 생활 수준 면에서는 이삼십 년 뒤떨어졌다 하더라도, 삶의 질에서는 평균화가 이루어져 있잖아요. 설령 더디더라도 그 평균화된 질을 한 단계 높이는 일이 중요하지 우리나라처럼 소수 독점자본가와 권력자와, 거기에 기생하는 소수 유한 계층의 질만 높이면 뭘 합니까. 우리 현실을 보세요. 가진 자는 너무 가져 불로소득으로 호의호식하고 빈민층은 지하실 한 칸 셋방에서 일고여덟 명이 복작대며 살고 있으니, 지옥과 천당이 따로 없지요. 제가 말하는 것은 사회주의를 이 땅에 꼭 실현하자는 강변론이 아닙니다. 사회주의국가가 정치적으로는 독재요, 문화적으로는 획일적이요, 경제적으로는 낙후성을 면치 못하는 단점을 저도 인정합니다. 그러나 우리의 현실을 직시할 때, 당장 눈앞에 벌어지고 있는 이 악순환만은 화급하게 시정되어야 한다는 거지요. 우리 사회도 이제 어느 정도 성장의 초입에 들어갔으니 삼백오십만 정도로 추산되는 소외계층인 빈민층에다 따뜻한 눈길을 돌려야 해요. 이 시점에서는 성장이나 수출이 더 급한 게 아니라 분배의 정의부터 제 궤도에 올려놓아야 한다는 말입니다. 그러자면 사회주의와 자본주의가 만나는 꼭지점이 있을 겝니다……."

현구의 목소리가 헐떡거림으로 변해갔다.

"애야, 그만하거라. 흥분하면 몸에 좋지 않으니 그만큼 해둬. 네가 하는 그런 말도 이천 년 전의 말씀이신 성경에 이미 다 기록되어 있지 않더냐. 부자가 천국에 가기는 낙타가 바늘구멍으로 들어가기보다 힘들다고 했으니, 주님이 먼저 다 알고 계신다."

듣고만 있던 어머니가 말참견을 했다.

나도 그 문제만은 더 하고 싶은 말이 없었다. 현실 속으로 들어가 몸소 싸우는 자 앞에 나는 방관자밖에 되지 못했던 것이다.

"좋은 세월입니다. 형님의 국외 첫 나들이로 사회주의 종주국부터 다녀오게 되었으니……."

현구가 지친 목소리로 말끝을 흐렸다.

현구는 자신의 일로 하여 형인 내가 당한 고통을 잘 알고 있었다. 그가 감옥에 있지 않은 도피 시절에는 나 역시 당국으로부터 늘 감시의 대상이었고, 어디론가 잡혀가 아우의 거처를 대라며 폭행을 당한 적도 두 번 있었다.

현구가 대구에서 대학에 입학하여 서클 활동으로 처음 나선 일이 '기독교학생연맹'이었다. 이는 아버지가 목사였으므로 우리 삼 남매가 유아 세례를 받고 어릴 적부터 교회에 나가게 된 이력이 먼 인연이라 할 수 있었다. 그는 곧 기독교의 현실 대응 논리를 '민중적 해방신학' 쪽에서 그 답을 얻었고, '억압과 가난'으로부터 민중의 해방을 위해 반정부 집회와 시위에 참가하기 시작하였다. 내성적이며 착하기만 하던 그가 그렇게 변할 줄은 어머니를 비롯한 주위의 누구도 짐작조차 못 했다. 궤변론자의 말을 빌리지 않더라도 내성적이기 때문에 그렇게 변할 수 있다는, 뒤집어 생각해보기에 일리가 있는 변화였다. 아우는 몇 차례 수배를 당하고 구류를 산 뒤에, 삼 학년 때 강제징집당해 입대하였다. 최전방 특수부대에서 냉대를 톡톡히 당한 끝에 만기제대를 하고, 일 년 뒤였다. 졸업을 앞둔 76년, 아우는 서슬 푸른 긴급조치 9호 위반으로 수배되자 도피생활을 하던 중, 이듬해 경산의 건축공사 현장에서 날품을 팔다가 체포되었다. 징역 2년 자격정지 4년을 선고받고 복역을 시작한 지 1년 8개월 만에 그는 형집행정지로 석방되었다. 그 뒤부터 그는 대구의 노동운동판에 뛰어들었다. 졸업은 포기한 채 학력을 낮추어 대구 비산동에 있는 염색공단의 '동영염직' 양성공으로 출발로, 그는 식구에게 거주지도 알리지 않고 노동자로, 노동야학교사로, 빈민운동가로, 대구의 검단공단·제3공단·비산동 염색공단·성서공단·월배공단에서 동가식서가숙하였다. 나 역시 80년 그해 해직기자가 되어 삼 년 뒤 출판사를 시작할 때까지 생계에 타격이 컸으나, 그 당시는 물론 그 뒤에도 현구의 소재를 파악하려는 수사기관의 출입이 나의 서울 집과 출판사로 간단없이 이어졌다. 박현구가 있는 곳에는 반드시 쟁의와 파업과 생계대책의 빈민 시위가 뒤따른다는 출입 형사의 말이었다. 그동안 그는 두 차례 옥고를 겪었고, 그가 활동할 수 없을 때만은 우리 집에도 수사기관의 출입이 끊어졌다. 그가 마지막으로 투옥된 것이 금년 봄 대구 비산동 달동네 재개발지 철거 과정에서, 철거반원과 주민 사이에 그가 뛰어든 결과였다. 그는 아내와 함께 그 달동네에서 빈민운동에 헌신하고 있었는데, 철거반원 한 명의 중상과 또 한 명의 경상에 따른 피해자 고발로 구속되었던 것이다. 그를 당국에서는 대구지방 대표적인 문제적 인물로 파악하고 있었으나, 나에게는 현구의 폭행이 사실로 믿어지지 않았다. 내가 보아온 아우는 외유내강의 한 전형으로, 누구에게나 늘 겸손하였다. 그는 나에게 빈민운동의 마음가짐을 이야기하며 봉사·헌신·사랑을 늘 강조했던 것이다. 그러나 그가 철거반원의 쇠지레를 빼앗아 들고 그들에게 휘둘렀다는 사실은 증인도 인정했고, 법정에서 아우도 시인했던 터였다.

작년 6월 중순이던가, 자기 체면도 조금은 살려달라는 숙영이의 두 차례에 걸친 장거리 전화질에 못 이겨, 나는 누이 막내 시동생 결혼식에 참석차 대구로 내려간 적이 있었다. 현구로 하여 김 서방까지 자주 경찰서로 불려 다니는 누이로서 시가 쪽에 유일하게 내세울 점이라면, 오빠는 그래도 서울에서 사장 소리를 들으며 모범적 시민으로 살고 있다는 자랑이었다. 어머니와 함께 결혼식에 참석하고, 어머니의 뜻에 좇아 현구가 빈민운동에 헌신하고 있는 달성공원 뒤쪽 비산동 산동네로 나섰다. 오후 두시쯤이었다. 택시를 타자는 나의 말에 어머니는 어림없는 소리라며 한사코 버스를 고집하였다. 나는 조카 동수에게 줄 선물로 양과점에서 큰 케이크 한 통을 샀다. 버스에서 내린 비산동 산동네 입구는 개천을 복개한 한길이었다. 인도는 사람이 다닐 수 없을 정도로 노점행상이 전 자리를 벌이고 있었다. 싸구려 옷장수를 비롯하여 과일 장수, 풀빵 장수, 장난감 장수, 나물을 파는 아낙네, 플라스틱 가정용품을 늘어놓은 젊은이 외에도, 온갖 잡동사니를 벌여놓은 장수들의 호객 소리에 귀가 따가

울 정도였다. 토정비결과 손금 그림판을 펼쳐놓은 점쟁이도 있었고, 귀후비개와 이쑤시개를 파는 양다리 없는 불구자, 코흘리개를 옆에 앉혀 두고 누운 채 까만 손바닥을 펴고 있는 동냥꾼도 한몫을 차지하고 있었다. 좋게 말한다면 활달한 생존경쟁의 현장을 보는 셈이고, 그렇지 않은 관점으로는 호구가 무엇인지 살아남기 위한 비탄의 아우성을 듣는 셈이었다. 어머니를 따라 골목길로 들어서서 소개소·약국·여인숙·미장원 간판이 붙은 가게와 상점을 지나자, 빈민촌이 시작되는 언덕길이 나섰다. 뒤에서 밀어주어야 할 리어카나 지게짐 이외 아무 차도 올라갈 수 없게 비탈이 30도는 될 듯하였다. 기왓장과 시멘트 골판을 지붕으로 덮은 집들이 주위로 촘촘하게 들어찼고, 두 사람이 비켜 갈 수 있는 좁은 골목길이 옆으로 가지를 치고 있었다. 그 골목길에는 쓰레기통은 물론, 작은 단지와 무엇이 들었는지 사과 궤짝 같은 살림 도구까지 내다 놓은 집도 있었다. 그런 좁은 골목에도 러닝셔츠와 팬츠만 입은 여윈 아이들이 맑은 웃음을 터뜨리며 싸대었고, 그늘에는 노친네들까지 나와 앉아 한담을 나누고 있었다. 거기서부터 나는 빈민들의 생활을 후각으로 먼저 느꼈다. 수채 내음도 섞여 있고, 지린내도 섞여 있고, 털을 태우는 노린내도 섞여 있는 듯한, 그런 모든 냄새가 함께 버무려진 역한 내음이 초여름의 후텁지근한 공기 속에 은은하게 녹아 있었던 것이다. 초년병 사회부 기자 시절 나는 상계동 난민촌이며, 사당동 산동네에도 취재를 다녔더랬는데, 강남의 중산층 아파트에 옮겨 살게 된 지 오륙 년 사이에 까맣게 잊어온, 이제 낯이 선 철저히 소외된 지역이었다. 길은 차츰 좁아지고 굽이로 휘돌았는데, 비탈이 갑자기 45도는 되게 가팔라졌다. 수도관이 이 급한 비탈을 타고 올라가는지, 쓰레기와 변소의 오물은 어떻게 처리하는지, 하수물은 어디를 통해 빠져 내려가는지 알 수가 없었다.

—큰애야, 여기 사는 사람들의 직업을 따지면 공장 직공, 미장이, 목수는 그래도 반반한 축들이지. 막노동·행상꾼·무직자가 육 할이 넘는단다. 나머지는 뭔지 아냐. 다쳤거나 몸이 아파 일을 할 수 없는 병자들이지. 성경에도 보면 그렇지 않더냐. 가난한 마을에 병자와 병신이 많이 살듯이, 여기도 그렇게 영육의 괴로움으로 신음하는 사람들만이 모여 산단다. 그러나 주님은 언제나 그랬듯, 부자를 보지 않고 불쌍한 이 이웃들을 지켜보고 계시지.

어머니가 무릎에다 손을 짚고 꼬부장히 한 발 두 발 내디디며, 헉헉 내쉬는 숨길 사이로 뱉는 말이었다. 어머니는 가압장이 설치된 공동 수도장에서, 잠시 다리쉼을 하자며 걸음을 멈추었다. 수돗물을 받으려는 물통이 골목길 가장자리로 오십 미터는 좋게 늘어서 있었고 물통 임자들이 뙤약볕 아래 줄을 서서, 멀끔한 차림의 내 모습보다 손에 들린 큰 케이크 통을 탐하는 눈길로 바라보았다. 나는 눈 아래 펼쳐진 빈민촌을 내려다보았다. 부스럼딱지 같은 층층의 지붕들 사이로 발쭘한 구석마다 널어놓은 빨래들이 시골초등학교 운동회의 만국기같이 걸려 있었다. 더운 볕살이 그 위로 자글자글 끓고 있었다. 어머니가 손수건으로 땀을 닦으며 내게 말했다.

—큰애야, 새벽부터 일터 나가는 사람이 도시락 싸 들고 이 골목길을 메워 걸어 내려오는 것도 볼 만하지만 해 질 무렵에 집으로 돌아오는 사람들과 밤일 나가는 사람들을 여기에 앉아 보고 있으면, 왜 그렇게 눈물이 나는지…… 밀가루 한 봉지나 쌀 한 봉지 사 들고, 또는 연탄 서너 장 새끼에 꿰어 들고 올라오는 사람들의 그 허기진 퀭한 눈이란 배부른 사람이 이해를 못 할 거다. 야근에 나가는 젊은 애들이며, 화장을 짙게 하고 술집에 나가는 처녀애들도 언덕길 허덕대며 올라오는 사람들에게는

다 비켜서서 길을 내어준단다. 그게 여기 사람들의 인사법이지.

현구 집과 탁아소가 아직도 멀었냐고 내가 묻자, 어머니가 웃으며 대답했다. 하늘나라와 가장 가까운 곳이 이 세상에서 가장 가난한 사람이 사는 곳이야, 하며 산마루를 올려다보았다. 그 위로 게딱지 같은 집들이 층을 이루어 다닥다닥 이어져 있었다. 어머니와 나는 물지게를 지고 땀을 흘리며 오르는 아낙네들을 비켜가며 다시 길을 오르기 시작하였다. 가압장 아래쪽은 한 집 평수가 그래도 십여 평 되어 보였는데, 그 위쪽부터는 대체로 십 평 미만이다 보니 마당이라야 고작 처마 밑에 신발 벗어 놓을 터밖에 없었다. 어머니 말로는, 그래도 한 가구에 일곱 자 정도 크기지만, 방이 세 개는 된다고 하였다. 두 개는 주인이 쓰고 하나는 셋방으로 내놓거나 주인이 한 칸만 쓰고 방 두 개를 다 세로 놓고 있다는 것이다. 현구가 사는 방은 물론 월세방이었다. 처마 밑에 쪽마루가 있고, 쪽마루 한쪽에 간이 찬장과 개수통이 놓여 있었다. 그 옆이 연탄 아궁이로, 부엌이 따로 없었다. 아무도 없음을 알고 있었던지 어머니가 방문을 벌컥 열었다. 컴컴한 방 안에는 낡은 서랍장 하나, 가방이 세 개, 서랍장 위에 이불이 얹혀 있었다. 그리고 앉은뱅이 책상이 고작이었다. 그 방에서 그래도 값이 될 만한 물건은 방구석에 켜켜로 쌓인 책더미였다. 살림살이래야 리어카 하나로 실어내면 족할 분량이었다. 그나마 나머지 발 쭘한 공간은 어른 셋이 누우면 꽉 찰 크기였다.

—현구네는 이렇게 산단다. 그 애가 자청하여 이렇게 사는데 뭘 도와주랴. 숙영이가 텔레비전이라도 한 대 사줄까 했으나, 현구 말이 그걸 볼 시간조차 없다며 거절했단다. 가진 것이 없을수록 마음이 홀가분하다니, 그 애야말로 이 세상 사람이 아니지.

어머니는 방문을 닫고, 동수 보러 빨리 가야겠다며 탁아소로 걸음을 놓았다. 탁아소는 소나무와 잡목이 듬성듬성 박혀 있는 산꼭대기에 있었다. 한때는 넝마주이들이 움집을 엮고 살다가 그들이 떠난 뒤 쓰레기장이 되었는데, 이태 전 쓰레기장을 흙으로 묻고 천막으로 시작했다는 탁아소였다. 블록으로 벽을 쌓고 시멘 골판으로 지붕을 덮은, 그래도 번듯하게 큰 건물이었다. 아이들의 재잘거림이 바깥까지 와자하게 들렸다. 교실 두 개가 각 열 평씩, 마당이 스무 평은 되었다. 운동장은 물론, 교실도 아이들로 초만원이었다. 보모 셋이 그 아이들의 시중을 들고 있었다. 자원봉사 여대생들이 교대로 동수 엄마를 돕는다는 말을 들었기에 그녀들이겠거니 여겨졌다. 아이구, 아주버님까지 오셨네 하며 교실에서 나온 동수 엄마가 우리를 맞았다. 마당의 흙먼지 자욱한 속에 뛰놀던 아이들이 케이크통 주위로 몰려들었다. 어머니는 방 안을 기웃거리다 동수를 찾아내었다. 제 할머니 품에 안겨드는 동수에게 나는 케이크통을 넘겼다. 동수 엄마의 말로는, 이 산동네에 살며 '동협제작소'에 나가는 견습공이 성형연마기에 왼손 손가락 두 개가 절단되어 애아버지가 산재보험 관계로 아침 일찍 나갔다는 것이다. 그래서 결혼식에도 참석을 못 했다 하였다. 전 국민 의료보험화가 되기 전 언제인가, 서울로 올라와 나에게 삼십만 원을 돌려달라던 끝에 현구가 하던 말이 그때 문득 생각났다.

　―형님, 가난한 사람들이라고 다 선량하지만은 않습니다. 때로는 그들을 철부지 어린아이나 노망 든 노인이나 정신병자로 생각해야 합니다. 경우에 없는 생떼를 쓰고, 걸핏하면 싸우고, 거짓말도 하고, 심지어 도둑질도 하지요. 살아가는 데 너무 지쳐 마음마저 그렇게 삭막해져버린 겁니다. 그 어리광과 투정과 사나움을 탓하기에 앞서, 그의 괴로운 삶만큼 나도 그와 함께 아파하지 않으면 그들을 이해할 수가 없습니다. 어

머니가 살인한 자식조차 조건 없이 사랑하듯, 그런 마음을 가지지 않고는 하루도 그들을 벗으로 여겨 여기에서 배겨내지 못하지요. 그러니 처음은 봉사한다는 정신에서 출발하여, 희생의 보람을 깨우치다가, 마지막으로는 사랑의 실천뿐이라는 종 된 자로서의 겸손으로, 자존심 따위는 잊어버려야 해요. 안사람한테도 내가 늘 강조하는 말입니다. 조금 다른 이야기지만 며칠 전, 선생님이 무조건 살려달라며 골수암으로 죽어가는 소년을 엎고 달려온 어머니가 있었습니다. 그 어머니와 함께 이틀 동안 소년을 엎고 병원을 여덟 군데나 뛰었습니다. 한결같이 입원 보증금이 없다고 퇴짜를 놓더군요. 이틀째 저녁 무렵, 소년은 끝내 내 등판에서 숨을 거두었지요. 막막한 분노로 그 엄마와 나는 큰길에 주저앉아 목놓아 울었습니다. 이번에도 그런 처지에 놓인 딱한 가정이 있어서 한 아이를 꼭 살려내야겠기에 형님을 찾아왔습니다…….

그때의 현구 말을 떠올리며 탁아소 안을 둘러보던 내 눈에 올망졸망한 아이들의 모습이 멀어지고, 핑글 눈물이 돌았다. 빈민촌의 탁아소, 동수 엄마도 현구만큼 힘든 일을 하고 있음이 한눈에 들어왔던 것이다. 탁아소 건물 옆에 가건물 한 동이 있기에 열린 창문 안을 들여다보니 아녀자들이 스무 명 정도 늘어앉아 한쪽에는 조화(造花)를 만들고 있었고, 한쪽에는 싸구려 목걸이 잇기에 열중하고 있었다. 빈민촌 아녀자가 일용직 막노동이나, 파출부나, 행상으로 나서지 않으면 들어앉은 부업이란 스웨터 뜨기, 봉투 붙이기, 조화 만들기, 목걸이 구슬 꿰기로 가계를 돕고 있었던 것이다.

여덟시 반이 되어서야 동수 엄마가 동수를 탁아소에 두었는지, 음식 싼 보자기를 들고 병실로 들어왔다. 눈 아래 주근깨 많은 깜조록히 탄 얼굴에 생머리는 뒤로 빗어 핀으로 질끈 묶었고, 헐렁한 무명 셔츠 윗도리는 소매를 걷어붙이고 있었다. 여름이라 그런지 내가 보았을 때마다 줄기차게 입고 다니던 청바지가 아닌 무릎을 덮은 통치마 차림이었다.

동수 엄마는 제 서방에게, 잘 주무셨느냐, 밤새 어디 불편한 데는 없었느냐고 사근사근 묻고는, 내게 인사 삼아 말했다.

"아주버님은 노독도 안 풀리고 회사 일로 바쁘실 텐데 이렇게 와주시니 자꾸 빚만 지는 것 같군요. 고삼 엄마는 일 년 동안 피가 마른다던데, 중삼에 고삼이 겹쳤으니 형님 고생이 오죽하겠어요."

동수 엄마는 그동안 서방의 옥바라지와 그네가 꾸려가고 있는 탁아소 일로 그 바쁘기가 다른 여자의 서너 배는 될 터인데, 언제 보아도 표정이 밝았고 몸놀림이 가벼웠다. 악의는 없지만 말을 덜렁덜렁 함부로 하여 어머니의 빈축을 사는 점 또한 그네의 스스럼없는 성격에 기인하였다.

―탁아소만 해도 그렇지, 온갖 병균과 악취가 진동하는 빈민촌에 그 부모가 어디 애들 간수인들 제대로 하겠냐. 밥벌이로 모두 일터에 나가면 그 애들을 받아 씻기고, 먹이고, 글 가르치고, 병원에 데려가고…… 어디 동수 엄마가 그 일뿐이냐. 탁아소를 중심 삼아 빈민촌 부녀운동도 하고 있잖냐. 취업 상담에서부터 사글세 방값 문제까지 저렇게 발벗고 나서서 뛰니 내가 보아도 테레사든가, 그 수녀가 따로 없어. 쟤라고 어디 몸이 무쇠인가. 저러다 쓰러지면 어떡할는지 모르겠어.

어머니가 계수 씨를 두고 작년에 서울에 와서 계실 때 내게 들려준 말이었다.

대구 노원동 제5공단에서 현구가 노동야학을 열고 있을 무렵, 계수 씨는 시골 종합고등학교를 졸업하고 그곳 안경테를 만드는 공장 총무부에 근무하며 야학일을 돕다 아우와 사귀게 되었음을 나는 알고 있었다. 그렇게 만났음인지 아우와 나이 차이가 아홉 살이나 졌다. 원협섭 목사의 주례로 노곡동 산동네 교회에서 결혼식이 있던 날이 떠올랐다. 결혼식에는 노동야학에 다니던 공원들과 빈민촌 주민이 하객으로 참석했었다. 결혼식날 당사자들의 가슴 두근거리는 기쁨이야 누구나 마찬가지겠지만, 그날 신부의 얼굴에서 잠시도 미소가 떠나지 않던 밝은 표정이 떠올랐다. 어른들의 말로 혼례식날 신부가 웃으면 흉으로 잡는다 했는데, 그네는 서른 살을 훨씬 넘긴 나이든 신랑을 맞으면서도 기쁨을 감추지 않았던 것이다.

젊은 간수 최가 마흔 중반의 나이 든 간수 홍과 교대를 하고, 곧 전문의와 인턴들이 뭉쳐 다니는 오전 회진이 있었다. 잘 깎은 밤처럼 깔끔하게 생긴 현구의 담당의로 마흔 중반의 민 박사는 환자의 상태를 잠시 관찰하더니, 인턴에게 저희들이 쓰는 의학 전문용어를 몇 마디 주고받은 뒤, 곧 병실을 떠났다. 내가 뒤쫓아 나가 민 박사에게 현구의 종합검진 결과를 물었다. 민 박사는 상냥하게, 결과를 종합하여 분석 중이라고만 대답했다. 동수 엄마가, 집에서 마련해온 묽은 녹두죽을 환자에게 간식으로 먹여도 되느냐고 물었다. 민 박사는, 필요한 영양제는 물론 병원측 식단도 그렇게 짜여 있으니 무엇이든 사식은 안 된다며, 심지어 일정량의 보리차 이외 주스류도 먹여서는 안 된다고 주의를 주었다. 그들은 우르르 옆 병실로 옮겨갔다. 잠시 뒤, 간호사 팀이 회진을 돌 때도 담당 간호원은 민 박사의 주의를 다시 환기시켰다.

"어머니, 아침밥 잡수셔야지요. 저와 잠시 나갔다 오시죠."

내가 권했으나 어머니는 아침밥 한 끼니를 금식하는 지가 오래되었다며 거절하였다. 병원 밖으로 나가더라도 아침식사를 할 수 있는 음식점을 찾아야 했기에 나 역시 한 끼를 건너뛰기로 마음먹었다.

나는 고등학교 동기생 함근조를 만나기 위해 임상병리실로 떠났다.

그곳은 본관과 가까운 다른 병동이었다.

"야, 박윤구 아닌가. 전화도 없이 아침부터 자네가 불쑥 웬일이야. 지방 병원에 처박혔다구 사람 아주 무시하기니. 그래, 출판사 일은 어때? 책 잘 팔려?"

근조가 나를 반갑게 맞았다. 그를 만난 지도 이 년이 넘은 것 같았다. 우리는 본관 건물에 딸린 구내 휴게실로 옮겨 앉아, 그는 생강차를 나는 우유를 마시며, 동기생들의 근황을 두고 한동안 잡담을 나누었다. 티케이로 알려진 지방의 명문고 출신이라 동기생들 중에는 정계와 재계에서 출세한 자가 많았다. 해직기자 생활을 거친 뒤 나는 대체로 재경 동기회에도 잘 나가지 않았던 터라 그들과 교우가 없었으나, 근조는 서울에 있는 출세한 동기생의 근황을 나보다 더 잘 꿰뚫고 있었다. 해직기자도 복직을 하거나 창간된 신문사에 흡수되던데 너는 조그만 출판사에 매달려 도대체 뭘 꼼지락거리고 있냐며 근조가 농말을 했다. 지난번 역시 현구의 일로 내려와 대구의 동기생 몇을 만났을 때도 그가 비슷한 말을 했던 기억이 났다. 해직기자도 곧잘 정당 쪽에 붙거나 투사가 되더라만 너는 출신이 티케이라 투사는 글렀고 전공이 사회학이니 여당 쪽은 어떠냐고 내게 물었던 것이다. 너가 뜻만 있다면 그쪽에서 붙여줄 친구들이 많지 않느냐고 말하기도 했었다. 삶의 길이 그런 공명심의 충족에만 있지 않다고 근조에게 대답하기에는 내가 세상 물정을 너무 모르는 맹한 사람으로 취급당하기 알맞아, 나는 멋쩍게 웃기만 했었다.

내가 해직기자의 추레한 모양새로 그 협의회의 모임에 나다니며 농성으로 더러 외박도 할 무렵, 어머니는 아예 대구 생활을 작파하고 서울의 나의 집에서만 기거하였다. 저렇게 남다른 길을 걷는 현구를 보더라도, 피난 내려와 너희들만 믿고 살아온 이 어미를 보더라도 장자인 너만은 제발 험한 길 스스로 찾아 나서지 말라는 당신의 간곡한 호소를 이틀이 멀다 하며 듣고 살았다.

—내 살아생전 통일될 그날 이 어미 등에 업고 봄철이면 진달래 지천으로 피는 고향 산천을 꼭 구경시켜주겠다고 너 대학에 들어갈 때 굳은 약속하지 않았느냐. 어미한테는 너가 돈 많이 버는 일도, 남처럼 높은 사람 되어 낮은 사람 시기 사는 것도 원치 않는다. 너가 그저 부부 금실 좋게 오손도손 다숩게 살며 자식 건사 잘하고 건강만 하다면야 그 이상 소원이 없다고 나는 늘 하나님께 기도한단다.

어머니는 그런 말도 했었다. 어머니가 철야기도에 금식까지 단행하며, 장자인 내가 제발 가정적인 안정을 찾게 되기를 기원드릴 때, 나는 사실 다른 어머니와 구별해야 직성이 풀리는 그 모성애와 현실 사이에서 갈등도 적잖게 겪었고, 주량이 약한 나로서 소주도 꽤나 마셨다. 제5공화국이 들어선 직후던가, 현구가 대구지방 노동운동 실태와 현장 사례라는 제목의 원고 묶음을 들고 나를 찾아와 출판문제를 상의했을 때, 내가 거절한 것도 아우가 부탁한 책을 형의 출판사에서 낸다는 겸연쩍은 점보다, 아우가 관계하며 원고의 편자로 되어 있는 대구지방 민주노조의 그 활동이 당시의 시국과 견줄 때 다분히 문제시될 수 있다는 기우 탓이 더 강하게 작용했었다. 그 원고는 대구지역 경제변천과정, 산업구조, 제조업 현황, 노동계급 실태에 절반을 할애하고, 나머지는 열악한 노동현장에서 일하는 저임금 노동자들의 눈물겨운 생존권 투쟁의 기록이었다. 당국의 방해로 대부분 노동조합이 결성되지 못한 상태에서, 친목회 단위로 사용자측을 상대하여 노동자들이 공동투쟁에 임한 일지(日誌)식 사례가 공장 단위별로 분류되어 있었다. 신문사 통폐합에 따른 관제 언론화의 획책에 맞서서 내가 솔선하여 그 투쟁에 나섰다기보다, 나는 내 양심의 뜻에 좇아 해직기자의 길로 나섰던 셈이다. 그런 나의 전력으로 보아도 비록 내 출판사가 진보적인 사회과학서를 십여 종 출판하기는 했으나, 역시 그런 책은 그런 종류의 책을 내는 출판사라야 동류항으로서의 성격이 부각되게 마련이었다. 그러나 나로서는 현구에게 출판사를 천거할 입장이 아니었다. 나는 당시의 경색된 시국 전반을 들먹이며 아우에게 출판을 보류하라고 강력하게 권고했었다. 그러자 아우는 어느 쪽으로도 자기의 마음을 보이지 않고, 바쁜 형님 시간만 빼앗았다며 예의 그 수줍어하는 미소를 보이고는 원고를 찾아갔었다. 그 원고는 석 달 만에 책이 되어 나왔고, 보란 듯이 나에게도 한 권이 우송되었다. 역시 나의 예상대로 그 책은 당국으로부터 압수의 수난을 겪지 않으면 안 되었다. 아우는 물론, 출판사 대표와 편집 책임자가 보름 동안 구류를 살고 나왔던 것이다.

"윤구야, 너 이진서 소식 들었냐? 건설업 하는 뚱뚱한 친구 말야. 진서가 죽었어. 과로로 인한 심장마비야."

근조가 말했다.

이진서는 고등학교 삼학년 때 급우였다. 나 역시 그가 그렇게 쉬 죽으리라고는 생각 밖이었다. 문득 60년 그해 2월 28일이 떠올랐다. 당국이 고교생들의 민주당 선거강연회에 참석을 우려하여 학교측에다 일요일 등교를 종용하였다. 그 발상법조차 우스꽝스러운, 영화관람이 미끼였다. 그러자 우리들은 일요등교에 항의하여 고등학교로서는 전국 처음으로 가두시위를 벌였던 것이다. 오후 1시 5분, 삼학년이 주동이 되어 수백 명이 교문을 빠져나와 어깨를 겯고 반월당 큰길로 내달았다. 학생들의 인권을 보호하라! 민주주의를 소생시켜라! 우리는 학원에 개입하는 정치권력에 반대한다! 우리는 비굴하지 않다! 여러 종류의 구호가 외쳐졌다. 대학입시에 매달렸던 나는 그 시위를 촉발시킨 주동자가 아니었다. 그러나 나 역시 장기집권을 음모하는 이승만 정권의 비민주적인 작태에 의분만은 느끼고 있었다. 개체에서 공동체의 운명으로 결속되자 모두 힘이 솟았다. 우리는 계속 산발적인 구호를 외치며 중앙통을 거쳐 도청 광장을 향해 질주하였다. 그때 나와 어깨 겯었던 친구가 진서였다. 물론 근조도 동참을 했었다. 진서를 마지막 본 지가 벌써 삼 년이 넘은 듯하였다. 그는 집 장수답게 사십 대를 들어서자 몸이 났고, 말끝마다 바빠서 미치겠다는 푸념을 했었다. 집에서는 식구들로부터 하숙생으로 내몰린 만큼, 낮이면 현장에 붙어 살고 밤이면 그 스트레스를 푸느라 술판 앞에 앉게 된다는 것이다. 그렇게 몸을 돌보지 않고 뛰니 주택 경기가 좋은 시절이라 그가 짓는 다세대 연립주택은 잘 팔렸다.

─세 끼 밥 먹기는 마찬가진데 돈 몇 푼 더 벌겠다고 내가 꼭 이렇게 미친 놈 널뛰듯 허둥대야 하냐? 난 정말 속물이 다 되어버렸어. 윤구, 우린 그 시절이 좋았잖아. 도청 앞까지 진출했을 때 말야. 그때 대구경찰서로 무더기 연행당해 꽤나 얻어터졌지. 그런데 지금은 뭐냐. 난 집 장수가 되고 넌 그래도 식자 소리 듣는 출판쟁이가 됐으니 나보다야 낫다. 사일구혁명도 우리가 그렇게 도화선에 불을 붙여놓았는데, 길 닦는 놈은 따로 있고 세단 타고 지나가는 놈들 따로 있으니, 세상은 오래 살고 볼 일이야. 자, 마셔. 먹는 게 남는 거 아냐.

진서가 맥주잔을 들며 떠들던 불쾌한 모습이 떠올랐다. 나 역시 사일구세대의 한 일원으로 대학 일학년 그해, 학우들과 함께 경무대 앞까지 진출하기도 했었다. 그러나 사일구의 순수한 의미는 그 뒤 계속된 군사정권에 의해 퇴색되었다. 이 땅에 참다운 민주주의의 소생을 바라며 소박한 정의감만으로 뛰쳐나갔다. 총탄에 쓰러진 185명의 영령은 수유리에 밀폐되고 말았다. 그 '미완의 혁명'을 열심히 들먹이는 우리 세대의 일부는 혁명의 주역으로 자처하며 오히려 정권에 유착되어 영달에 급급했고, 사일구의 이름을 욕되게 하는 자도 계속 생겨났다. 그러나 사일구가 순수하고 정직한 젊은이들의 의분만으로 사령탑의 전략 전술 없이 시작되었고 끝났기에, 참여자의 대부분은 본래의 자기 직분으로 돌아갈 수밖에 없었다. 나 역시 사일구의 정신을 계승하려는 그 어떤 노력에도 몸바치지 않은 채 결혼하여 가정에 안주해버림으로써 봉급쟁이 기자로 평범하게 살아간 나날이었다. 후진국의 종속적 정치 형태를 탓하며 나까지 혁명을 팔아먹기에는 자신이 너무 초라하게 느껴져, 나는 여지껏 한번도 어느 자리에서나 사일구세대로 자처한 적이 없었다.

사십 대의 사망률이 세계 일위라는 말끝에 근조는 한국인의 지나친 성취욕구, 물신숭배의 이기심, 거기에 따른 맹렬한 저돌성과 조급증을 통박하였다.

"한창 일할 나이인 사십 대에 쓰러진다고 생각해봐. 자식이 뭔지, 이제부터 시집 장가 보낼 때까지 돈이 다발로 들어가는 나이 아냐. 일할 나이만 믿고 천방지축 뛰다가 진서도 그렇게 쓰러진 게야. 옛날에는 삼시 세 끼만 먹어도 족했는데, 먹고살 만하게 되니 모두들 왜 이러는지 모르겠어. 잘사는 놈들은 제 배 터지는 줄 모르고 돈과 땅을 혈안이 되어 긁어모으기만 하지, 또 반대쪽에 섰는 학생놈들과 노동자들 보라구. 그렇게 폭력을 앞세워 죽자 살자 나선다구 제 배 부른 자들이 나누어 먹자며 백기 들고 나서겠어. 이 정경유착의 방만한 시대에 말야. 혼란만 오구, 경제나 망치는 게지. 노동자가 파업투쟁해서 임금 쬐금 올려놓으면 정부가 그 노동파업에 신경을 쓰는 사이 물가가 더 뛰어 덜미를 잡는 것, 그들이 그걸 왜 몰라. 지엔피 일만 달러까지만 좀 참으면 안 되나……."

논리가 서지 않은 근조의 주절거림은 끝없이 이어졌다. 그는 다시 진서의 죽음으로 말머리를 돌리더니, 고삼에 다니는 딸애가 서울의 음악대학을 목표로 피아노를 치는데 일주일에 두 번씩 비행기로 왕복하며 서울의 모 유명한 교수 밑에 두 시간씩 개인교수를 받는다고 말했다. 그 수업료가 자그마치 월 큰 것 한 장, 밑 빠진 독에 물 붓기라고 오늘의 교육제도까지 마구잡이로 헐뜯었다. 상류층 속물로 주저앉아버린 근조를 두고 사일구세대라면 그의 말은 꼴사나운 작태가 아닐 수 없었다. 다만 그가 남들처럼 티케이를 앞세워 욕망의 덩어리 서울 바닥에 끼여 붙지 않고 고향에 남아 있다는 점만은 신통하였다. 어쩌면 그 끼여들지 못함의 화풀이를 그렇게 입으로 찧고 있는지도 몰랐다. 들을 만큼 들어주었구나 싶어 내가 말을 꺼내었다.

"너도 알고 있지. 내 동생 말야. 현구가 여기에 입원을 했어."

근조는, 그 문제 많은 동생? 하며 떨떠름한 표정을 지었다. 언젠가 지방신문에서 법정에 선 현구를 사진으로 보았다고 그가 말했다. 아마 비산동 재개발지역의 철거민들이 몰려와 법정소란을 벌였던 아우의 일심공판을 두고 하는 말 같았다.

"구속 중인 줄 아는데, 어디가 안 좋아?"

나는 현구의 병력을 설명했다. 종합검진이 끝난 모양인데 지금의 상태가 어느 정도인지, 앞으로 병원측에서는 어떤 조치가 있을는지에 대해 알아달라고 부탁했다. 그는 잠시 뜸을 들였다가, 그렇게 해보마고 대답했다.

"점심이나 같이 하지. 내가 입원실로 찾아가마."

나는 그의 말을, 그때까지 그 결과를 알아오겠다는 뜻으로 받아들였다.

현구의 병동으로 돌아오니 입원실 앞 복도에 다섯 명의 아낙네가 의자에 앉거나 쪼그리고 앉아 동수 엄마와 무슨 이야기인가 나누고 있었다. 모두 그 표정이 어두웠다.

"친구분 만나셨어요?"

동수 엄마가 내게 물었다.

"점심시간에 이쪽에 오기로 했어요. 그때 무슨 소식이든 알아오겠지요."

"아주버님, 그럼 그 시간에 제가 여기로 전화를 하겠어요. 만약 외출을 하신담 어머님께 귀띔을 해주세요."

동수 엄마가 내게 말하고는 입원실로 들어갔다 나오더니, 하루입이 바쁜 판에 일터는 어찌하고 이렇게 몰려오면 어떡하냐며 아낙네들과 함께 바삐 병동을 떠났다. 복도를 걸으며 아우의 병실을 돌아보던 머릿수건을 쓴 한 아낙네가, 선생님이 어서 회복되시고 풀려 나오셔야 될 텐데 하며 거친 손등으로 눈꼬리를 훔쳤다. 아낙네들은 동수 엄마가 운영하는 빈민촌 탁아소의 어머니들임에 틀림없었다. 하나같이 까맣게 그을린 얼굴이 주름살이 고랑으로 패여 있었다. 상주댁처럼 왜바지 차림에다 흙가루를 뒤발한 남자용 작업복까지 입고 있어, 공사판 일용직에 나섰음이 한눈에 짚어졌다.

내가 복도 의자에 앉아 담배를 피우며 찐득하게 괴는 목덜미의 땀을 손수건으로 훔치고 있을 때, 숙영이가 저만큼에서 양산을 접으며 걸어왔다. 누이는 초급대학 재학 시절 그런대로 반반한 외모와 활달한 성정 덕인지 약학대학에 다니던 시골 출신의 김 서방과 연애를 하더니, 졸업 뒤 곧 결혼을 했었다. 지금은 세 아이를 두었고, 시 외곽 아파트 단지에서 약국을 열고 있었다. 일 년으로 쳐서 어머니가 서울의 내 집에서 두세 달을 보낸다면 대구에서는 주로 숙영이네 살림집에 기거하며, 현구네가 사는 비산동 산동네로 그 노구를 이끌고 마치 등산이나 하듯 반찬거리를 싸들고 도다녔다. 어머니는 내 집으로 올라와 보름쯤 계시면, 아파트 생활이 닭장 같고 감옥 같다며 푸념을 하기가 일쑤였다. 그럴 때쯤이면 어김없이 누이로부터, 서울에 웬만큼 계셨으니 어머니를 보내달라는 장거리 전화가 걸려왔다. 김 서방이 약국을 비우면 누이가 개인주택 살림집과 삼백 미터쯤 떨어진 약국으로 나가 대신 점포를 지킬 때가 잦다 보니, 학교에서 돌아오는 외손들 밥을 챙겨 먹이랴, 잡다한 집안 살림을 맡아줄 노친네가 필요하기도 하였다. 한편, 장사로 서른 해 가까이 시장바닥에서 보낸 바지런한 '이북 여자'인 어머니로서는, 비록 타관이긴 하지만 오래 정이 들었던 대구요, 아직도 교동시장(예전의 양키시장)에는 벗들도 있었고, 늘 위태로워 보이는 막내의 생활이 마음에 걸려 서둘러 서울을 떠났다. 홀어머니는 죽 쒀어먹을 처지라도 되면 맏이 집에 살아야 한다던데 내가 이 무슨 주책인고 하면서도, 출근길 내가 자가용 편에 고속터미널까지 모셔다 드릴 때는, 그 자그마한 몸집에 발걸음이 가벼웠다. 그러나 현구가 다시 구속된 뒤로는 아주 대구에 주질러 앉아버리고 마셨다. 아우의 옥바라지가 어머니의 큰 몫이었던 것이다.

"오빠, 김 서방이 여기에 아는 의사가 있어 알아봤는데, 상태가 좋지 않은 것 같다고만 말하지 구체적인 답은 회피한대."

숙영이가 들고 있던 양산의 날개를 모두어 똑딱단추로 채우고는 말했다. 밝은 성격처럼 그 목소리에는 그늘이 없었다.

"이제 와서야 감정유치를 허가해줄 정도니 그렇다고 봐야지. 시국사범으로 몰아붙이면 사람 목숨 하나야 짐승쯤으로 아는 세상 아니냐."

"오빠도 알지, 간질환 말야. 일단 경화로 넘어가면 양의로서는 치료제가 없다잖아. 잘 먹고 푹 쉬고…… 그래도 위와 신장의 기능이 자꾸 떨어져 소화도 안 되구 소변이 시원치 않구……."

간장약은 잘 팔면서도 약사의 아내가 아는 지식이나 내가 알고 있는 상식에는 별 차이가 없었다. 내가 말이 없자 숙영이가, 엄마 안에 계시지 하며 입원실로 걸음을 돌렸다. 나는 누이를 불러 세웠다.

"지난번에 고마웠어."

나는 지갑에서 접은 봉투 하나를 꺼내었다.

"뭔데?"

"너가 대납한 현구 변호사 비용 말이야."

"뭘 그런 걸 다 돌려주고 그래. 우리가 어디 남이야."

숙영이가 정색을 하며 내 손을 밀쳤다. 순간적으로, 우리는 정말 남다른 동기간이구나 하는 정감이 가슴 뿌듯이 채워왔다.

현구의 보석이 결정되었을 때, 나는 소련에 나가 있었다. 내가 집에다 들여놓은 월 구십만 원으로 가계를 꾸려가는 아내로서는 일백만 원을 자기 통장에서 현찰로 선뜻 찾아낼 여축금이 없었다. 출판사 경리 최 양에게 어떻게 돈을 변통하려고 회사에 전화질을 하는 사이, 대구에서 누이가 일백만 원을 내어놓은 모양이었다. 그러며 올케에게 전화로, 출판사가 다들 어렵다는데 오빠가 귀국하더라도 그 돈 걱정은 말라는 단서까지 달았었다. 그러나 그 문제의 해결이야말로 누이 몫이 아니었으므로 나는 대구로 내려오며 당좌수표 한 장을 가져왔던 것이다.

숙영이는 한사코 봉투를 받지 않겠다고 우겼다. 자기야말로 여지껏 시가와 친정을 따로 저울질해본 적이 없으며, 시집을 가서도 그만한 돈 몫은 해낸다고 말했다. 잠시의 실랑이 끝에, 나는 누이가 팔에 걸고 있는 마로 짠 손가방에다 봉투를 쑤셔 넣고 병실로 돌아섰다.

정오를 조금 넘겨 위생복을 벗어버린 함근조가 왔다. 그는 내가 궁금하게 여기는 문제에는 언급을 않고, 모처럼 만났는데 괜찮은 데로 안내를 하겠다며 나를 이끌었다. 어머니는 동수 엄마가 가져온 밥과 빨리 먹지 않으면 쉬어버릴 녹두죽이 있었으므로 병실에서 숙영이와 함께 식사를 하겠다고 했기에, 나는 근조를 따라나섰다. 건물 안에 있을 때는 눅눅하던 더위가, 볕살 아래로 나서자 금세 살갗의 땀구멍마다 물기를 자아내었다. 해는 머리맡에서 작열하고 있었다. 말복을 넘겼는데도 알아줄 만한 대구의 불볕더위였다.

"너 개 먹지?"

근조가 자가용에 나를 태우고 시동을 걸며 물었다. 내가 좋다고 대답하자, 그는 경산으로 빠지는 외곽도로로 차를 몰았다. 대구도 변두리로 계속 고층 아파트가 늘어나고 있었다. 한낮의 더위 탓도 있겠지만 이제 시내고 시 외곽이고 구별이 없는 서울에 비한다면 교통 소통이 원활하였다. 근조는 여름 한철만의 보양이 아니라 중년 나이에 왜 개고기가 좋은지에 대해서 그 자랑을 늘어놓았다. 자기들이 안 먹는다고 우리를 야만인으로 취급하는 서양인의 얄팍한 선민의식을 성토하며, 각 민족의 고유한 음식 관습과 그 식성이야말로 존중되어야 마땅한 기본적인 향유권이라고 주장하였다. 병원에도 사십 대가 중심이 되어 '멍멍회'가 조직되어있는데 그 먹자판은 대성황을 이루며, 자신이 그 회의 간사를 맡고 있다고 말했다.

대구와 경산의 접경지대 야산의 숲 속에는 보신탕·염소탕을 전문으로 하는 대형 식당이 많았다. 자가용이 넓은 주차장에 들어찼고, 옥내 옥외 가릴 것 없이 넥타이를 풀어제친 우리 나이 또래의 식도락패가 땀을 흘리며 열심히 젓가락질을 하고 있었다. 갈대발을 지붕으로 얹은 평상한 귀에 자리를 잡자, 근조는 주인과 잘 아는 사이인지 '목살' 세 근을 전골로 주문했다.

"내과 쪽에서 뭐라 그래?"

전골냄비에서 야채와 고기가 푹 익을 동안 내가 물었다.

"글쎄 말야, 경화가 심하다면서도 모두 쉬쉬 하대, 그게 단순한 폭행사건이 아닌데다 재판에 계류 중이라⋯⋯."

근조가 꼬리를 빼다 말을 이었다.

"내가 후배 한 놈을 잡고 다잡았지. 간경화라면 뻔한 병 아냐. 그렇다면 재수감은 불가하고 장기 요양 조치가 필요하잖냐고 말야. 그러자 후배 녀석이, 가족의 승낙이 있어야겠지만 수술을 권유하는 쪽으로 의견을 모으는 것 같다고 하대."

"그렇다면?"

나는 숨을 죽였다.

"켄서로 봐야지. 종양의 크기가 벌써 사 센티나 된다니 어쩌나⋯⋯."

현구가 간암이라니. 발달한 현대의학도 간암의 완치에까지는 이르지 못했고, 간암 진단을 받은 환자가 일 년 이상 수명을 연장하는 경우가 흔치 않음을 나는 알고 있었다. 그들은 병원으로부터 퇴원에 따른 가정 요양을 권고받았고, 그럴 경우 서너 달이 마지막 고비였다. 아니면 수술 도중, 또는 수술 직후에 합병증으로 사망하기가 예사였다. 내 나이 또래의 사망 소식을 전화로 접할 때, 교통사고가 아니면 간질환이 많았다. 나는 상가집에서, 간염으로 시작에서부터 죽음에 이르는 과정을 여러 차례 이야기 들은 적이 있었다. 그 임상 강의를 새겨듣다 보면, 한국인에게 사십대 후반에 주로 발생하는 간질환이야말로 아닌 밤중에 불시로 달려드는 흉악범의 비수와도 같았다. 간은 자각증상이 없으므로 아무런 동통도 수반하지 않은 채 잠복하다가, 어느 날 느닷없이 '급성 간경화'라는 계고

장으로 날아들었다. 죽음을 전혀 예비하지 않고 열심히 사회활동을 하는 자에게 날아드는 사형 집행 예고장과 다를 바가 아니었다. 그래서 내게 간질환이야말로, 반드시 내가 죽고 너도 죽이겠다는 맹독성이 간을 비밀한 터 삼아 자생력을 기르다가, 결정적인 시한에 당도하면 스스로 폭발해버림으로써, 터밭은 물론 주위의 생생한 장기까지 일시에 파괴시켜 몸뚱이 전체를 휴지(休止)화하는 소수의 정예 결사대로 느껴졌다.

"만약에 수술을 한다면?"

내 질문에, 찬 물수건으로 땀을 닦던 근조가 무심히 대답했다.

"가능성도 많지. 물론 조기 발견일수록 성공률이 높지만, 내가 알기로 수술 후 삼사 년 버틴 사람도 있고 아주 정상인으로 더 산 사람도 있으니깐. 간은 그 무게가 일 점 사 킬로나 되는 가장 큰 장기 아냐. 그러나 자생력이 강하고, 간이 삼 분의 일만 기능을 해줘도 정상인과 다름없이 활동할 수 있으니깐."

"그렇다면 현구도 수술을 받아야 할까?"

"메스를 대지 않는다면 식이요법과 휴식밖에 더 있겠어."

"수술해야 할 만큼 악화되었다는 거냐?"

쓸데없는 질문인 줄 알면서도 나는 어눌한 목소리로 자꾸 물었다. 미끄러운 나무줄기에 한사코 매달려 떨어지지 않으려고 버둥거리는 나를 보듯 하였다. 나는 땀 차인 손바닥만 연방 부비었다.

"네 동생이 재판에 계류 중이라 그 점에서 선뜻 단안을 못 내리고 있는 눈치라. 사실 간질환도 조기발견만 하면 완치가 가능하지만 병원을 찾을 때는 이미 한발 늦은 뒤거든. 그러므로 꼭 교도소 당국을 탓할 수만도 없지. 어제까지 멀쩡한 사람이, 요즘 과로로 피곤하다며 종합검진이나 한번 받겠다고 병원에 찾아왔다가 간경변이라는 진단을 덜컥 받게 되는 게 보통이니깐. 그러고 삼사 개월, 길면 일이 년 이내 끝장을 보게 되지……."

근조의 말이 내 귀에 들어오지 않았다. 몸과 마음이 촛농으로 녹아 내리듯 기운이 빠졌고 주위의 사물이 내 시야에서 멀어졌다. 충분한 보양만이 장수의 지름길이란 듯 이열치열의 화식(火食)을 즐기는 식도락패의 모습도, 그들의 지껄임도 내 눈과 귀에 닿지 않았다. 사망을 남의 일로 알고 병상에 누워 수줍은 미소를 짓고 있던 현구의 마르고 찌든 선량한 얼굴만이 떠올랐다. 아니, 나는 그의 모습에서 어쩌면 이런 상태가 되기까지 전혀 무관하다고만 볼 수 없는 그의 유년 시절 한 토막을 회상할 수 있었다.

우리 네 식구가 50년부터 51년에 걸쳐, 겨울의 눈보라를 가르고 동두천에서 서울을 거쳐 천안 오산으로 정처 없는 남행을 재촉할 때, 숙영이와 나조차 영양실조증으로 꼬치꼬치 말라가던 처지인데, 어머니야말로 제대로 입에 들어갈 건더기가 없었다. 현구를 산모의 도움조차 없이 낳았으나 젖이 말라버려 젖통은 늘어진 빈 주머니에 불과하였다. 아직 핏덩이와 다름없던 현구는 오디 같은 어머니의 젖꼭지를 피멍이 들게 빨았으나 젖이 나올 리 없었다. 누이와 나는 꽁꽁 언 버려진 밭을 헤매며 서리 앉아 얼어붙은 누런 배춧잎도 소중히 거두어 삭정이를 지핀 불에 데쳐 허기를 끌 때, 어머니는 밀고 내려오는 중공군의 공세에 쫓겨 다시 피난짐을 싸던 가가호호를 방문하여 아우의 애처로운 모습을 팔아 동냥죽을 구걸하여야 했었다. 동냥젖이 아니라 죽이었고, 끼니때에 앞서 만나 좁쌀죽마저 제대로 못 얻어먹일 때는 잦아지는 죽물을 얻어 어린 목숨을 연명시켰다. 생명력이란 모질었다. 어머니가 이십 리를 걷고 사십 리를 걷다, 등짝에 온기가 느껴지지 않는다며 나에게 포대기를 들춰 보라고 했을 때, 그래도 꺼지지 않는 불씨로 한 생명이 거기에 아슬아슬하게 붙어 있었다. 현구는 그렇게 여린 숨줄을 이어 대구까지 무슨 혹처럼 붙어 달려올 수 있었다. 대구에 도착하여 피난민 수용소에서 겨울을 넘기고 신암동 산비탈에 거적집을 짓자, 어머니는 양키시장으로 싸돌며 양담배와 미제 비누 따위를 팔았다. 나는 피난민 천막학교에 편입했고 누이도 나와 함께 입학하였다. 나는 방과 후면 탈지분유나 옥수숫가루 한 봉지를 얻기 위해 코쟁이가 운영하던 구호급식소에서 늘 줄을 서야 했었다. 헛걸음치는 날도 있었지만 서너 시간 기다려 얻어오는 그 구호물자 한 봉지는 현구에게 요긴한 양식이었다. 아우에게 이상한 증세가 나타나기 시작하기는 그의 나이 세 살 때였다. 그즈음에는 행상이 아니라 양키시장 골목길 모퉁이에 좌판을 펴놓고 장사를 벌이던 어머니는 일터로 나갈 때 현구를 늘 데리고 다녔다. 그러나 하루 종일 발목을 잡아 매어둘 수 없다 보니 물건을 팔 때나 잠시 다른 데 눈을 돌리면 현구가 없어지고는 했었다. 아우는 어느 사이 안짱다리 걸음으로 골목길 쓰레기통을 뒤지고 있었던 것이다. 마치 신생아기에 굶은 벌충이라도 하듯, 여름철이면 길바닥에 버려진 수박이나 참외 껍질을 닥치는 대로 주워 먹었다. 버린 복숭아씨에 붙은 아교 같은 속살을 뜯어먹으려다 복숭아씨가 목구멍에 걸려 죽을 뻔했던 적도 있었다. 그러므로 현구의 몸에 나타난 헛배가 부른 증상을 이상하다고까지 말할 수 없을는지 모른다. 올챙이처럼 탱탱하게 부푼 배에 푸른 심줄이 요철처럼 도드라졌다. 어머니는 그제서야 아우를 데리고 위생병원으로 갔다. 산토닝 몇 알을 얻어왔을 뿐 달리 조처는 없었고, 유동식(流動食)으로 식사량을 줄이고 규칙적 식사를 해야 한다는 의사의 말만 듣고 돌아왔다. 아우는 산토닝을 먹자 엄청난 양의 회충을 설사로 쏟아내었다. 밑을 닦아주니 실지렁이 같은 그 충이 까맣게 묻어

나왔다고 어머니는 말했었다. 그로부터 아우의 배는 차츰 꺼지기 시작하였다. 노랗던 얼굴에도 핏기가 돌았다. 그러나 유아기의 건강이 여든까지 간다는 말을 어느 책에서 읽었듯, 아우는 유아기의 굶주림으로 오장육부가 발육 단계부터 부실할 수 밖에 없었을 것이 자명하였다.

낮술이라 무엇하지만 보신탕에는 독주로 입을 헹궈야 한다며, 근조는 오이채를 섞은 소주 한 병을 시켰다. 그는 넥타이를 느직이 풀고 끓는 탕에서 고기를 건져 갖은 양념으로 버무린 접시에다 열심히 찍어 먹기 시작하였다.

"간병에는 고단백질의 충분한 공급이 급선무인데, 개고기가 바로 불포화성 고단백 덩어리 아닌가. 그런데 경화로 진행되어 간이 굳기 시작하면 육질은 소화를 못 시키는 게 또한 탈이란 말야."

근조가 말했다. 그는 목뼈 한 토막을 냄비에서 건져내어 젓가락으로 게살을 파먹듯 뼈에 붙은 부드러운 살을 이빨과 혀로 발기어 먹었다.

나는 아침밥을 걸렀는데도 입안이 썼고, 식욕이 동하지 않았다. 아직은 간에 별다른 이상이 없음을 알고 있는 내가 그 간을 더 보호하겠다고 고단백질을 밝히는 식탐이, 지금 간질환을 앓고 있는 현구에게 죄를 짓는 마음도 들었다. 고기 몇 점을 먹고 국물을 안주로, 나로서는 낮술을 먹지 않는데도 소주를 석 잔이나 마셨다.

현구가 있는 병동으로 돌아오니 병동 현관 앞에는 뙤약볕 아래 대학생인지 공원인지 얼핏 구별이 가지 않는 여덟 명의 젊은이가 이열종대로 줄을 지어 서 있었다. 그들 중에는 여자도 한 명 끼여 있었다. 한 젊은이의 선창에 따라 다른 젊은이들이 후렴구호를 외쳐대었다. 구호를 외칠 때 불끈 쥔 오른손을 힘차게 앞으로 뻗었다.

"박현구 선생을 살려내라!"

"살려내라, 살려내라!"

"박현구 선생을 당장 석방하라!"

"당장 석방하라, 석방하라!"

"당국은 빈민촌 철거민 대책을 조속히 세워라!"

"조속히 세워라, 세워라!"

주위에 모여 구경하고 있는 사람들과 함께 나도 땀을 흘리며 외쳐대는 그 젊은이들을 잠시 구경하였다. 용기 있는 행동이랄까, 당돌한 행동이랄까. 현구의 나이 어린 동지들을 보며 나는 묘한 감정에 사로잡혔다. 사일구 때의 내 모습도 저렇게 용감했을까. 문득 그런 생각이 들었다.

복도로 들어서려 하자 전투경찰대원 세 명이 나를 막아섰다. 무전기를 든 상급자가 나에게 신분증 제시를 요구하였다. 나는 주민등록증을 보이며 박현구의 형이라고 말했다. 그는 나의 통과를 허락하더니 무전기로 어디론가 연락을 취하였다. 병실 앞에도 두 명의 전투경찰대원이 지키고 있었다.

병실에는 천장에 붙은 프로펠러 같은 선풍기가 소리를 내며 돌아가고 있었다. 하사관생 같던 간수 최에 비하여 사람이 물러 보이는 나이 든 간수 홍은 열려 있는 창밖을 무료하게 내다보다 나를 맞았다. 흰 노타이에 감색 바지 차림의, 머리를 치켜 깎은 뚱뚱한 사내가 의자에 다리를 꼬고 앉아 신문을 보다가 나에게 감사나운 눈길을 던졌다.

"누구시오?"

신문을 보던 사내가 수사관의 말투로 물었다.

"현구 형 됩니다."

내 말에 그는 잠자코 신문에다 다시 눈을 옮겼다.

어머니와 숙영이, 그리고 소매 짧은 여름용 점퍼에 이마가 벗어진 사내는 현구가 누워 있는 침대 쪽에 몰려 있었다. 마침 이마 벗어진 사내가 차분한 목소리로 기도를 하고 있던 참이었다.

"······하나님께서 말씀하시지 않으셨습니까. 저희는 하나님의 백성이 되고 하나님은 친히 저희와 함께 계셔서 모든 눈물을 그 눈에서 씻기시매 다시 사망이 없고 애통하는 것이나 곡하는 것이나 아픈 것이 다시 있지 아니하다 하셨으니, 우리 형제의 이 아픔과 눈물을 씻겨주옵소서. 보라 내가 만물을 새롭게 하노라 하셨듯, 능멸할 것은 치시고, 썩을 것은 땅속에 묻으시고, 선하고 힘없는 사람은 새롭게 태어나게 하소서······."

성경책을 두 손에 받쳐든 어머니가 기도 중간에 간절하게 아멘을 하소하였다.

흰한 정수리에 몇 가닥 머리카락이 푸스스하게 엉킨 낡은 점퍼 차림의 그는 원형섭 목사였다. 현구가 빈민촌 개척교회로 뛰어들게 만든 장본인으로 결혼식 때 주례를 섰던 그는, 지금도 대구 노곡동 산동네에서 교회를 열고 있었다. 아우가 대학교에 다닐 때 나는 공판정 피고석에 아우와 나란히 앉아 있던 당시 원형섭 전도사를 본 것이 그와의 첫 만남이었다. 불온유인물의 소지죄로 잡혀 들어간 기독교학생연맹 소속 대학생 셋과 원 전도사가 그 재판 결과, 2년 집행유예로 곧 석방되었을 때였다. 당시 민완기자 소리를 들으며 시건방도 떨었던 나는 다방에서 원 전도사와 몇 마디 이야기를 나눈 적이 있었다. 지금도 일요일 예배는 아내와 함께 빠지지 않지만, 나는 내가 생각해도 독실한 신자로 자부할 입장은 못된다. 그런데 그즈음에는 지금만큼도 교회에 열성을 보이지 않을 때였다. 원 형은 예수님의 부활을 믿습니까, 하고 내가 당돌한 질문을 던졌다. 그런 종류의 질문은 누가 내게 던졌을 때 그 답변이 가장 궁한, 두려운 질문이기도 하였다. 그러자 원 전도사는 별 어려움 없이 그 대답을 풀어나갔다.

─부활을 믿지 않고 어떻게 목회자의 길을 한평생 걸을 수가 있겠습니까. 예수님은 십자가에 못 박혀 죽으시고 장사한 지 사흘 만에 살아나시지 않았습니까. 그러자 그분의 주위에 있던 여러 추종자들이 살아나신 예수님을 똑똑히 보았다고 했지요. 그런데 제자 도마만은, 십자가에 못 박힌 예수님의 그 못자국을 직접 손으로 만져보지 않은 이상 나는 그분의 부활을 못 믿겠다고 말했지요. 냉철한 이성과 과학을 앞세우는 오늘날 현대인도 다 도마와 같은 그런 질문을 마음속에 품고 있을 것입니다. 그러자 예수님이 친히 도마 앞에 나타나, 못자국으로 피 묻은 손을 보였습니다. 그러나 저는 지금 도마시대에 살고 있지 않으므로 그분의 피 묻은 못자국 흉터는 직접 볼 수가 없지요…….

그런데 원 전도사의 다음 말은 그 비약이 심했음에도 불구하고 나의 폐부를 강하게 찔렀다.

─저는 예수님의 못 박힌 그 핏자국을 가난한 자의 신음과 그들이 흘리는 눈물과 고름을 통해 지금도 늘 보고 있습니다. 예수님은 이 지상의 고통받는 자들 속에서 다시 부활하신 것입니다. 너희들을 대속하여 내가 십자가에 달려 죽을 때의 모습이 이러하다고, 예수님은 많은 빈자들의 모습으로 지금도 부활하여 도마 앞에 보여주듯이 우리에게, 너희들이 나를 위해 할 일이 무엇이냐고 물으십니다…….

기도를 마치자 눈을 뜬 네 사람이 나를 보았다. 원 목사와 나는 인사를 나누었다. 악수를 할 때 상대방의 손을 쥐지 않고 맡기는 그의 버릇은 여전하였다. 원 목사는 언제 보아도 그 복장이 노동자나 지게꾼 같았다. 후줄그레한 바지에 역시 싸구려 운동화를 신고 있었다.

"민 박사가 보호자를 찾기에, 너가 오면 함께 가기로 했다. 그래, 친구가 뭐라 하든?"

어머니가 눈물 괸 겹주름진 눈꺼풀을 슴벅이며 물었다.

"그 친구도 잘 알지를 못하고…… 나중에 말씀드리지요."

나는 현구에게 눈을 돌렸다. 복수를 뽑았다는데도 홑이불 아래 그의 배가 마른 몸만큼 꺼져 있지는 않았다. 아우가 나와 눈을 맞추며 미소를 띠었다. 선풍기가 돌아가고 있음에도 병실이 무더운 탓인지 그의 얼굴과 목에는 찐득한 땀이 번질거렸다. 나는 보조탁자에 놓인 젖은 수건으로 그의 이마와 목을 닦아주었다.

"어디 불편한 데는 없고?"

"여기로 오기 전에는 코피가 자주 났으나 그건 그쳤는데, 허리가 계속 결려요."

"내가 좀 주물러주랴?"

"엄마가 해줬어요."

매미 울음 소리를 가르고 바깥에서 외치는 구호가 조금 더 크게 들렸다. 그쪽에다 신경을 쓰던 뚱뚱한 사내가, 저 새끼들 하고 이빨 사이에 욕설을 으깨며 병실 밖으로 뛰쳐나갔다.

"내가 나가 저 애들을 돌려보냈으면 좋겠는데, 병실 밖으로는 허가 없이 나갈 수가 없다니……."

현구가 말하자, 그 말에 달아서 원 목사가 나에게 보충설명을 했다.

"조금 전에 한바탕 소동이 났습니다. 학생 둘과 공원 하나가 노크를 하며 현구 씨에게 면회를 요청했지요. 간수 저이가 안 된다며 병실 문을 안에서 잠궈버렸습니다. 그러곤 어디로 전화를 거니 전경대원들이 금세 나타나고, 퇴짜를 맞은 학생들은 자기 패를 불러모으고……."

"나 때문에 주위에서 이렇게 걱정을 하는데, 어서 회복되어야 할 텐데…… 뭐 가망이 없다 해도 순종해야지, 그런 생각도 하지요. 그동안 열심히 살았고, 제가 했던 일을 후회하지는 않으니깐요. 이 나라 이 땅에 다시 태어난다 해도 현실이 지금과 달라지지 않는다면 역시 제가 할 일은 이 일이겠거니, 그런 마음밖에 들잖아요."

현구의 말이 꼭 무슨 유언처럼 들려 가슴이 찡해왔다. 그의 말에는 태어날 때부터 마음에다 자기가 들어앉을 감옥 한 칸을 마련해놓고 살아온 듯한 달관이 느껴지기도 하였다. 후회 없는 삶은 아름답다지만 현구의 경우는 아름다운 만큼 안타까움도 더했다.

"애야, 그런 말 말아라, 넌 이 어미보다 스물아홉 해는 더 살 거다. 너는 명줄을 길게 타고났으니깐. 큰애들은 그때 나이가 어려 잘 모를 거다. 현구가 유아세례를 받을 때 제일교회 이 목사님이, 박 목사님을 하늘나라로 데려가시며 새생명을 대신 주셨으니 이는 아브라함의 자손처럼 아버지 몫까지 살아 대대로 번창할 거라고 하시지 않았겠냐. 나는 지금도 그 말씀을 똑똑히 외고 있단다. 연전에 팔순을 넘기신 이 목사님을 병문안 가서 그 말을 했더니, 문 권사님은 기억력도 좋다며 웃으시더라."

어머니가 말했다.

현구의 유아세례 이야기는 여러 차례 들은 말이었다. 어머니는 그 말을 스스로에게 최면이라도 건 듯 철저히 믿었고, 지금도 말을 할 때 그 목소리가 어떤 확신으로 차 있었다. 그 누구도 나로부터 현구만은 빼앗거나 떼어놓을 수 없다는 신념은 절대적 신앙만큼이나 옹골차, 아들이 옥에 갇혀 있을 때나 수배를 당할 때, 민가회의 모임에서도 어머니는 누구보다 강단 있고 당당하게 대처했었다. 그리고 끝내 아들을 품으로 돌려받고는 했던 것이다.

"어머니, 그럼 민 박사를 뵈러 갑시다."

내가 말하자, 현구가 일어나려는 몸짓을 하였다.

"형님, 소변이⋯⋯."

나는 현구를 부축하여 일으켜 앉히었다. 팔목의 주삿바늘과 연결된 링거 병을 내가 들고 그를 부축하여 실내 화장실로 데리고 갔다. 아우는 주삿바늘이 꽂히지 않은 손으로 환자복 오줌구멍을 더듬어 시든 연장을 꺼내었다. 그가 용을 쓰는데도 오줌이 쉬 나오지 않았다. 요기가 있는데 늘 이렇다니깐 하고 그는 중얼거리며, 다리를 떨고 한동안 서 있었다. 불룩한 배가 가쁜 숨길 탓으로 경련을 일으켰다. 한참 만에야 뜨물이듯 고름이듯 몇 방울의 탁한 오줌이 변기에 떨어졌다. 이뇨제를 쓰고 있을 텐데도 신장 기능이 그 도움조차 받아들일 수 없다면? 수술로써 그가 회복되리란 가능성에 한 가닥 기대마저 무너짐을 어쩔 수가 없었다. 그러나 나는 어머니처럼 신념화되지는 못했으나 현구가 여기에서 생을 고별한다고는 믿어지지 않았다. 그는 숱한 역경에도 굴하지 않고 몸과 마음을 튼튼하게 버티어왔었다. 또한 그는 이 땅에 사는 어느 누구보다도 그 쓰임새에서 소중한 머릿돌이었다. 그는 서울올림픽 이후부터 노동운동에서는 한발 물러서서 빈민운동 쪽에만 열성을 쏟아왔었다.

─노동자들은 그래도 좋은 세상을 만나 조합을 만들어 공동투쟁이라도 하는데, 일용직이 대부분인 빈민들이야말로 일정한 봉급을 받나요, 조합을 만들 수가 있나요. 거기에다 빈민들의 가족 구성을 보면 결손가정에 한두 명씩 병자나 노약자가 꼭 끼여 있게 마련이거든요. 정박아나 지체부자유아, 그 외 심신장애도 빈민층에 집중되어 있습니다. 이제 나는 평생 그들을 위해 살기로 했어요.

현구가 나에게 했던 말처럼, 그의 그 '가난한 자를 위한 사랑의 실천운동'이야말로 하나님이 누구보다도 귀히 여기고 있을 것임에 틀림없었다. 한마디로 그는 소명(召命)을 받은 자였다.

침대에 다시 뉘어놓은 현구를 숙영이와 원 목사에게 맡겨두고, 나는 어머니와 함께 민 박사를 만나러 갔다.

긴 복도를 질러 가자 현관 입구에서 전투경찰대원들과 두 노인이 실랑이를 하고 있었다. 들어가겠다, 못 들어간다는 말씨름이었다. 밀짚모자를 쓴 콧수염 기른 노인이 어머니를 알아보고는, 문 권사님 안녕하세요 하고 인사말을 했다. 창길이 할아버지시구먼요 하고 어머니가 알은체 절을 하였다. 현구 주위 사람들이 다 그렇듯 외양을 보니 산동네 비산동 주민인 듯하였다.

"아, 글쎄 박 선생 면회가 안 된다잖아요. 젊은이들은 그렇다 치고, 노인들의 문병까지 왜 막습니까? 박 선생이 그렇게 위독한가요?"

"이 사람들이 안 된다면 난들 어쩌하겠어요. 그러나 위독하다는 말은 거짓말입니다. 현구는 위독하지 않아요."

어머니가 또렷하게 말했다.

"어머니, 가세요."

나는 어머니 팔을 끌었다. 구호가 끊긴 바깥으로 나서니 학생들은 뙤약볕 아래, 겉옷이 땀에 흠뻑 젖은 채 앉아 있었다. 침묵시위를 벌이는지 말없이 앉아 있는 그들의 땀에 젖은 모습이, 마치 선정에 임한 고행하는 승려들 같았다.

"너들 중에 학생도 있는 것 같구나. 지성인이라 자부한다면 다른 환자들도 생각을 해얄 게 아냐. 여기가 어디 시장바닥인가. 또한 현구 씨도 지금의 상태가 극도로 안 좋아. 직계가족 이외는 일체 접견이 금지되어 있는데, 고함까지 질러대면 그분이 심리적으로 안정이 되겠어? 만약에 또 구호를 외쳤다간 모조리 연행할 테니 그리 알아!"

뚱뚱한 수사관이 훈계를 하고는 병동 안으로 걸음을 돌렸다.

본관 건물을 향해 걸을 때야 나는 근조가 들려준 말을 어머니에게 옮겼다. 신앙으로 다져진 신념이 어머니를 굳게 붙들고 있는 이상, 뒤에 받게 될는지 모를 큰 충격을 나눈다는 뜻에서 사실대로 들려줌이 좋을 것 같았다. 경화에다 종양이 발견된 상태라는 나의 말에 어머니는, 하나님 맙소사, 그 한마디만 탄성으로 흘렀다. 어머니는 쪼그라진 입을 굳게 다물고 다른 말을 더 묻지 않았다. 무엇인가 곰곰이 생각하는 냉정한 모습이어서 나 역시 말을 붙일 수가 없었다. 어머니는 부지런히 걸음을 옮기고 있었으나 옮겨 딛는 고무신 코끝이 떨렸다.

나는 내과 안내실에서 민종학 박사를 찾았다. 간호원은 '내과 3'을 찾아가라고 일러주었다. 민 박사가 외출 중이나 병원 안에 있다기에 진찰실 안쪽 개인 방에서 그를 기다렸다. 에어컨이 가동되어 좁은 실내가 시원하였다. 이십 분이 지나서야 민 박사가 나타났다. 그는 가족을 위로시킬 속셈인지, 앞으로 지게 될 부담을 덜려는지 난치병으로서의 간질환을 상세하게 설명했다. 현구를 지목하지는 않았으나, 치명적이란 용어를 사용하는 그 빈도만큼, 위협적인 내용이었다. 어머니가 암이냐고 대놓고 물었다. 그러나 민 박사는 상냥하게, 굳어진 부분에 더욱 굳은 팥알 크기가 발견되었다고 완곡하게 표현했다.

"……우리의 소견으로는 최선의 방법이 수술을 하고, 방사선 치료를 병행해야 한다는 데 일차 합의를 보았습니다. 물론 확률은 절반이지요. 만약 당사자나 가족측이 동의하지 않는다면 인슐린 요법과 식이요법에 의뢰하는 수밖에 없긴 합니다만……"

나는 민 박사의 말을 잘랐다.

"방사선 치료라면, 종양이 다른 부위에까지 퍼졌다는 말입니까?"

"그렇게 악화된 상태라면 수술을 종용하지 않고, 퇴원을 권고하겠습니다."

"검찰 쪽에도 병원측의 복안을 통보했습니까?"

"우리로서는 검진 결과에 따른 후속 조치로서의 의견만 밝혔을 따름입니다."

민 박사의 표현은 사무적이었으나, 여유가 있었고 목소리는 부드러웠다. 나는 어머니의 얼굴을 보았다. 어머니는 뚫어지게 민 박사를 쏘아보고 있었다. 에어컨 바람을 타는지 하얀 머리카락 몇 올이 주름진 이마 앞에서 나풀거렸다.

"수술은 안 돼요. 현구 몸에 칼을 댈 수 없어요. 칼을 대느니 차라리 안수로 그 간을 정케 하겠어요. 누가 뭐래도 하나님은, 우리 아이 편이니깐요!"

어머니가 날카롭게 소리치더니 의자에서 발딱 일어섰다. 조그마한 몸이지만 넘어질 듯하여 내가 어머니를 부축하였다.

"박사님, 일단 변호사를 만나보겠습니다. 당장 수술을 할 만큼 그렇게 위급하진 않지요? 그렇게 위급하다면 지연된 감정유치 명령 허가가 현구의 생명을 빼앗는 결과입니다."

내가 바삐 말하고는 어머니의 허리에 팔을 둘러 진찰실 쪽으로 나섰다. 환자의 가족에게 점진적인 충격요법의 일차 단계인지, 등 뒤에서는 아무 말도 들리지 않았다.

어머니는 현구의 병동 쪽으로 걸으며, 막내를 공기 좋은 기도원으로 데리고 가면 어떠냐고 내게 물었다. 안수로 말기 암 환자까지 완치시킨 신령한 목사가 있다는 것이다. 간질환에 소양이 있는 교회 권사 한 분이 오늘 저녁 토룡탕(土龍湯) 한 병을 가져오기로 했는데 그걸 싸 들고 가서 먹이며 주님께 의지하면 현구의 병을 깨끗이 완치시킬 수 있다고 장담했다. 어머니는 간질환에 관해서도 웬만한 식견을 가지고 있었으나 의외로 그 목소리는 카랑카랑했고, 걸음걸이도 힘이 있었다. 눈물을 비추지 않는 점으로도 어머니는 아우의 병을 애써 절망적인 쪽으로 생각지 않고 있음이 분명하였다. 나의 그런 판단은 어머니의 다음 말을 통해서도 금방 드러났다.

"외국에서 갓 돌아와 너도 바쁠 텐데 여기서 이렇게 어정거려서야 되겠냐. 올라가서 네 일을 보거라. 급한 다른 일이 있으면 또 연락을 할게. 서울서 대구까지 오는 데야 네 시간밖에 더 걸리느냐. 전에도 동수 엄마와 내가 다 옥바라지를 했고, 현구를 구해냈다. 옥 안도 아니고 병원까지 빼내었는데 설마 기도원이나 집으로 못 데려가려구. 내가 주 변호사를 만나마. 그 젊은이도 교회 집사고 내 말을 잘 듣더라."

어머니가 내 걱정까지 하였다. 변호사는 내가 만나보겠다고 말했다. 그러나 변호사가 수술의 가부를 판단해주지는 못할 것이다. 누구보다 현구와 가까운 동수 엄마의 의견이 어떨는지 모르지만, 나로서는 수술에 반대하고 싶은 입장이었다. 간 수술은 최후의 수단으로서 마지막 걸게 되는 한가닥 희망이 아닐 수 없었다. 그러나 나의 상식적인 판단은 나 자신도 신빙할 수 없었기에, 나는 밤기차 편으로 상경하여 내과 전문의 동기생을 만나 자문을 구해보기로 마음먹었다.

나는 법원 앞에 있는 변호사 사무실을 찾았다. 인권변호사로 시국사범을 많이 맡아온 주영준을 만났다. 그는 현구의 나이 또래였다. 나는 그에게 현구의 종합검진 결과를 알려주었다. 그리고 간장질환은 서울대학교 부속병원이 권위가 있으니 현구를 그쪽으로 옮기면 어떠냐고 물었다. 내 생각으로는 서울대학교 부속병원에서 종합검진을 한 번 더 받고,

수술문제를 결정할 수도 있었다.

"내가 보기에 여기서의 수술은 이판사판으로 해보자는 거고, 가족이 수술을 거부한다면 시간이나 끌겠다는 배짱 아닙니까. '유치장소 변경 신청서'를 법원에다 내겠어요. 서울대학교 부속병원과 비산동 거주지 두 군데로 말입니다. 그러나 법원이 서울대학교 쪽은 모르지만 집으로 는 허가를 해주지 않을 겁니다. 비산동 일대의 빈민지역과 그 주변의 공 단은 현구 씨의 생활 터전이니까요. 현구 씨 문제가 밖으로 알려질수록 당국으로서는 골치 아픈 문제가 발생할 테니 이로울 게 없지요."

주 변호사가 말했다. 그는 내일 아침에 유치장소 변경 신청서를 법원 에다 청구하겠다고 약속하였다.

대학병원으로 돌아오니 어느덧 여름의 긴 해가 기울어 석양에 당도해 있었다. 현관 앞에서 농성을 벌이던 학생들은 돌아가버렸고, 오늘부터 는 만약의 사태에 대비하여 야간근무까지 설 요량인지 병동 현관과 병실 앞은 여전히 전투경찰대원들이 지키고 있었다.

병실에는 간수가 상고머리의 젊은 최로 다시 교대되었으나, 뚱뚱한 수 사관은 없었다. 숙영이와 원 목사 역시 돌아갔고, 조카 동수를 데리고 계 수 씨가 와 있었다. 그네는 침대 뒤로 돌아가 옆으로 누운 아우의 허리를 주먹으로 콩콩 치거나 주무르고 있었다. 아우는 아들을 침대 가장자리 에 앉혀두고 아비와 자식과의 정겨운 대화를 나누고 있었다. 동수 엄마 는 미소 띤 얼굴로 부자 사이의 대화를 듣고 있었다.

"나는 이 담에 의사가 될 테야. 그래야 아빠 병도 고쳐줄 수 있으니깐 요."

네 살배기 동수의 말이었다.

"아빠 병도 고쳐주어야겠지만 우리 산동네에도 아픈 사람이 많잖아.

그 사람들 병도 고쳐주어야지."

"그래, 그래. 꼭 의사가 돼야지. 아빠, 아파서 걸을 수가 없으면 택시 타고 집에 가요. 버스 말고 택시. 난 택시 안 타 봤거든. 탁아소에 붙은 내 그림도 보여줄게요."

동수가 혀 짧은 소리로 제 아버지를 조르자 돋보기를 끼고 성경을 들치던 어머니가, 조 앙증맞은 것 하며 눈을 흘겼다. 병실 안은 어디에도 죽음의 그림자가 없었다. 저 젊은 아내와 어린것을 두고 현구가 눈을 감는다면…… 쉰을 바라보는 나이인데도 마음이 감상에 젖어 코끝이 찡해 왔다. 그제서야 가방에 들어 있는 소련에서 사온 선물이 떠올랐다. 어머니, 숙영이, 계수 씨 몫의 양털로 짠 숄과 동수에게 줄 함석으로 만든 장난감 자동차 두 개였다. 하나는 병원차였고 하나는 소방차였다. 나는 장난감 자동차를 동수의 양손에 쥐어주었다.

"와, 좋다! 내일 애들한테 자랑해야지. 큰아버님 고맙습니다."

동수가 장난감 자동차를 머리 위로 쳐들고 우쭐거렸다. 기쁨이 얼굴 가득 피어났다.

나는 담배를 피우기 위해 복도로 나왔다. 창밖 뜰에는 해 진 뒤의 그늘이 넓게 퍼져 있었다. 나무 사이로 보이는 하늘이 주황빛으로 물들어 있었다. 바람기가 있는지 나뭇잎이 흔들렸다. 넓은 뜰 여기저기에 휠체어를 탄 환자들이 더위가 꺾인 저녁 한때의 시원함을 즐기려 산책을 나와 있는 한가로운 모습도 보였다. 그런데, 가까이에서 도란도란 나누는 이야기 소리가 들렸다. 창틀 앞에 바싹 다가서서 내다보니 바로 창 아래의 그늘에 노인 네 사람이 모여 앉아, 한담을 나누고 있었다. 두 노인은 어머니와 내가 민 박사를 만나러 갈 때 어머니에게 인사를 했던 낯이 익은 분들이었다.

"……에이 지구 철거할 때 말야. 아 글쎄, 양같이 순한 박 선생이 그렇게 화를 내는 걸 처음 봤다니깐. 앓고 있는 할머니가 집 안에 있다며 선생이 몇 번이나 엄 씨네 집 입구를 막아서서 두 팔 벌렸지. 한 시간만 여유를 달라고 말일세. 그런데 그 무지막지한 철거반원들한테 박 선생 호소가 먹혀들 리 있겠어. 공무를 집행한다는 데야 인정사정 볼 게 없겠지. 철거반원이 선생을 사납게 밀어뜨리고 함마와 쇠지레로 판자벽을 내리치기 시작하더군. 그러자 안에서 비명이 터지고, 상주댁이 어린 자식을 품에 안고 쪽문으로 뛰어나왔어. 안에 어머님이 계시니 잠시만 기다려 달라고 상주댁이 외쳤지. 그러나 철거반원들은 들은 척도 안 하더군. 그때, 함마질에 튕겨 나간 판자 조각이 상주댁 어린 자식 이마를 때려버린 거라. 피가 줄줄 흘렀어. 그 광경을 보던 박 선생의 얼굴이 갑자기 험악해지더군. 내가 옆에서 보니 선생의 눈에 불이 번쩍하더라. 이거 무슨 일이 터지겠구나 싶었는데, 아니나 다를까, 박 선생이 철거반원에게 달려들어 쇠지레를 빼앗더니 마구 휘두르기 시작했지 뭐야. 철철 울면서 마치 미친 사람처럼, 너들도 사람이냐며 철거반원을 치지 않았겠어."

"내가 보았대도 가만있잖았겠다. 피도 눈물도 없는 종자들 같으니라구."

"원 목사 그 양반도 현장에 있었는데, 박 선생이 구속되고 난 뒤, 그때 그 장면을 두고 묘한 말을 하대. 뭐라더라, 그 있잖는가. 예수께서 성전에서 매매하는 자를 내쫓고 돈 바꾸는 자며 비둘기 파는 자의 의자를 둘러엎으셨다는 그 말씀, 바로 그 장면을 보는 듯하더라고 말야."

"이 시대가 아까운 사람 하나 죽이는군. 이십 년 가까이 감옥이다, 노동운동이다, 빈민운동이다 하며 뛰었으니 어디 세 끼 밥인들 제대로 챙겨 먹었겠어. 우리 집 애 말로는 박 선생이 감방에서 단식도 숱해 했다더군. 그러니 간이 쪼그라든 게야."

"글쎄, 못 먹고 고생한 사람도 간이 멀쩡하기도 하던데, 아직 젊은이가 그렇게 운이 없을 수가 있나."

"박 선생이 만약 어찌 된다면 가만있잖겠다고 벼르는 주민들이 많더군. 성안염직에 다니는 공원들하고, 한국경전기에 다니는 여공들 있지. 그 애들이 앞장을 서서 치료비 모금운동을 벌일 모양이라……."

나는 노인들의 대화를 듣다 담뱃불을 끄고 병실로 들어갔다. 전등불이 들어와 있었다. 나는 동수 엄마를 복도로 불러내어 민 박사한테 들은 현구의 수술문제를 두고 의논하였다. 동수 엄마도 현구가 간경변증과 암이 병치되어 있음을 이미 알고 있었다. 그네 역시 수술에는 일단 반대 의견을 표시하였다. 그렇다고 법원의 허가 없이 미결수를 당장 어디로든 옮길 수가 없으니 며칠 동안 환자의 상태와 치료의 경과를 지켜보겠다는 것이다.

"저도 여러 곳에다 알아보고 있습니다. 글피가 주일이니 그때까지 어떤 결정이든 내려야겠지요. 종양이 작을 때 셀루핀과 같은 얇은 막으로 종양을 밀봉하여 확산을 막는 새로운 치료법도 개발되었다던데, 상경하시면 그 점도 알아봐주세요. 서울대학교 부속병원에 입실을 예약해두는 게 좋겠습니다. 내일 아침 제가 변호사와 함께 법원에 들어가겠어요."

동수 엄마의 담담한 말이었다.

갈라터진 입술을 꼬옥 깨문 동수 엄마의 그 얼굴이 엄숙하여, 이미 최악의 경우까지 예상을 하고 있는 다부진 모습이었다. 그네가 이 위급한 사태에도 흔들리지 않고 이성적으로 대처하고 있음이 다행이라 아니할 수 없었다.

"동수 어머니, 우리들 여기 있어요. 선생님 면회가 안 되면 동수 어머니라도 이리로 나와보세요. 드릴 말이 있습니다."

동수 엄마의 목소리를 들었는지 노인 하나가 창틀에다 얼굴을 들이밀고 말했다.

"아직들 안 가셨군요. 예, 제가 나갈게요."

동수 엄마가 대답했다.

그날, 나는 자정 가까이 출발하는 서울행 비둘기호 편으로 동대구역을 떠났다. 출판사 일은 내가 없더라도 자동으로 돌아가게끔 아퀴를 짓고, 예정으로는 사흘 뒤에 대구로 다시 내려오리라 작정하였다.

서울로 돌아온 이튿날, 나는 출판사 일과 현구 일로 동분서주하였다. 대구의 현구 병실과 숙영이네 약국으로도 전화를 걸어 그쪽 사정을 문의하였다. 현구의 병세는 별 달라진 점이 없으나 소변을 보지 못하고 허리의 통증이 더 심해지고 있다고 알려주었다. 하루를 그렇게 넘기고 자정 가까이 집으로 돌아온 나는 얼굴과 손발 씻기도 포기한 채 잠에 곯아떨어졌다. 나로서는 보름 넘어 처음으로 숙면을 취하였다.

숙영이로부터 다급한 장거리 전화가 걸려 오기는 이튿날 오후 한시 반쯤으로, 내가 서울대학교 부속병원을 막 다녀왔을 때였다.

"오빠, 어쩌면 좋아. 현구가, 현구가 혼수상태로…… 빨리 와줘야겠어. 날이 새고부터 못 견디겠다며 통증을 호소하더니…… 깨어났다 까무라치던 끝에……."

또렷하게 들리는 숙영이의 울부짖음인데도 내 귀에는 아득히 먼 메아리로 들렸다. 갑자기 기운이 쭉 빠졌다. 드디어 올 것이 왔는데 어찌해야 하나. 나는 전화기를 던지듯 놓고 망연자실 멍해지고 말았다. 좋잖은 소식이냐고 경리 최 양이 조심스럽게 물었으나 나는 잠시 눈을 감은 채 된숨만 내쉬었다.

"주택은행통장 있잖아. 어서 가서 잔고 있는 대로 빨리 찾아와. 현찰 오십, 나머지는 수표로."

최 양에게 일렀다. 나는 집으로 전화를 걸었다. 아내에게 현구의 상태를 알리고 지금 곧 대구로 내려가겠다고 말했다. 아내는 청주 친정집에 연락하여 친정 어머니가 상경하는 즉시 아이들을 맡겨놓고 뒤따라 내려가겠다고 다급하게 대답했다.

"차 몰고 가지 마세요. 꼭 그래야만 돼요. 흥분 상태로 차를 몰면……아시죠?"

아내는 몇 차례 다짐을 하고는 전화를 끊었다. 나는 그 점까지 생각지 못했는데 여자란 역시 세심하고 영악한 데가 있었다.

강남의 고속터미널보다 서울역이 회사와 가까웠으므로, 기차를 타기로 하였다. 기차가 영등포를 벗어나자, 차창 밖으로 들과 산이 희뜩희뜩 나타났다. 푸나무들은 햇살을 빨아들여 푸르름을 한껏 떨치고 있었다. 물기와 단 햇살만으로 죽어가는 사람도 저렇게 싱그럽게 살아날 수 있다면, 문득 그런 생각이 들었다. 온몸이 식은땀에 절은 채 삶과 죽음 사이를 마치 그네 타듯 오락가락하고 있을 현구의 검누런 여윈 모습이 떠올랐다. 허약자에게는 여름 그 자체가 견디기 어려운 고역인데, 한증막 같은 더위가 끝내 현구를 부패시켜버린 것이리라. 냉장고에 돌연 전기가 나가버렸을 때, 아니 전압이 떨어져 냉장고 안이 미적지근하게 되었을 때, 밀폐된 공간의 내용물은 빠르게 부패할 것임이 틀림없었다. 지금 현구의 몸을 냉장고로 비유한다면 코드를 뽑았다 끼웠다 하는 상태에서, 몸 안의 내용물인 간은 물론 신장·위장·허파가 그렇게 부패되고 있지 않을까. 생각만 해도 끔찍한 현상이었다. 차라리 나는 현구에 관하여 다른 장면을 떠올리는 편이 나았다. 지금 기차가 달리고 있는 이 방향으로 그 해 겨울 우리 가족이 남행을 재촉할 때, 어머니 등짝에 묻힌 작은 불씨 하나가 그때는 끝내 꺼지지 않았던 것이다. 그 시절의 살아남과 서른여덟 해 뒤, 지금의 죽음과는 무슨 차이가 있을까. 자식 하나를 후대에 남겼다 함일까. 아니면 그가 장성하여 벌인 아름다운 일을 하나님이 보고 싶어했을까. 그래서 이제 너는 네 몫을 다했으니 내 곁으로 오라고 하나님이 그를 불러가려 함일까…… 나는 신의 섭리를 알 수 없었고, 어쩌면 냉혹한 현실은 신의 섭리와 무관하게 진행되고 있었다. 나는 식당차로 옮겨 앉아 점심밥 대신 맥주 두 병을 비워내었다.

동대구역에 도착하자 오후 여섯시 십분으로, 해가 도회의 건물 뒤로 기운 저녁 무렵이었다. 나는 택시 편에 서둘러 대학병원으로 향했다. 대학병원 정문은 굳게 닫혀 있었고, 정문 옆에는 창문에다 철망을 친 전투경찰 수송용 버스 두 대가 대기하고 있었다. 발쭘하게 열린 비상용 쪽문에는 전투경찰대원 여럿이 지키고 있었다. 그 문 앞에 사람들이 줄을 서서 차례를 기다렸다. 전투경찰대원에게 방문 목적을 밝히고 주민등록증을 제시한 뒤 안으로 들어가는 줄이었다. 나도 그 줄 꼬리에 섰다. 병원에 무슨 사고가 났구나 하는 의문보다 직감적으로 현구 탓이겠거니 여겨졌다. 내 차례가 오자 나는 현구가 입원한 병동과 병실을 밝혔다.

"입원환자와 어떻게 되는 사입니까?"

나의 주민등록증을 보며 전투 경찰대원이 물었다.

"현구의 형입니다. 급히 연락을 받고 서울에서 방금 막 도착한 참이오."

"그분 들여보내."

수위실 앞에 섰던 자가 전투경찰대원에게 말했다. 그저께 현구의 병실에서 보았던 뚱뚱한 수사관이었다.

나는 뛰다시피 걸었다. 본관 모퉁이를 돌자, 현구가 입원한 병동 쪽에서 합창으로 부르는 노랫소리가 땀에 찬 얼굴로 홧홧 끼얹어왔다. 노래에 맞추어 치는 박수 소리도 들렸다.

저 들에 푸르른 솔잎을 보라
돌보는 사람도 하나 없는데
비바람 불고 눈보라쳐도
온 누리 끝까지 마음껏 푸르다……

현구가 입원해 있는 병동 앞 넓은 정원에는 가히 볼 만한 광경이 벌어지고 있었다. 완전무장한 전투경찰대원이 겹겹이 에워싸고 있는 가운데, 학생과 노동자, 빈민촌 아주머니들이 쉰 명 정도 줄지어 앉아 박수를 치며 노래를 부르고 있었다. 창문에다 철망을 씌운 지프차 옆에는 경찰 간부인 듯 무전기를 든 건장한 중년남자 둘이 지키고 있었는데, 동수 엄마가 그들에게 손짓을 해가며 무슨 말인가 열심히 떠들고 있었다. 그러나 둘은 농성꾼들에게 한눈을 팔 뿐 묵묵부답이었다. 농성 중인 사람들 뒤쪽에 머릿수건을 쓴 아낙네 둘이 맞잡아 들고 있는 현수막의 글자가 얼핏 눈에 들어왔다. 한 아낙네는 상주댁이었다.

"빈자의 등불, 박현구 선생 만세!"

내가 구경꾼으로 그 대치 광경에만 한눈을 팔고 있을 때가 아니었다. 나는 농성패들 속에 섞여 앉아 노래를 따라 부르는 원형섭 목사에게 잠시 눈을 주다가 병동 안으로 들어섰다. 그곳을 지키는 전투경찰대원과 병실 앞을 지키고 있는 전투경찰대원에게 현구의 형임을 밝혔다. 병실로 뛰어들었다. 병실 안에 있던 여러 시선이 내게로 쏠렸다. 나는 아무와도 인사를 나누지 않고 현구와 어머니가 있는 침대 앞으로 다가갔다.

"현구야!"

깊은 잠의 수렁에 빠진 듯 현구는 대답이 없었다. 그의 얼굴은 이미 살아 있는 자의 살색이 아니었다. 녹두색이 얼굴 전체에 번져 있었다. 악몽이 괴로운지 간헐적으로 미간을 찌푸리며 된숨을 몰아쉬었다. 홑이불 아래 불룩하게 솟아오른 배는 사흘 전과 확연히 다르게, 만삭의 임산부를 방불케 하였다. 요독증이 핏줄을 타고 온몸에 번진 증거였다. 나는 아우의 손을 잡았다. 축축한 그의 마른 손이 서늘하였다. 나의 얼굴에서 땀인지 눈물인지 침대보에 뚝뚝 떨어졌다. 나는 터져 나오는 오열을 가까스로 삼켰다.

"실낱같은 가망도 없나 봐, 오늘 밤이 고비래. 이제 그 어느 누구도 이 애를 살릴 수가 없다니…… 도무지 믿어지지 않는 의사의 그 말을 믿어야 하다니…… 젊디젊은 너희들 아비를 그렇게 했듯이, 하나님이 이 애를 요긴한 데 쓰시려구 데려가려 하시나 봐. 이 불쌍한 늙은 어미를 남겨두고…… 그분이 주장하시는 일은 순종을 해야겠지만…… 이리도 절통한 사연이 이 세상에 또 어디 있을꼬……."

젖은 수건으로 현구의 얼굴을 닦으며 어머니가 말했다. 철철 흘리는 눈물의 양만큼 그 엉절거림은 말이 아니라 차라리 피눈물로 쏟아내는 통곡이었다.

혼수상태로 들어간 현구를 지켜보는 어머니도 이제는, 막내가 내 몸속에 살고 있다는 억지를 부리지 않았다. 어머니는 현구가 덮고 있는 홑이불을 허리께까지 걷어 내렸다. 환자복의 단추를 풀더니 그의 가슴을 열었다. 땀이 이슬처럼 맺힌 앙상한 갈비뼈가 드러났다. 그 가슴은 흙색으로 검누랬다. 어머니가 수건으로 아우의 가슴에 찬 땀을 천천히 닦았다.

"아비도 못 보고 태어나, 이제 그리고 그리던 제 아비를 보려나. 서른 셋에 죽은 네 아비가 젊디젊은 그때 모습으로 거기 천당에 있나……."

천장의 선풍기가 왱왱 소리를 내며 돌아가는데도 땀에 절은 현구의 긴 머리카락은 한 올도 움직이지 않았다. 아우는 몸 안의 수분을 다 뱉듯 온몸의 땀구멍마다 찬 땀을 쏟아내고 있었다. 잦아져 곧 멈출 것 같던 숨이 다시 폭발하듯 코 푸는 소리로 다급해졌다. 그럴 때, 아우가 슬며시 눈을 뜨고 예의 그 수줍은 미소를 띠며 천천히 일어나 앉을 것만 같았다. 그러나 곧 숨소리는 다시 낮아졌다. 한 줄기 눈물이 눈꼬리를 타고 흘러내렸다.

"혼수상태가 언제부터 계속되었나요?"

내가 어머니에게 물었다.

"벌써 반나절이 넘었다. 그 후로는 영 깨어나지를 않는구나. 우리 아들을 풀어주지 않으니 기도원의 안수도 못 받고…… 내가 달겨들어, 우리 아들 풀어달라고 싸우고 애원했지. 맨발로 금호산 기도원까지 내 이 자식 등에 업고, 피난 올 때처럼 달려가려 했건만…… 나는 그때서야 이 애를 살릴 수 없다고…… 오, 하나님, 이 애를 보세요. 이 세상 못사는 사람들의 근심과 한숨을 다 맡아 떠나자니 저도 힘이 드는지. 이렇게 고된 숨을 쉬며 울고 있잖아요."

나는 현구의 침대 옆에서 물러나왔다. 그제서야 병실 안을 둘러보니 동수를 무릎에 안고 반쯤 틀어 앉은 숙영이가 손수건으로 눈을 가려 어깨 들먹이며 훌쩍이고 있었다. 내가 준 장난감 자동차를 양손에 쥔 동수가 붉게 충혈된 겁먹은 눈으로 나를 힐끗 곁눈질하였다. 그리고 나이 든 간수 홍과, 수사관인 듯 여름용 점퍼 차림의 중년사내가 묵묵히 나의 거동을 지켜보았다.

바깥에서는 이제 구호가 터지고 있었다.

"양심수 박현구 선생을 즉각 석방하라!"

"즉각 석방하라, 석방하라!"

"양심수 박현구 선생을 우리에게 돌려달라!"

"우리에게 돌려달라, 돌려달라!"

내가 넋 빠진 사람같이 멍하니 서 있자, 창밖을 내다보던 간수 홍이 손가락질을 하며 투덜거렸다.

"저, 저 못된 놈들 수작 보더라구. 담을 넘어 들어오다니!"

열려 있는 창밖으로 내가 눈을 주니, 담쟁이덩굴이 올라간 담을 대학생인지 노동자인지 여러 명이 타넘어오고 있었다. 그 장면을 보던 수사관이 밖으로 달려나갔다.

바깥은 구호 소리와 매미 울음으로 시끄러운데, 후텁지근한 더위와 병실 안의 무거운 침묵에 나는 숨이 막힐 것 같았다. 어머니가 무슨 말인가 현구를 내려다보며 중언부언 읊고 있는 침대 쪽으로는 차마 눈길을 줄 수가 없었다. 나는 병실에서 복도로 빠져나왔다. 담배를 피워 물고 흐린 시선으로 창밖 뜰을 내다보았다.

"일곱시 반까지 해산하지 않으면 모두 연행하겠습니다. 앞으로 이십오 분 내로 모두 돌아가시오!"

지프차 쪽에서 중년의 경찰간부가 확성기를 들고 말했다. 농성패들이 그말에 우우 하며 야유를 보내었다. 농성패들이 다시 노래를 합창하기 시작하였다. 손뼉만 치는 게 아니라, 이제 둥둥 북소리까지 들렸다.

전투경찰대원이 울을 치고 있는 뒤쪽에서 동수 엄마가 바삐 걸어오고 있었다. 주위에 젊은이 셋이 따랐다. 그 젊은이들을 떨어뜨려놓고 동수 엄마만이 병동 안으로 들어섰다. 바깥은 이미 그늘이 짙게 내린 만큼 복도도 어두컴컴하였다. 복도를 질러온 동수 엄마가 내 앞에서 걸음을 멈추었다.

"기대도 하지 않았지만, 운명할 때까지 여기에서 한 발짝도 떠날 수가 없대요. 주민들은 동수 아빠가 운명하시기 전에 집으로 모셔 빈민장으로 장례를 치르자고 했으나, 그게 안 되겠어요. 무슨 폭동이라도 일어날까 봐 저들이 어디 그 조그만 우리들의 소망이나마 들어주겠어요. 어쩌면 시신조차 내주지 않고 저들이 마음대로 화장을 해버릴는지도 몰라요."

동수 엄마의 말투는, 그네 역시 이제 현구의 소생에는 가망이 없음을 인정하고 있었다.

"설마 그럴 리야 있겠어요. 장지문제는 내가 김 서방하고 의논을 해보리다"

하고 말하자, 이제 현구의 죽음을 기정사실로 받아들여 그 뒤치다꺼리를 읊조리는 나 자신이 서글퍼졌다.

생각에 잠겨 있던 동수 엄마가 눈빛을 세웠다. 그네가 주위를 둘러보고는, 결심을 굳힌 듯한 표정으로 내게 조그맣게 말했다.

"아주버니, 그래서 우리는 그 어떤 일이 있더라도 동수 아버지를 운명하기 전에 집으로 모셔가려 해요. 오후에 이미 그렇게 하기로 결정을 보았어요."

나는 동수 엄마의 말이 무슨 뜻인지 알 수가 없어 멍하니 바라보기만 하였다. 동수 엄마가 병실로 총총히 걸음을 옮겼다.

어느 사이 농성패가 육십여 명으로 불어났는데, 돌연 새로운 구호가 터져 나왔다.

"운명 직전에 있는 박현구 선생을 당장 석방하라!"

"당장 석방하라, 석방하라!"

"빈민장으로 장례를 치를 수 있게 귀가조치를 허가하라!"

"귀가조치를 허가하라, 허가하라!"

선창을 외치는 자가 조금 전 동수 엄마와 함께 따르던 젊은이었다. 그의 구호는 절규였고, 동수 엄마와 그 어떤 묵계가 된 듯 느껴져, 조금 전 그네의 말과 함께 퍼뜩 짚이는 생각이 있었다. 젊은이의 구호가 그만큼 자극적인 탓인지, 앉아 있던 농성패가 모두 일어나 주먹을 내두르며 소리쳤다.

"정말 돌아가시게 됐어?"

"이거 어찌된 거야."

"병세가 그렇게까지 악화되다니."

하고 농성패들이 쑤군거리며 당황해하는 모습이 역력하였다.

"당국은 박현구 선생의 죽음을 책임지라!"

"죽음을 책임지라, 책임지라!"

그 구호가 더욱 다급해졌다.

농성패의 앞쪽은 젊은이들이 자리하고 있었는데, 그들이 돌연 양팔을 옆사람의 목뒤에 둘러 어깨걸기를 시작하였다. 곧이어 농성패가 모두 어깨를 걸고 거대한 물결을 이루어 앞을 막고 있는 전투경찰대원의 두꺼운 벽을 뚫을 듯 움직이기 시작하였다. 그러나 방패막을 앞세운 전투경찰대원들은 콘크리트벽이듯 꿈쩍을 않았다.

"해산하지 않으면 연행한다!"

확성기가 숨 가쁘게 외칠 때, 뒤쪽에서 지프차를 향해 화염병이 날더니, 펑 하고 터졌다. 뒤쪽에서 와와, 어샤어샤 하는 함성이 터졌다. 드디어 어깨걸은 농성패가 전투경찰대의 벽을 뚫겠다고 맹렬한 기세로 전진

하였다.

"폭력은 안 됩니다. 폭력으로 해결될 것은 아무것도 없습니다!"

사람의 모습은 보이지 않았으나 그 외침은 원 목사의 목소리가 분명하였다.

펑펑, 화염병이 터졌다. 여기는 거리가 아니고 병원이라고 외치는 원 목사의 목소리도 군중들의 고함 소리도 잦아들었다. 인내에도 한계가 있다는 듯, 병원이라는 사실에 아랑곳하지 않고 드디어 최루탄도 펑펑 소리를 내며 터지기 시작하였다.

"모두 연행해!"

확성기를 통해 경찰간부의 명령이 떨어졌다.

전투경찰대원이 농성패 속으로 우르르 밀려들어 마구잡이 연행이 시작되었다. 고함과 비명 소리로 넓은 뜰은 한순간에 수라장을 이루었다. 병실 앞을 지키던 전투경찰대원들도 요란한 발소리를 울리며 복도를 달려가 밖으로 뛰어나갔다.

나의 코에도 최루탄 내음이 맡아졌다. 눈물이 핑글 돌고 재채기가 쏟아졌다. 나는 화급히 병실 안으로 들어갔다. 그때였다. 뒤쪽 창문으로 각목을 든 젊은이가 병실 안으로 뛰어들었다. 한 명이 아니고 너댓 명이었다. 그들은 모두 복면을 했고, 한꺼번에 몰려들어 각목으로 간수 홍을 내려칠 듯 위협하였다. 파랗게 질린 홍은 입을 벙긋 벌린 채 항복이나 한 듯 두 손을 높이 들고 떨었다.

"사모님, 갑시다. 어서 나서요! 병원 후문에 봉고를 대기시켜놓았어요."

작업복 차림의 젊은이가 동수 엄마에게 외쳤다.

"얘들아, 뭐냐? 어, 어디로 가자구?"

현구를 쓸어안듯 두 팔을 벌려 보호하고 있던 어머니가 어마지두해져 말을 더듬었다.

"어머님, 동수 아빠를 비산동 우리 방에서 돌아가시게 하고 싶어요. 동수 아빠는 죄인도 아니고, 그러기에 여기에 갇혀 감시받는 자리에서 돌아가시게 할 수 없어요!"

동수 엄마가 발통 달린 침대를 끌어내며 빠르게 말했다. 단속적으로 여린 숨을 내쉬고 있는 현구를 보는 그네의 눈이 눈물로 빛났다.

"그래, 그래야지, 네 말이 맞다. 동수야, 우리가 앞장을 서자. 너와 내가 앞장을 서!"

며느리의 말에 어머니도 정신이 번쩍 드는 모양이었다. 어머니가 숙영이로부터 동수를 빼앗아 덥석 등에 업었다.

"할머니, 아빠 정말 집으로 가는 거예요?"

동수가 또랑한 목소리로 물었다.

"그래, 집으로 가는 거다. 이제는 네가 아빠가 되는 거다. 현구가 못다 한 일을 너가 하는 거야. 너가 이제 이 할미의 막내다!"

어머니가 신들린 듯 외쳤다.

어머니는 그해 겨울 현구를 업고 남행길을 재촉했듯, 꼬부장한 좁은 등판에 독 같은 동수를 업고 앞장에 나서며 병실 문을 활짝 열었다.

"오빠, 이래도 되는 거예요?"

얼떨떨한 표정으로 숙영이가 나를 보고 물었다.

"어쩔 수 없잖아. 상황이 이렇게 된 걸. 자, 나가자."

어리벙벙해져 있던 내가 숙영이의 등을 밀었다.

"앞쪽은 안 돼요. 뒷문 쪽으로 어서!" 하더니, 결심을 세운 듯 숙영이가 어머니 뒤를 따랐다.

저물한 속에 복도는 벌써 최루탄 내음으로 매캐하였다. 바깥 뜰에서는 매연이 자욱했고 난장판의 소요가 계속되고 있었다.

젊은이들이 침대를 옆에서 당기고 뒤에서 밀었다. 복도로 나서니 어둑발이 내리는 속에 현구의 모습은 보이지가 않았다. 나는 초조했다. 그러자 언뜻 한 가지 결단이 전류처럼 머리를 때렸다. 이제 현구는 우리 모두의 마음에다 자신이 들어앉아 살아 숨 쉴 감옥 한 칸을 짓기 시작한다는 깨달음이었다. 나는 비로소 현구를 거주제한구역 안에서 운명하게 해서는 안 된다는 결론을 내렸던 것이다. 현구가 사망하면 폭행죄와 공무집행 방해죄로 구속된 이번 사건이 영원한 미제(未濟)로 남겠지만 그 사건의 상징성이 말해주듯, 설령 비산동 사글세방까지 현구를 데려갈 수 없다 하더라도 그가 숨을 쉬고 있는 동안만이라도 그를 자유로운 구역까지 내보낼 책임이 나에게도 있음을 알았다. 나는 동수 엄마와 나란히 침대 머리의 손잡이를 힘주어 잡았다. 최루탄 내음으로 들어찬 복도로, 좌르르 침대가 굴러갔다. 동수를 업은 어머니와 어머니의 뒷허리에 팔을 두른 숙영이는 뒷문을 향해 저만큼 앞장서서 종종걸음을 치고 있었다. 그때, 뒷문 밖에서 대기하고 있었던지 젊은이 몇이 그 문을 활짝 열어젖혔다. 막혀 있던 통로가 자유로 향한 출구처럼 훤하게 뚫렸다. 어머니와 함께 우리 오누이 셋이 그해 겨울 그렇게 남행길을 재촉했듯이, 우리들은 마치 포연을 뚫고 진군하듯 최루탄 매연을 헤쳐 침대를 끌고 밭은 걸음을 걸었다. 그제야 사일구 그날, 우리 모두 어깨를 겯고 경무대를 향해 내닫던 그 벅찬 흥분이 되살아남을 나는 가슴 뿌듯이 느낄 수 있었다.

술 먹고
담배 피우는
엄마

공 선 옥
(1963~)

공선옥(1963~)은 1991년 『창작과비평』에 「씨앗불」을 발표하면서 문단에 등단했다. 1980년 5월에 있었던 광주 항쟁의 의미를 묻는 등단작에서 알 수 있듯 그녀의 작품은 '광주'의 의미를 주제로 삼고 있으며 또 평탄하지 않은 그녀의 개인사를 바탕으로 아이를 지키려는 가난한 엄마의 곽곽한 세상살이를 많이 다루고 있다.

"온 세상은 그저 땡땡 얼어 있다"는 소설의 첫머리처럼 「술 먹고 담배 피우는 엄마」는 힘겹기만 한 하층민 엄마의 어려운 삶을 이야기한다. 두 아이의 엄마인 '나'의 삶은 서울역에서 탄 밤의 완행열차처럼 고달프기 짝이 없다. 완행열차인 비둘기호에 그녀가 찾는 '아무도 앉지 않은 자리' 따위는 애초에 없다. 그래서 그녀는 억지로 남자들의 사이에 자신의 몸을 끼워 넣을 수밖에 없다. 왜냐하면 애기를 키울 능력이 없는 '나'를 애기 엄마도 뭣도 아니게 만든 현실 속에서 그것만이 그녀가 뿌리내릴 수 있는 유일한 방법이기 때문이다.

그녀가 만난 남자들은 그녀가 살아가야만 하는 세상의 모습과 다르지 않다. 자신과 두 아이를 버리고 저만 살겠다고 어디론가 가버린 냉정한 남편, 그리고 마음에 끌릴 정도로 서늘하지만 바로 그 서늘한 만큼의 거리감을 갖고 있는 검은 테 안경의 사내 등등. 그래서 '나'는 차마 텁복숭이 사내의 손을 떼어내지 못한다. 엄동설한의 세상에서 아주 잠시나마 그 손바닥의 뜨거움을 맛볼 수 있기 때문에. 그녀도 그 부드러움과 그 녹아내리는 듯한 평화 속에 살기를 갈망하기 때문에……

하지만 "무슨 애기 엄마가 술 먹고 담배를 피워?"라는 사내의 말이 보여주듯 '나'는 이 모든 것이 한 편의 연극임을 너무도 잘 알고 있다. 그녀는 두 아이의 아기 엄마이고 그 따스한 무대는 그녀가 머물 수 있는 곳이 절대로 아니다. 어디를 가든 춥기는 매한가지고 그녀에게 가장 따뜻한 자리는 자식들이 있는 곳인 까닭이다.

온 세상은 그저 땡땡 얼어 있다. 밤의 열차는 지금 칼날 같은 냉기를 가르며 어둠 속을 달리고 있다. 내가 앉은 자리는 녹두색 융단의자 두 개가 서로 마주 보고 있다. 내 왼편에는 스포츠머리를 한 젊은 치가 내 오른편에는 털북숭이 사내가 앉아 있고 마주 보는 앞자리에는 노부부가 앉았다. 나는 앞자리의 노부부가 누구인지를 알고 있다. 그들은 나를 모를 것이 당연하고. 영감님은 중절모에 구두를 신었고 부인은 양단한복에 코고무신을 신었다. 아주 윤택하고 평화로운 부부 모습이 밤 완행열차에 어울리지 않긴 하지만 어쨌든 보기 좋았다. 부부는 줄곧 서로의 손을 꼭 잡고 뭔가 스산하고 허름한 밤기차 여행을 즐기고 있는 듯이도 보인다. 영감님은 바로 내 초등학교 시절의 교장선생님이다. 그때나 지금이나 그다지 변하지 않은 모습이 그 교장선생님임을 나는 한눈에 알아보았다. 그러나 알은체는 하지 않았다.

내가 처음부터 이 자리에 앉고자 해서 앉은 건 아니다. 아니, 처음에 나는 아무도 앉아 있지 않은 빈자리를 찾았다. 서울역에서 탄 밤의 완행 열차, 종착역 목포까지 가는 비둘기호 안은 내가 찾는 '아무도 앉지 않은 자리' 따위는 없었다. 누구나 알다시피 완행열차 비둘기호란 지정좌석 같은 건 없지 않은가. 그저 자리가 있으면 앉는 사람이 임자이지 않은가. 그렇다고 아무도 앉지 않은 빈자리를 찾아 첫 칸에서 마지막 칸까지를 훑고 싶지는 않았다. 그러기에는 몸이 피곤했다. 그래서 한자리에 세 사람이 앉게 되어 있는데 두 사람만 앉은 자리에 나는 내 몸을 끼워넣었다. 다행히 아래로 내려올수록 타는 사람보다 내리는 사람이 더 많다는 것을 피부로 느낄 수가 있어서 빈자리가 생길 수 있다는 희망은 남았다. 조금 있으면 내 옆에 앉은 작자도 내려줄 것이다. 내 생각은 적중했다. 조치원역임을 알리는 안내방송이 나오자마자 창가 쪽에 앉은 젊은 치가 부스스 일어나 선반의 짐을 챙겼다. 나는 모르는 척 눈을 감았다. 이제 얼마 안 가 통로 쪽 털북숭이도 익산이나 신태인역쯤에서 일어나줄 것이다. 젊은 치와 나누는 말소리에서 어쩐지 그쪽 말투가 배어나왔기 때문이다. 창가 쪽이 비자마자 나는 잽싸게 엉덩이를 그쪽으로 옮겨놓았다. 찬바람이 창문 틈새로 들어오긴 했지만 털북숭이와 허벅지가 닿는 불쾌감에서 벗어난 것이 후련했다. 나는 신발을 벗고 양다리를 의자 위로 올려 세우고 거기에 얼굴을 묻었다. 홍익회 사람의 밀차가 가까이 다가오고 있었다. 나를 사이에 두고 젊은 치와 이런저런 대화, 프로야구와 낚시와 등산과 선거 이야기를 재미없게 나누던 털북숭이는 젊은 치가 내려버리자 그만 입이 심심했던 모양이었다. 홍익회 밀차를 세운 털북숭이가 왜 소주를 팔지 않느냐고 볼멘소리를 하다가 없는 소주 대신 맥주와 오징어를 샀다. 그가 이빨로 맥주병 뚜껑을 땄다. 오징어를 북 찢었다. 그 자가 맥주를 사는 소리, 맥주병 뚜껑을 따는 소리, 오징어를 찢는 소리 따위를 나는 전부 귀로 듣고 있었다.

털북숭이는 애초에 창가 쪽에 앉아 있었다. 여자인 내가 그들 자리에 몸을 부릴 낌새가 보이자 그가 얼른 통로로 나와 내가 들어가기 쉽게, 말하자면 나를 창가 쪽으로 '모시고자' 하는 태도를 역력히 보였다. 그러나 그가 내논 자리에 젊은 치가 냉큼 들어가 앉아버리자 털북숭이의 의도는 물거품이 되고 말았다. 그러나 그것이 오히려 털북숭이에게는 더 잘된 일이었는지도 모른다. 젊은 치의 행동이 결국 내가 털북숭이 제 옆에 앉게 해준 결과가 되었기 때문이다. 나는 속으로 그런 생각을 하며 양무릎에 고개를 파묻고 있었다.

얼마 전부터 내게는 장기적인 생각보다는 단기적인 생각, 단기적이라고 할 것도 없이 당장 눈앞에 보이는 상황에 대한 생각만을 하게 되는 버릇이 생겼다. 미래? 웃기는 거였다. 미래에 대한 설계? 개나 물어가라, 였다.

어제 아이들이 있는 그곳 아동일시보호소에 전화를 했을 때 둘째 아이가 몹시 아프다고 했다. 아이가 아프다는데 내려가보지 않을 수 없었다. 생산1과 정주임에게 고향에 한번 내려갔다 와야겠다고 정중하게 말했다. 내일 내 자리에 다른 사람이 투입될 것이고 그는 그 자리를 결코 비켜주지 않을지도 모른다. 나는 그것을 알고 있었다. 그래도 할 수 없는 일이었다. 나는 무엇보다 '애기엄마'이니까. 하지만 애기를 키울 능력이 없는 현실은 나를 애기엄마도 뭣도 아니게 만들었다. 그럼 무엇인가.

애기들을 떼어낸 애기엄마 몸은 처녀보다 더 가벼웠다. 나는 행복했다. 무엇보다 남편이 나와 아이들을 버렸는데, 버리고 저만 살겠다고 어디론가 가버린 참인데 나만 애기 버린 죄를 뒤집어쓸 필요가 있겠는가, 싶었다. 죄는 남편에게 뒤집어씌워버리면 그만이었다. 나는 그렇게 새끼들을 아주는 아니라도 잠시 버려야만 살 수 있다는, 그래야 '우리가' 살 수 있다는 변명이 준비되어 있지 않은가. 그나저나 남편은 어디로 갔을까. 그러나 남편의 행방을 알고 싶지는 않다. 그를 찾아 나설 시간에 나는 아이들과 내가 살 수 있는 공간을 확보할 수 있는 돈을 벌어야 한다. 그리고 나는 결국 애기엄마지, 아무것도 아니다. 몸은 새털같이 가볍게 하고 머리는 애기엄마 의식으로 똘똘 뭉쳐진 나는 고향의 아동일시보호소에 내 애기들을 맡겨놓고 서울로 올라온 지 석 달째였다. 석 달은 우리의 미래를 확보하기에는 너무 짧은 시간이었다. 석 달이 아니라 삼 년, 삼십 년이 내 앞에 버티고 있을지도 모른다.

이봐요, 하는 소리가 내 옆구리를 찔렀다. 뭐요? 나는 고개를 벌떡 들어 눈으로 물었다. 털북숭이가 맥주병 입구를 제 옷으로 문질러서 내게 내밀었다. 내 시선은 경멸 이외에는 아무것도 아니었을 것이다. 기다려보슈, 해놓고 털북숭이가 홍익회 밀차를 불러 세워 종이컵 두 개를 샀다. 아따, 교양 없는 놈, 하며 그가 내게 맥주를 따라주었다. 숙녀를 창가에 앉혀야지 말이야, 싸기지 없게스리. 나는 털북숭이가 따라준 술을 꿀꺽 삼켰다. 오징어 살점이 내 앞으로 쑥 내밀어졌다. 나는 그것을 받지 않았다. 털북숭이는 난감해졌다. 홍익회 밀차는 이제 또 한참을 기다려야 올 것이다. 다리 잡술라요? 자기는 생각해서 살점을 찢어주었건만 내가 받지 않은 건 살점 말고 다리를 더 좋아해서 그런 게 아닌가, 하고 생각한 모양이었다. 나는 반응하지 않았다. 하, 이거 환장하겠네. 그가 환장하게 기다리는 것이 무엇인지 나는 안다. 기다릴 것 없어요. 홍익회 밀차가 아니라 시장 좌판을 통째로 들고 온다 한들 댁하고 어울릴 일은 없을 테니까. 나는 그러나 한마디 말을 털북숭이에게 건네는 것조차 귀찮다. 드디어 밀차 오는 소리가 난다. 오징어 땅콩 있써어, 맥주 음료수 있써어, 무엇무엇 있써어, 하며 다가오는 딸그락거리는 소리. 털북숭이가 주섬주섬 돈을 꺼낸다. 땅콩 하나 주쇼. 뭣 잡술라요? 과자 잡술라요? 과자 한 봉지 주쇼. 이제 땅콩과 과자가 내 앞으로 올 것이다. 나는 고개를 번쩍 들었다.

"아저씨, 왜 그래요?"

사내는 말없이 땅콩봉지를 뜯는다.

"왜 나한테 그리 잘해주지요?"

"잘하는 것 없습니다."

그의 목소리는 무심하다. 나는 무안해진다. 사내는 과자봉지를 뜯어 우적우적 씹는다.

"맥주 남았어요?"

사내는 반갑게, 기다렸다는 듯이 종이컵이 씌워진 맥주병을 내민다. 맥주는 김이 빠져 있다. 밤은 캄캄하다. 차창에 비친 내 얼굴은 눈과 볼이 움푹 파져 있다. 맥주 한 모금을 마시고 나는 내 얼굴을 찬찬히 바라본다. 차창에 비친 내 얼굴이 나를 찬찬히 바라본다. 밤은 춥다. 그러나 조절장치가 없는 완행열차 안은 지나치게 덥다. 나는 화장실을 가기 위해 자리에서 일어난다. 사내가 통로로 비켜서준다. 나는 비닐이 나달나달해진, 그 안은 들여다볼 것도 없이 별 볼 일 없는 물건들, 이를테면 때가 잔뜩 낀 헌 작업화 작업모 작업복 따위가 들어 있을 그의 가방을 훌쩍 건너뛰어 통로로 나선다. 사내는 내가 기차 칸과 칸 사이에 있는 화장실 문을 열고 들어설 때까지 통로에 그대로 서서 나를 바라보고 있다. 바라보고 있는 것이 느껴진다. 별 하찮은 인간이 다 나를 귀찮게 한다, 나는 그렇게 생각한다. 흔들리는 나. 나는 아무것이나 손에 닿는 것을 꽉 붙잡는다.

여전히 흔들리며 내 자리로 온다. 교장선생님 부부는 이제 잠들어 있다. 그리고 자리가 변해 있다. 또 한 사내가 아까 털북숭이가 앉았던 자리에 앉아 있고 털북숭이는 내가 앉았던 자리로 옮겨 앉아 있다. 그런데 나는 왜 굳이 이 자리로 돌아온 것일까. 그사이 그 자리에 익숙해진 것일까. 나는 다시, 어쩔 수 없이 두 사내 사이에 끼여 앉는다. 낡은 비닐가방은 털북숭이와 함께 다시 창가 밑으로 옮겨갔다. 나는 다시 묻는다.

"술 없어요?"

새로 온 사내는 나와 털북숭이가 서로 잘 아는 사이일 거라고 생각하는지도 모른다. 그건 그렇다. 어쨌든 털북숭이는 새로 온 사내 이전의 사람이니까. 환장허겠네. 털북숭이가 털이 부숭부숭한 얼굴을 손바닥으로 쓸어내리며 술이 없는데 술을 찾는 여자 땜에 난감한 심정을 환장하겠다고 표현한다. 나는 속으로 낄낄 웃는다. 이제 털북숭이의 환장허겠네, 소리가 그다지 싫지 않다. 다정한 감이 느껴지기도 한다. 교장선생님의 부인이 교장선생님의 어깨에 머리를 기댄다. 교장선생님 손이 부인의 어깨를 감싼다. 보기 좋은 모습이다. 홍익회 밀차가 온다. 털북숭이가 급하게 밀차를 불러세운다. 맥주를 산다. 새 종이컵도 산다. 맥주병 뚜껑을 이빨로 딴다. 병 입구를 소매 끝으로 슬쩍 문지른다. 종이컵에 맥주를 따라 내게 준다. 나는 받아 마신다.

"술 좀 작작해."

"뭐라구요?"

나는 내 귀를 의심한다. 분명 털북숭이가 내게 반말을 한 것이다.

"술 좀 작작 하라고오."

하면서 털북숭이가 두꺼비 같은 제 손을 슬쩍 뒤로 돌려 내 엉덩이 밑을 파고들어온다. 나는 얼떨결에,

"아, 예에."

한다. 그래놓고 나는 축축해진 종이컵을 버리고 맥주를 병째 들이켠다. 오싹한 한기가 심장을 관통한다. 부르르 떨린다.

"추워?"

털북숭이가 묻는다. 나는 고개를 수그린다. 털북숭이가 제가 입고 있던 파카를 벗어 내 무릎을 덮어준다. 나는 가만히 있는다.

내가 화장실에 간 사이 이 자리에 합석한 사내는 왠지 내 가슴을 설레게 하는 데가 있다. 검은 테 안경 속의 눈매가 어쩐지 서늘하다. 그의 허벅지와 내 허벅지가 닿을락 말락 할 때마다 내 가슴 한켠이 서늘해온다. 털북숭이가 제가 덮어준 파카 밑으로 제 손을 집어넣어 내 배꼽 언저리를 배회하고 있다. 나는 넙넙하다.

"술 더 마실래?"

"작작하라며?"

"마셔라."

창가에 맥주병은 쌓여만 간다. 몽롱한 속에서 털북숭이는 내 몸 구석구석을 빠르게 훑고 지나가고 나는 문득 영감님이 내 초등학교 시절의 교장선생님이었던 아득한 한때를 떠올린다.

교장선생님은 내게 앙고라토끼 한 쌍을 준다. 토끼는 학교 식물원 옆 동물우리 앞에 있었다. 동물우리 안에는 공작새와 사슴과 원숭이 있었다. 아이들은 동물우리 앞 토끼장의 토끼는 천대하고 공작새와 사슴과 원숭이 들을 환호했다. 과자와 라면과 빵부스러기가 환호받는 동물들한테만 갔다. 천대받는 토끼는 천대받는 만큼 집요하게 새끼들을 늘려갔다. 교장선생님은 우등상과 개근상과 정근상을 받는 아이들에게 불어난 토끼를 부상으로 주었다. 그러고도 남아도는 토끼는 졸업생들에게 분양하였다. 그날, 겨울햇살이 쨍쨍 내리쬐던 졸업식장에서 교장선생님한테 토끼 한 쌍을 받아 들고 졸업생들은 각자 집으로 흩어졌다. 우리 담임선생님 말마따나 산속으로 우르르 기어들어갔다. 읍내에서 통근을 하던 담임선생님은 우리들더러 그랬었다. 산속에서 우르르 기어나와 산속으로 우르르 기어들어간다고.

"이 토끼를 잘 키워 꼭 부농의 꿈을 이루거라."

토끼를 안고 교문을 나서는 아이들에게 교장선생님이 흐뭇하기 그지없는 표정으로 가까이 다가오셔서 머리를 쓰다듬어주면서 꼭 부농의 꿈을 이루라고 기원해주었다. 그 토끼로 과연 누가누가 부농의 꿈을 이룬 것일까.

'산속으로 기어들어가는' 길목, 산모퉁이에 옛날 문둥이들이 살았던 토굴이 있었다. 그 토굴 안에서 연기가 솔솔 피어나오고 있었다. 설한필이와 이경섭이 등의 사내애들이 그 토굴 안에서 꼼지락거리며 무언가 허연 동물을 막대기에 꿰고 있는 것이 보였다. 선생님 말씀 안 들으면 필시 저것들은 거렁뱅이가 되고 말 것이다,라고 나는 굳게 믿었다. 몇몇 계집아이들이 너희들 선생님한테 가서 일러부러,라고 고함쳤다. 설한필이가 굴 밖으로 침을 탁 뱉으며 나와서 싸가지 없는 년들, ○○을 콱 조져부러, 했다. 계집아이들이 아이구 징해라, 하고 내뺐다. 저희 마을과 우리 마을이 갈라지는 배쟁이다리께까지 와서 점이가 내게 물었다.

"야, 너 퇴깽이괴기 묵어봤냐?"

"아니. 닭괴기는 묵어봤다."

"닭괴기 안 묵어본 사람이 어딨냐? 나는 퇴깽이괴기 묵어봤는디."

점이는 침을 꼴깍 삼켰다. 그러면서,

"퇴깽이는 어디가 젤 맛있냐면 간이 젤 맛있다. 폭폭 과서 국 끓애 묵으면 둘이 묵다 하나가 죽어도 모른다."

"국 끓애 묵을래?"

점이가 몸을 움찔했다.

"어치케."

토끼고기가 아무리 맛있다 한들 교장선생님이 주신 건데 어떻게 함부로 끓여 먹어버릴 수가 있느냐는 것이리라. 나는 점이와 다짐했다.

"우리 이걸로 꼭 성공하자. 그래서 중학교도 가고 고등학교 가자, 꼭."

그렇게 배쟁이다리 위에서 점이와 나는 손가락 걸어 약속하고 각자의 집으로 향했다.

홍익회 밀차가 온다. 털북숭이는 이제 내가 청하지 않아도 맥주를 산다. 검은 테 안경은 털북숭이 사내가 술을 사든, 그 옆의 여자가 술을 마시든 저는 고요히 책만 보고 있다. 나는 용기를 내어 묻는다.

"어디까지 가세요?"

털북숭이의 표정이 굳어지는 것을 나는 의식한다. 왜 딴 사내에게 수작이냐는 거겠지. 저하고 나하고 도대체 언제부터 안 사이라고. 무슨 대단한 사이라고.

"글쎄요, 가는 데까지 가지요. 목포가 종착역입니까?"

나는 안경이 '입니까?' 하고 물어주는 것에 속으로 환호한다. 무슨 말인가가 계속 이어질 수 있는 여지가 생긴 것 아닌가. 어떻게든 털북숭이를 나한테서 격리시켜야만 한다. 뻔뻔한 작자.

"그럴 거예요, 아마. 목포까지 가시게요?"

"그러지요, 뭐. 못 갈 게 있겠습니까?"

가만 보니 이 남자가 계속 끝말을 물음체로 하는 것이 저도 나하고 무슨 말인가를 계속 나누고 싶을 만큼 내가 저한테 나쁜 인상은 아니라는 것 같은데, 하고 나는 생각한다. 작은 희열이 가슴에 차오른다.

"목포는 왜 가시게요?"

"왜라고 물으니 할 말은 없습니다만, 그냥 여행 중입니다. 어디까지 가세요?"

"광주까지 가요."

해놓고 말이 끊어질 것이 두려워 나는 얼른 묻는다.

"지금 보시는 책이 뭐예요?"

"별거 아녜요. 노동해방문학이라는 예전 잡진데, 아세요?"

물음체로 끝내주는 것은 좋은데 아세요? 하고 물으면서 흘낏 나를 보는 검은 테 안경 속의 눈빛이 어찌 냉랭하다. 저놈의 눈구멍은 어째 저리 서늘한가. 모른다, 어쩔래? 하고 싶은 것을 꾹 참고 나는 입술을 깨문다. 내내 굳어 있던 털북숭이 얼굴이 쭉 펴지고 있음을 나는 안 보고도 안다. 또다시 그놈의 두꺼비 같은 손아귀가 맹렬하게 내 몸 안으로 쳐들어오고 있는 것이. 나는 그래도 그 손을 떼어내지 못한다. 손바닥은 뜨겁다. 그 손이 좋은 게 아니고 그 손바닥의 뜨거움이 그다지 싫지 않다.

토끼는 따뜻했다. 그 따스함이 내 가슴을 고동치게 했다. 집 가까이 오자 얼마 전 레공닭(레그혼닭)으로 한 번 실패를 보고 난 아버지가 이대로 주저앉을 수는 없다고, 논이 없는 우리 집이 살길은 오직 축산밖에 없다고 이를 악물고 사일로를 짓고 있는 모습이 보였다.

"그거이 무엇이냐?"

"토끼여."

"퇴낀 중은 안디, 그것을 어디서 가꼬냐?"

"학교에서 졸업선물로 준 것이여."

"졸업했냐?"

"응."

"말을 허제."

말을 해봤자 내 졸업식 따위에 부모님이 오지 않을 것임을 나는 뻔히 알고 있었다. 내 졸업식장에 오실 시간에 아버지는 한시라도 빨리 사일로를 지어야 한다. 사일로를 지어야 군 농협에서 세계은행 차관인가 뭣인가를 타올 수가 있는 거였다. 우리 집은 그것을 타와야만 살 수 있다고 아버지는 밥상머리에서 누누이 말씀하셨다.

내 배에서 토끼를, 토끼의 따스함을 떼어내어 아직 토끼장을 못 만들었으므로 임시거처로 병아리집인 어리를 가져다 그 속에 토끼를 밀어넣어놓고 나서 나는 한참 사일로 짓는 데 정신이 없는 아버지 옆으로 진중하게 다가갔다.

"아부지."

"어이."

"토끼를 가지고 연구를 해보면 안 되까?"

토끼를 가지고 우리 집 식구가 살 연구를 해보면 안 되겠느냐는 내 말에 아버지는 픽 웃었다.

"돈이 되까?"

"저것은 품종이 다르당만요."

"그래야?"

"보통 토끼가 아니고 앙고라라는 것인디, 털을 짤라다 판대여."

"핫따아, 그래야?"

아버지는 짐짓 놀라는 표정을 지어 보인다.

"저것이 좀 있으면 새끼를 겁나게 까분당께. 싸이로 짓고 빚 내는 것보담 낫단 말이요."

"판로가 있간디?"

"공장에서 털옷을 만들어 수출헌답디다야. 키워놓기만 험사 어디서
안 가지겠소. 그렇게만 되면 우리 집도 인자 웃음 웃고 살 수가 있단
말이요."

사실 돈이 없는 우리 집은 웃음 없이 산 지가 오래되었다. 아버지는 사
뭇 미심쩍어하면서 솔깃해한다.

"그래이."

"점심 자싯소."

"그러자."

점심을 먹으면서 식구들한테 토끼건을 상의하고자 나는 일찌감치 점
심을 차렸다.

산에서 나무를 해와서 머리에 나무검불이 붙어 있는 수건을 그대로
쓴 채 내 말을 가만히 듣고 있던 어머니는,

"느그 아부지 딸 아니라깨비 너까지 지랄이여?"

팩 퉁을 준다.

"닭알 땜이 실패를 헌 것이 아니고 닭이 병들어 그런 것 아니요? 토끼
는 병도 잘 안 든당만. 암거나 잘 묵고. 물만 안 들어가면."

"오살 염불허네."

어머니는 연구하지도 않고 계속 욕만 한다. 어머니의 연구하지 않는
태도가 나는 영 마음에 들지 않는다. 그래서,

"어무니는 살자고 허는 일에 왜 자꾸 꼬칫가리를 뿌리실라고 허요?"

"야가 어른을 갈칠라고 허는 것 보소. 자고로 살라면 가만히 있는 것
이 수다. 벨것이 없어. 다 죽을라고 나대는 것이제, 으응. 살라면 어서 밥
이나 처묵어."

나는 밥을 먹는다. 눈물이 쿡 쏟아진다. 나무하러 가면, 그러면 나 중학

교 보내줄라간요?' 소리가 밀려 올라오는 통에 밥이 목구멍에 걸려 잘 넘어가지 않는다. 내가 왜 우는지 어머니는 너무나 잘 알기 때문에 긴말할 것도 없이, 거두절미하고,

"밥 우딱 처묵고 갈퀴 들고 에미 따라나서라."

한다.

꿀럭꿀럭 잘도 넘어가던 맥주가 잘 넘어가지 않는다.

"괜찮어?"

"그런데 말이지요. 노동에서 해방이 되려 해도 노동을 해야 하는 것 아네요?"

"움서도 말은 잘허네이. 괜찮냐고 묻잖어."

"그런디 왜 문학을 헌다요?"

"니기미, 괜찮다 그거지? 어이 홍익회, 여그 맥주 두 병이요이."

"문학을 허면 노동에서 해방될 수가 있다요?"

사람이 깍듯한 서울말을 쓰면 듣는 사람을 '겁나게' 존중해서 하는 말 같고 사투리를 쓰면 막가는 것 같은 것이 왜 그럴까. 아무렇게나 말하는 것이 결코 아닌데도. 검은 테 안경은 도통 말이 없다.

"아저씨 말 좀 해봇시오."

한참을 입을 꾹 다물고 있다가, 한참 동안 생각을 굴리고 있었던 듯, 안경이 드디어 입을 열었다.

"노동의 역사라는 책을 읽어보신 적 있습니까? 바레 프랑수아라는 사람이 쓴 책인데."

"잔소리 말어, 샹. 뭐? 뭔 슈아? 슈아 좋아하고 있네!"

느닷없이 끼여드는 털북숭이. 나는 털북숭이에게 눈치를 줄까 말까

하다가 관둔다. 대신 안경을 찬찬히 쳐다본다. 언제까지 바라보아도 싫증나지 않을 것 같은 서늘한 저 눈. 그 눈이 말한다.

"그 책에 보면 이런 말이 있지요. 인간이 동물로부터 구별되는 가장 본질적인 특징은 인간이 노동한다는 사실에 있다. 노동이 인간, 그것을 만들었던 것이다,라고요."

"×까지 말라 그거야. 크윽."

"그 말을 그대로 따르자면 그러니까 저는 노동하지 않는 인간이므로 동물과 구별이 되지 않는 인간이지요. 지금 무위도식하는 돼집니다, 전. 돼지가 무슨 말을 하겠습니까."

"어이, 안경 쓴 친구, 개같이 일해서 정승같이 쓰래는 말 몰러? 사람은 일헐 때 짐승이 되는 것이어, 돈 쓸 때만 사람 되는 거구우. 좆도 몰르면 가만있으라고오."

앞좌석이 왜 이리 소란한고, 하고 교장선생님 부부가 동시에, 신기하게도 거의 동시에 눈을 뜬다. 눈을 뜨고 상대방의 어깨에, 무릎에 놓여 있던 손들을 다시 얼른 붙잡는다. 그 동작도 동시다. 털북숭이와 나와 안경이 조용해진다. 어디선가 그 구령소리가 들려온다. 전체 차려엇, 교장선생님께 경례.

"안녕하세요?"

웬 낯선 여자가, 그것도 술 먹은 여자가 느닷없이 인사를 한 것이 떨떠름하기는 하지만 그래도 인사를 했으니 받기는 받는다는 표정으로,

"누구시더라?"

하면서 얼른 잡았던 부인의 손을 놓는다. 나는 인사를 괜히 했나 싶다.

"호호호, 잡으세요, 손."

내 웃음소리는 내가 듣기에도 방자하다.

"아니에요, 괜찮지?"

"괜찮지요 그럼."

부인이 자신의 무릎에 손을 모은다.

"저는요, 동명국민학교 사십구회 졸업생이어요."

"동명국민학교? 그게 어디 있는 학곤가?"

교장선생님이 부인의 얼굴을 바라본다. 부인도 고개를 갸웃한다.

"곡성 삼기에 있는 학교요."

"곡성이라면 전라도 북부잖아. 당신은 그쪽엔 가지 않았잖아."

"그렇지요. 뭔가 잘못 안 것 같네요, 휘유우."

부인이 엷은 한숨을 내쉰다. 아, 얼마나 다행한 일인가. 이 여자가 야밤에 처음 만난 남자들 사이에 앉아 술을 퍼마시고 어디서 제자라고 덤비나. 부인의 한숨을 나는 나대로 해석한다. 부부가 나누는 대화로 봐서는 교장선생님은 교장선생님이 아닌 것이 확실한데 또 부부 중 한사람이 교장선생님이었던 것이 확실하다. 부인이 가늘고 고운 목소리로 설명한다.

"이 양반은 아니고 내가 교편을 잡긴 했어요. 하지만 곡성 쪽은 아닌 걸."

부부는 다시 손을 잡는다. 아, 한밤중의 완행열차, 이 오붓한 겨울여행을 하마터면 망칠 뻔하지 않았나. 제자도 제자 나름이지. 그건 그렇다. 나는 얼른,

"죄송합니다."

한다. 아무리 개나 물어갈 내 인생에도 지켜야 할 예의는 있다. 고마워해야 할 것은 고맙다 하고 미안해해야 할 것은 미안하다고 해야 한다. 그쯤은 한다, 나도.

그건 그렇고, 그럼 지금껏 한 내 상념은 뭐가 되나? 앞에 앉은 노인이

'우리 교장선생님'인 줄만 알고 그 교장선생님하고 얽힌 추억을 생각했는데, 이제 그것도 접어야 하나. 딴생각을 할까. 무슨 생각을 할까. 나는 비척비척 일어나 화장실로 간다. 안경은 털북숭이처럼 통로로 비켜서주지는 않는다. 개보다 못한 놈, 너는 인간도 아니야. 나는 비틀비틀 통로를 걸어가며 누구에게랄 것도 없이, 그러나 확실하게 누구에게 욕을 해준다.

털북숭이는 끈질겼다. 왜 그러냐 하면 내가 화장실에 다녀온 새에 또 자리 모양이 변해 있었던 것이다. 노인들은 없다. 안경도 없다. 아무도 없다. 변하지 않은 건 털북숭이뿐이었다. 그만 창가에 그린 듯이 앉아 있다, 끈질기게시리. 이제 좀 있으면 기차는 정읍역에 도착할 것이다. 기차 안은 점점 사람들이 줄어들었고 사람들이 줄어들자 불빛도 희미해졌다. 희미해지는 것 같다. 그런데 나는 또 어쩌자고 죽고살기로 이 자리로 다시 돌아온 걸까. 빈자리도 쎄고 쎘는데.

"다 어디 갔나 봐?"

"갔지."

"안경은?"

"왜 그자가 좋아?"

"좋긴."

털북숭이가 입맛을 다신다.

"일루 와."

나는 통로 쪽 자리에 걸터앉았다시피 하고 가만히 있다. 털북숭이가 또 입맛을 다신다.

"안 와?"

"맘대로."

무슨 말인지 아무 맥락도 없이 나는 맘대로, 하란다. 털북숭이가 나를 세게 잡아당긴다. 나는 그에게로 무너진다. 그가 속삭인다.

"좋잖아, 따습고."

나는 실제로 따습다. 그건 가짜가 아니다. 털북숭이의 불같은 손길에 내 마음속의 얼음이 봄눈처럼 녹아내린다. 그러나 이 모든 것이 얼마나 허망한 짓거린 줄을 나는 안다. 나는 애기엄마인 것이다. 아이는 지금 감옥 같은 사각진 침상 안에서 침상 안에서…… 컥 가슴이 막혀온다. 나는 발작적으로 일어난다.

"좋은데 왜 그래?"

"이 짐승 같은 놈, 니가 날 언제 봤다고 지랄."

하다가 문득 말문이 막힌다. 눈에 눈물이 앞을 가려 털북숭이가 잘 보이지 않았기 때문이다. 그는 손을 탈탈 턴다.

"미안해요오."

홍익회 밀차는 이제 오지도 않는다. 더 이상 술이 남아나지 않자 머리가 아파온다. 나는 무릎을 세우고 의자 등받이에 등을 기대고 내 몸을 조그맣게, 조그맣게 만다. 아이들이 있는 곳이 가까워올수록 추워진다.

"어디가 아프요?"

"죽겠어요."

"술 먹을 때는 기운도 좋드만."

술 먹은 때가 좀전인데도 까마득하게 느껴진다.

"이봐요."

나는 머리가 아프긴 하지만 말간 얼굴로 털북숭이를 같은 자리에 앉은 이래 처음으로 눈을 마주치고 쳐다본다. 그의 눈동자가 흔들린다. 뭔가를 기대하고 있는 것이 틀림없다.

"앙고라토끼를 길러본 적 있어요?"

"그냥 토끼 말고 앙고라토끼는 안 길러봤어요."

"그것이 말이요, 얼마나 새끼를 잘 까는지 알아요? 돈도 뭣도 암것도 안 되는 것이 우글우글하는데, 죽이지도 살리지도 못하고 환장하겠드만."

"나도 환장해본 적은 있소. 앙고라 말고 소는 길러봤소?"

"아니요."

"노래에 나오는 얼룩빼기말고 서양에서 들어온 젖소를 길러봤소, 팔십년도에."

"나 때문이 아니고 소 때문에 먼저 환장하셨그만."

나는 우스워서 웃는다. 그도 배실배실 웃는다.

"인자 와서 웃지만 그때는 진자 죽겄드만. 아침에 자고 일어나면 죽어 자빠져 있고 또 아침에 자고 일어나면 죽어 자빠져 있고. 그래도 앙고라는 살기는 살아 있응께 그렇게 뵈기 싫지는 않았겄그만. 모든 생물이라는 것이 말이요, 살아 있을 때는 어쨌든 이쁘지마는 한번 죽어불면 그것같이 뵈기 싫은 것이 없습디다. 소나 사람이나, 휘유우."

그가 뒤적뒤적 호주머니를 뒤진다. 담배는 나오지 않는다. 나는 내 호주머니에서 담배를 꺼내준다.

"여자가 담배를."

하면서도 얼른 집어간다. 나는 더 이상 물을 필요도, 묻고 싶지도 않다. 빤하지 않은가.

"왜 묻지 않는 거요? 하기사 말해 뭣허겠소."

그의 담배에 불을 붙여준다. 그가 내 손을 가만히 그러모은다.

"여자가 무슨 일로 야간열차를 타고 가냐?"

"재미로."

"가당찮은 소리 하지도 마라."

"왜? 나라고 재미로 야간열차 타지 말란 법 있냐? 아까 그 노인부부 봤지? 안경 봤지?"

"니가 그들하고 같다고 생각하냐? 내 눈은 못 속인다. 너 무슨 죄졌지?"

"미친놈."

그가 내 어깨를 꽉 끌어안는다. 그의 가슴이 떨린다. 심장의 고동 소리가 생생하다.

"넌 죄 많은 년이야."

"죄 없는 사람 있으면 나와보라고 해."

욕은 나오지 않는다. 생각보다 내가 많이 양순해졌다. 양순해지는 내가 나는 좋다. 그 부드러움, 그 녹아내리는 듯한 평화. 나는 그렇게 살고 싶다. 양순하게, 평화롭게. 하지만 그놈의 앙고라토끼에서부터 나는 망했다. 생각해보니 그렇다. 하면 그 노인은 많은 제자들로부터 내 인생 물어내라고, 당신이 준 앙고라토끼 때문에 내가 망했다는 원망의 소리를 꽤나 들었던 것일까. 그래서 자기가 교장선생님 노릇을 하지 않았다고 발뺌했던 것일까. 하나 '우리 교장선생님'은 참 선한 분이었다. 선한 동기로 토끼를 졸업생들에게 나눠주었던 것이다. 그것을 아는 졸업생이라면 절대로 교장선생님한테 원망 같은 것은 하지 않을 것인데. 이런 생각을 하는 것을 보면 내가 양순하고 평화로워질 여지가 전혀 없는 것도 아닌데.

"우리 같이 살까?"

"그럴까요?"

나는 순하게 털북숭이의 털에 내 손을 갖다 댄다. 그가 내 입술에 그의 입술을 갖다 댄다. 다음 정차할 역은 정읍역입니다. 정읍역에 내리실 분은 미리 준비하여주시기 바랍니다. 다음 정차할 역은…….

"어디서 내려요?"

"정읍에서."

"잘 가요."

"같이 안 내릴 거야?"

"난 광주까지 가요."

"광주까지 가자."

"맘대로."

그는 기분이 좋아진다. 말할 수 없는 맑은 기운이 털이 가득한 얼굴에 퍼지고 있다. 사랑의 기운은 바야흐로 아침놀처럼 부드럽게, 부드럽게 사내의 얼굴에, 온몸에 스민다.

우리는 광주역에 내렸다. 온 세상은 때글때글 얼어 있다. 무등산은 검다. 속은 쓰리다. 어디로 갈까. 사내가 내 손을 잡아끈다. 나는 휘적휘적 그를 따라간다.

"뭣 좀 먹을래?"

"속이 쓰려."

우리는 광주역 앞의 국밥집으로 간다.

"많이 먹어."

나는 많이 먹는다.

"광주는 무슨 일로 온 거요?"

"새끼들 보러."

"웃기지 말어."

그는 내 말을 묵살한다.

"내가 웃겼어요?"

"너 같은 여자가 무슨 새끼는 새끼."

"내가 왜?"

"무슨 애기엄마가 술 먹고 담배를 피워?"

나는 말하지 않는다. 애기엄마는 절대로 술 먹고 담배 피우지 않는다, 라고 생각하는 남자에게 시집가서 절대로 술 안 먹고 담배 안 피우고 건강한 새끼들 많이 낳고 평화롭게 살아봤으면. 그렇지만 나는 '우리 새끼'들의 엄마다. 술 먹고 담배 피우는 엄마다.

"시답잖은 소리 말고 다 먹고 다시 기차 타고 정읍에 우리 부모님한테 인사하러 가자."

나는 내 앞으로 검은 휘장이 내려뜨려지는 것을 본다. 한판의 연극은 끝났다. 나는 이제 무대에서 사라져야 한다.

"화장실 좀 다녀올게요."

나는 총총히 일어난다.

"가버리면 안 돼."

가슴이 싸하니 아파오는 듯도 하다. 나는 냅다 뛴다. 택시를 탄다.

"무등산 밑에 시립 아동일시보호소로 갑시다."

"어이구 추워. 뭔 놈의 날씨가 요렇게 추운지 모르겠네. 화끈허게 눈이나 와불던지. 서울서 오시오?"

"아니요, 정읍에서요."

"그래라우이. 정읍은 어쩝디여?"

"정읍이요? 정읍은 따뜻하던데요, 봄날씨같이."

"그래부러라우이. 겁나게 희한허시. 정읍이 여그서 얼매나 된다고? 여그나 거그나 별반 차이 없을 것인디."

"그건 그래요."

그건 그럴 것이다. 어디 간들 덜 추울 것인가, 이 엄동설한에. 그래도 내 자식 있는 곳이 그중 따술 것인데.

"아저씨, 빨리 좀 갑시다."

나는 이제 추운 것도 잊어버렸다. 아침놀이 무등산 위로 퍼지고 있다. 나는 차창을 열었다. 호주머니 속에서 담배를 꺼내어 문다. 나는 불어오는 바람에 내 온 얼굴을 내맡긴다.

"아침부터 겁나게 재수없그만이."

기사의 욕도 온 얼굴에 맞는다. 나는 담배를 깊숙이, 양껏, 힘차게 빨아당긴다.

| 개 정 판 |

선생님과 함께 읽는 우리 소설 2

1992년 1월 25일 초판 1쇄 펴냄
2005년 1월 15일 초판 15쇄 펴냄
2011년 6월 10일 재판 1쇄 찍음
2011년 6월 20일 재판 1쇄 펴냄

엮은이   권순긍 · 김진호 · 문재용
펴낸이   손택수
편집   김혜선, 이상현, 박준
디자인   풍영옥
관리 · 영업   김태일, 이용희

펴낸곳   (주)실천문학
등록   10-1221호(1995. 10. 26.)
주소   우121-820, 서울시 마포구 망원1동 377-1 601호
전화   322-2161~5
팩스   322-2166
홈페이지   www.silcheon.com

ⓒ 실천문학사, 1992

ISBN 978-89-392-0653-3 03810(전3권)
ISBN 978-89-392-0655-7 03810